W0360489

COLLECTION FOLIO

Herman Melville

Moby Dick

I

Préface
de Jean Giono

Traduction
de Lucien Jacques, Joan Smith
et Jean Giono

Gallimard

© *Éditions Gallimard 1941 pour la préface extraite de* Pour saluer Melville *de Jean Giono et pour la traduction française.*

© *Éditions Gallimard 1980 pour « Vie de Melville ».*

PRÉFACE

... Quand, en 1849, Melville revint en Amérique, après un court séjour en Angleterre, il rapportait un étrange bagage. C'était une tête embaumée ; mais c'était la sienne. Il avait l'habitude des îles cannibales et le commerce d'une tête séparée de son ayant droit héréditaire, n'était ni pour l'étonner ni pour l'effrayer. Cette fois cependant c'était sa propre tête ; et il y avait vraiment de quoi employer toute la longueur des jours et des nuits à la sentir ainsi séparée de son rude corps de marin et pleine d'un baume léger plus suavement parfumé qu'un matin de mai sur la mer, qu'un matin de mai sur les collines, qu'un matin de mai partout ; enfin, d'un parfum indéfinissable et éternel.

Il était en réalité parti pour l'Angleterre dans le seul but de consulter ses éditeurs Il avait déjà en effet à ce moment-là écrit presque tous ses livres. Enfin, à son avis, il les avait tous écrits. Il se sentait débarrassé d'eux.

C'était un homme d'un mètre quatre-vingt-trois, avec soixante-sept centimètres de largeur d'épaule. Son visage un peu long mais d'une bonne épaisseur était comme il se doit pour les hommes de grand air marqué de pommettes robustes, avec cette douce flexion des joues vers la bouche. Pas de graisse, mais pas maigre. Des cheveux bruns avec de grandes vagues d'un auburn plus clair couvraient sa tête, descendant fort bas sur la nuque, assez bien domestiqués rien qu'avec le peigne des doigts, sauf deux courtes ailes rébarbatives tout à fait couleur de corbeau qui se recourbaient en arrière sur chaque tempe, musclées et raides comme de vraies ailes. Entre ces deux ailes, sous le front lisse, satiné et bombé comme un petit ventre de jeune fille, ses yeux gris-bleu dormaient, un peu perdus, bien abrités sous une forte arcade et de grands cils, et parfois sous les ordres de son cœur ils se couvraient d'un émail d'azur entièrement net, presque opaque comme le ciel frappé du grand soleil d'août. Un beau nez droit très fort, bien ouvert, des moustaches brunes et juste un petit revers de lèvres roses dans de la barbe taillée presque carrée à trois centimètres du menton. Et le voilà ! De plus : trente ans juste ; né en 1819, l'année où naquirent Kingsley, Lowell, Ruskin, Whitman et la reine Victoria. Une bonne année. Des ancêtres tous de lignage écossais ; pouvant faire remonter son origine jusqu'à Sir Richard de Melville qui s'allia à Edouard Ier au XIIIe siècle. Ah ! Evidemment, son père, Allan Melville, était un marchand ; on ne vient pas sans dommage du fond du XIIIe siècle, et ce serait même monotone d'être allié à des rois pendant des centaines d'années. Allan était d'ailleurs un marchand presque noble si on peut dire : un importateur que les nécessités de son commerce entraînaient à des voyages en Europe. Il n'était peut-être plus allié à des rois numérotés mais il l'était toujours à quelques rois de lards, ou bien il partait en guerre contre ces rois du commerce et les combattait, code, balance et tonnage au poing.

Or, en 1814, ce père, ou plutôt pour le devenir, Allan prit pour épouse Maria Gansewort. Pauvre chère maman ! Comme il faut que Melville s'efforce de chasser le doux baume de sa tête pour qu'il puisse maintenant penser à elle. Le mois de mai le plus beau n'a jamais dû avoir où que ce soit de parfum pour la pauvre Maria. Elle était froide, maigre, matérielle, sèche, méthodique, anguleuse, arrogante et tout ça réuni dans un spécimen absolument unique à en juger par la perfection totale de toutes ces parties sentimentales et physiques qui, habillées de strictes futaines à deux liards et armurées de buscs, étaient devenues Mistress Melville. De ces buscs féminins dont plus tard son fils devait parler avec tant de chaste humour, elle faisait un immodéré usage. Dieu ait voulu que ce soit pour draper autour de son corps une voluptueuse étoffe ! Mais depuis sa plus, on ne peut pas dire tendre, jeunesse, elle avait déchiré de sa bible les poèmes d'amour et, déjà mère de nombreuses fois, elle rougissait toujours rien qu'à lire les noms de Ruth, d'Esther, de Judith, de toutes ces femmes qui, en fin de compte, avaient mis au service de la gloire du seigneur les organes abjects de la femme. Elle n'avait de repos qu'à la lecture du livre des Nombres où, à chaque instant, des législations complémentaires viennent consolider la législation principale. Elle aimait ce qui parle de la construction du temple et l'énumération des richesses qui doivent servir à la création de l'arche. Elle eut huit enfants comme on aurait pu les avoir dans un carnet de prise d'ordres ; honteuse chaque fois de cet amer et brutal printemps qui gonflait ses hanches, le nourrisson pendu à son sein comme une virgule décimale pendue à un chiffre, elle redevenait tout de suite avec une violente joie la glaciale maîtresse de l'économie des Melville. Herman, le troisième des huit, fut appelé du prénom du père de sa mère. De l'extraordinaire jouissance tactile des enfants, du pétrissement des mamelles, Herman ne conservait qu'un souvenir rébarbatif et acéré comme s'il avait été nourri à cheval à travers les joints de l'armure d'une guerrière de l'Arioste. Lui, oh ! non ; et d'ailleurs, il avait toujours pris le lait où il coulait, et même maintenant, une goutte sur de l'acier, c'était toujours une goutte. Les bateaux et la mer avaient exercé sur lui une profonde séduction dès son plus jeune âge, comme toutes les puissantes respirations qui emportent dans les puissants désordres. Il avait à peine dix ans que, de New York. il écrivait à son père et à sa maison pleine d'ordre :

« Cette après-midi d'hiver, on m'a mené jusqu'au bout de la jetée qui va le plus loin en mer. Il y avait des vagues monstrueuses, plus hautes que des montagnes. Les mâts des navires frappaient l'eau de partout comme des fouets. Et on m'a dit qu'ils frappaient ainsi l'eau sur toute la grandeur du monde : au Havre, à Liverpool et jusque dans le port de Londres. »

Son enfance était tout à fait normale mais son père disait : il est très en retard pour parler et il semble qu'il a la compré-

hension un peu lente. Oui, pour les chiffres. West, son professeur à l'Albany Classical School, dira : « Je me souviens bien de lui. C'était mon élève préféré. Il était absolument nul en mathématiques mais très fort en thèmes et en compositions. Il aimait beaucoup inventer et écrire quoiqu'en général la grande majorité des élèves considère ce devoir comme un terrible devoir et cherche à l'esquiver malgré toutes les punitions. » Au moment où West parlera ainsi de lui, Herman, mort en 1891, aura déjà la tête pleine de terre.

Mais, pour l'instant elle est pleine de baume et mai fleurit en ses yeux. Ses souvenirs sont des rois : les îles couronnées d'un écumant soleil, le silence plat des eaux couronnées d'atolls et la monstrueuse couronne errante des typhons roulant dans l'écroulement des moussons comme la couronne des rois de Shakespeare. Le baume cependant lui vient d'une simple couronne d'aubépine. On la lui a mise un jour sur la tête ; elle s'est enfoncée jusqu'à ces rébarbatives ailes de cheveux noirs qui couvrent ses tempes. En la retirant, il s'est griffé le front avec une petite épine rouge. Il se regarde dans la glace. Il n'y a maintenant plus de trace sur son front, mais s'il touche l'endroit avec son doigt, c'est encore prenant et doux comme s'il touchait un gâteau de miel.

A la mort de son père, il a dû quitter l'école. Maria a frotté l'une dans l'autre ses mains de veuve. Que faire d'un enfant de quinze ans dans la construction d'un temple ? A cette heure on peut toujours en faire un employé de banque. Il entre à la New York State Bank où son oncle est administrateur. Mais, quand on le menait au bout du môle de New York, on ne lui a pas dit que le cœur d'un enfant lyrique contient plus de mâts fouettants et plus de voiles pleines que tous les ports du monde réunis. Et le voilà dans ces murs, lui maintenant, tout embarrassé de ses escadres. Son sillage sent le goudron, le chanvre, le sapin mouillé, l'iode, le fruit de mer et le ragoût de clovisse. C'est intenable. Il n'y tient pas. L'an d'après, il est déjà dehors. Il aide soi-disant son frère ; en réalité, il lit, il étudie : il donne de la mer à ses flottes.

Rien n'empêche de repousser constamment les horizons. Le

cercle des choses visibles est soumis à notre pas, donc à nos forces. Un an encore et le voilà déjà dans la ferme de son oncle à Pittsfield dans le Massachusetts. Sans qu'il le sache, il fuit sous le vent, devant une tempête qui le poursuit ; il déborde la rocheuse Maria ; d'instinct, il sait qu'il est plus sûr de ses manœuvres au large. Un moment de paix dans les champs. Il écrit à sa mère qu'il est le seul à oser s'approcher du taureau. Il écrit à son frère : « De tous ces projets magnifiques que j'ai faits pour ma vie, il ne reste rien. J'aimerais affronter un grand danger et cesser enfin de douter de moi-même. » Le printemps n'a jamais été si beau dans les vergers de Pittsfield. La violence des fleurs étonne les fermiers. Il y en a une telle chape sur les arbres qu'ils gémissent comme s'ils étaient accablés de neige. Un vernis extraordinairement limpide verdit les masses les plus sombres de la nuit et les étoiles sont si près de la terre qu'on les entend sourdement bourdonner. Le vent ne souffle pas mais se promène. Une fécondation inusitée multiplie les bêtes dans les nids, les litières, les étables, les parcs, les soues, les clapiers. Le troupeau des bêtes de l'année tremble comme une énorme gelée de graisse sur tous les États-Unis. Il n'est pas jusqu'à la ville de New York qui ne les entende naître avec une formidable abondance par-delà ses faubourgs ; et le bruit des omnibus, des bacs, des cabs et des courroies de transmission s'étouffe sous la grandissante rumeur des bêlements, des mugissements, des glapissements, des gonflements de bourgeons et du caquet des oies. Maria écrit au fermier. « Il se prépare, dit-elle, une année très abondante. Je veux que vous fassiez comprendre à Herman ce que c'est que le commerce. J'ai décidé mon frère. Vous direz à Herman qu'il lui donne les quatorze pommiers qui sont derrière les étables, dans le grand verger carré. Bien entendu, on ne lui donne ni le sol ni les arbres. On lui donne les fruits. Dites à Herman qu'il lui faudra les cueillir et les vendre. Il m'avisera du prix qu'il en aura tiré. D'ici à ce que la récolte se fasse, je vous ordonne de lui donner un couple d'oies avant la ponte. Il en sera également comptable, mais il sera libre de disposer de la couvée comme il l'entendra. Qu'il cherche également à les vendre pour son compte. Nous verrons bien ce qu'il en tirera. Il faut également qu'il se charge d'engraisser un cochon. » Mais, le fermier étonné répond qu'il croyait M. Herman à New York et en bonne santé. Il est parti d'ici le 3 mars quand il y avait encore de la neige. Il faut longtemps à Maria pour savoir comprendre, admettre et à la fin être sûre qu'il est sur le Highlander, *un navire marchand faisant voile vers Liverpool. Il s'est engagé comme garçon de cabine. C'est avec ce voyage qu'il écrira plus tard :* « Redburn ou Confessions et souvenirs d'un fils de gentleman devenu marin. »

Mais, comme tout le monde, il n'est pas fait que de lui seul. Ce qu'il a vu d'ailleurs durant ce voyage n'est que l'ordinaire du voyage en mer et il a depuis longtemps vécu en ses rêves de plus angoissants périples. Il voudrait que la réalité les rejoigne ; il voudrait surtout que la réalité les dépasse. Maria s'est dit : « Voyons, voyons, il est malgré tout de mon sang. » Oui, il est aussi de son sang en effet, ou, tout au moins, il faut encore un peu de temps avant qu'il ne se fabrique un sang Melville entièrement différent de celui d'Allan et de Maria. Il retourne à terre, s'ébroue, regarde la mer, lui tourne le dos, la regarde encore et entre enfin dans les champs de son lent grand pas. Il s'agit surtout de ne plus arriver à la maison. Il se met maître d'école dans East Albany à raison de six dollars la semaine plus le logement. Un logement qui est une petite logette mais où il lit tous les livres parlant de la mer qu'il peut se procurer. C'est une courte période trouble de trois ans pendant laquelle il embarque et débarque de nombreux équipages, il engage des capitaines, il les remercie, il revoit sa carène, il se calfate, il remplit ses cales, il prend les vents, laisse passer les bonnes occasions, les regrette, les guette, les manque, part à faux, revient à l'amarre, use de la corde et de la voile au port, dort sur l'eau plate et souffre profondément d'entendre tout le long de ses jours inutiles sa proue qu'il voulait glorieuse frapper bêtement du nez contre le quai du bassin. Quand il sent dans ses veines trop d'un sang qu'il connaît bien et qui est celui de sa mère, il part marauder les vergers autour de l'école avec de petites bonniches du voisinage ; ou bien, il s'installe à une fenêtre et, avec une sarbacane, il crible de pois les chapeaux hauts de forme qui passent dans la rue. Mais, comment se fuir ? Quoi faire quand le Melville se dresse ? Celui qui lui arrache le jeu ou le jupon des doigts et silencieusement étale sur la table ses plans de vie. Ils sont tous là, tous étoilés de la rose des vents. La monstrueuse chevelure des courants marins s'y déroule à travers les espaces éperdus où il serait beau d'être un homme ; et il reste devant les cartes où sa route est marquée, stupéfié de tristesse comme devant Méduse.

Ah ! Si Maria savait que c'est son sang à elle qui finalement va décider de tout ! Eh ! bien, elle serait sans doute contente. On la connaît mal. Croyez-vous que cette indécision dans laquelle elle le sent la satisfasse ? Elle est aussi capable de s'intéresser à des matériaux irréels. Quand elle est sous la lampe du soir, avec sa bible ouverte sur la table, la grande construction qui monte du livre comme une fumée n'est pas seulement faite de charpentes de cèdres et de plaques d'or battues, mais le plus solide du mortier qui durcit l'église consolatrice est fait d'ailes d'anges et de foi. Elle sait qu'on peut bâtir un temple même avec de l'eau mouvante. L'important, c'est de bâtir. Et c'est peut-être le mince lait guerrier de Maria qui donne cette fois-ci à Herman la force de marcher vers les grandes routes de la mer.

Au milieu de décembre 1840 il arrive à Bedford. Il va sur le quai du port. Il passe en revue tous les baleiniers qui frottent le museau contre la mangeoire. Où sont maintenant le cochon qu'il devait engraisser et ce faux commerce de pommes, et la banque, et l'école, et Betty, et Maria, et toute l'Amérique ! Il est au bout de la presqu'île, déjà plus loin en mer qu'au bout de la jetée de New York et toute l'Amérique est derrière ses talons comme un vieux torchon vert encore accroché aux éperons d'un cavalier qui va se mettre en selle.

*

... Maintenant, il est célèbre. Il a écrit : Typee, Omoo, Redburn, Mardi, *et* White-Jacket *va paraître.* Typee, *le récit de ses aventures chez les cannibales, a paru en même temps à Londres et à New York avec un immense succès. Stevenson a*

dit . « Il n'y a que deux écrivains qui ont parlé des mers du Sud avec génie et ce sont deux Américains : Melville et Charles Warren Stoddard. » Ce livre de hors-la-loi a été drôlement dédié au juge d'instruction Lemuel Shaw, de Massachusetts. Et même, en août 1847, Herman s'est marié avec la fille de ce Lemuel Shaw...

Il vient d'écrire White-Jacket, *un livre amer et sanglant, un livre de combat désespéré, une nouvelle attaque contre les lois, contre les punitions corporelles dans la marine de guerre des Etats-Unis. « Tant pis, dit-il, ma chère, on ne m'aimera pas. Je dois aller dans tout ça certainement contre l'intérêt de beaucoup de gens qui me le feront payer cher. Les commodores tiennent à leurs prérogatives et, s'ils pouvaient me prendre entre leurs pattes, je crois qu'ils me régleraient mon compte en cinq sec. Mais, je ne parle que de ce que je sais et j'ai, en ce moment même, des copains qu'on doit labourer à coups de fouet. — Ils ne vous ont pas fouetté, vous, Herman ? — Ils m'ont fouetté, ma chère, et comme les autres ; la suprématie des mers n'épargne personne. Je vais certainement avoir sur le dos tout ce qui parle de démocratie sans savoir ce que c'est. »*

... S'il va à Londres, cette fois, c'est précisément pour son White-Jacket. *Le livre est écrit ; il y a mis toute sa colère d'homme ; il veut maintenant le publier avec le plus d'éclat possible pour qu'il touche, qu'il indigne et qu'il guérisse. Même si ça doit faire scandale ; même s'il doit périr, lui tout entier dans le fracas du scandale. Il est un démocrate américain. Il est un homme de cette démocratie que Whitman va chanter dès le second verset de ses* Feuilles d'herbes. *La démocratie pousse le nouveau monde tout entier dans sa première explosion de lyrisme. Le «* Poème de la liberté pour l'Asie, l'Afrique, l'Europe et l'Amérique *» est déjà sur les lèvres de Whitman :*

Courage yet my brother or my sister
Keep on ! Liberty is to be subserved whatever occurs.

*

.. De retour aux États-Unis il dit : « Je n'ai plus un moment

à perdre ; j'avais un vieux rêve, j'attendais toujours. Je vais le réaliser. » Il va s'installer dans les collines du Berkshire. Il achète une vieille ferme. Il l'appelle « Arrowhead » : tête de flèche. Autour de la maison, d'immenses perspectives d'herbes montent, descendent, ondulent, coulent vers de vertigineuses frondaisons d'ormes et de bouleaux ; et, au-delà des arbres, les collines soulèvent et abaissent la terre. Il organise sa maison, construit la cheminée, peint la façade, accroche le lierre, plante la girouette, graisse les gonds, perce de nouvelles fenêtres. « Herman, lui dit mistress Melville, vous avez la tête embaumée. » Le pays est admirable. D'extraordinaires foules d'oiseaux font écumer constamment les feuillages. Tout chante ; tout fleurit à tout moment. Dans le calme des nuits, quand le rossignol s'arrête, on entend les biches sauvages qui chevrotent doucement en broutant la vigne vierge de la tonnelle. — Oui, dit-il, j'en avais envie, voyez-vous, et il fallait tout de suite que je le fasse. Il faut que je me débarrasse comme ça de certaines envies. » Il n'explique pas ; mais on voit bien en effet qu'il se précipite ainsi sur des quantités de rêves ; qu'en deux temps et trois mouvements il les plante sur leurs pieds, les claque comme des nouveau-nés et les fait vivre. Mais, tout de suite après, il les abandonne. Certains soirs, si on ne lui disait pas que le jour a été admirable, que le soir est admirable, que la nuit sera admirable, il ne le saurait pas.

Il est le voisin de son ami Nathaniel Hawthorne pour lequel il a une violente admiration. Ils vont ensemble dans les chemins ou à travers les prés. « Voyez-vous, lui dit-il, cette chose-là ne peut pas durer. Je suis habité par un extraordinaire conflit de désirs. Tout va bien, bien entendu c'est exactement le sort de tous, mais, voyez-vous, on ne sait jamais très exactement ce qu'on a dans le cœur, et il est fort possible que dans mon cas ce soit un tout petit peu hypocrite envers moi-même.

« Je vais travailler. A propos de certaines réflexions, ces jours derniers, je me suis souvenu d'une curieuse histoire de baleine. Dans les environs de 1810, elle était sous le vent de l'île de Mocha, sur la côte du Chili. On l'attaqua plus de cent fois et plus de cent fois elle fut victorieuse. On peut même dire qu'elle

mit en fuite (c'est le terme exact), qu'elle mit en fuite trois baleiniers anglais, leur sautant dessus au moment où ils battaient en retraite. Et, vraiment, leur sautant dessus, elle sortait de la mer jusqu'à la hauteur des rambardes. Elle fut rapidement célèbre. On ne pouvait pas tourner le cap Horn sans avoir envie de l'attaquer. A cause de l'âge, ou peut-être par une bizarrerie de la nature elle était blanche comme de la neige. Vue de loin, on ne pouvait jamais savoir si c'était elle ou un nuage couché sur l'horizon. Et chaque fois qu'on rencontrait quelqu'un en haute mer, on lui criait : « Dis donc, tu n'as pas de nouvelles de Mocha-Dick ? » Eh ! bien, tout ça m'est revenu, je ne sais pas pourquoi. Cette chose irréalisable, vous comprenez ? »

— Cette chose irréalisable, cette chose irréalisable et qui barre la vie.

— De laquelle voulez-vous donc parler ? dit Hawthorne.

— Ai-je dit que je voulais parler d'autre chose que de cette baleine blanche ?

— En effet non, dit Hawthorne, mais chaque fois il y a dans vos mots une sonorité intérieure. Vous semblez occupé d'une passion personnelle.

— Non, dit Herman au bout d'un moment. Mettons au contraire que je m'occupe d'une sorte de passion générale. N'aurions-nous à combattre, dit-il en souriant, que l'opposition des dieux, par exemple, qu'en pensez-vous, Hawthorne ? N'est-ce pas : imaginez quelqu'un qui, finalement, prendrait l'épée ou le harpon pour commencer un combat contre dieu même !

— Il faudrait ne pas croire.

— En qui ?

— En dieu.

— Au contraire, car alors, où serait le mérite ?

— Ou la folie.

— Ou la folie si vous voulez. Non, je pense au contraire à quelqu'un qui verrait dieu aussi clairement comme on dit que le nez au milieu de la figure, aussi clairement que la baleine blanche au-dessus des eaux et qui, justement, le voyant en toute

sa gloire, le connaissant en tous ses mystères, sachant jusqu'où peuvent aller les délires de sa force, mais n'oubliant pas — jamais — les blessures dont ce dieu le déchire, se précipiterait quand même sur lui et lancerait le harpon.

— Je crois que vous écrivez un beau livre, dit Hawthorne, après un silence...

Jean Giono

Ces quelques pages sont tirées d'un essai de Jean Giono, *Pour saluer Melville*, publié aux editions Gallimard en 1941.

Moby Dick

En hommage
d'admiration pour son génie
ce livre est dédié
a
Nathaniel HAWTHORNE

ÉTYMOLOGIE

(D'après le pion tuberculeux d'une école de grammaire.)

Ce pâle surveillant — dont l'habit, le cœur, le corps et le cerveau étaient usés jusqu'à la corde — je le vois encore : il époussetait sans arrêt ses vieux lexiques, ses vieilles grammaires, avec un mouchoir cocasse, agrémenté, comme par dérision, de tous les joyeux drapeaux de toutes les nations connues au monde. Il aimait à épousseter ses grammaires ; c'était en quelque sorte pour lui une agréable façon de se rappeler doucement ce qu'il serait lui-même après sa mort.

*

« Lorsque vous entreprenez d'enseigner les autres et de leur apprendre par quel nom l'on désigne, en notre langue, un « whale-fish » (baleine) en omettant, par ignorance, la lettre « h » qui à elle seule compose presque toute la signification du mot, vous exprimez en cela une « contre-vérité ».

HACKLUYT.

« WHALE (baleine)... Du suédois et du danois « hval ». On a nommé cet animal d'après sa rondeur et ses roulements ; car en danois « hvalt » signifie arqué ou voûté. »

Dictionnaire de Webster.

« WHALE (baleine)... Plus directement du hollandais et de l'allemand : Wallen ; a. s. Walw-ian, se rouler, se vautrer. »

Dictionnaire de Richardson.

ריך	Hébreu
χητος	Grec
CETUS	Latin
WHŒL	Anglo-Saxon
HVALT	Danois
WAL	Hollandais
HVAL	Suédois
WHALE	Islandais
WHALE	Anglais
BALEINE	Français
BALLENA	Espagnol
PEKEE-NUEE-NUEE	Fegee
PEKEE-NUEE-NUEE	Erromangoan

EXTRAITS

(Fournis par un petit rat de bibliothèque.)

On verra par la suite que ce bûcheur simple et appliqué, ce pauvre diable de ver de terre qu'était le « sous-second libraire » semble avoir parcouru les longs vaticans de livres et les petites boutiques de la terre, ramassant au petit bonheur, où il pouvait et en n'importe quel livre sacré ou profane, les moindres allusions aux baleines. Ainsi, il ne faut pas considérer ces extraits, ce ramassis de déclarations diverses sur la baleine, pour un évangile de cétologie. Loin de là. Si ces extraits, en général d'auteurs anciens, ont quelque valeur et quelque intérêt, c'est par la connaissance panoramique qu'ils permettent ainsi d'avoir de tout ce qui a été dit, pensé, imaginé, chanté à tout hasard sur le léviathan par de nombreuses générations de nations, la nôtre comprise.

Ainsi, porte-toi bien, pauvre diable de sous-second, dont je suis le commentateur. Tu es de cette race désespérée et blême que ne réchauffera jamais aucun vin de ce monde, et pour laquelle même le pâle Xérès serait trop fort et trop rouge. Pourtant on aime assez parfois s'asseoir avec toi et se sentir soi-même un pauvre diable ; et devenir sociable à travers les larmes ; et te dire sans ménagements, les yeux pleins et les verres vides, envahi par une tristesse qui n'est pas sans attrait : « Renonce, sous-second ! car plus tu te donneras du mal pour séduire le monde, plus tu obligeras des ingrats ! Que ne puis-je vider Hampton-Court et les Tuileries pour te les donner ! Mais ne pleure pas, et ne perds pas courage ! Car ceux de tes amis qui sont morts avant toi sont en train de nettoyer les sept étages des cieux et de balayer les anciens choux-choux : les Gabriel, les Michel, les Raphaël, pour que tu aies une grande place libre au ciel, quand tu y monteras. Ici, tu ne peux que frapper des cœurs déjà brisés. Là-haut, tu joueras sur le cristal invulnérable ! »

« *Et Dieu créa les grandes baleines.* »

GENÈSE.

« *Léviathan passe et son sillage brille,*
Les eaux profondes en sont toutes blanchies. »

JOB.

« *Or le Seigneur avait préparé un immense poisson pour avaler Jonas.* »

JONAS.

« *Là, où vont les vaisseaux vous avez créé le Léviathan pour qu'il joue dans les eaux.* »

PSAUMES.

« *En ce jour, le Seigneur, avec sa cruelle et grande et forte épée, punira Léviathan le serpent fluide, même Léviathan le serpent déformé ; et il tuera le dragon qui est en la mer.* »

ISAÏE.

« *Et toute chose qui s'aventure près du chaos qu'est la gueule de ce monstre, fût-ce une bête, un vaisseau ou un roc, est instantanément engloutie dans l'immense et horrible gouffre, et périt dans l'abîme infini de sa panse.* »

PLUTARQUE,
traduction Holland.

« *L'océan Indien est celui qui a le plus de poissons et celui qui a les plus grands : parmi ceux-ci, les cétacés et tourbillons, nommés baleines, ont une surface égale à 160 ares de terrain.* »

PLINE L'ANCIEN,
traduction Holland.

« *Nous avancions sur la mer depuis deux jours seulement lorsque surgit, vers l'Est, une grande quantité de baleines et autres monstres marins. Une parmi les premières était de taille énorme... Elle avançait sur nous la gueule ouverte, agitant des vagues de tous côtés et faisant écumer la mer.* »

LUCIEN. Histoire véritable,
traduction Tooke.

« *Il visitait également ce pays dans le but d'attraper des baleines dont les os et les dents ont une grande valeur ; il en apporta quelques-unes au roi... Les meilleures baleines étaient prises dans son propre pays. Certaines mesuraient quarante-quatre mètres de long, d'autres quarante-six mètres. Il disait qu'à six hommes ils en avaient tué soixante en deux jours.* »

Le Périple d'Other ou Octher,
recueilli de sa bouche même
par le roi Alfred le Grand. *A.D. 890.*

« *Et, au lieu que toute autre chose, soit beste ou vaisseau, qui entre dans l'horrible chaos de la bouche de ce monstre (la baleine), est incontinent perdu et englouty, ce petit poisson (le goujon de mer) s'y retire en toute seureté et y dort.* »

MONTAIGNE.
Apologie de Raimond Sebond.

« *Fuyons. C'est, par la mort bœuf, Léviathan descript par le noble prophète Moses en la vie du sainct homme Job.* »

RABELAIS.

« *Le foie de cette baleine remplissait deux charretées.* »

Annales de Stowe.

« Le grand Léviathan qui fait bouillonner les mers comme l'eau d'une marmite. »

Version des Psaumes de Lord Bacon.

« Touchant cette masse énorme de la baleine ou « ork », nous ne savons rien de certain. Elles deviennent extrêmement grasses au point que d'une seule baleine on peut extraire une quantité incroyable d'huile. »

Ibid. *Histoire de la vie et de la mort.*

« Le blanc de baleine est le plus souverain remède au monde pour une contusion interne. »

Le Roi Henri.

« Tout à fait comme une baleine. »

Hamlet.

« Pour se mettre à l'abri du pouvoir des magies
Qui auraient pu l'atteindre, et pour combattre encore
L'auteur de sa blessure, qui de son faible dard
Frappant sa poitrine, fit naître l'inextinguible mal,
Comme la baleine blessée, traversant le combat, il fuit vers la rive. »

La Reine des fées.

« Immense comme les baleines dont les grands corps peuvent faire bouillonner l'Océan, fût-il même calme et paisible. »

SIR WILLIAM DAVENANT.
Préface à Gondibert.

« Ce qu'est la baleine, les hommes ont le droit de se le demander, puisque le savant Hosmanus, dans son ouvrage de cinquante ans dit clairement : « Nescio quid sit. »

SIR T. BROWNE.
Du Sperma ceti
et de la baleine à sperma ceti.

« Tel le Talus de Spenser avec son fléau moderne
Sa queue puissante est une menace de ruine.
. . . .
Il porte leurs javelots dans ses flancs figés
Et sur son dos un bosquet de harpons est dressé. »

WALLER.
La Bataille des îles de Summer.

« De l'artifice naquit ce grand Léviathan, nommé République ou État ou masse (en latin : civitas) qui n'est qu'un homme artificiel. »

Première phrase
du Léviathan *de Hobbes.*

« Cet idiot de Mansoul l'avala sans mâcher, comme un petit hareng dans une gueule de baleine. »

Le Voyage du Pèlerin.

« Ce monstre marin
Léviathan que Dieu créa le plus grand
De toutes les créatures qui nagent dans l'eau. »

Le Paradis perdu.

« Là, Léviathan.
La plus grande des créatures vivantes, s'étend,
Dans les eaux profondes pareil à un promontoire, il dort ou nage
Et semble une terre mouvante ; et par les ouïes
Il absorbe une mer qu'en un souffle il rejette. »

Ibid.

« Les puissantes baleines qui nagent dans une mer d'eau et dont les flancs renferment une mer d'huile. »

FULLER
L'État profane et l'État sacré.

« Ainsi couchés à l'abri de quelque promontoire
Les grands Léviathans attendent leur proie,
Et sans lui laisser une chance avalent le fretin,
Qui à travers les mâchoires goulues s'égare. »

DRYDEN.
Annus mirabilis.

« Tandis que la baleine flotte à l'arrière du bateau, ils lui tranchent la tête et la traînent au moyen d'une barque aussi près que possible de la berge ; l'eau aura douze ou treize pieds de profondeur que déjà elle touchera le fond. »

THOMAS EDGE.
Dix voyages au Spitzberg *(dans* Purchas*)*.

« Sur le chemin, ils virent un grand nombre de baleines se débattant dans l'eau, s'amusant à faire jaillir l'eau par leurs évents que la nature a placés sur leurs épaules. »

Les Voyages de Sir T. Herbert
en Asie et en Afrique *(coll. Harris)*.

« Ici ils virent de si grandes troupes de baleines qu'ils durent avancer avec une prudence extrême pour éviter d'entrer en collision avec l'une d'elles. »

SCHOUTEN.
Sixième circumnavigation.

« Nous mîmes voile d'Elbe, vent nord-est, sur le navire nommé « Jonas dans la baleine »...

Certains disent que la baleine ne peut ouvrir la bouche, mais ce n'est qu'une fable...

Ils grimpent souvent en haut des mâts pour voir s'ils ne peuvent apercevoir une baleine, car le premier à en signaler une reçoit en récompense un ducat...

On m'a parlé d'une baleine prise dans les environs de Shetland, dont le ventre contenait plus d'une caque de harengs...

Un de nos harponneurs m'a dit qu'il avait pris une fois près du Spitzberg, une baleine qui était toute blanche. »

Un voyage au Groenland. *A.D. 1671.*
(coll. Harris).

« *Plusieurs cétacés vinrent échouer sur cette côte (Fife). En l'année 1652, il en vint une longue de quatre-vingts pieds, de l'espèce dont on tire les baleines à corsets, et qui a fourni, me dit-on, outre une grande quantité d'huile, cinq cents livres de ces baleines. Les mâchoires de ce monstre servent de portail au jardin de Pitferren.* »

SIBBALD.
Fife et Kinross.

« *J'ai pris, moi-même l'engagement de voir s'il m'était possible de maîtriser et de mettre à mort un cachalot, car cette espèce de baleine est tellement féroce et rapide que jamais, à ma connaissance, un homme n'a pu en tuer un.* »

RICHARD STRAFFORD.
Lettres des Bermudes. Phil. Trans.
A.D. 1668.

« *Les Baleines dans la mer*
Obéissent à la voix de Dieu. »

Premier livre de la Nouvelle Angleterre
pour la bonne lecture de l'anglais.

« *Nous vîmes aussi de grandes baleines en abondance, car dans ces mers du Sud, on peut dire que l'on en trouve plus de cent pour une que l'on trouverait dans le Nord.* »

CAPTAIN COWLEY.
Voyage autour du globe. *A.D. 1729.*

« ... *Et le souffle de la baleine est souvent accompagné d'une puanteur tellement insupportable qu'elle peut rendre fou.* »

ULLOA.
Amérique du Sud.

« *Pour cinquante sylphides avec grand soin choisies*
dont nous entreprenons sérieusement, la lourde armure de jupons
enfin, la septuple enceinte cède à nos vaillants efforts
malgré les cerceaux bourrés, armés de baleines. »

La Boucle de cheveux enlevée.

« *Dussions-nous comparer dans leur grandeur, les animaux terrestres à ceux qui résident dans les gouffres marins, nous les trouverions méprisables en comparaison. — La baleine est sans aucun doute l'animal le plus grand de la création.* »

GOLDSMITH.
Histoire naturelle.

« *Si vous écriviez une fable pour les petits poissons, vous les feriez parler comme des grandes baleines.* »

GOLDSMITH *à* JOHNSON.

« *Dans l'après-midi, nous vîmes ce qui semblait être un rocher mais plus tard se trouva être une baleine, que des asiatiques avaient tuée, et qu'ils traînaient à terre. Ils semblaient chercher à se cacher derrière la baleine afin d'échapper à nos regards.* »

Voyages de Cook.

« *Rarement ils s'aventurent à attaquer les plus grosses baleines. Ils en redoutent certaines à tel point que, lorsqu'ils sont en mer, ils n'osent même pas prononcer leur nom, et qu'ils portent dans leurs barques de la bouse, de la chaux, du bois de gené-*

vrier, et autres objets de ce genre, afin de les épouvanter et d'empêcher qu'elles s'approchent ».

Lettres d'Uno Von Troil
sur le voyage de Bank et Solander
en Islande en 1772.

« La baleine « spermaceti » trouvée par les Nantuckais, est une bête agile et féroce et, pour la prendre, il faut des pêcheurs extrêmement habiles et téméraires. »

Rapport de Thomas Jefferson
sur la pêche à la baleine
au ministère de France en 1778.

« Et Sire, je vous le demande ? Qui peut l'égaler dans ce monde ? »

Discours d'Edmund Burke
au Parlement sur la pêche
à la baleine à Nantucket.

« L'Espagne — une grande baleine échouée sur les plages d'Europe. »

EDMUND BURKE *(quelque part).*

« Une dixième source des revenus habituels du roi, pour le devoir qu'il prend de protéger et défendre les mers contre pirates et pilleurs, est son droit aux poissons royaux : la baleine et l'esturgeon. Qu'ils soient jetés à la côte ou bien pêchés à proximité des rivages, ils sont la propriété du roi. »

BLACKSTONE.

« L'équipage bientôt joue le jeu de la mort :
Rodmond, l'infaillible, tient suspendu au-dessus de sa tête,
Le harpon d'acier, et attend l'instant décisif. »

FALCONER. Le Naufrage.

« Les toits, les dômes, les cimes, étaient joyeusement illuminés
Et les fusées semblaient partir toutes seules
Pour suspendre leur feu momentané
A la voûte céleste de la nuit.
Ainsi pour comparer le feu à l'eau,
L'Océan saute vers les cieux
Lancé en l'air par une baleine,
Pour traduire sa joie inexprimable. »

COWPER.
Sur la visite de la reine à Londres.

« Dix ou quinze gallons de sang sont lancés avec une grande rapidité, à chaque battement de cœur. »

JOHN HUNTER.
Rapport sur la dissection
d'une baleine (de petite taille).

« L'aorte d'une baleine a un diamètre supérieur à celui du plus gros tuyau de la compagnie des eaux à London-Bridge, et l'eau qui gronde en passant à travers ce tuyau est moins impétueuse et moins rapide que le sang jaillissant du cœur de la baleine. »

PALEY. Théologie.

« La baleine est un mammifère sans jambes arrière. »

BARON CUVIER.

« A 40 degrés sud, nous avons vu des baleines « spermaceti » mais nous n'en avons pris aucune jusqu'au premier mai, la mer en étant alors littéralement couverte. »

COLNETT.
Voyage dans le but d'étendre
la pêche à la baleine.

« En l'élément libre sous moi nageaient,
Pataugeaient et plongeaient, jouant, chassant, luttant,

Des poissons de toutes les teintes, espèces et formes ;
Tels que paroles ne sauraient dépeindre, et que jamais
Marin n'avait vu. Depuis l'effroyable Léviathan
Jusqu'aux millions d'insectes peuplant chaque onde :
Massés en bancs immenses, comme des îles flottantes,
Menés par quelque mystérieux instinct à travers cette région
Déserte et désolée, quoique de toutes parts
Assaillis par des ennemis voraces :
Baleines, requins, et monstres armés au front ou aux mâchoires,
D'épées, de scies, de cornes en spirale ou de crocs recourbés. »

MONTGOMERY
L'Univers avant le déluge.

« *Io ! Pœan ! Io ! chante !*
Il n'y a pas dans l'Atlantique immense
Cachalot plus puissant que lui ;
Il n'y a pas de poisson plus gros que lui
Se débattant dans la mer polaire. »

CHARLES LAMB
Le Triomphe de la baleine.

« *En l'année 1690, sur une colline élevée d'où elles regardaient les baleines qui jouaient ensemble et faisaient jaillir des fontaines d'eau, quelques personnes étaient réunies : l'une d'elles remarqua, en indiquant la mer : Là est une verte pâture qui pourvoira au pain de nos enfants et de nos petits-enfants.* »

OBED MACY
Histoire de Nantucket.

« *J'ai construit une chaumière pour Suzanne et pour moi, et j'ai fait avec les maxillaires d'une baleine, un portail en forme d'arcade gothique.* »

HAWTHORNE
Contes racontés deux fois.

« Elle est venue commander un monument à la mémoire de son premier amour qui fut tué par une baleine dans l'océan Pacifique il n'y a pas moins de quarante ans. »

Ibid.

« Non, monsieur, c'est une baleine — répondit Tom ; j'ai vu ses évents ; elle a fait jaillir deux de ces arcs-en-ciel, tels qu'un chrétien aimerait en avoir ! C'est un vrai bidon d'huile, ce gars ! »

COOPER
Le Pilote.

« On apporta les journaux et nous vîmes, dans la gazette de Berlin, que là-bas, on avait fait monter des baleines sur la scène. »

Conversations de Goethe avec Eckermann.

« Mon Dieu ! M. Chace, qu'est-ce qu'il y a ? » j'ai répondu : « Nous avons été défoncés par une baleine. »

Récit du naufrage du baleinier l'« Essex » de Nantucket qui fut attaqué et finalement coulé par une grande baleine dans l'océan Pacifique, par Owen Chace de Nantucket, premier second dudit navire. *New York, 1821.*

« Un marin était assis dans les haubans une nuit,
Le vent sifflait librement ;
Tantôt vive, tantôt tamisée était la pâle clarté de la lune,
Et le phosphore luisait dans le sillage de la baleine
Comme elle pataugeait dans la mer. »

ELIZABETH OAKES SMITH.

« La totalité des lignes retirées des différentes embarcations

engagées dans la capture de cette seule baleine, se montait à 10.440 yards ou presque six milles anglais... »

« Parfois la baleine agite en l'air sa queue énorme dont les claquements semblables à ceux d'un immense fouet, retentissent à une distance de trois ou quatre milles. »

SCORESBY.

« Folle de la douleur provoquée par ces attaques incessantes, la baleine enragée se retourne plusieurs fois sur elle-même : elle dresse sa tête gigantesque et, les mâchoires béantes, cherche à mordre tout ce qui l'environne ; elle se rue tête en avant sur les embarcations qui, poussées devant elle à une vitesse extrême, sont parfois complètement détruites... »

« ... C'est un sujet de grand étonnement que l'observation des habitudes d'un animal aussi intéressant et du point de vue commercial aussi important que la baleine, ait été si complètement négligée et n'ait point éveillé la curiosité de nombreux observateurs, dont certains sont compétents, et qui auraient eu ces dernières années beaucoup de bonnes occasions pour les étudier. »

THOMAS BEALE
Histoire du cachalot, *1839.*

« Muni à chaque extrémité de son corps d'une arme formidable, le cachalot est non seulement mieux que la baleine protégé contre les attaques, mais aussi fait-il plus souvent montre de dispositions offensives, et d'une manière à la fois si astucieuse, hardie et malicieuse que l'on est mené à le considérer comme étant de toutes les espèces connues de la race des cétacés, la plus dangereuse à attaquer. »

FREDERICK DEBELL BENNETT
Expédition baleinière autour du globe, *1840.*

« 13 octobre : La voilà qui souffle ! cria une voix du haut du mât.

A quelle distance ? demanda le capitaine.

Trois points sous le vent par bâbord, monsieur.
Redressez la barre ! Gouvernez droit !
Droit !
Ohé là-haut ! vous la voyez maintenant cette baleine ?
Oui, oui, tout un banc de cachalots ! Et elle souffle ! Et elle saute !
Donnez de la voix ! donnez de la voix chaque fois !
Oui, oui, monsieur. Et elle souffle ! Et elle sououffle, sou-ou-ou-ffle !
A quelle distance ?
Deux milles et demi.
Mille tonnerres ! si près ! Tout le monde sur le pont ! »

J. ROSS BROWN
Gravures d'une croisière baleinière, *1846*.

« Le baleinier le Globe, navire à bord duquel eurent lieu les horribles événements que nous allons relater, avait son port d'attache dans l'île de Nantucket. »

Récit de la mutinerie du Globe
par deux survivants, Lay et Hussey.
A.D. 1828.

« Poursuivi, une fois, par une baleine qu'il avait blessée, il esquiva un moment l'assaut avec une lance ; mais finalement le monstre furieux se rua sur le bateau ; lui-même et ses compagnons n'eurent la vie sauve que par ce qu'en voyant que l'attaque ne pourrait être évitée, ils se jetèrent à l'eau. »

Journal des Missions
de Tyerman et Benett.

« Nantucket, dit monsieur Webster, en soi-même est un élément d'intérêt national aussi singulier que frappant. Il y a là une population de huit à neuf mille personnes, qui vit sur mer, ajoute largement chaque année à la prospérité nationale et par

son industrie qui réclame autant de courage que de persévé rance. »

Extrait d'un discours au Sénat
des États-Unis dans lequel
Daniel Webster proposa la construction
d'une digue à Nantucket, 1828.

« *La baleine tomba droit sur lui et le tua probablement sur le coup.* »

La Baleine et ses chasseurs ou
les Aventures du Baleinier
et la biographie de la Baleine,
récits recueillis lors du voyage
de retour du Commodore
Preble par le rév. Henry T. Cheever.

« *Si vous faites le moindre nom de Dieu de bruit, répondit Samuel, je vous expédie en enfer !* »

Vie de Samuel Comstock
(Le mutin) *par son frère*
William Comstock.
Autre version de l'histoire
du navire baleinier
Le Globe.

« *Les expéditions nollandaises et britanniques dans l'Arctique échouèrent dans leur objectif majeur qui était d'y trouver un passage vers l'Inde mais elles permirent de découvrir les lieux fréquentés par les baleines.* »

Dictionnaire commercial
de Mc Culloch.

« *Toute chose a sa réciproque, la balle ne bondit que pour rebondir, et en découvrant les lieux fréquentés par la baleine, les pêcheurs semblent avoir trouvé de nouvelles routes vers le mystérieux passage du Nord-Ouest.* »

D'un inédit.

« On ne peut rencontrer, en mer, un navire baleinier sans être frappé par sa seule apparence. La voilure réduite, ses hommes en vigie, perchés au sommet des mâts, scrutant ardemment l'immensité autour d'eux, le vaisseau offre une image toute différente de celle des bateaux qui font une course normale. »

Courants et pêche à la baleine.
Expéditions et explorations des États-Unis.

« Les promeneurs des environs de Londres, ou d'ailleurs, se souviennent peut-être d'avoir vu dressés en terre d'immenses os recourbés, soit pour former une arche au-dessus d'un portail, ou l'entrée d'une tonnelle, et peut-être leur aura-t-on dit que c'étaient là des côtes de baleines. »

Récit d'une expédition baleinière
dans l'Arctique.

« C'est seulement lorsque les bateaux revinrent de la chasse à la baleine que les blancs virent que le bateau était tombé aux mains sanglantes des sauvages enrôlés dans l'équipage. »

Relation d'un journal sur la prise
et la reprise du navire
baleinier Hobomack.

« C'est un fait bien connu que, parmi les hommes d'équipage appartenant à un navire baleinier (américain), très peu restent sur lesquels ils étaient partis. »

Croisière sur une baleinière.

« Tout à coup, une masse puissante émergea des eaux et bondit perpendiculairement dans l'air. C'était la baleine. »

Miriam Coffin
ou le pêcheur de baleines.

« La baleine, certes, est harponnée mais, prenez garde, comment maîtriseriez-vous une fougueuse pouliche non rompue

avec la seule corde attachée à la naissance de sa queue ? »

Chapitre sur la pêche à la baleine,
dans Ribs and Trucks.

« J'ai vu, une fois, deux de ces monstres (des baleines), sans doute le mâle et la femelle, nager lentement l'un derrière l'autre, à moins de distance d'un jet de pierre du rivage (en Terre de Feu) où le hêtre étendait ses branches. »

DARWIN. Voyage d'un naturaliste.

« Sciez ! s'écria le second lorsque tournant la tête il vit les mâchoires béantes d'un immense cachalot à la proue de la pirogue la menaçant d'une destruction immédiate. Sciez ! Il y va de vos vies ! »

Wharton le tueur de baleines.

« Soyez donc gais, mes gars, ne perdez pas courage,
Tandis que le vaillant harponneur s'attaque à la baleine. »

Chanson de Nantucket.

« O, le vieux cachalot solitaire entouré d'orage et de vent
Dans sa maison de l'Océan sera
Un géant de force là où force est le droit.
Et le roi de la mer sans limite. »

Chanson de baleinier.

[illegible] le seul [illegible] attachées à la [illegible] de sa queue ? »

« O, le vieux cachalot rare, au milieu d'orage et de vent

I
MIRAGES

Je m'appelle Ishmaël. Mettons. Il y a quelques années, sans préciser davantage, n'ayant plus d'argent ou presque et rien de particulier à faire à terre, l'envie me prit de naviguer encore un peu et de revoir le monde de l'eau. C'est ma façon à moi de chasser le cafard et de me purger le sang. Quand je me sens des plis amers autour de la bouche, quand mon âme est un bruineux et dégoulinant novembre, quand je me surprends arrêté devant une boutique de pompes funèbres ou suivant chaque enterrement que je rencontre, et surtout lorsque mon cafard prend tellement le dessus que je dois me tenir à quatre pour ne pas, délibérément, descendre dans la rue pour y envoyer dinguer les chapeaux des gens, je comprends alors qu'il est grand temps de prendre le large. Ça remplace pour moi le suicide. Avec un grand geste, le philosophe Caton se jette sur son épée, moi, tout bonnement, je prends le bateau. Rien de surprenant à ça. Chaque homme, à quelque période de sa vie, a eu la même soif d'Océan que moi.

Voyez votre ville dans l'île Manhattan entourée de quais comme un atoll de corail. Le commerce l'environne de sa haute écume. A droite et à gauche les rues vous mènent vers l'eau. La pointe extrême de la ville basse est la « Batterie » dont la noble avancée est lavée de vagues, rafraîchie de brises qui, il y a quelques heures à peine, ne savaient pas ce que c'est que lá terre.

Regardez la foule de tous ceux qui ont envie de l'eau !

Déambulez autour de la ville par un somnolent après-midi de dimanche. Allez de Corlears Hooks à Coenties Slip et, de là, au Nord en passant par Whitenall. Que voyez-vous ? Sentinelles silencieuses, des milliers d'hommes sont là, plantés droits, raides, en pleine rêverie océanique. Il y en a d'accoudés aux pieux, d'assis au bout des jetées ; quelques-uns, par-dessus les remparts, regardent les bateaux venant de la Chine ; d'autres encore sont grimpés en haut des mâts comme s'ils voulaient voir de la mer encore plus que ce qu'on en voit de la terre. Tous ceux-là pourtant sont des terriens enfermés la semaine durant entre des murs de plâtre, cloués aux banquettes, attachés aux comptoirs, rivés aux bureaux. Pourquoi sont-ils ici ? N'y a-t-il plus de prairies pour eux ? Que font-ils là ?

Mais regardez toujours... des foules arrivent, avançant droit vers l'eau comme si elles voulaient plonger. Que c'est étrange ! Tous ces gens pourraient flâner sous la voûte des entrepôts, là-bas, mais ça ne leur suffit pas. Rien ne peut plus les contenter sinon la plus extrême limite de la terre. Non, il faut qu'ils soient le plus près possible de l'eau, au risque d'y tomber. Sur des lieues et des lieues les voici debout. Gens de l'intérieur des terres venus des sentiers, des allées, des rues et des avenues du Nord, de l'Est, du Sud et de l'Ouest, ici fraternellement unis. Et alors quoi ? Serait-ce la force magnétique des boussoles qui les attire ?

Regardez toujours... Vous êtes à la campagne, dans quelque haut pays des lacs. Prenez n'importe quel petit sentier – celui que vous voudrez – neuf fois sur dix il vous mènera dans un vallon et il vous laissera près d'un petit miroir de ruisseau. C'est magique ! Prenez le plus rêveur des rêveurs, plantez-le sur ses pattes, faites marcher ses pieds... il vous mènera sûrement à l'eau si l'eau existe dans ce pays. Etes-vous mourant de soif dans le grand désert américain ? Tentez l'expérience, surtout s'il y a un professeur de métaphysique dans votre caravane. Eh oui ! chacun sait que la méditation et l'eau font bon ménage.

Tenez ! voilà un peintre. Il veut peindre pour vous le paysage le plus romantique, le plus chargé de rêve, d'ombrages, de paix : l'endroit le plus enchanteur de la vallée du Saco. Quelle est sa principale ressource ? Il a creusé ses troncs d'arbres comme s'il voulait y abriter un ermite et son crucifix. Il a endormi le pré et son bétail et, de cette ferme, là-haut, il a fait monter une fumée paresseuse. Dans le lointain profond des bois il a fait serpenter un petit chemin jusqu'aux moutonnements des montagnes aux cimes baignées de bleu. Et c'est un enchantement ! Et le pin balance ses gémissements comme des feuilles sur la tête d'un berger ! Mais tout ceci serait vain n'était, dans l'œil de ce berger, le reflet magique de l'eau d'un ruisseau, devant lui. Allez dans la prairie en juin quand, sur des lieues et des lieues vous êtes dans les lis tigrés jusqu'aux genoux. Quelle joie vous manque ? L'eau ! Il n'y a pas une goutte d'eau !... Si le Niagara n'était qu'une cascade de sable, feriez-vous des lieues et des lieues pour l'aller voir ?... Quand le pauvre poète de Tennessee encaissait tout d'un coup deux poignées d'argent, il se disait : « Je m'achète un manteau ? (Il en avait bougrement besoin) ou est-ce que je me paie un voyage à pied pour Rockaway Beach ?... » Comment se fait-il que presque tous les garçons robustes et sains, à la belle âme, un jour ou l'autre ont un désir fou de prendre la mer ? Pourquoi vous-même, quand vous avez fait votre premier voyage comme passager, avez-vous ressenti un si mystérieux frémissement lorsqu'on est venu vous dire que votre navire et vous étiez maintenant en pleine mer ? Pourquoi les anciens Perses ont-ils tenu la mer pour sacrée ? Pourquoi les Grecs lui ont-ils donné un dieu particulier : le propre frère de Jupiter. Cela signifie bien quelque chose ! Et le plus beau de tout est encore dans cette histoire de Narcisse qui, désespéré par l'insaisissable et calme image qui se reflétait dans la fontaine, s'y jeta et fut noyé. Ce libre reflet de nous-mêmes, nous le voyons dans toutes les rivières et tous les océans. C'est le fantôme volant de la vie. Voilà la clef de tout !

Mais si je dis que j'ai l'habitude d'aller en mer dès que je commence à avoir les yeux embrouillés et que je sens trop fortement mes poumons, il ne faut pas vous imaginer que j'y vais comme passager ; car pour y aller comme passager, il faut avoir un bon porte-monnaie, et un porte-monnaie ça n'est qu'une chiffe de cuir s'il n'y a rien dedans. D'ailleurs, le passager attrape toujours le mal de mer ; il s'énerve, ne dort pas la nuit et s'embête tout le temps. Non, je ne m'embarque jamais comme passager et, quoique je sois un peu marin, ça n'est pas non plus comme commodore ou capitaine ou coq que je vais en mer. Je laisse gloire, distinctions et en général toutes les charges à ceux qui les aiment. Pour ma part je déteste les travaux honorifiques, respectables, et les embêtements de toutes sortes. J'ai bien assez de me diriger moi-même sans encore me mêler de diriger les vaisseaux, les barques, les bricks, les goélettes et ainsi de suite. Quant à y aller comme coq – et j'avoue qu'il y a pas mal de gloire à être cuisinier puisqu'à bord c'est une sorte d'officier – eh bien, je n'ai jamais eu envie de rôtir la volaille, quoique personne ne parlerait avec plus de respect et même de révérence que moi d'un poulet rissolé, quand il l'est dans du beurre judicieusement salé et poivré. C'est d'ailleurs à cause d'une manie culinaire de ce genre que les anciens Egyptiens, qui faisaient frire les ibis et rôtir les hippopotames, ont mis les momies de ces créatures dans les énormes fours que sont les Pyramides.

Non, quand je vais en mer, j'y vais comme simple matelot de devant le mât, un du gaillard d'avant, un de la pomme du grand mât. Il est vrai qu'on m'envoie aussi de droite et de gauche. Je pivote pas mal. On me fait sauter d'espars en espars comme une sauterelle dans un pré de printemps. Au début, ce genre de choses est assez déplaisant, surtout quand vous sortez d'une vieille famille honorable de votre pays : les Van Rensselears, les Randolphs, les Hardicanutes, et encore plus, si, juste avant de plonger la main dans le pot à goudron vous avez fait le seigneur et maître dans une école de campagne, terrifiant jusqu'au plus râblé de vos élèves. De maître d'école à marin la transition est dure, je vous garantis ! et vous avez besoin d'une bonne décoction de Sénèque et de stoïques pour vous aider à supporter la chose et à en sourire. Mais avec le temps tout se tasse, même ça !

Qu'est-ce que ça peut me faire, à moi, qu'un vieux sagouin de capitaine me donne l'ordre de prendre le balai et de balayer les ponts ! Tout bien pesé, quelle importance a cette servitude ? – je veux dire dans les balances du Jugement Dernier ? – Croyez-vous que l'archange Gabriel sera le moins du monde influencé de ce que, selon le cas, j'obéis vite et souple au vieux sagouin ? Qui, dites-moi, n'est esclave ? Et alors le capitaine a beau me commander et même me rouer de coups. Je suis content de savoir que c'est « all right », que tout le monde, d'une façon ou d'une autre, en reçoit autant – au physique ou au métaphysique je veux dire – et comme ça l'universel coup de pied au cul fait le tour et tous les hommes se frottent mutuellement les fesses et sont contents.

Et puis je vais toujours en mer comme marin parce que tous ces types-là mettent un point d'honneur à me payer mon dérangement, tandis qu'ils ne donnent jamais un sou aux passagers, à ce que je me suis laissé dire : au contraire les passagers paient, eux. Et il y a la plus grande différence du monde entre payer et être payé. Payer est peut-être la plus inconfortable punition que nous ont value ces deux voleurs de pommes : Adam et Eve. Mais être payé ! qu'est-ce qu'on peut comparer à ça ? L'empressement suave avec lequel un homme reçoit de l'argent est vraiment merveilleux quand on pense que nous croyons dur comme fer que l'argent est la source de tous les maux et qu'un riche, jamais, n'entrera au ciel. Ah ! quel cœur nous mettons à nous damner !

En fin de compte je vais toujours en mer comme marin à cause du travail sain et de l'air pur qu'on respire sur le gaillard d'avant car, là, dans ce monde, les vents de proue sont plus fréquents que les vents de poupe – si vous êtes d'accord avec Pythagore – et la plupart du temps le commodore, là-bas, au gaillard d'arrière, reçoit son air de seconde main des marins du gaillard d'avant. Il croit qu'il le respire le premier... Ah ! mais non ! De la même façon les conducteurs de peuples sont conduits par le populo au moment où ils le soupçonnent le moins.

Mais comment se fait-il qu'après avoir maintes fois reniflé l'air comme marin marchand je me suis mis dans la tête de faire un voyage pour pêcher la baleine ? L'invisible espion des Parques qui me surveille tout le temps et m'influence mystérieusement peut le dire, lui, mieux que quiconque ; et mon voyage à la pêche à la baleine fait partie du grand programme que la Providence a établi depuis longtemps. C'est venu comme un petit intermède, un solo, entre de plus importants numéros. J'imagine que cette partie de l'affiche a dû être à peu près ainsi rédigée :

Grande Election contestée pour la Présidence des Etats-Unis

VOYAGE DE PÊCHE A LA BALEINE
PAR UN NOMMÉ ISHMAËL

BATAILLES SANGLANTES EN AFGHANISTAN

Mais je ne peux pas dire précisément pourquoi les Destins Directeurs qui ordonnent la mise en scène m'ont inscrit dans le triste rôle d'un voyage de pêche à la baleine quand ils en ont inscrit d'autres dans les magnifiques rôles des grandes tragédies ou dans les petites creations courtes et faciles des comédies comme il faut ; un rôle jovial dans une farce. Mais si je ne me l'explique pas, néanmoins, maintenant que je revois toutes les circonstances, il me semble comprendre vaguement les mobiles et ressorts adroitement cachés qui m'ont poussé à jouer ce rôle, en me faisant croire que je l'avais choisi de mon propre chef.

Un des premiers de ces mobiles était la prodigieuse image de la grande baleine elle-même. Ce monstre étrange et mystérieux éveille toute ma curiosité. Et puis les lointaines mers sauvages où il roule sa masse – grosse comme une île – et le péril sans nom qu'il ne cesse d'être. Tout cela, et aussi les émerveillements que j'attendais des paysages et des vents patagoniens, contribuait à me jeter vers mon désir. Pour quelqu'un d'autre ces choses n'auraient peut-être pas été d'un gros attrait. Mais moi, je suis tourmenté d'une éternelle démangeaison pour les choses lointaines. J'aime naviguer sur les mers défendues et atterrir sur les côtes sauvages. Sans ignorer ce qui est bon, je vois vite l'horreur des choses et je peux être en bons termes avec elles – si elles me le permettent – car n'est-ce pas sage d'être en bons termes avec ses voisins ?

Pour toutes ces raisons donc, le voyage à la baleine était le bienvenu. Les grandes écluses du monde des merveilles s'ouvraient devant moi, et, dans les folles imaginations qui me faisaient pencher vers mon désir, deux par deux entraient en flottant dans le secret de mon âme des processions sans fin de baleines avec, au milieu, le grand fantôme blanc de l'une d'elles, pareil à une colline de neige dans le ciel.

II

LE SAC DE TAPISSERIE[1]

Je fourrai une chemise ou deux dans mon vieux sac de toile, me le collai sous le bras et me mis en route pour le cap Horn et le Pacifique. Ayant quitté ce vieux Manhattan j'arrivai à New-Bedford un samedi soir de décembre. Là, je fus bien ennuyé d'apprendre que le petit paquebot à destination de Nantucket avait levé l'ancre ; je n'avais plus d'autre occasion avant le lundi suivant.

La plupart des jeunes marins baleiniers s'arrêtent à ce New-Bedford d'où ils commencent leur voyage vers les peines et les fatigues ; mais telle n'était pas mon intention. J'avais décidé de naviguer sur un vaisseau de Nantucket. Il y a pour moi quelque chose de magnifique et de turbulent dans tout ce qui touche cette fameuse vieille île, chère à mon cœur. Et puis, quoique New-Bedford ait pris dernièrement le monopole du commerce de la pêche à la baleine et que, dans cette affaire, mon pauvre vieux Nantucket soit maintenant bien en retard, Nantucket est le berceau de ce

1. Sorte de sac de voyage en canevas généralement agrémenté de tapisserie (*N.d.T.*).

commerce, le Tyr de cette Carthage, l'endroit où la première baleine américaine tuée a été menée à la côte. C'est de Nantucket que les baleiniers du pays, les peaux-rouges, sont sortis les premiers sur leurs pirogues pour la chasse au léviathan. C'est aussi de Nantucket que la première audacieuse petite corvette a mis à la voile – à demi lestée de rochers, comme le dit l'histoire – pour poursuivre les baleines, afin de savoir s'il y avait moyen de les approcher assez pour les harponner du haut du beaupré.

Or, ayant une nuit, un jour, et encore une nuit devant moi à New-Bedford avant de m'embarquer pour ma destination, il devint nécessaire de réfléchir à la façon dont je dormirais et mangerais en attendant. C'était une nuit louche ! non ! une nuit très noire, au froid mordant. Je ne connaissais personne. Anxieusement je grappinai ma poche et en remontai juste quelques pièces d'argent : « Oh ! n'importe où que tu ailles, Ishmaël, me dis-je en me tenant au milieu d'une rue triste, mon sac à l'épaule et regardant la nuit de tous côtés, n'importe où que tu décides de loger cette nuit, mon cher Ishmaël, demande le prix surtout et ne sois pas trop difficile. »

A pas hésitants j'arpentai les rues et je passai devant l'enseigne de *La Croix de Harpons*. Mais ça avait l'air trop coûteux et trop gai. Un peu plus loin, des fenêtres rouges de l'auberge de *L'Espadon* sortaient des rayons si chauds qu'ils semblaient avoir fondu les paquets de neige et de glace devant la maison ; car, partout ailleurs, la neige formait un pavé lisse, épais de dix pouces, très fatigant pour moi, quand je butais du pied contre les pierres, étant donné que les semelles de mes bottes étaient dans un triste état. Trop cher et trop gai, pensais-je encore une fois, m'arrêtant un moment pour regarder le large reflet des lumières dans la rue et écouter le bruit des verres là-bas dedans. « Mais, en avant Ishmaël, dis-je, à la fin n'entends-tu pas ? Fous le camp de devant cette porte. Tes vieilles bottes bouchent le chemin. » Et je continuai.

Maintenant je suivais d'instinct les rues qui menaient vers l'eau, car là devaient être les auberges les moins chères sinon les plus gaies. Des rues mornes de chaque côté ; des blocs de charbon au lieu de maisons et, par-ci par-là, une bougie comme une flamme qui se promène dans une tombe. A cette heure de nuit du dernier jour de la semaine, ce quartier de la ville était presque désert. Bientôt j'arrivai à une lumière fumeuse qui sortait d'un bâtiment large et bas dont la porte bâillait d'une manière accueillante. Elle avait un petit air négligé, comme si elle bâillait pour tout le monde. J'entrai et, sous le porche, je butai dans une poubelle de cendres. « Ha ! pensai-je, à moitié étouffé, ha ! voilà les cendres de Gomorrhe, la cité détruite ! Si là-haut c'est *La Croix de Harpons* ou *L'Espadon,* ici ce doit être à l'enseigne de *La Trappe*. » Je me relevai et, entendant une forte voix, je poussai une seconde porte intérieure et l'ouvris.

C'était comme le grand jugement noir de la damnation. Cent visages d'ombre se tournèrent curieusement vers moi. Au fond, l'ange des ténèbres martelait un livre. J'étais dans une église nègre. Le prédicateur était juste en train de parler de la nuit éternelle, des pleurs, des gémissements et des grincements de dents de l'Abîme. « Ha, murmurai-je en reculant, triste divertissement à l'enseigne de *La Trappe !* »

Continuant mon chemin, j'arrivai enfin dans une sorte de halo de lumière, non loin des docks. Un aigre grincement dans l'air me fit lever la tête. Au-dessus d'une porte je vis une enseigne se balancer. Elle était peinte en blanc à l'image d'un grand jet d'écume, avec dessous, ces mots : « *Au Jet de la Baleine* — Peter Coffin[1], aubergiste. »

1. *Coffin* : cercueil en anglais (*N.d.T.*).

Cercueil ? Baleine ? Plutôt sinistre à mon idée, pensai-je ; mais Coffin est un nom répandu à Nantucket, et je suppose que ce Peter-là en vient. La petite maison de bois, délabrée, semblait avoir été transportée ici des ruines de quelque quartier brûlé. La lumière était si chiche, le lieu si tranquille que je pensai : « Alors, voilà tout à fait l'endroit pour un logement bon marché et pour le meilleur café aux glands. »

Un drôle d'endroit, en effet. La vieille maison avait tout un côté comme paralysé. Elle penchait lamentablement. Elle était placée à un coin cruellement glacial où le tempétueux vent d'est hurlait comme il n'a jamais fait autour de la pauvre barque de l'apôtre Paul. Ah ! le vent d'est est un bien agréable zéphyr pour celui qui est à sa maison, les pieds aux chenets, se rôtissant tranquillement avant de se coucher. « Au sujet de ce tempétueux vent d'est (dit un vieil écrivain connu de moi seul), j'ai constaté qu'il était à la fois bon et mauvais, soit qu'on l'observe à travers une fenêtre fermée ou par une fenêtre ouverte. » Et c'est bien vrai, pensais-je, me souvenant de ça. Vieil écrivain tu es un sage ! Oui, mes yeux sont les fenêtres et mon corps est la maison. Dommage qu'on n'en ait pas bouché les fentes et les crevasses et qu'on n'y ait pas fourré de la filasse par-ci par-là. Trop tard à présent pour rien modifier ! L'univers est achevé, le couronnement placé, les débris balayés depuis des millions d'années. Pauvre humanité souffrante avec tes Lazares, pensais-je. Pauvres Lazares, claquant des dents, couchés sur le trottoir, grelottant dans vos haillons, vous pouvez boucher vos deux oreilles avec des chiffons et vous enfoncer un épi de maïs dans la bouche, vous n'empêcherez pas le vent d'est de vous traverser...

« Vent d'est ? s'étonne l'homme riche de la Bible, celui qui n'entrera pas au ciel et qui porte une grande robe de chambre rouge en attendant de porter la robe de chambre de l'enfer bien plus rouge...

– Peuh ! peuh ! vous me faites rire ! C'est une belle nuit de gelée, voilà tout ! Regardez comme Orion scintille. Quelle aurore boréale ! Qu'on ne me parle pas de climats orientaux, d'étés éternels !... Moi, je fais mon propre été avec mon propre charbon. »

Mais Lazare qu'en pense-t-il ? Peut-il chauffer ses mains bleuies en les tendant vers la grande aurore boréale ? Est-ce qu'il ne préférerait pas être à Sumatra plutôt qu'ici ? N'aimerait-il pas beaucoup mieux s'étendre tout de son long sur la ligne de l'équateur ? Oh ! là là, oui, grands Dieux ? Et même, pour ne plus sentir ce gel, descendre jusqu'au cœur ardent de la terre.

Mais que Lazare soit échoué là, sur le trottoir, juste devant la porte de l'homme riche, c'est plus merveilleux à voir qu'un iceberg échoué aux Moluques.

Et l'homme riche vit égoïstement en tzar, au centre de la malheureuse vie glacée des autres ; et comme il est président d'une société de tempérance, il ne boit que de tièdes larmes d'orphelins.

Mais assez pleurniché ! Nous allons à la pêche à la baleine et nous aurons bien d'autres occasions. Secouons la glace de nos bottes et voyons un peu quelle sorte d'endroit ce *Jet de la Baleine* peut être.

III

L'AUBERGE DU « JET DE LA BALEINE »

En entrant dans cette piteuse auberge on se trouvait dans un vaste hall bas, ouvert à tous vents, lambrissé de boiseries anciennes qui faisaient penser aux parois de quelque vieux vaisseau échoué. D'un côté, était accrochée une très grande peinture à l'huile complètement enfumée et craquelée. On avait beau la regarder, dans cette drôle de fausse lumière où elle se trouvait et se coller le nez dessus plusieurs fois, on ne pouvait pas comprendre ce qu'elle représentait. Je crois même qu'on n'y serait pas arrivé après une soigneuse enquête auprès de tous les voisins. Il y avait de tels entassements inexplicables d'ombres et de lueurs que, tout d'abord, on pouvait penser que c'était l'œuvre de quelque jeune artiste ambitieux du temps des sorcières de New-England qui avait essayé de représenter le chaos du sabbat. A force d'attention, après maintes réflexions, et surtout en ouvrant en plein la petite fenêtre qui était au fond du hall, on finissait par se dire que cette idée, quoique absurde, n'était peut-être pas loin de la vérité. Ce qui déroutait, c'était la monstrueuse masse noire de quelque chose qui planait au centre du tableau avec, dessous, trois petits traits bleus qui flottaient perpendiculairement dans un bouillonnement sans nom. En vérité un tableau boueux, marécageux et clapotant. De quoi énerver un fou. Mais il avait naturellement une si étrange et si farouche grandeur que, malgré soi, on s'obstinait à vouloir découvrir le sujet d'une aussi surprenante peinture. Parfois une idée lumineuse – hélas fausse ! – vous traversait : C'est une tempête dans la mer Noire !... C'est le combat surnaturel des quatre éléments primaires !... C'est une lande dévastée !... C'est une scène d'hiver polaire !... C'est la débâcle des glaces au fleuve du Temps !... Toutes ces fantaisies se volatilisaient devant ce quelque chose d'incompréhensible et de monstrueux qui occupait le centre du tableau. Si seulement on avait pu déchiffrer cela tout le reste devenait simple. Mais... attendez ! Est-ce que ça ne ressemble pas vaguement à un poisson gigantesque ? Au fait ! au grand léviathan lui-même !

En réalité, voilà ce que devaient être les intentions de l'artiste (d'après ma dernière théorie appuyée en partie sur les opinions réunies de nombreux vieillards). Le tableau représente un « Cap Horner » dans une grande tempête. Ce vaisseau, qui fait le cap Horn, est à demi submergé et roule avec ses trois mâts seuls visibles. Une baleine exaspérée se prépare à sauter par-dessus comme si elle avait la monstrueuse intention de se faire empaler par le trois-mâts.

A l'opposé le mur du fond de ce hall était tout recouvert d'une panoplie barbare de massues et de lances, les unes entièrement incrustées de dents luisantes, semblables à des scies d'ivoire, les autres ornées de touffes de cheveux humains ; une de ces lances en particulier, en forme de faucille, avait un long manche courbe comme la morsure d'une grande faux dans l'herbe. Vous trembliez en la regardant ! Vous vous demandiez quel anthropophage atroce avait bien pu aller à la moisson de mort avec un outil si horrible et si tranchant. Mêlés à ces armes étaient de vieilles lances à baleines et des harpons tout cassés et déformés. Quelques-uns avaient une histoire : avec cette lance, jadis droite, aujourd'hui passablement tordue, Nathan Swain avait, il y a de ça cinquante ans, tué quinze baleines entre un lever et un coucher de soleil. Ce harpon, pareil maintenant à un tire-bouchon, fut lancé en mer Javanaise sur une baleine qui s'enfuit avec, pour, des années après, être tuée au cap de Blanco. Le fer était entré près de la queue puis, comme une aiguille qui séjourne dans le corps d'un homme, il avait voyagé quelque quarantaine de pieds pour, finalement, s'empêtrer dans la bosse.

Après l'entrée sombre, on passait sous une arche surbaissée découpée au travers de ce qui avait dû être une grande cheminée centrale, et on se trouvait alors dans la salle commune. C'était un endroit encore plus sombre que le reste ; avec au-dessus, des poutres si basses et massives, et dessous, un plancher si ridé qu'on pouvait se croire dans l'infirmerie de second pont sur quelque ancien navire ; surtout par une nuit aussi hurlante que celle-ci, quand la vieille auberge, ancrée par ses coins branlants, roulait avec tant de violence ! D'un côté, était une longue table basse qui servait d'étagère à un bric-à-brac de vieilles boîtes aux vitres cassées, remplies des curiosités poussiéreuses du globe entier. Emergeant de l'angle le plus éloigné et le plus sombre de la pièce, le comptoir ressemblait à une vraie tête de baleine ; en tout cas, qu'on l'ait voulu ou non, on l'avait placé sous un authentique os voûté de gueule de baleine, si large qu'il aurait pu enjamber une diligence. Sous cet arc se trouvaient des rayons couverts de vieilles bouteilles, de carafes et de flacons et, dans cette gueule de destruction, tel un autre maudit Jonas (au fait quel nom lui donner ?) s'affairait, avec plus de bruit qu'il n'en fallait, un de ces petits bonshommes ratatinés qui, contre argent, vendent aux marins le délire et la mort.

Les verres dans lesquels il versait son poison étaient une honte de l'humanité. Extérieurement c'étaient de vrais cylindres, mais à l'intérieur le mauvais verre à soufflures trichait en diminuant, comme un dé à coudre. Des cercles parallèles, grossièrement gravés dans le verre, entouraient, comme des méridiens, ces gobelets de voleur. Rempli jusque-là, c'était deux sous , un peu plus haut, deux sous de plus, et le verre plein, la mesure du cap Horn, vous pouviez le siffler pour vingt sous.

Lorsque j'entrai, quelques jeunes marins réunis autour d'une table regardaient divers spécimens de coquillages et de dents de baleines gravés. J'allai au patron et lui dis que je voudrais bien avoir une chambre chez lui, mais il me déclara :

– C'est plein, mon gars. Pas un lit... Mais attendez donc, ajouta-t-il, en se tapant le front ; vous verriez-t'y un inconvénient à coucher avec un harponneur ? Vous allez bien à la pêche à la baleine ? Alors ! un peu plus tôt, un peu plus tard ! Faut bien vous y faire.

Je lui répondis que je n'aimais pas dormir à deux

dans un lit, mais enfin que si j'y étais obligé, il faudrait que je connaisse ce harponneur et qu'il n'y ait vraiment pas d'autre lit. Si ce harponneur était un type normal, alors, plutôt que de vagabonder encore dans cette ville étrange, par une si mauvaise nuit, je m'accommoderais de la moitié de sa couverture comme de celle de n'importe quel honnête homme.

– Alors, ça va, dit-il. *All right.* Asseyez-vous. Vous soupez ?... Vous voulez souper ? C'est prêt tout de suite !...

Je m'assis sur un vieux banc de bois, sculpté comme un banc de la batterie. A cheval à l'autre bout, un marin s'appliquait à compléter la décoration avec son large couteau à cran d'arrêt. Penché, il entaillait soigneusement le morceau de banc qu'il avait enjambé. Il s'essayait la main en gravant un bateau toutes voiles dehors ; mais, à mon idée, ça n'avait pas l'air de marcher fort.

Enfin, moi et quatre ou cinq autres, on nous appela pour manger dans une pièce à côté. Il y régnait un froid de banquise, pas de feu du tout (le patron nous dit qu'il ne pouvait pas s'en payer le luxe). Il n'y avait que deux lugubres chandelles. Il nous fallut bien boutonner nos vareuses et réchauffer nos lèvres et nos doigts à demi gelés avec des tasses de thé bouillant. Mais alors pour de la nourriture, c'en était ! Non seulement de la viande et des pommes de terre, mais des gros blocs de pouding. Bonté divine ! du pouding pour souper !

Un jeune gars en vareuse verte s'expliquait terriblement avec ce pouding.

– Mon gars, lui dit le patron, si vous y allez de c'train-là, v's allez crever de cauchemar, c'est sûr !

– Patron, chuchotai-je, c'est celui-là votre harponneur, hein ?

– Ho, pas du tout, répliqua-t-il avec un sourire diabolique, c'est un « colored » le harponneur. Il ne mange jamais de pouding çui-là ; y n'bouffe qu'des biftecks... et plutôt saignants.

– Diable, fis-je, où est-il ?... Il est ici ?

– Y s'ra ici avant peu, répondit-il.

C'était plus fort que moi, mais ce sombre harponneur commençait à m'inquiéter. Je décidai que si je devais dormir avec lui, il se déshabillerait et se mettrait au lit avant moi, en tout cas.

Le souper fini, la compagnie retourna au comptoir où, ne sachant que faire de ma peau, je me dis que je passerais le reste de la soirée en spectateur.

Bientôt un vacarme se fit entendre au-dehors. Le patron se dressa, criant :

– V'là l'équipe à Grampus. On l'a signalée c'matin. Un voyage de trois ans. Hurrah les gars ! Nous allons avoir les dernières nouvelles des Fidji.

Dans l'entrée en entendit le pas de lourdes bottes de mer. La porte s'ouvrit toute grande. Il s'y engouffra un tas de marins plutôt costauds. Enveloppés dans leurs fourrures de quart, la tête emmitouflée dans des cache-nez tout déchirés et reprisés, la barbe raidie de glaçons, ils ressemblaient à une bande d'ours du Labrador. Ils venaient de débarquer et c'était la première maison dans laquelle ils entraient. Rien d'étonnant s'ils allèrent tout droit vers la gueule de baleine – le comptoir – où officiait le petit vieux Jonas ridé. Il eut vite fait de leur verser des pleins verres à tous. Un se plaignit d'un mauvais froid dans la tête et tout de suite Jonas lui touilla une potion de gin et mélasse épaisse comme la poix. Il jurait que c'était un remède souverain contre les rhumes et catarrhes les plus endurcis qu'on pouvait attraper sur les côtes du Labrador ou sur le côté au vent d'une île de glace.

La boisson leur monta vite à la tête comme elle fait chaque fois avec les plus grands soûlards fraîchement débarqués et ils commencèrent à chahuter de la manière la plus gênante. Je remarquai l'un d'eux qui se tenait un peu à l'écart. Il semblait ne pas vouloir gâter la gaieté de ses camarades de bord par un visage de bois, mais il ne faisait pas de bruit. Cet homme m'intéressa tout de suite, et puisque les dieux de la mer avaient ordonné qu'il deviendrait bientôt mon camarade (bien qu'en qualité de comparse seulement en ce qui concerne cette histoire), je vais me permettre de le décrire ici. Il avait six bons pieds de haut avec de nobles épaules et une poitrine comme un batardeau. J'ai rarement vu autant de muscles dans un homme. Sa figure était profondément brunie de hâle de sorte que, par contraste, ses dents éclataient de blancheur. Dans ses yeux aux ombres profondes flottaient je ne sais quels souvenirs qui ne semblaient pas lui apporter beaucoup de joie. Sa voix annonçait tout de suite qu'il était du Sud et, à en juger par sa taille magnifique, je supposai qu'il devait être un de ces grands montagnards des Alleghanys de Virginie. Lorsque la bamboche de ses amis battit son plein, cet homme s'esquiva en cachette et je ne le revis plus jusqu'au moment où, en mer, il devint mon camarade. Après quelques minutes ses compagnons remarquèrent son absence. Pour une raison ou pour une autre il devait être en grande faveur auprès d'eux, à ce qu'il semblait, car ils se mirent à crier : « Bulkington !... Bulkington !... Où est Bulkington ? » et ils sortirent de l'auberge à sa poursuite.

Il était maintenant environ neuf heures et tout à coup, la salle parut surnaturellement silencieuse, après cette bruyante ribote. Je commençai à me féliciter au sujet d'une petite idée qui m'était venue juste avant l'arrivée des marins.

Aucun homme n'aime coucher avec un autre homme, même avec son propre frère. Je ne sais pourquoi, mais le sommeil aime la solitude et, quand il s'agit de dormir avec un inconnu, dans une auberge inconnue d'une ville inconnue, quand, par surcroît, cet étranger est harponneur, alors on ne finit plus de trouver des objections. Je ne voyais pas pourquoi moi, parce que j'étais marin, je devais, plutôt qu'un autre, partager le lit de quelqu'un ; car les marins en mer ne dorment pas plus à deux que ne le font les rois célibataires, à terre. Bien sûr, nous dormons tous ensemble dans un même entrepont, mais nous y avons chacun notre hamac, nous nous couvrons avec notre propre couverture, et nous dormons dans notre propre peau.

Plus je réfléchissais au sujet de ce harponneur, plus je détestais l'idée de dormir avec lui. Vraisemblablement il était à prévoir que, étant harponneur, son linge et ses tricots ne seraient ni des plus fins ni des plus nets. Je me grattais à l'avance. Et puis, il commençait à se faire tard et mon brave harponneur aurait dû être déjà rentré et en route pour le lit. En supposant qu'il me tombe dessus vers minuit, de quel trou infect sortirait-il ?

– Patron, dis-je, au sujet de ce harponneur j'ai changé d'idée. Je ne coucherai pas avec lui. Je vais tâter de ce banc.

– Comme vous voudrez. Je ne peux même pas vous donner une nappe pour matelas. La planche est salement dure, ajouta-t-il, en palpant les nœuds et les entailles. Mais attendez ! J'ai un rabot dans le comptoir. Attendez, j'vous dis. J'vais bien vous arranger.

Il alla chercher le rabot. Il essuya le banc avec son vieux mouchoir de soie et se mit à raboter vigoureusement mon lit ; toujours souriant comme un singe. Les copeaux voltigeaient à droite et à gauche, mais à la fin, le rabot buta contre un nœud réfractaire. Le patron faillit se luxer le poignet et je lui dis de s'arrêter pour l'amour du ciel, que le lit était assez doux comme ça pour moi et que je doutais que tous les rabotages du monde puissent transformer une planche de sapin en édredon. Alors, souriant de nouveau, il ramassa les copeaux ; il les jeta dans le grand poêle du milieu de la pièce et, retournant à ses affaires, il me laissa à mes réflexions.

Je plaçai le banc le long du mur, dans le seul endroit libre, réservant un petit espace pour mon dos. Mais tout de suite je jugeai l'idée impraticable. Il venait un tel courant d'air froid de la fenêtre ! L'air de la porte rencontrait celui de la fenêtre et toute une série de petits tourbillons glacés tournait dans le coin où je voulais passer la nuit.

Que le diable amène ce harponneur, pensais-je. Mais au fait, est-ce que je ne pourrais pas être plus fin que lui ? Si je verrouillais sa porte et sautais dans son lit, ne me relevant pas, quelque bruit qu'il puisse faire ? Ça n'était pas une mauvaise idée ! A la réflexion, j'y renonçai. Qui disait que dès le matin, quand je mettrais le nez dehors, le harponneur ne se trouverait pas à la porte, prêt à me casser la gueule ?

Regardant de nouveau autour de moi et ne voyant aucune possibilité de passer une nuit supportable, sinon dans le lit de quelqu'un d'autre, je me mis à penser que peut-être mes préjugés contre ce harponneur étaient sans fondement. Je vais attendre encore un peu, me dis-je. Il va bien finir par s'amener. Je verrai la tête qu'il a. Peut-être que nous ferons bon ménage, qui sait ?

Les autres pensionnaires arrivèrent soit seuls, soit par deux ou trois, pour aller se coucher ; mais pas trace de mon harponneur.

– Patron, dis-je, qu'est-ce que c'est que ce type-là ? Il rentre toujours aussi tard ?

Il était tout près de minuit. Le patron eut une sorte de gloussement. Une idée qui m'échappait parut le traverser et l'amuser beaucoup.

– Non, me répondit-il, d'habitude c't'oiseau-là se couche tôt. Tôt couché, tôt levé. V'connaissez le proverbe : « L'oiseau matinal prend le plus beau ver. » Il est c't'oiseau-là. Seulement, voyez-vous, il brocante ce soir. Mais, quand même, je m'demande c'qui peut le ret'nir si tard ?... A moins qu'y n'ait pas pu vend' sa tête !

– Vendre sa tête ? Qu'est-ce que cette histoire à dormir debout, répliquais-je avec humeur. Est-ce que vous voulez dire qu'il est réellement occupé ce samedi soir, ce dimanche matin plutôt, à vendre sa tête par la ville ?

– Tout juste ! fit le patron. J'lui avais bien dit qu'il ne pourrait la vendre ici ; l'marché est trop encombré.

– Encombré de quoi ? demandais-je, me sentant devenir furieux.

– Eh, de têtes, pardine ! Y a t'y pas trop de têtes en c'monde ?

– Ecoutez, patron, poursuivis-je, m'efforçant de rester calme, vous feriez mieux de ne pas plaisanter avec moi. Je ne suis pas un « bleu », vous savez !

– Possib', fit-il en ramassant un éclat de bois qu'il se mit à tailler en cure-dent. Possib' ! Mais v's'aurez la gueule en compote si le harponneur v's'entend dire du mal de sa tête.

– Je la lui casserai, répliquai-je, devenu enragé.

– Elle est déjà cassée, fit-il.

– Cassée, vous dites cassée ?

– Sûr. C'est pour ça justement que j'crois qu'y n'peut pas la vend'.

– Patron, fis-je en marchant sur lui, glacial comme le mont Hécla dans une tourmente de neige, patron, arrêtez-vous de tailler ce bout de bois. Il faut que nous nous comprenions vous et moi, et vite !... Je viens chez vous. Je demande un lit. Vous me dites que vous ne pouvez m'en donner que la moitié d'un ; que l'autre moitié appartient à un certain harponneur. Sur ce harponneur que je n'ai pas encore vu, vous vous plaisez à me débiter des histoires qui m'exaspèrent et qui tendent à faire naître en moi un sentiment de malaise à l'égard de cet homme dont je dois partager le lit : sorte de rapprochement, patron, qui est des plus intimes. J'exige à présent que vous me disiez qui et quelle sorte d'homme est ce harponneur ; et que vous m'assuriez que je suis en sûreté en passant la nuit avec lui. Et avant tout je vous demande de démentir cette histoire de vente de sa tête qui, si elle est vraie, suffit à me prouver que c'est un fou. Or, je n'ai nullement l'intention de coucher près d'un fou. Et vous, Monsieur, vous, appuyais-je, patron, en me forçant à agir ainsi en toute connaissance de cause, vous pourriez être passible de poursuites criminelles !

– Vhoouu !... fit le patron en soufflant longuement, v'là un rud'ment long sermon pour un com'moi qu'aime à rire queq'fois. Allons, calmez-vous... calmez-vous. Le harponneur en question vient juste d'arriver des mers du Sud où il a acheté tout un lot de têtes embaumées de Nouvelle-Zélande ; d'vraies curiosités, v'savez ! Et il les a toutes vendues sauf une, précisément celle qu'il essaye de caser c'soir ; pasque d'main c'est dimanche et qu'y n's'rait pas bien d'vend' des têtes humaines dans la rue pendant qu'les gens vont au culte. Déjà dimanche dernier y voulait l'fair'. Mais j'lai empêché juste comme il ouvrait la porte, portant quatre têtes enfilées en rang d'oignon sur une ficelle.

Cette explication éclaircissait en partie le mystère et me prouva que le patron n'avait aucune intention de se payer la mienne de tête. Mais que penser d'un harponneur passant ses samedis soir à la cannibale à essayer de vendre des têtes d'idolâtres défunts ?

– Patron, dis-je, soyez certain que ce harponneur est un homme dangereux.

– Y paye régulièrement, répliqua-t-il. Mais y s'fait tard ; v'f'riez mieux de jeter l'ancre. Le lit est bon ; Sally et moi on y a passé la nuit de noce quand on a appareillé ensemble. On tient à plus d'deux d'dans. Tiens, avant de l'abandonner, Sally y mettait Sam et le p'tit Johnny aux pieds ; mais une nuit je m'mis à rêver et Sam, je n'sais comment, s'est flanqué par terre et a bien manqué de s'casser le bras. Après ça Sally a dit que ça ne pouvait plus coller. Venez par ici. En moins de deux je vais vous trouver de la lumière.

Ce disant, il alluma une chandelle qu'il me tendit, offrant de me montrer le chemin ; je demeurai indécis. Avisant alors la pendule, il s'écria :

— Pardi, c'est dimanche. Il a dû s'amarrer quelque part, On n'le verra pas d'la nuit. Amenez-vous, allez ! Vous voulez pas venir ?

Je réfléchis un moment, puis nous montâmes. Il m'introduisit dans une petite pièce froide comme une huître. C'était vrai, le lit était immense. En vérité presque assez grand pour que quatre harponneurs pussent y dormir de front.

— Là ! dit le patron en posant la chandelle sur un vieux coffre de marin tout branlant qui remplissait la double fonction de table de toilette et de table de milieu, là, mettez-vous à l'aise à présent et bonne nuit !

Cessant d'examiner le lit, je me retournai, mais déjà il avait disparu. Repliant le courtepointe je me penchai pour voir de plus près la literie. Elle supportait assez bien l'examen. Regardant alors autour de la pièce, je ne pus y découvrir (le lit et la table de milieu mis à part) d'autres meubles qu'une planche grossière et un écran de cheminée en papier représentant un homme frappant une baleine. Parmi les choses n'appartenant pas en propre à la pièce, il y avait un hamac plié et jeté dans un coin ; il y avait aussi un grand sac de marin qui devait contenir la garde-robe du harponneur et, enfin, un paquet d'hameçons exotiques sur l'étagère au-dessus de la cheminée ainsi qu'un grand harpon dressé à la tête du lit.

Mais, sur le coffre... qu'était-ce ? Je pris l'objet en main, l'approchai de la lumière, le tâtai, le flairai, m'efforçant de deviner ce que c'était. Ça ne pouvait se comparer qu'à un grand paillasson orné aux quatre coins de petits pendants cliquetants, assez semblables à ces piquants de porc-épic coloriés qu'on voit aux mocassins indiens. Il avait une fente au milieu comme en ont les ponchos de l'Amérique du Sud. Se pouvait-il qu'un harponneur dans son bon sens pût s'introduire dans cette espèce de chienlit et se pavaner avec dans les rues d'une ville chrétienne ? Je le mis sur moi pour l'essayer et il me pesa aux épaules comme une bourriche. Il était incroyablement épais et velu, et je le trouvai un peu humide, comme si le mystérieux harponneur l'avait porté par la pluie. Avisant un bout de miroir fixé au mur, j'allai m'y regarder : De ma vie, je n'ai vu pareil spectacle ! Je mis une telle hâte à en sortir que j'en attrapai le torticolis.

Assis au bord du lit, je réfléchis à ce harponneur marchand de têtes et à son paillasson. Après un moment, je me levai, ôtai ma vareuse et méditai de nouveau au milieu de la pièce. Quittant alors mon gilet, je réfléchis encore, en manches de chemise. Mais ainsi, à demi vêtu, je commençai à avoir très froid et me souvenant de ce qu'avait dit le patron (que le harponneur ne rentrerait pas de la nuit), sans façon, je fis voler bottes et pantalon et, après avoir soufflé la lumière, me fourrai dans le lit en me recommandant à la Providence.

Le matelas était-il bourré d'épis de maïs ou de débris de vaisselle ? Pendant un bon moment je virai et revirai sans pouvoir m'endormir. Finalement, glissant dans un léger assoupissement j'allais appareiller vers le pays du sommeil quand j'entendis un pas lourd dans le corridor et je vis une lueur filtrer sous la porte.

Dieu me garde, pensais-je, ce doit être lui, l'infernal colporteur de têtes. Mais je demeurai immobile, bien résolu à ne souffler mot avant qu'on me parlât.

D'une main une lumière, de l'autre la fameuse tête de Nouvelle-Zélande, l'étranger pénétra dans la chambre sans jeter un regard vers le lit ; il plaça la chandelle par terre, dans un coin, à bonne distance de moi, et se mit aussitôt en devoir de dénouer le grand sac qui, comme j'ai dit, était dans la chambre. Je brûlais d'impatience de voir son visage ; mais, un bon bout de temps, il le tint détourné, occupé avec les nœuds de son sac. Enfin, il se retourna. Quelle vision, Seigneur ! C'était quelque chose de sombre ; d'un jaune confinant au violet pourpre, avec, ci et là, de grands carrés noirâtres. Comme je l'avais pensé, c'était un terrible compagnon de lit ! Apparemment, après une bagarre, affreusement balafré, il sortait tout juste des mains du chirurgien. Mais à l'instant même où j'imaginais ça, il tourna sa face vers la lumière et je constatai qu'il ne s'agissait nullement d'emplâtre ni de taffetas pour ce qui concernait les taches en carré de ses joues. Je ne sus plus que penser, mais un soupçon m'effleura. Je me souvins de l'histoire d'un blanc – baleinier lui aussi – qui, échoué chez les sauvages, avait été tatoué par eux. J'en conclus que pareille aventure avait dû arriver à ce harponneur au cours de voyages lointains. Et, après tout, songeais-je, ce n'est là que son extérieur. Un homme peut être honnête dans n'importe quelle peau. Toutefois que penser et comment expliquer cette couleur extraordinaire qui cernait les carreaux de tatouage ? Bien entendu, ça pouvait n'être qu'un bon tannage tropical ; mais, jamais je n'ai entendu dire que le plus ardent des soleils ait coloré en jaune pourpre un homme blanc. Après tout, supposai-je, n'ayant jamais été dans les mers du Sud, peut-être que là-bas, le soleil produit sur la peau ces effets étranges. Or, tandis que ces idées me traversaient comme des éclairs, le harponneur, lui, continuait d'ignorer ma présence. Ayant enfin ouvert son sac, il y fouilla et en sortit une sorte de tomahawk ainsi qu'une blague rugueuse en peau de phoque. Plaçant le tout sur le vieux coffre il prit alors la tête de Nouvelle-Zélande – véritable objet d'épouvante – et la fourra dans le sac ; après quoi, il ôta son chapeau en feutre, et je faillis crier de surprise ! Pas un cheveu sur la tête, sauf une sorte de nœud de crâne tressé sur son front ! Cette tête chauve, pour lors tout empourprée, semblait un crâne en décomposition. Si cet homme étrange ne s'était tenu entre la porte et moi, je me serais sauvé en moins de temps qu'il ne faut pour avaler une bouchée. Un instant, j'envisageai la possibilité de sauter par la fenêtre ; mais il y avait deux étages dessous ! Je ne suis pas lâche, cependant ce masque pourpre de colporteur de têtes me dépassait littéralement. L'ignorance est mère de la peur. Je pouvais tout attendre et craindre de cet étranger. J'en avais peur comme si le diable avait sauté dans ma chambre au plus noir de la nuit. Dans ma terreur, comment trouver le courage de lui adresser la parole pour savoir quelque chose de lui ?

Pendant ce temps, il continuait de se dévêtir. Sa poitrine et ses bras apparurent. Aussi vrai que je vis ! ces parties de lui-même étaient quadrillées des mêmes carreaux sombres que son visage : son dos aussi. Il semblait rescapé d'une guerre de Trente Ans, avec une chemise d'emplâtres et de taffetas gommé. Ses jambes étaient aussi décorées. On croyait y voir une quantité de grenouilles vert foncé grimpant sur des troncs jaunes de palmiers. Il devenait l'évidence même que c'était un abominable sauvage embarqué par quelque baleinier dans les mers du Sud et parvenu de la sorte dans ce pays chrétien. Je tremblais rien que d'y songer ! Un colporteur de têtes en outre ; et à qui la fantaisie pouvait prendre d'avoir la mienne !... Ce tomahawk... Ciel !

Mais je n'avais pas fini de trembler. Il commença alors un véritable travail de païen qui me pétrifia. Il était allé à sa veste qu'auparavant il avait pendue à une chaise, il en fouilla les poches et, au bout d'un moment, en sortit une curieuse et informe petite figurine ayant une bosse au dos et dont la couleur était exactement celle d'un nouveau-né congolais. Me souvenant de la tête embaumée, je crus tout d'abord que c'était un véritable bébé noir conservé de la même manière ; puis je me rendis compte que ça n'était pas du tout flexible et que ça luisait comme de l'ébène poli. J'en conclus que ça n'était autre chose qu'une idole en bois, et, en vérité, c'était ça ! Le sauvage s'en fut à la cheminée vide dont il enleva l'écran de papier. Comme une quille, il plaça son fétiche biscornu entre les chenets. Les montants de la cheminée et les briques du dedans étant couverts de suie, j'imaginais qu'il voyait là une sorte de petit temple ou de chapelle approprié à son idole congolaise. Quoique toujours très mal à l'aise je redoublai d'attention pour voir ce qui allait se passer. D'abord, il prit une double poignée de copeaux dans la poche de son suroît et les plaça soigneusement devant le gri-gri ; par-dessus, il mit un biscuit de mer, puis il approcha la flamme de la lampe pour enflammer les copeaux. Ça fit assez flamme de sacrifice ! Après quoi, ayant essayé de plonger rapidement ses doigts dans le feu et les ayant retirés non moins vivement, il réussit à saisir le biscuit sur lequel il souffla pour en chasser les cendres et l'étendre. Il en fit une offrande polie au petit dieu, mais le diablotin ne sembla pas beaucoup apprécier un genre d'offrande aussi sec, car il ne desserra pas les lèvres. Toutes ces étranges momeries, le sauvage les accomplissait en les accompagnant de sons gutturaux non moins étranges. Ça ressemblait à des prières chantonnées ou à des psalmodies païennes, et le visage du chanteur se contorsionnait d'une manière pas du tout naturelle.

Enfin, il éteignit le feu, prit l'idole et la remit dans la poche du suroît, ne faisant pour cela pas plus de cérémonie qu'un chasseur fourrant une bécasse morte dans son sac. Tous ces agissements avaient aggravé mon inquiétude, et maintenant que je voyais qu'il allait en avoir fini avec ses singeries et qu'il allait sauter dans le lit, je pensai que le moment était venu de rompre le charme sous lequel je venais d'être si longtemps tenu. Mais, l'instant que je passai à délibérer sur ce que j'allais pouvoir dire me fut fatal. Prenant son tomahawk sur la table, il en inspecta rapidement la tête puis, la poignée à la bouche, il mit la tête en contact avec la flamme de la lampe et se mit à souffler de gros nuages de fumée. L'instant d'après la lumière était éteinte et, tomahawk aux dents, il avait sauté dans le lit, près de moi. Je ne pus m'empêcher de crier. Sa surprise à lui se manifesta par un grognement. Il se mit à me palper. Je me boulai contre le mur le suppliant quel ou quoi qu'il fût de rester tranquille et de me laisser sortir du lit pour rallumer la lampe. A ses réponses gutturales, je compris tout de suite qu'il saisissait mal le sens de mes paroles.

– Qui diable vous être ? dit-il enfin. Vous pas parler ? Enfer ! moi tuer vous...

Tout en parlant il brandissait son tomahawk dont il éparpillait les cendres brûlantes sur le lit, ce qui me fit redouter de le voir ficher le feu à ma chemise.

– Patron, pour l'amour de Dieu ! hurlais-je, hé ! Peter Coffin ! Patron ! Gardien ! Coffin ! Anges du ciel, à moi !

– Vous parler, vous dire moi qui vous est, grogna de nouveau le sauvage, vous parler ou moi tuer vous !

Dieu merci ! A ce moment le patron entra dans la chambre une lumière à la main ; alors, sautant du lit, je courus vers lui.

– Ayez pas peur, qu'il fit avec son sourire exaspérant, Queequeg ne touch'rait pas à un seul de vos ch'veux.

– Arrêtez de rire aussi bêtement, hurlai-je. Pourquoi ne m'avez-vous pas dit que c'était un cannibale ?

– J'pensais qu'vous l'saviez. J'v's'avais dit qu'il colportait des têtes en ville. Mais, allez !... Jetez l'ancre encore, dormez !... Hé, Queequeg, vous connaît moi, moi connais vous, hein ? l'homme ici dormir avec vous... vous comprend ?

– Moi comprends, grommela Queequeg en s'asseyant sur le lit sans cesser de tirer des bouffées de fumée de son tomahawk. Vous entrer là-dedans, ajouta-t-il, faisant vers moi un geste avec son tomahawk et ouvrant la couverture vraiment comme un civilisé et même très gentiment. Je le regardai. Malgré ses tatouages c'était somme toute un cannibale propre et appétissant. Pourquoi ai-je fait tant d'histoires, pensais-je ; cet homme est un être humain tout comme moi, il a autant de raisons de me craindre que moi de le craindre. Mieux vaut dormir avec un cannibale sobre qu'avec un chrétien saoul.

— Patron, dis-je, dites-lui de garer son espèce de pipe, bref dites-lui que je veux bien coucher près de lui, mais qu'il s'arrête de fumer. Ça ne me dit rien d'avoir comme voisin de lit un type qui fume. C'est dangereux et je ne suis pas rassuré.

Ceci ayant été répété à Queequeg, il s'exécuta tout de suite m'invitant de nouveau poliment à entrer dans le lit et se poussa tout d'un côté comme pour me dire « ainsi je ne vous toucherai pas même d'une jambe ».

— Bonne nuit, patron, dis-je. Ça va comme ça.

Je me couchai et je n'ai jamais mieux dormi de ma vie.

IV

LA COURTEPOINTE

En m'éveillant, le lendemain dès l'aube, je m'aperçus que le bras de Queequeg pesait sur moi de la manière la plus affectueuse. Pour un peu on aurait pensé que j'étais sa femme. La courtepointe était faite de quantité de bouts de chiffons cousus ensemble et formant de drôles de petites figures géométriques en couleur ; d'autre part, le bras de Queequeg complètement tatoué figurait un véritable labyrinthe crétois. On n'y pouvait trouver deux places d'une même nuance. Je suppose que cela venait de ce qu'en mer, il avait l'habitude de tenir ce bras tantôt à l'ombre et tantôt au soleil, dans des chemises à manches plus ou moins courtes. Donc ce bras, disais-je, semblait être lui-même un morceau de cette courtepointe faite de pièces et de morceaux. Quand j'ouvris les yeux, je ne pus distinguer l'un de l'autre tellement ils étaient pareils et c'est seulement par la sensation de pression et de poids que je compris que Queequeg me tenait serré.

Mes impressions étaient étranges. Je vais essayer de les expliquer : Je me souviens d'avoir éprouvé quelque chose d'analogue lorsque j'étais tout petit. L'ai-je rêvé ?... J'avais dû faire quelque drôle de coup ; peut-être que j'avais essayé de grimper dans la cheminée comme le petit ramoneur qui était venu quelques jours avant. A tout bout de champ, ma marâtre me fouettait ou m'envoyait au lit sans souper. Elle me sortit de la cheminée par les jambes et m'expédia vivement au lit bien qu'il ne fût que deux heures de l'après-midi. Je me souviens, c'était un 21 juin, le jour le plus long de l'année. J'étais affreusement malheureux. Mais il n'y avait rien à faire, je dus monter au troisième, à ma chambre. Pour tuer le temps je me déshabillai aussi lentement que possible et, avec un gros soupir, me glissai entre les draps. Je restai là, à calculer misérablement que seize heures devaient passer avant que je puisse espérer la résurrection. Seize heures au lit ! Rien que d'y penser, j'avais le dos endolori. Il faisait si clair ! Il y avait un grand bruit de chariots dans la rue. Toute la maison retentissait de voix joyeuses. A la fin, n'y tenant plus, je me levai, m'habillai et, mes seuls bas aux pieds, descendis doucement. Je cherchai ma marâtre et me jetai subitement à ses genoux, la suppliant par faveur exceptionnelle de me donner une bonne fessée pour mes péchés, n'importe quelle punition plutôt que de me condamner à rester couché un temps si insupportablement long. Mais c'était la meilleure et la plus consciencieuse des marâtres. Il me fallut retourner à ma chambre ! Pendant quelques heures encore, je demeurai éveillé. Jamais, au cours de ma vie, je n'ai été plus malheureux qu'à ce moment ; même plus tard, quand je connus le vrai malheur. A la fin, je dus tomber dans un demi-sommeil de cauchemar dont je sortis lentement, encore à moitié plongé dans le rêve. J'ouvris les yeux. La chambre, auparavant ensoleillée, était maintenant plongée dans le noir. Aussitôt je sentis un frisson me parcourir tout le corps. Je ne voyais rien, n'entendais rien ; mais une main surnaturelle semblait tenir la mienne. Mon bras reposait sur la couverture et le quelque chose sans nom (réalité ou fantôme) auquel appartenait cette main paraissait assis tout contre mon lit. Durant ce qui me sembla être des siècles et des siècles, je demeurai immobile, plein d'une peur atroce, n'osant dégager ma main, mais ne cessant de penser que si seulement je pouvais la bouger d'un pouce, l'affreux charme serait rompu. Je ne sais comment cet état de conscience me quitta mais, au matin, lorsque je m'éveillai, je me souvins de tout en tremblant, et pendant les jours et les semaines qui suivirent je me perdis en conjectures sans pouvoir expliquer ce mystère. Encore à présent, je n'y comprends rien.

Or, l'horrible peur mise à part, mes sensations d'alors étaient très proches, dans leur étrangeté, de celles que j'éprouvai en sentant, au réveil, le bras de Queequeg m'entourant. Peu à peu, cependant, les événements de la nuit me revinrent dans leur réalité tangible et je demeurai seulement sensible au côté comique de la situation ; car j'avais beau essayer de me sortir de ce bras, tout endormi qu'il était, Queequeg me serrait aussi fort que s'il avait été écrit que seule la mort pouvait nous séparer, moi et lui.

Je tentai de le réveiller : « Hé ! Queequeg ! » Sa

seule réponse fut un ronflement. Je parvins à me retourner sur le côté ; j'eus alors l'impression d'avoir le cou pris dans un carcan de cheval et je sentis une légère égratignure. Ecartant la courtepointe, je vis le tomahawk qui dormait à côté du sauvage comme si c'était un bébé à tête de hache.

Je suis dans de beaux draps, pensai-je. Couché là, de jour, dans cette bicoque bizarre, avec un cannibale et un tomahawk !

— Queequeg, au nom du ciel ! Queequeg, réveillez-vous !

Enfin, à force de me tortiller et de protester sur l'inconvenance d'être enlacé de cette manière par un homme, je finis par en extraire un grognement ; bientôt il retira son bras, s'ébroua comme un chien de Newfoundland sortant de l'eau et, s'asseyant sur le lit, raide comme un bois de pique, il me regarda en se frottant les yeux comme s'il cherchait à se rappeler comment il se faisait que je me trouvais là. Puis le désir vague de savoir quelque chose à mon sujet parut lentement le gagner. Je restai à le regarder tranquillement, sans aucune appréhension désormais, observant avec la plus grande attention cette curieuse créature. Quand son cerveau eut, on peut dire, fait le point à propos de son compagnon de lit, Queequeg sauta à terre et avec force gestes et marmonnements, entreprit de me faire comprendre que si je le voulais bien, il allait s'habiller le premier et qu'ensuite j'aurais la pièce à moi tout seul. « Queequeg, pensai-je, en l'occurrence, voici une politesse de civilisé. » Mais il faut bien le dire, ces sauvages ont un sens inné d'une certaine délicatesse. Pensez-en ce que vous voudrez. Il est merveilleux de voir à quel point ils sont polis. Ce compliment s'adresse à Queequeg en particulier qui, en cette circonstance, me traita avec civilité, alors que je me montrais passablement grossier en le dévisageant comme je le faisais. Du lit je ne cessais de le suivre des yeux tandis qu'il s'affairait à sa toilette ; mais alors la curiosité l'emportait sur l'éducation. Aussi bien ce n'est pas tous les jours qu'on a l'occasion de voir un homme comme Queequeg. Ses façons d'être et lui-même valaient la peine d'être regardés de près.

Il commença à se vêtir par le haut, mettant d'abord son chapeau de feutre qui – soit dit en passant – était très haut ; ensuite, toujours sans son pantalon, il enfila ses bottes et, pour le faire, se glissa sous le lit. Pourquoi, Dieu du ciel, le fit-il ? Je n'en sais rien, mais son premier mouvement fut de se glisser sous le lit, bottes en main et chapeau sur la tête. D'après ses halètements et ses soupirs je suppose que ça lui donnait du fil à retordre. Je n'ai jamais entendu dire qu'aucune loi des convenances exige qu'un homme doive enfiler ses bottes en cachette. Mais Queequeg, voyez-vous, était une créature à l'état de transition – ni chenille ni papillon – il était juste assez civilisé pour montrer sa rusticité de la manière la plus inattendue. Son éducation n'était pas encore achevée. Il n'était qu'un novice. Il est probable que s'il n'avait pas été un peu dégrossi, il ne se serait nullement soucié de bottes ; par ailleurs, s'il n'avait été qu'un sauvage, jamais l'idée de se fourrer sous le lit pour se chausser ne lui serait venue.

Il en sortit finalement avec son chapeau bosselé et bien écrasé sur ses yeux. Tout boitillant – ses bottes faisaient cric-crac – il entreprit le tour de la chambre comme pour s'accoutumer à ces bottes en peau de vache, toutes mouillées et ridées (sans doute pas faites sur mesure non plus) et qui devaient le tourmenter à ses premiers pas dans le froid du matin.

Constatant que les fenêtres étaient sans rideaux et aussi que, la rue étant très étroite, la maison d'en face donnait en plein dans la chambre où Queequeg traînassait de part et d'autre avec pas grand'chose de plus que son chapeau et ses bottes, je le suppliai d'activer un peu sa toilette et d'enfiler au plus vite son pantalon. Il le fit aussitôt.

A cette heure matinale, n'importe quel chrétien se serait d'abord lavé la figure, mais, à mon étonnement, Queequeg commença ses ablutions par sa poitrine, ses bras et ses mains, puis, ayant passé son gilet, il prit un savon très dur sur le lavabo-table de centre et commença à savonner sa figure.

Je me demandais où il cachait son rasoir quand, soudain, que vis-je ?... Il désemmancha le harpon qui était à la tête du lit, enleva le fourreau et affûta un peu l'instrument sur sa botte. Il se dirigea alors à grands pas vers le mur où pendait un morceau de miroir et commença un raclage dans les règles, ou plutôt un harponnage de ses joues.

Queequeg, pensais-je, c'est se servir là de la coutellerie de Roger le Pirate, ou je n'y entends rien ! Plus tard, je m'étonnai moins de cette opération, quand je sus de quel bon acier est faite une tête de harpon et avec quel soin le long fil des tranchants est tenu aiguisé.

Le reste de la toilette achevé, Queequeg sortit fièrement de la chambre, sanglé dans sa grande vareuse et tenant son harpon comme un bâton de maréchal.

V

LE PETIT DÉJEUNER

Je me dépêchai de suivre son exemple et, descendu au comptoir, j'accostai très aimablement le toujours ricanant patron. Je ne lui gardais pas rancune bien qu'il se fût pas mal fichu de moi avec mon compagnon de lit. Mais un bon rire est une bonne chose (trop rare malheureusement) alors, quand un homme fournit la matière à une blague, qu'il ne s'y refuse pas et que même il entre dans le jeu et permet qu'on y entre, on peut être sûr qu'il y a sans doute plus de ressources qu'on ne pense dans cet homme.

A présent le comptoir était plein des pensionnaires arrivés un à un la nuit précédente et que je n'avais pas encore bien regardés. C'étaient presque tous des baleiniers : quartiers-maîtres, premiers-maîtres, seconds-maîtres, et des charpentiers de marine et des tonneliers de marine, et des forgerons de marine, et des harponneurs, et des surveillants de bord. Une compagnie tout en bronze et en muscles avec des barbes en broussaille ; un tas de gars hirsutes et pas rasés et qui tous portaient leur vareuse en guise de robe de chambre.

A peu de chose près, vous pouviez dire quel temps s'était écoulé depuis que chacun d'eux avait débarqué : la joue saine de ce jeune homme était comme une poire roussie au soleil et il semblait sentir le musc ; il ne devait pas y avoir plus de trois jours qu'il avait touché terre après un voyage aux Indes. La peau de cet homme, à ses côtés, quoique colorée à un degré moindre, paraissait de bois satiné. Dans le teint du troisième traînait encore le ton du tannage des Tropiques, pâli néanmoins ; sans doute que celui-là s'était attardé des semaines entières à terre. Mais aucun n'aurait pu montrer une joue comme celle de Queequeg, laquelle, avec ses barres de diverses teintes, ressemblait au flanc ouest des Andes avec leurs zones contrastées et leurs climats divers.

– A la boustiffe ! Ho ! hé ! appela à cet instant le patron, en ouvrant toute grande une porte. Et nous entrâmes tous pour le petit déjeuner.

On dit que les hommes qui ont couru le monde entier sont à leur aise partout et qu'ils sont sûrs d'eux en toute compagnie. Ce n'est pas toujours vrai ; Ledyard, le grand voyageur de New-England et Mungo Park l'Ecossais sont, parmi les hommes, ceux qui ont le moins d'assurance en société. Mais il se peut que le fait de traverser la Sibérie avec un traîneau tiré par des chiens, comme l'avait fait Ledyard, ou celui de réaliser un long raid au cœur de l'Afrique avec le ventre vide, ce qui était le plus clair de l'activité de Mungo Park, peut-être, dis-je, que ces sortes de voyages ne sont pas la meilleure façon d'attraper un solide vernis mondain, chose qui, néanmoins, peut s'acquérir n'importe où.

Ces réflexions m'étaient venues du fait qu'une fois tous attablés, je m'attendais à écouter quelque bonne histoire de chasse à la baleine. Or, à ma grande déception, chacun des hommes présents gardait un profond silence ; plus même, tous avaient l'air gêné ! C'était un tas de loups de mer dont la moindre hardiesse avait été d'affronter de grandes baleines, au grand large, sur des mers qui leur étaient totalement inconnues ; sans sourciller, ils avaient eu avec elles des duels à mort ; tous donc de même métier et de mêmes goûts et qui néanmoins étaient là, à la table du déjeuner, se dévisageant aussi timidement que s'ils ne s'étaient jamais beaucoup écartés de quelque bergerie des Montagnes Vertes. C'était curieux à voir ces ours honteux, ces timides guerriers chasseurs de baleines.

Quant à Queequeg, assis parmi eux (et par un effet du hasard en tête de table), il était aussi froid qu'un glaçon. Sûr je ne peux pas dire grand'chose de son savoir-vivre. Son meilleur apologiste n'aurait pu justifier impartialement la présence de ce harpon dont il se servait sans cérémonie, le pointant d'un bout à l'autre de la table (non sans danger pour nombre de têtes), pour harponner quelque bifteck. Mais il le faisait si froidement ! Et, pour nombre de gens, faire froidement quelque chose, c'est le faire avec distinction.

Nous ne parlerons pas ici de toutes les étrangetés de Queequeg ; nous ne dirons pas comment il refusa le café et les croissants chauds pour s'intéresser uniquement aux biftecks quasi crus. Qu'il suffise de savoir qu'une fois le déjeuner expédié, il se retira comme les autres dans la salle commune ; qu'il y alluma son tomahawk-pipe et demeura tranquillement assis, son inséparable chapeau sur la tête, fumant et digérant.

Je sortis alors pour faire une balade.

VI

LA RUE

Si la première vision d'un individu aussi bizarre que Queequeg circulant parmi la société policée d'une ville civilisée m'avait stupéfié, ma stupéfaction s'accrut quand, en plein jour, je fis ma première sortie dans les rues de New-Bedford.

Dans tout port de mer important, les rues qui avoisinent les quais offrent ainsi à la vue des êtres étranges, venus de loin et qu'on ne peut identifier. A Broadway même et dans la rue Chestnut, des marins de la Méditerranée coudoient parfois les dames effrayées. Regent-Street n'est pas inconnu des Lascars et des Malais. Et à Bombay, dans l'Apollo Green, de vrais yankees ont souvent fait peur aux indigènes. Mais New-Bedford bat tous les records, y compris ceux de Water Street et de Waping. Dans ces derniers endroits, vous ne voyez que des marins, tandis qu'à New-Bedford, de vrais cannibales bavardent au coin des rues. L'étranger y regarde avec ébahissement d'authentiques sauvages dont beaucoup portent encore sur leurs os de la chair impie

Mais en plus des Fidjiens, Tongatoboors, Erromangoans, Pannanghiens et Brighans, en plus des spécimens spécialisés dans la pêche à la baleine, vous voyez rouler dans les rues, sans qu'on y fasse autrement attention, des choses encore plus curieuses et à coup sûr plus comiques. Chaque semaine arrivent dans cette ville des « bleus » du New-Hampshire, tout assoiffés des gloires et profits de la pêcherie. En général, ils sont jeunes, bien bâtis ; ce sont des gars qui ont abattu des forêts entières et qui maintenant veulent lâcher la hache pour le harpon. Beaucoup sont aussi « bleus » que les Montagnes Bleues d'où ils arrivent. Parfois, vous pourriez croire qu'il n'y a que quelques heures qu'ils viennent de naître. Voyez, là-bas, ce gars tout fier, qui passe le tournant. Il porte un chapeau de feutre et un habit à queue serré d'une ceinture de marin, avec le couteau passé dedans. En voilà un autre avec un chapeau de pilote et une cape de basin.

Aucun dandy de la ville ne peut se mesurer avec un de la campagne ; un dandy tout à fait rustre, je veux dire, un de ces gars qui, en pleine canicule, vous fauchera ses deux arpents, des gants de peau aux mains, de peur qu'elles ne tannent. Or, quand un de ces dandys de campagne s'est mis dans la tête de se faire une réputation distinguée en se joignant à la grande pêcherie de baleine, il faut voir toutes les choses roulantes qu'il fait en arrivant au port. D'abord, il commence par se commander un habit de marin avec des boutons-cloches au gilet et des lanières à son pantalon de toile. Ah ! pauvre poussière de foin que tu es ! Comme tout ça va sauter au premier hurlement de l'orage ! Boutons, lanières, toi-même volant dans la gueule de la tempête.

Ne croyez pas cependant que cette ville célèbre n'ait que des harponneurs, des cannibales et des lourdauds à montrer à ses visiteurs, oh que non ! En plus de tout ça, New-Bedford est un drôle d'endroit. Sauf peut-être pour nous autres baleiniers, ce coin de terre est toujours resté quelque chose d'aussi effrayant que la côte du Labrador. Certaines parties de sa campagne suffisent à effrayer, tant elles sont osseuses. La ville est peut-être le coin le plus cher à vivre de tout New-

England. Une terre d'huile, c'est entendu, mais pas à la manière de Chanaan ; un pays de blé et de vin ; mais le lait ne coule pas dans ses rues et, au printemps, on ne voit pas celles-ci pavées avec des œufs frais. Malgré tout ça, nulle part ailleurs en Amérique vous ne trouverez de maisons plus patriciennes, de jardins et de parcs plus opulents qu'à New-Bedford. D'où sortent-ils ? Comment ont-ils été plantés sur cette terre qui n'était autrefois qu'une scorie rocheuse ?

Allez voir là-bas, piqués autour de ces demeures altières, les harpons emblématiques en fer ; ils vous renseigneront. Oui, toutes ces fières maisons, tous ces jardins fleuris sortent de l'océan soit Atlantique, soit Pacifique, soit Indien. Chacun a été harponné et drainé du fond des mers jusqu'ici. Le grand Alexandre lui-même n'aurait pu entreprendre ça.

On prétend aussi qu'à New-Bedford, les pères donnent une baleine en dot à leurs filles et qu'ils rapportent quelques marsouins en cadeau pour chacune de leurs nièces. C'est à New-Bedford qu'il faut aller pour voir un mariage brillant ; il s'y trouve de telles réserves d'huile dans les maisons que, chaque nuit, on y brûle sans scrupule des quantités énormes de chandelles en blanc de baleine.

En été, la ville est belle à voir. Les longues avenues sont pleines d'érables magnifiques, vert et or, et, en août, haut dans l'air, des marronniers beaux et généreux offrent aux passants leurs cônes effilés de fleurs serrées, comme des candélabres. Ainsi, l'art est omnipotent qui, en bien des quartiers de New-Bedford, ajoute des terrasses égayées de fleurs aux rochers de rebut qui furent jetés à la côte, le dernier jour de la création.

Quant aux femmes de New-Bedford elles fleurissent comme leurs propres roses rouges ; mais les roses, elles ne fleurissent que l'été, tandis que la fine carnation des joues des femmes de New-Bedford est aussi permanente que la lumière du soleil au septième ciel. Cet éclat est inégalé partout, sauf à Salem où, paraît-il, les jeunes filles exhalent un tel musc que leurs amoureux marins les sentent à des kilomètres de la terre, tout comme s'ils approchaient des Moluques odorantes et non des sables puritains.

VII
LA CHAPELLE

Dans New-Bedford il y a une chapelle des Baleiniers. Il n'est pas beaucoup de pêcheurs cafardeux qui n'y fassent une visite dominicale avant de s'embarquer pour le Pacifique ou pour la mer des Indes. Moi, je l'ai fait, en tout cas !

Au retour de ma première balade matinale, je ressortis de nouveau pour cette visite spéciale. Le ciel avait troqué un soleil clair dans un ciel froid contre de la brume et des averses. Enveloppé dans mon manteau dit « peau d'ours », je me faufilai à travers l'orage tenace. En entrant dans la chapelle, je trouvai une petite assemblée clairsemée de marins et de femmes et veuves de marins. Un silence lourd régnait, interrompu de temps à autre par le fracas des bourrasques. Chaque fidèle silencieux semblait s'être mis à part des autres, exprès ; comme si chaque peine privée était insulaire et sans communication possible. L'aumônier n'était pas encore arrivé, et ces îlots silencieux d'hommes et de femmes restaient sans bouger, regardant fixement plusieurs tablettes de marbre bordées de noir qui se trouvaient maçonnées dans le mur, de chaque côté de la chaire. Sur trois d'entre elles on pouvait lire ceci :

A la mémoire de
JOHN TALBOT
Perdu en mer
Près de l'Ile de Désolation, en Patagonie
à l'âge de dix-huit ans
1er Nov. 1836
Cette plaque a été érigée à son souvenir
par sa sœur

A la mémoire de
ROBERT LONG, WILLIS ELLERY, NATHAN COLEMAN
WALTER CANNY, SETH MACY et SAMUEL GLEIG
de l'équipage du bateau
ELISA
qui disparut
entraîné par une baleine
Aux pêcheries sur la côte du Pacifique
31 Décembre 1839
Cette plaque a été placée ici
par leurs camarades de bord survivants

A la mémoire de
feu le capitaine
EZECHIEL HARDY
Qui fut tué par un cachalot
A l'avant de son bateau
Sur la côte du Japon
3 Août 1833
Cette plaque a été érigée à son souvenir
Par sa veuve

Secouant mon chapeau et mon « peau d'ours » qui étaient couverts de neige fondue et de givre, je m'assis près de la porte et, en me retournant à demi, je fus bien surpris de trouver Queequeg là, près de moi. Impressionné par la solennité du lieu, il avait un regard où l'étonnement se mêlait à une curiosité incrédule. Ce sauvage fut la seule personne présente qui prît garde à mon entrée ; il est vrai qu'il ne pouvait s'intéresser aux funèbres inscriptions du mur, ne sachant pas lire. J'ignore si, dans cette assemblée, il y avait des parents de ceux dont les noms figuraient là. Tant d'accidents mortels ne sont jamais mentionnés dans la pêcherie ! Mais quelques-unes de ces femmes portaient, sinon sur elles, du moins sur leur visage, un deuil sans espoir. Ce dont je pouvais être sûr, c'est que tous devant moi devaient sentir, à la vue de ces mornes tablettes, se rouvrir de saignantes et inguérissables blessures et se retrouver submergés dans d'insondables chagrins.

Oh ! vous dont les morts reposent sous l'herbe verte et qui, debout parmi les fleurs, pouvez dire : « Ici dort mon bien-aimé », vous ignorez quelle désolation couve dans les poitrines de ceux-ci. Vous ne pouvez imaginer quels abîmes d'amertume suggèrent ces plaques de marbre bordées de noir et qui ne couvrent point de cendres ; vous ne pouvez vous douter des désespoirs qui s'expriment dans ces inscriptions immuables qui semblent exemptes de toute foi et paraissent refuser la résurrection aux êtres morts sans tombeaux. Ces tablettes auraient été tout aussi bien à leurs places dans les caves d'Eléphantine, qu'ici.

Sous quelle forme les morts habitent-ils le monde ? Pourquoi un proverbe universellement connu affirme-t-il « qu'ils sont sans histoire », alors qu'ils recèlent plus de secrets que les sables mouvants de Goodwins ? En voilà un qui est parti d'hier, de quel droit dire à son propos cette phrase aussi définitive et mensongère. Il est vrai que nous ne prononçons pas son nom et qu'il s'est embarqué pour des Indes en dehors de notre terre vivante. Pourquoi les compagnies d'assurances sur la vie n'assurent-elles pas au-delà de la mort ce qui est véritablement immortel ? Dans quelle pétrification éternelle se trouve toujours le vieil Adam qui mourut voici soixante siècles ? Pourquoi ne nous consolons-nous pas puisque nous savons qu'ils vivent en joie éternelle ? Pourquoi les vivants cherchent-ils tant à faire taire les morts ? Songez que les coups entendus dans un tombeau suffisent pour terroriser une cité entière. Tout ceci n'est pas sans raison.

Mais la Foi, comme un chacal, se nourrit parmi les tombes et c'est même de nos doutes au sujet de la mort qu'elle tire ses meilleures raisons d'être.

Il est donc à peine nécessaire que j'indique ici avec quels sentiments, à la veille de mon départ pour Nantucket, je regardais ces tablettes de marbre et y lisais le sort de ces baleiniers qui, avant moi, étaient passés de vie à trépas. Oui, Ishmaël, le même sort te guette ! Cependant, en dépit de tout, je me sentais redevenir gai. Plaisants motifs d'embarquement, me semblait-il ; occasion splendide d'être « élu ». Dame oui ! Un bateau défoncé peut faire de moi un immortel breveté. Oui ! il y a la mort dans cette affaire de pêche à la baleine ; une entrée subite, en vrac, sans avoir le temps de dire ouf, de l'homme dans l'Eternité. Mais quoi ? Il semble qu'à considérer ces choses spirituelles, nous ressemblons fortement aux huîtres qui observent le soleil à travers l'eau et prennent cette épaisseur liquide pour l'air le plus léger. Il me semble aussi que mon corps n'est que la lie de mon être supérieur. Si vous le voulez, en effet, prenez-le ; prenez mon corps, dis-je. Il n'est pas à moi. Et trois fois hurrah pour Nantucket ! Que le bateau soit défoncé et ma carcasse avec, s'ils le veulent. Car pour ce qui est de défoncer mon âme, Jupiter même ne le pourrait.

VIII
LA CHAIRE

Je n'étais pas assis depuis longtemps lorsqu'un homme à l'air vénérable, mais encore vigoureux, entra. A peine l'orage l'eut-il projeté parmi nous par la porte battante, qu'au coup d'œil vif que cet homme promena sur l'assemblée, je compris que c'était l'aumônier ; le célèbre Père Mapple, ainsi que le nommaient les baleiniers qui le tenaient en grande estime. Dans son jeune temps il avait été marin et harponneur avant de se consacrer au ministère. Au moment de cette histoire, le Père Mapple était entré dans l'hiver d'une vieillesse pleine de verdeur ; ce genre de vieillesse qui semble se muer en une nouvelle et florissante jeunesse. A travers ses rides brillaient les doux rayons de ce renouveau comme les verdures printanières pointant timidement sous les neiges de février. Sans avoir jamais entendu parler de lui, on aurait néanmoins regardé le Père Mapple avec beaucoup d'intérêt car, sous certaines particularités cléricales greffées sur lui, on pouvait deviner l'aventureuse vie marine qu'il avait menée.

Lorsqu'il entra, je constatai qu'il ne portait pas de parapluie et qu'il n'était certainement pas venu en voiture, car un grésil fondant coulait de son chapeau de toile cirée et son grand caban de pilote en drap traînait presque par terre tant il était lourd de pluie. Chapeau, manteau et galoches furent enlevés et pendus dans un coin, à l'écart ; alors, vêtu d'un costume décent, le Père Mapple approcha tranquillement de la chaire.

Celle-ci, comme la plupart des chaires à l'ancienne mode, était très haute, si haute que, pour y accéder, il eût fallu, normalement, un escalier fort long, lequel eût singulièrement diminué l'espace déjà restreint dans la petite chapelle. Pour obvier à cet inconvénient, l'architecte, suivant sans doute les conseils du Père Mapple, avait tout simplement supprimé l'escalier et l'avait remplacé par une échelle posée verticalement de côté, comme le sont les échelles de coupée d'un vaisseau. La femme d'un capitaine baleinier avait fait don à la chapelle d'une belle paire de cordons en laine rouge pour cette échelle qui était peinte en couleur acajou et se terminait par une jolie tête sculptée. En somme, tout cela était d'assez bon goût, surtout quand on pense de quelle sorte de chapelle il s'agit ! S'arrêtant au pied de l'échelle, les deux mains sur les nœuds décoratifs du cordon, le Père Mapple jeta un coup d'œil en haut puis, avec l'adresse d'un vrai marin, mais beaucoup de dignité, main sur main, il monta les degrés comme s'il grimpait au grand mât de son vaisseau.

Les parties perpendiculaires de cette échelle, ainsi que le sont d'ordinaire celles qui se balancent, étaient faites de corde enveloppée d'étoffe, mais les échelons étaient de bois, de sorte qu'il y avait une charnière à chaque marche. Du premier coup d'œil, j'avais vu que ces charnières-là, commodes pour un bateau, étaient ici superflues, mais je ne m'attendais pas à voir qu'une fois monté dans les hauteurs, le Père Mapple se retournerait lentement et que, penché sur la chaire, il tirerait l'échelle marche à marche, jusqu'à ce que tout soit rentré à l'intérieur, le laissant, lui, inattaquable dans son petit Québec.

Je réfléchis un bon moment sans trop comprendre la raison de tout ça. Le Père Mapple avait une telle réputation de sincérité et de sainteté, qu'il ne pouvait être soupçonné d'user de trucs de théâtre pour courtiser la notoriété. Non, me dis-je, il doit y avoir une bonne raison à ça. Peut-être est-ce le symbole de quelque chose d'invisible ? Il se peut que, par cet acte d'isolement, il veuille signifier qu'entre le monde extérieur et lui, tous liens et rapports sont désormais rompus.

Oui, car en recevant la chair et le sang de la parole de cet homme de Dieu, cette chaire devenait forteresse elle-même ; quelque chose comme une fière Ehrenbreitstein[1] avec une source jaillissante dans ses remparts.

Mais l'échelle n'était pas l'unique singularité de l'endroit se rapportant aux navigations antérieures de l'aumônier. Entre les plaques de marbre, le mur qui formait fond à la chaire était décoré d'une grande peinture qui représentait un vaisseau luttant courageusement contre un orage terrible parmi des récifs noirâtres et de grandes vagues blanches. Entre les lambeaux d'écume et les roues de nuages sombres, flottait cependant une petite île ensoleillée où brillait une menue tête d'ange. Ce clair visage projetait une tache de lumière sur le pont du vaisseau démantelé, quelque chose dans le genre de la plaque d'argent qu'on peut voir vissée sur la planche du « Victory » sur laquelle tomba Nelson. Ah ! noble vaisseau, semblait dire l'ange, lutte, tiens bon le gouvernail car, vois, le soleil perce ! L'azur le plus serein est tout proche !

La chaire elle-même n'était pas exempte de ce goût marin que révélaient l'échelle et le tableau. Son panneau central était comme la solide proue d'un vaisseau et la Sainte Bible reposait sur un morceau de bois sculpté en volute qui s'avançait comme un manche à violon de navire.

Rien ne pouvait être plus significatif, car la chaire est toujours à l'avant de cette terre ; tout le reste vient ensuite. C'est la chaire qui mène le monde. C'est de là qu'on voit surgir la colère de Dieu et cette proue doit en supporter le premier assaut. C'est d'elle qu'on

1. Forteresse de Coblentz située sur la rive opposée du Rhin, au sommet d'un rocher escarpé dans la ville de Thalehrenbreitstein et reliée à Coblentz par un pont de bateaux. *(N.d.T.)*

invoque les dieux des vents pour en obtenir un favorable. Le monde est un vaisseau dans un voyage sans retour. La chaire est la proue de ce vaisseau ; parfaitement.

IX

LE SERMON

Le Père Mapple se leva et, d'une voix douce et modeste mais pleine d'autorité, il commanda à l'assistance de se grouper.

– Passez avant tribord, là-bas !... Obliquez vers bâbord. Passez avant bâbord, passez à tribord ! Par le milieu ! par le milieu !

Il y eut un bruit sourd de lourdes bottes de mer et un bruit plus léger fait par les souliers des femmes. Puis tout redevint calme. Tous les yeux étaient sur le prédicateur.

Il se recueillit un instant puis s'agenouilla à l'avant de la chaire, joignant ses grandes mains brunes sur sa poitrine et alors, levant les yeux au ciel, il fit une si fervente prière qu'il semblait être agenouillé et priant du fond de la mer.

Sa voix était solennelle et avait des intonations soutenues, pareilles au tintement continu de la cloche d'un bateau qui fonce dans le brouillard. De cette même voix et avec les mêmes intonations, il se mit ensuite à lire l'hymne suivant, mais sa manière changea vers les stances finales, où alors éclata une joyeuse exultation :

Ombres, terreurs, dans la baleine,
M'enveloppaient lugubrement
Et de Dieu, la vague sereine
M'emporta vers mon châtiment.

L'enfer s'ouvrant gueule béante,
Je vis les tourments éternels
Dont n'a parlé âme vivante.
Je fus en désespoir mortel.

En détresse, je criai vers Dieu
Ne le croyant mien dans ma faute grande ;
Mais lui, miséricordieux,
Ouït ma voix et ma demande.

En hâte il me vint délivrer
Tel un dauphin vif et joueur,
Mais l'éclair paraissait briller
Au front de Dieu Libérateur.

Sois loué, Seigneur, à toujours
Pour mon angoisse et ta clémence.
Gloire à toi, mon Dieu tout amour.
Tu es pitié ! Tu es puissance !

Presque toutes les voix s'étaient jointes à la sienne pour entonner cet hymne qui s'élevait haut, par-dessus les hurlements de l'orage. Suivit une petite pause ; le prédicateur feuilleta lentement la Bible et finalement, posant sa main à plat sur la page choisie, il dit :

« Bien-aimés camarades de mer, arrimez-vous au dernier verset du premier chapitre de Jonas : *...et Dieu avait préparé un grand poisson pour avaler Jonas.*

« Camarades de mer, ce livre, qui ne contient que quatre chapitres, est un des plus petits filins du puissant câble des Saintes Écritures. Quelles profondeurs de l'âme ne sonde-t-il pas, cependant. Quelle féconde leçon nous donne ce prophète. Quelle noble chose que ce cantique s'élevant vers Dieu du ventre même du poisson ! Comme c'est houleux et impétueux et grand ! Nous y sentons les flots déferler sur nous. Avec lui nous touchons les algues, le varech des fonds. Toute la vase sous-marine nous environne ! Mais quel genre de leçon nous donne le livre de Jonas ? C'est une leçon à deux filins, camarades de mer ; une leçon pour les pécheurs que tous nous sommes, et une leçon pour moi en tant que pilote du Dieu vivant. Comme pécheurs, c'est une leçon pour nous tous, car c'est une histoire de péchés, de dureté de cœur, de terreurs subitement réveillées, de châtiment tardif, de repentir, de prière et, en fin de compte, de joyeuse action de grâce avec la délivrance de Jonas. Comme il en va de la plupart des pécheurs, le péché de ce fils d'Amittaï, c'est qu'il voulait désobéir aux commandements de Dieu.

« Vous n'avez pas à vous préoccuper de ce qu'étaient ces commandements ni de la façon dont ils étaient transmis. Il pensait, lui, que c'était un dur commandement. Mais tout ce que Dieu commande est dur, dites-le-vous bien ! Et il nous commande plus souvent qu'il n'essaye de nous persuader. Si nous obéissons à Dieu, il nous faut nous obéir à nous-mêmes ; d'où il résulte qu'il est dur d'obéir à Dieu.

« En plus de ce péché de désobéissance, Jonas, en son for intérieur, raille Dieu et essaye de se passer de lui. Il s'imagine qu'un bateau fait de main d'homme peut le porter en des lieux où Dieu ne règne pas, mais seulement des chefs terrestres. Il rôde autour des quais de Joppé, cherchant un bateau à destination de Tarshish. Peut-être qu'ici il y a un sens entre deux eaux car, au dire de tous, Tarshish ne saurait avoir été autre chose que le Cadix actuel – ceci est l'opinion des savants. – Et savez-vous où se trouve situé Cadix, camarades de mer ? Cadix est en Espagne, aussi loin de Joppé qu'il aurait été possible à Jonas de naviguer en ces temps anciens où l'Atlantique était encore une mer inconnue. Joppé la Syrienne, la Jaffa moderne est sur la côte la plus à l'est de la Méditerranée, camarades de mer, et Tarshish ou Cadix se trouve à plus de deux mille milles de là, hors du détroit de Gibraltar. Ne voyez-vous pas alors, camarades de mer, que Jonas cherchait à s'éloigner de la terre de Dieu ? Le misérable ! Voyez cet homme abject, objet de mépris ; voyez-le avec son chapeau rabattu sur son nez pour cacher ses yeux coupables, ses yeux qui se cachent de Dieu ! Voyez-le rôdant autour des bateaux comme un sale voleur qui voudrait mettre la mer entre lui et ceux qui le recherchent ! Son regard est tellement inquiet, tellement conscient de son abjection que, si les gendarmes avaient existé à cette époque, il aurait été soupçonné aussitôt de quelque méfait et, certainement, aurait été arrêté avant d'avoir mis le pied sur le pont d'un navire. Comme on voit que c'est un fuyard ! Il n'a pas de bagages, pas de carton à chapeau, pas de sac. Il n'a point non plus d'amis pour l'accompagner sur le quai de départ. Alors, après bien des recherches secrètes, il finit par dénicher un navire prêt à partir pour Tarshish. On est en train d'y grimper le dernier frêt et quand il pose son pied sur le pont – en quête du capitaine qui est dans sa cabine – tout l'équipage cesse le travail pour le regarder et chacun des marins constate qu'il a le mauvais œil. Jonas s'en aperçoit et il s'efforce d'avoir l'air dégagé ; il essaie en vain son misérable sourire. Les hommes du bord ont tout de suite l'intuition qu'il n'a pas l'âme tranquille. En blaguant, mais au fond avec sérieux, ils se chuchotent l'un à l'autre : « Hé, Jack ! c'est un type qu'a volé une veuve » ou : « Visez-le, Joé, c'est un bigame ! » ou encore : « Harry, mon gars, j'vous parie qu'c'est un adultère évadé de la prison de Gomorrhe, ou p'tèt' encore un de ces hommes perdus de Sodome. » Un autre, en vitesse, saute à terre pour aller lire l'annonce placardée sur le quai, pas loin de là. On y offre cinq cents pièces d'or pour la capture d'un parricide et il y a une description détaillée de sa personne. Il lit, et son regard saute de Jonas à l'annonce ; pendant ce temps, ses camarades entourent tous Jonas, prêts à lui mettre la main au collet. Effrayé, Jonas tremble ; il fait appel à tout son courage mais il n'en a que l'air plus couard. Il ne veut pas qu'il soit dit qu'il semble suspect. Rien à faire ! Alors il laisse aller. Et quand les marins voient que ce n'est pas là l'homme qu'on recherche, ils s'écartent et enfin il peut descendre à la cabine.

« Qui est là ? » crie le capitaine affairé à son bureau, achevant de préparer les papiers pour la douane. « Qui est là ? » Oh ! comme cette simple question peut bouleverser Jonas ! Il s'en faut de peu qu'à ce moment-là il ne fasse demi-tour. Mais il se ressaisit : « Je cherche un passage pour Tarshish dans ce bateau. Dans combien de temps partez-vous, Sir ? »

« Jusqu'alors, le capitaine, occupé, n'a pas regardé Jonas, bien que celui-ci soit maintenant debout devant lui ; mais il n'a pas plutôt entendu cette voix caverneuse qu'il lève sur lui un regard scrutateur. « Nous partons avec la prochaine marée », répondit-il finalement avec lenteur et sans cesser de le dévisager. « Pas plus tôt ? – Assez tôt pour tout honnête homme qui voyage comme passager. » Attrape, mon vieux Jonas. Mais Jonas détourne la conversation de cette pente dangereuse. « Je voyagerai avec vous, dit-il ; combien coûte le voyage ? Je paye tout de suite. » Car ceci est dit en toutes lettres, camarades de mer ; et il n'est pas négligeable de constater qu'il soit écrit : *Et il paya le prix du voyage avant le départ du vaisseau.* Pris avec le contexte ceci est lourd de sens.

« Or, camarades de mer, le capitaine de Jonas était un de ceux-là dont le flair dépiste le crime n'importe où, mais qui, par cupidité se retiennent de le dénoncer, sauf quand il concerne des sans-le-sou. Car dans ce monde, camarades de mer, le péché qui paye sa place peut voyager librement et sans passeport, tandis que la vertu pauvre se voit arrêtée, elle, à toutes les frontières. Donc alors, le capitaine se prépare à soupeser le poids de la bourse de notre Jonas avant de rien décider à son sujet. Pour le passage il demande trois fois la somme habituelle. Et c'est accepté. Maintenant le capitaine a l'assurance que Jonas est un évadé, mais, en même temps, il décide de favoriser sa fuite qui peut laisser un sillage de pièces d'or. Quand, pour de bon, Jonas sort sa bourse, ses soupçons se réveillent. Il fait sonner chaque pièce pour voir s'il n'y en a pas une fausse. « Pas un faux-monnayeur en tout cas, marmonne-t-il. » Et il inscrit Jonas pour son passage. Maintenant Jonas dit : « Faites-moi montrer ma cabine, Sir. Je suis fatigué et je voudrais dormir. – Vous en avez l'air, réplique le capitaine. Tenez, la voici. » Jonas entre. Il voudrait bien fermer la porte à clef, mais la serrure n'a pas de clef. En l'entendant trifouiller stupidement, le capitaine rit tout bas et il grogne quelque chose où il est question de cellules de forçats dont les portes ne peuvent se verrouiller de l'intérieur. Tout vêtu et poussiéreux qu'il est, Jonas se jette sur sa couchette et s'aperçoit qu'avec le front on y touche presque le plafond. L'air est rare dans la petite cabine. Jonas halète. Dans ce trou étroit et qui, lui aussi, se trouve sous la ligne de flottaison, Jonas expérimente par avance le genre de suffocation qui l'attend au plus étroit des boyaux de la baleine.

« Contre la paroi de la cabine, vissée à un axe, une lampe oscille. A cause du poids des derniers ballots embarqués, le bateau donne de la bande du côté du quai et, bien que sans cesse agitée, cette lampe, avec sa flamme, demeure oblique par rapport au reste de la cabine ; oblique et infailliblement verticale et ainsi elle souligne le mensonge des lignes horizontales parmi lesquelles elle se trouve pendue. Cette lampe intrigue et inquiète Jonas qui est toujours allongé sur sa couchette et dont le regard apeuré passe sur chaque chose sans rien trouver de rassurant. De plus en plus cette contradiction de la lampe impressionne le triomphant fugitif. Tout est de travers : le plancher, le plafond, les parois.

« Oh ! gémit-il, c'est ainsi que ma conscience pend en moi. Elle brûle toute droite, mais les cabines de mon âme vont tout de travers ! »

« Comme un qui après une nuit de débauche gagne son lit en chancelant mais que sa conscience éperonne, enfonçant toujours plus ses pointes d'acier à mesure qu'il se cabre (tel Roman, le cheval de course) ; comme un aussi qui, dans ce triste état, tourne et vire sans arrêt dans un vertige d'angoisse, suppliant les Dieux de l'endormir pendant le plus gros de la chose et qui, finalement, tombe dans une torpeur profonde, comme saigné à mort (car c'est sa conscience qui saigne et rien ne peut étancher ce sang-là) ; ainsi Jonas, après une triste lutte, sombre dans le sommeil et s'y noie.

« A présent l'heure de la marée est venue. Le bateau lâche l'amarre et, sans personne pour lui dire adieu, glisse au large, vers Tarshish. Ce bateau, mes amis, fut le premier de tous les bateaux contrebandiers... Sa contrebande c'était Jonas. Mais... attendez ! Voici que la mer, elle, se révolte. Elle ne veut pas porter le mauvais fardeau. Un orage terrible se lève. Le bateau menace de se briser et, tandis que le maître d'équipage appelle tout son monde pour l'alléger ; quand les caisses, les ballots, les jarres, avec fracas, volent par-dessus bord ; tandis que le vent hurle ; tandis que les hommes crient ; tandis que les planchers retentissent sous de lourds piétinements au-dessus de sa tête ; dans tout ce tumulte enragé, Jonas dort de son hideux sommeil. Il ne voit ni le ciel noir ni la mer démontée. Il n'entend pas le craquement des poutres. Il n'a pas l'air de se douter qu'à ce même moment, faisant des bonds énormes, la colossale baleine fend la mer, la gueule grande ouverte afin de le happer et de l'engloutir. Oui, camarades, Jonas était descendu à l'intérieur du bateau, à ce que j'ai compris. Il était sur un lit de cabine, dormant à poings fermés. Mais, quand le maître effrayé vient jusqu'à lui et lui hurle dans son oreille morte :

« Qu'est-ce que c'est ?... Ho ! dormeur, debout ! », il s'éveille en sursaut et, chancelant, se dresse, puis il gagne le pont en trébuchant et là il saisit un hauban pour pouvoir regarder la mer. Aussitôt, comme une panthère, une lame fond sur lui par-dessus la rambarde ; suivie d'une autre ; puis encore d'une autre ; et comme elles ne peuvent trouver une issue rapide, elles courent en grondant d'un bout à l'autre du pont, noyant presque tous les marins qui s'y trouvent ; mais ils tiennent bon quand même. Pour Jonas, horrifié, il voit tantôt des remparts liquides au-dessus de lui, quand la lune blême apparaît ; tantôt, la pointe du beaupré qui semble s'enfoncer dans les abîmes, sous lui.

« Les terreurs courent l'une après l'autre en hurlant à travers son âme. A toutes ses attitudes peureuses, il n'est que trop visible à présent que c'est un évadé de Dieu. Les marins le remarquent. Leurs soupçons vont se confirmant. Finalement, pour en avoir le cœur net, ils tirent au sort pour savoir à cause de qui cette grande tempête est sur eux. Et les dés désignent Jonas. Ils l'assaillent de questions : « Que fais-tu ? » « D'où viens-tu ? » « Ton pays ? » « Quel peuple ? » Mais, camarades, à cet instant remarquez bien la conduite du pauvre Jonas. Avides de savoir, les marins lui demandent uniquement d'où et qui il est, et il répond non seulement aux questions posées mais encore à une autre question qu'ils n'ont pas posée, mais à laquelle Jonas est bien obligé de répondre car, à cet instant, la dure main de Dieu est sur lui.

« Il crie : « Je suis hébreu » ; puis : « Je crains le Seigneur, Dieu du ciel, qui a créé la mer et la terre ! » Crains-le, Jonas ; oui, à cette heure tu peux le craindre et comme il faut ! Alors il fait une confession plénière que les marins écoutent de plus en plus effrayés mais aussi tout remplis de compassion car lorsque Jonas – qui ne se met pas encore à la merci de Dieu, il sait trop bien le poids du châtiment qui l'attend – quand donc, dis-je, le misérable Jonas leur crie de le jeter à la mer car c'est à cause de lui qu'ils sont en péril, ils en ont pitié. Ils cherchent s'il n'y a pas un autre moyen de sauver leur bateau. Mais c'est en vain. L'orage indigné hurle de plus belle. Alors, levant une main pour invoquer Dieu, non sans répugnance, ils portent l'autre sur Jonas.

« Considérez maintenant Jonas pris comme une ancre et jeté à la mer. Immédiatement un calme huileux se fait vers l'Est. La mer se tranquillise. Jonas emporte l'orage avec lui. S'éloignant de l'accalmie, il descend dans un tourbillon avec une telle vitesse qu'il s'aperçoit à peine qu'il tombe dans la gueule béante qui l'attend. Dès qu'il y est, la baleine fait claquer ses dents d'ivoire comme autant de verrous blancs sur sa prison. Alors, Jonas, du ventre du poisson, pria Dieu. Mais observez bien et prenez ici une leçon d'importance. Constatez que Jonas, tout pécheur qu'il est, ne pleure ni ne gémit vers sa délivrance. Il sait que la punition est juste !... Il s'en remet à Dieu pour cette délivrance, se contentant, malgré ses peines et ses douleurs, de porter sa pensée vers le temple saint de son Seigneur. Et voici, camarades, le seul véritable, le seul authentique repentir ; celui qui ne hausse pas la voix pour se faire pardonner mais celui qui est reconnaissant d'être puni. Voilà donc pourquoi cette conduite de Jonas fut agréable à Dieu, qui, aussitôt, envisagea son éventuelle délivrance. Mais, camarades, je ne vous cite pas Jonas pour que vous imitiez ses péchés. Je vous le cite afin qu'il serve d'exemple à votre repentir. Ne péchez pas. Si vous devez le faire, tâchez alors de vous repentir comme lui. »

Tandis que le Père Mapple parlait ainsi, les bruits terribles de l'ouragan, au-dehors, semblaient souligner ses paroles et, quand il décrivit l'orage en mer, il semblait lui-même emporté par l'orage. Sa large poitrine se soulevait, comme ébranlée par la houle. Ses bras agités semblaient les éléments guerriers au travail. Les tonnerres paraissaient rouler de son front basané et les éclairs jaillir de sa prunelle. Si bien que, dans la simplicité de son cœur, toute l'assistance le regardait, prise d'une peur étrange et subite.

Pour lors, il y eut trêve dans son regard. Une fois encore il tourna silencieusement les pages du Livre. Toujours debout et enfin immobile, les yeux clos, il sembla se recueillir en lui-même et communier en Dieu ; puis de nouveau, il se pencha vers les fidèles, inclinant très bas la tête avec une expression d'humilité des plus profondes, mais aussi des plus nobles, et il dit encore :

« Camarades, Dieu n'a posé qu'une main sur vous, mais ses deux mains pèsent sur moi. Je vous ai éclairé au moyen de la pauvre lumière que je possède. La leçon que Jonas enseigne est pour tous les pécheurs ; donc pour vous et pour moi plus encore ; pour moi qui suis un plus grand pécheur que vous. Avec quel plaisir, maintenant, je descendrais de cette vigie et m'assoirais sur les écoutilles, là où vous êtes assis, pour entendre, comme vous venez de m'entendre, l'un ou l'autre d'entre vous me lire à moi cette autre et plus terrible leçon que Jonas me donne, en tant que pilote du Dieu vivant. Car Jonas était l'oint du Seigneur, son prophète, son pilote, son raconteur de vérités. Il avait reçu de Dieu l'ordre de faire sonner ses désagréables vérités aux oreilles d'une Ninive pécheresse. Et Jonas, épouvanté d'avance par l'hostilité qu'il ne manquerait pas de soulever, fuyant sa mission, tâchait de se dérober à son devoir et à son Dieu en prenant le bateau à Joppé. Mais Dieu est partout. Jamais Jonas n'atteignit Tarshish. Comme nous l'avons vu, Dieu l'entraîna dans ses tourbillons les plus rapides, jusque par dix mille brasses de fond, dans les gouffres du Destin, au milieu des mers. Et les algues s'enroulaient autour de sa tête. Mais, même à cet instant et hors d'atteinte d'aucune sonde, du cœur des enfers, des plus grandes et plus froides profondeurs de l'Océan, même à ce moment-là, Dieu entendit son prophète englouti et repentant, l'appelant par son nom. Et Dieu parla au poisson. Et, du fin fond du froid et des profondeurs noires, la baleine remonta vers les agréments du soleil et vers les délices de l'air et de la terre. « *Et elle vomit Jonas sur la terre sèche.* » Et Jonas tout meurtri et abattu, avec les oreilles qui lui bourdonnaient comme deux coquillages encore remplis du tumulte de l'Océan, et Jonas, dis-je, obéit aux ordres de Dieu. Et quels étaient ces ordres, camarades ? L'ordre de prêcher sa vérité à la face même du mensonge. Voilà, c'était ça ! ! !

« Voici donc, camarades, cette autre leçon. Et malheur au pilote du Dieu vivant qui l'oublie ! Malheur à celui que le monde détourne de son devoir évangélique ! Malheur à celui qui cherche à verser de l'huile sur les eaux que Dieu vient de brasser pour l'orage ! Malheur à celui qui cherche plus à plaire qu'à épouvanter ! Malheur à celui pour lequel le bon renom est plus cher que la sagesse ! Malheur à celui qui, dans ce monde, ne craint pas le déshonneur ! Malheur à celui qui sera faux si son salut est dans la fausseté ; oui, malheur à celui qui, comme l'a dit le grand pilote Paul, prêche aux autres tandis que lui-même est perdu ! »

A cet instant, il se pencha un peu plus et s'abîma un instant dans ses réflexions puis, regardant de nouveau les fidèles, avec, cette fois, une expression céleste d'enthousiasme dans les yeux, il s'écria :

« Mais, oh ! camarades, à tribord de chaque peine se trouve une béatitude certaine. Et le point culminant de cette béatitude est d'autant plus élevé que le fond de la peine aura été profond ; tout comme la pomme du grand mât est d'autant plus haute que la carlingue est basse. La joie ! Une joie intérieure très très haute est pour celui qui, aux dieux fiers et aux puissants de cette terre, oppose sa propre petite personnalité. La joie est pour celui dont les solides bras le soutiennent encore quand le bateau de ce traître de bas monde s'est dérobé sous lui. La joie pour celui qui ne fait pas de quartier dans le combat pour la vérité ; et qui tue, brûle, détruit les péchés, même si ceux-ci se trouvent sous des toges de sénateurs et de juges. La voile de perroquet de la joie est à celui qui ne connaît ni dieux ni lois en dehors du Seigneur son Dieu, ni d'autre patrie que le ciel. La joie est à celui qu'aucune houle, aucune vague turbulente ne peut décoller de cette quille des âges. La joie et les délices éternelles seront à celui qui en s'allongeant peut dire avec son dernier souffle : Oh ! Père, toi que je connais par tes verges surtout ; mortel ou immortel maintenant je meurs. J'ai essayé d'être à toi plus qu'à ce monde et qu'à moi-même. Mais ceci n'est rien. A toi je laisse l'éternité ; car quel est l'homme qui pourrait vivre la vie de son Seigneur ? »

Sur ces mots, il se tut, fit lentement un signe de bénédiction, couvrit son visage avec ses mains et resta ainsi agenouillé jusqu'à ce que tout le monde fût sorti. Et il demeura seul.

X

LE COPAIN

De retour à l'auberge, je trouvai Queequeg tout seul. Il avait quitté la chapelle avant la bénédiction. Il était assis sur un banc, devant le feu, les pieds sur les chenets ; d'une main, il tenait tout contre son visage sa petite idole noire. Il la regardait attentivement et, à l'aide d'un couteau, lui tailladait doucement le nez tout en chantonnant à voix basse et pour lui-même, comme c'était sa coutume païenne.

Mais je l'avais interrompu et il rangea l'idole ; il s'en fut alors à la grande table, y prit un grand livre qu'il plaça sur ses genoux et il commença à en compter les pages avec une régularité voulue. A chaque cinquantaine – à ce qu'il me sembla – il s'arrêtait un instant, regardait vaguement autour de lui et modulait une sorte de sifflement étonné. A la prochaine cinquantaine, il recommençait. Il avait l'air de débuter chaque fois avec le numéro un, et ce qui excitait son étonnement c'était l'assemblage d'un aussi grand nombre de cinquantaines.

Je le regardais faire avec beaucoup d'intérêt. Tout sauvage qu'il était, et avec cette figure hideusement abîmée – pour mon goût du moins – de lui se dégageait quand même quelque chose de pas du tout déplaisant. On ne peut pas cacher son âme ! A travers tous ces affreux tatouages je crus sentir la présence d'un cœur simple et honnête et, dans ses grands yeux profonds, la promesse d'un esprit pouvant défier mille diables. En plus de tout cela le païen avait une certaine manière hautaine, que son étrangeté même ne pouvait faire oublier. Il avait l'air d'un homme n'ayant jamais fait de courbettes devant personne et ne devant rien à personne. Il y avait aussi que, sa tête étant rase, son front se montrait plus libre et d'un relief plus expressif et net qu'il ne l'aurait fait autrement – mais je n'ose trop l'affirmer. – Phrénologiquement, sa tête était une excellente tête. Je vais peut-être paraître ridicule, mais elle me faisait penser à la tête du général Washington telle qu'elle est représentée par les bustes populaires. Elle avait la même longue et régulière dépression au-dessus des sourcils qui, eux, étaient projetés en promontoires bien fourrés. Queequeg était un George Washington cannibalesquement développé.

Tandis que je l'observais ainsi, tout en faisant mine de regarder l'orage par la fenêtre, lui ne faisait aucunement attention à ma présence. Il ne m'accorda même pas un seul regard. Il avait l'air entièrement occupé à compter les pages de ce livre merveilleux. En songeant à la manière sociable dont nous avions passé la nuit d'avant, et en me souvenant surtout du bras affectueux que j'avais trouvé sur moi au matin, je trouvais très étrange cette indifférence. Mais les sauvages sont d'étranges êtres. Parfois, vous ne savez comment les prendre, et d'abord, ils sont intimidants. Leur calme, leur maîtrise de soi dans la simplicité semble d'une sagesse socratique. J'avais aussi remarqué que Queequeg ne fréquentait pas, ou presque pas, les autres marins de l'auberge. Il ne faisait aucune avance et ne semblait nullement désireux d'élargir le cercle de ses relations. Tout ceci m'avait frappé comme étant extrêmement singulier, mais, en y songeant, je trouvai là quelque chose de quasi sublime. Cet homme se trouvait presque à vingt mille lieues de chez lui – c'est-à-dire en passant par le cap Horn, qui est le seul chemin pour y aller – jeté parmi un peuple qui lui était aussi étranger que s'il s'était trouvé sur la planète Jupiter ; et néanmoins, il semblait entièrement à son aise, conservant la plus parfaite sérénité. Il était content de sa propre compagnie et toujours égal à lui-même. N'était-ce pas là l'indice d'une splendide philosophie ; si tant est qu'il se soit jamais douté que pareille chose existât. Mais peut-être que pour que nous soyons, nous, mortels, de véritables philosophes, il ne faut pas que nous ayons conscience de vivre et de lutter. Quand j'entends tel ou tel se donner pour philosophe, je conclus aussitôt que, comme la vieille femme dyspeptique « son organe à digérer doit être détraqué. »

Je me tenais dans cette salle pour l'heure solitaire. Le feu était bas, tel qu'il est après avoir chauffé l'air de sa première flambée ; c'est-à-dire ne brillant plus que pour être regardé. Les ombres et les fantômes du soir s'attroupaient aux croisées, guettant le couple silencieux et solitaire que nous formions. Dehors, l'orage grondait avec solennité. Je finis par me sentir devenir perméable à d'étranges sentiments. Ce fut comme un effondrement en moi. Mon cœur ne se révoltait plus contre ce monde de loups cruels. La présence tranquillisante de ce sauvage m'avait libéré. Il était là, et son indifférence même me parlait d'une nature dans laquelle n'existait aucune hypocrisie civilisée, aucune douceâtre déception. Il était farouche. Un vrai spectacle dans le spectacle ; néanmoins je commençais à me sentir mystérieusement attiré vers lui. Et les choses qui auraient répugné à bien d'autres étaient même les aimants qui m'attiraient. J'essaierai d'un ami païen, pensai-je ; puisque la bonté chrétienne s'est montrée pour moi d'une courtoisie creuse. J'approchai mon banc et, à l'aide de quelques signes et paroles amicales, j'essayai de converser avec lui. D'abord, il fit à peine attention à mes avances, mais bientôt, lorsque je rappelai son hospitalité de la nuit précédente, il s'enhardit jusqu'à me demander si nous serions encore compagnons de lit. Je lui répondis que oui. Je crois qu'il eut l'air content et peut-être même un peu flatté.

Alors, ensemble, nous feuilletâmes le livre et j'essayai de lui expliquer le but de l'imprimerie et la signification des rares gravures qui s'y trouvaient. Vite, ainsi, j'éveillai son intérêt. De là, nous nous mîmes à bavarder de notre mieux au sujet des diverses choses à voir dans cette ville réputée. Bientôt je lui proposai de fumer une pipe d'amitié, et lui, sortant sa blague et son tomahawk, me les offrit simplement. Et nous restâmes là à tirer des bouffées de sa pipe sauvage que nous nous passions régulièrement l'un à l'autre.

S'il subsistait encore une indifférence glacée à mon endroit dans la poitrine du païen, cette agréable fumerie dut la dégeler rapidement et nous laissa compères. Il semblait m'avoir pris en amitié aussi naturellement et spontanément que je l'avais pris, et, quand nous eûmes fini de fumer, il frotta son front contre le mien, me prit à la taille, disant que dorénavant, nous étions mariés ; signifiant par là, à la mode de son pays, que nous étions de vrais copains et qu'il mourrait pour moi, s'il le fallait. Chez un compatriote cette subite flamme d'amitié aurait paru prématurée et sujette à caution ; de telles réserves n'étaient pas de mise avec ce sauvage simple.

Après le souper et une nouvelle conversation agrémentée de pipe, nous remontâmes dans notre chambre. Il me fit cadeau de sa tête embaumée, sortit son énorme blague à tabac et, fouillant sous le tabac, dégagea une trentaine de dollars d'argent qu'il étala sur la table. Il les divisa strictement en deux parts et en poussa une vers moi, me disant qu'ils étaient à moi. J'allais protester, mais il me fit taire en les glissant dans la poche de mon pantalon. Je les y laissai. Alors, il commença ses prières du soir, sortit son idole et enleva le devant de cheminée en papier. A certains signes et symptômes, je compris qu'il espérait que j'allais me joindre à lui, mais, n'ignorant pas ce qui allait suivre, je me demandai un moment si j'allais dire oui ou non, au cas où il m'y inviterait.

Je suis bon chrétien, né et élevé dans le sein de l'infaillible Église presbytérienne ; comment alors pouvais-je m'unir à cet idolâtre pour adorer son bout de bois ? Mais, me demandais-je, qu'est-ce donc qu'adorer ? Crois-tu à présent, Ishmaël, que le Dieu tout-puissant, maître du ciel et de la terre – païens et autres inclus – puisse être jaloux d'un insignifiant morceau de bois noir ? Non... pas possible ! Mais alors, qu'est-ce que l'adoration ? Faire la volonté de Dieu ? C'est ça, c'est bien ça, adorer ! Et quelle est la volonté de Dieu ? Faire à mon prochain ce que je voudrais qu'il me fît. Voilà la volonté de Dieu ! Or, Queequeg est mon prochain. Et qu'est-ce que je désire que Queequeg fasse pour moi ? Qu'il se joigne à moi dans ma forme particulière d'adoration presbytérienne. Donc je dois, moi aussi, m'unir avec lui dans la sienne ; je dois devenir idolâtre.

Alors j'allumai les copeaux. Je l'aidai à faire tenir

debout l'innocente petite idole ; avec Queequeg, je lui offris du biscuit brûlé, la saluai deux ou trois fois, lui embrassai le nez et ceci fait, nous nous déshabillâmes et nous nous couchâmes, en paix avec notre propre conscience et avec le monde entier. Mais nous ne nous endormîmes pas sans avoir au préalable quelque peu bavardé.

Je ne sais comme il se fait, mais il n'y a pas d'endroit plus propice à la confidence entre amis que le lit. On dit que maris et femmes s'y confessent jusqu'au tréfonds de leur âme, et souvent quelques vieux couples restent ainsi à causer du temps passé jusqu'au petit matin. Et ainsi étions-nous étendus, Queequeg et moi, formant un confortable et tendre couple dans la lune de miel de notre amitié.

XI

ROBE DE CHAMBRE

Nous étions donc au lit, bavardant et somnolant par alternances brèves. De temps à autre Queequeg posait sans gêne ses jambes brunes et tatouées contre les miennes, puis les retirait tout aussi simplement. Il n'y avait plus aucune cérémonie entre nous. A la fin, à force de bavardages, l'envie de dormir nous passa tout à fait et le désir nous prit de nous lever, bien que le point du jour fût encore assez loin.

Nous étions même si bien éveillés que notre position allongée devenait fatigante. En fin de compte, nous nous trouvâmes assis, toujours bien bordés dans les couvertures, mais adossés à la tête du lit, les genoux remontés, et nos nez dessus comme si nos rotules avaient été des chaufferettes. Nous nous sentions parfaitement bien, d'autant que dehors il faisait froid et, sans chercher si loin, froid aussi dans la chambre, qui était sans feu. A ce sujet j'ose avancer que, pour bien jouir de la chaleur, il faut avoir quelque petite partie du corps exposée au froid ; car il n'est qualité au monde qui ne vaille que par le contraste. En soi, rien n'existe. Si vous vous vantez d'être partout et depuis longtemps confortable, vous pouvez être assuré que vous n'êtes plus confortable du tout ; mais si, au lit, comme Queequeg et moi, vous avez le sommet du crâne légèrement froid, alors, en votre âme et conscience, vous pouvez vous flatter d'être incontestablement au chaud. Pour cette raison, une chambre à coucher ne devrait jamais avoir de feu. C'est là une des incommodités luxueuses des riches ; car le comble du bien-être est de n'avoir, entre votre corps au chaud et le froid extérieur, que votre courtepointe. Alors vous êtes comme une étincelle unique au cœur d'un cristal arctique.

Nous étions assis depuis un moment dans cette position recroquevillée lorsque j'eus soudain envie d'ouvrir les yeux ; car, entre les draps, que ce soit nuit ou jour, que je dorme ou non, je tiens toujours mes yeux fermés afin de me concentrer davantage sur l'agrément d'être au lit. Aucun homme ne peut avoir aussi bien conscience de sa propre réalité qu'en ayant les yeux fermés ; comme si, en vérité, l'obscurité était la chose la plus propice à l'essence de notre être ; la lumière, elle, étant surtout utile à notre corps de terre.

Donc quand j'ouvris les yeux, sortant de ma plaisante obscurité intérieure, j'éprouvai une répulsion au contact de cette obscurité extérieure et bouchée qui règne douze heures de nuit et ne trouvai rien à redire à ce que Queequeg, comme il le suggérait, rallumât la lampe, puisque nous étions si complètement éveillés. Il avait grande envie de tirer quelques paisibles bouffées de son tomahawk. Malgré la grande répugnance que j'avais montrée à le voir fumer, la nuit d'avant – voyez comme nos préjugés s'amollissent avec l'amitié ! – je dois avouer que, cette fois, non seulement ça m'était égal, mais l'idée de l'avoir fumant à mes côtés, plein de joyeuse confiance, me plaisait fort. Je n'avais plus aucun scrupule superflu au sujet de la police d'assurances du patron contre l'incendie. Plus rien désormais ne comptait que notre intimité et le partage d'une pipe et d'une couverture avec un vrai copain. Notre manteau poilu sur nos épaules, nous nous passions l'un à l'autre le tomahawk et bientôt il y eut sur nos têtes un baldaquin de fumée bleue, illuminé par la lampe rallumée.

Etait-ce que ce baldaquin onduleux évoquait pour mon sauvage des scènes lointaines ? Je ne sais ; mais il se mit alors à parler de son île natale, et moi, avide d'entendre son histoire, je l'engageai à continuer. Il s'y prêta de bon cœur et, quoique à ce moment-là je ne pouvais saisir que quelques mots, néanmoins ses confidences ultérieures, quand son parler guttural me fut devenu familier, me permettent de présenter en gros cette histoire, si tant est qu'on puisse donner ce nom à l'esquisse que voici :

XII
BIOGRAPHIE

Queequeg était natif de Rokovoko, une île très loin dans le Sud-Ouest. Elle n'est sur aucune carte. Les endroits vrais n'y sont jamais.

Un sauvage nouvellement éclos ne pense généralement qu'à courir dans sa brousse natale, vêtu d'une poignée de feuilles, comme s'il était un jeune arbre vert ; mais, même alors, dans l'âme ambitieuse de Queequeg, se cachait un grand désir de connaître de la chrétienté autre chose que quelques échantillons de baleiniers. Son père était un grand chef : un roi. Son oncle était grand prêtre et, du côté maternel, il se vantait d'avoir pour tantes des femmes de guerriers indomptables. Un sang excellent coulait dans ses veines ; un sang royal, tristement gâté, je le crains, par cette chair humaine qu'il avait mangée au cours de sa jeunesse ignorante.

Un bateau de Sag Harbor visitant la baie où régnait son père, Queequeg y chercha un passage vers les terres chrétiennes. Mais l'équipage étant au complet, sa demande fut refusée, et toute l'influence du roi son père ne servit de rien. Queequeg prit une détermination. Seul, dans sa pirogue, il s'en fut à une passe éloignée où il savait que le bateau passerait en quittant l'île. D'un côté, il y avait un banc de corail, de l'autre une langue de terre basse couverte de buissons de palétuviers poussant jusque dans l'eau ; cachant sa pirogue qui flottait encore parmi ces buissons, la proue pointée vers la mer, il s'assit à l'arrière, l'aviron tenu bas. Lorsque, doucement, le bateau passa près de lui, il sortit comme une flèche et gagna ses flancs. D'un coup de pied en arrière, il coula sa pirogue puis grimpa aux chaînes et, se jetant à plat ventre sur le pont, il s'agrippa des deux mains à une cheville à boucle, jurant de ne pas lâcher même si on le coupait en morceaux. En vain le capitaine le menaça-t-il de le jeter par-dessus bord ; en vain un coutelas fut posé sur ses poignets nus. Queequeg était fils de roi ! Queequeg ne broncha pas.

Frappé de ce courage désespéré et de ce désir insensé de voir la chrétienté, le capitaine céda à la fin et lui dit de faire comme chez lui. Mais ce magnifique jeune sauvage, ce prince de Galles des mers ne vit jamais la cabine du capitaine. On le mit avec l'équipage et on fit de lui un baleinier.

Tout comme le tzar Pierre, heureux de travailler dans les chantiers maritimes des ports étrangers, Queequeg n'était rebuté par aucune ignominie, s'il pouvait, par elle, gagner le pouvoir d'éclairer ses ignorants compatriotes. Au fond, m'avoua-t-il, il avait agi, mû par un profond désir d'apprendre parmi les chrétiens ces arts grâce auxquels il aurait rendu son peuple plus heureux, et mieux, meilleur que ce qu'il était. Hélas ! les us et coutumes des baleiniers lui donnèrent vite le soupçon que les chrétiens peuvent être malheureux et mauvais ; beaucoup plus, même, que tous les sujets de son père. Parvenu finalement à Sag Harbor et voyant comment les marins s'y comportaient et, pareillement, voyant à Nantucket de quelle façon ils dépensaient leur paye, le pauvre Queequeg perdit alors tout de bon ses illusions et il pensa que le monde était mauvais sous n'importe quel méridien et qu'autant valait mourir païen. Et c'est ainsi qu'idolâtre jusqu'au fond du cœur, il continua de vivre néanmoins parmi les chrétiens, portant leurs habits et essayant de parler leur jargon ; d'où ses façons drolatiques, alors même qu'il était parti de chez lui depuis longtemps.

De façon détournée, je lui demandai s'il n'avait pas l'intention d'y retourner et de se faire couronner, puisqu'il pouvait considérer son père comme mort et enterré, les dernières nouvelles qu'il avait eues de lui le donnant comme très affaibli par l'âge. Il répondit que non, que pas encore ; il ajouta qu'il craignait que la chrétienté, ou plutôt les chrétiens, ne l'eussent rendu impropre à monter à ce trône que trente rois païens, avant lui, avaient laissé pur de souillure. Mais plus tard, dit-il, il y retournerait ; dès qu'il se sentirait comme rebaptisé. Pour le moment il se contentait de naviguer en semant son ivraie à travers les quatre océans. On avait fait de lui un harponneur, et ce fer barbelé lui tenait lieu de sceptre désormais.

Je lui demandai quelles étaient ses intentions quant au présent. Il me répondit : retourner à la mer dans son ancien métier. Là-dessus, je lui annonçai que, moi, je comptais faire la chasse à la baleine et que mon idée était de m'embarquer de Nantucket parce que c'était le port le plus prometteur pour un baleinier en quête d'aventures. Aussitôt il résolut de m'accompagner à cette île, de s'engager avec moi sur le même navire, d'avoir les mêmes heures de quart, la même embarcation, la même gamelle ; bref, de tout partager ; mes deux mains dans les siennes, de plonger hardiment dans les chances des Deux Mondes. Je consentis à tout, joyeusement, car, outre l'affection que je ressentais maintenant pour Queequeg, c'était un harponneur expérimenté qui ne pouvait manquer d'être très utile à un comme moi, ignorant des mystères de la pêche à la baleine ; très familier avec la mer, mais à la façon des marins marchands.

Son histoire s'acheva avec les dernières bouffées de sa pipe. Sur ce, Queequeg m'embrassa, frotta son front contre le mien et souffla la lumière. Nous nous boulâmes dos à dos et très vite nous nous endormîmes.

XIII
LA BROUETTE

Le matin suivant, donc le lundi, après avoir placé la tête embaumée chez un coiffeur, comme buste, je réglai ma note et celle de mon camarade avec l'argent de ce dernier. Le patron ricaneur et ses pensionnaires semblaient prodigieusement amusés de l'amitié soudaine de Queequeg et de moi ; surtout après que les histoires abracadabrantes de Peter Coffin m'eurent d'abord tant alarmé au sujet de ce personnage dont il me voyait devenu le copain.

Nous empruntâmes une brouette et y empilâmes nos bagages, c'est-à-dire mon pauvre petit sac, le sac de toile et le hamac de Queequeg. Nous descendîmes à la recherche de *La Mousse,* le petit schooner faisant le service de Nantucket, qui était amarré au quai. Sur notre passage les gens ouvraient de gros yeux, non pas à cause de Queequeg – ils avaient l'habitude de voir dans leurs rues des cannibales comme lui – mais de nous voir tous deux en si bons termes. Nous n'y prêtions guère attention, continuant de pousser la brouette à tour de rôle. De temps à autre Queequeg s'arrêtait pour rajuster le fourreau sur le dard de son harpon. Je lui demandai pourquoi, à terre, il s'encombrait de cette arme et si les bateaux baleiniers ne fournissaient pas leurs propres harpons. A quoi il me répondit que c'était vrai mais qu'il avait une affection particulière pour le sien parce qu'il était fait d'un acier sûr, éprouvé dans maints combats mortels, et qu'il s'était enfoncé profondément dans des cœurs de baleines ; bref, comme beaucoup de moissonneurs et faucheurs vont aux prés des fermiers avec leur propre faux – bien que n'étant nullement obligé de la fournir – ainsi, pour les mêmes raisons, il préférait son propre harpon.

En me reprenant la brouette, il me raconta une histoire drôle à propos de la première brouette qu'il avait vue. C'était à Sag Harbor. Les armateurs de son bateau, paraît-il, lui avaient prêté une brouette pour trimbaler son lourd coffre à son logement. Pour ne pas avoir l'air d'un ignorant, bien que ne sachant pas du tout comment se servir de cet objet, il avait posé le coffre dessus, l'avait solidement arrimé et, mettant la brouette sur son épaule, s'en était allé ainsi le long des quais.

– Mais, Queequeg, dis-je, vous auriez pu savoir ça, il me semble. Est-ce que les gens n'ont pas rigolé ?

Sur ce, il me raconta une autre histoire.

Il paraît que ceux de son île de Rokovoko, pour leurs festins de mariage, versent le lait des jeunes noix de coco dans une grande calebasse colorée comme un de nos bols à punch, et ce bol forme l'ornement principal au centre de la natte tressée sur laquelle a lieu le festin. Or, certain grand navire marchand aborda une fois à Rokovoko. A ce que je crus comprendre, un monsieur à tout le moins très digne et bien formaliste pour un capitaine de navire, fut invité à la fête de mariage de la sœur de Queequeg, une jolie petite princesse qui venait d'avoir ses dix ans. Bon ! Quand tous les invités furent assemblés dans la case de bambous de la mariée, le capitaine fit son entrée et, désigné à la place d'honneur, prit place à côté du bol, entre le grand prêtre et Sa Majesté le roi, père de Queequeg. Le bénédicité prononcé – car ces gens ont aussi leur bénédicité, comme nous – quoique, me dit Queequeg, pas comme le nôtre, bien sûr, qui à ce moment-là regardons nos assiettes tandis qu'eux imitent les canards et regardent en l'air vers le Grand Dispensateur de tous les festins – le bénédicité, disais-je, étant prononcé, le grand prêtre ouvrit le banquet selon un rite immémorial de l'île : il trempe le bout de ses doigts consacrés et consacrants dans la calebasse avant que la boisson ainsi sanctifiée circule. Se voyant placé à côté du grand prêtre et supposant – en tant que commandant de vaisseau – avoir la préséance sur un simple roi d'île, surtout dans la propre maison du roi, le capitaine, sans hésitation, lava froidement ses mains dans le bol à punch, qu'il avait pris, je suppose, pour un énorme rince-doigts.

– Alors, me demanda Queequeg, vous pensez quoi ? Nos gens à nous avoir pas rigolé !

Une fois le passage payé et les bagages en sûreté, nous nous trouvâmes enfin à bord du schooner. Hissant ses voiles, il descendit lentement la rivière de l'Acushnet. D'un côté, New-Bedford élevait en gradins ses rues dont les arbres glacés de givre scintillaient dans la froide pureté de l'air. Sur les quais, des tonneaux étaient empilés par collines, par montagnes. Des navires baleiniers qui venaient de parcourir le monde reposaient silencieux, côte à côte, solidement ancrés en sécurité et enfin au calme ! Sur d'autres bateaux des bruits de charpentiers et de menuisiers au travail s'élevaient, mêlés au ronflement des forges et des feux fondant le goudron. Ils annonçaient que de nouvelles croisières se préparaient et qu'à peine un long et périlleux voyage est achevé qu'un second commence ; et le second terminé, un troisième s'amorce de nouveau et ainsi de suite, pour toujours et à jamais. Ainsi est l'infini et l'intolérable de tous les efforts terrestres.

Un peu plus au large, le vent fraîchit. La vaillante petite *Mousse* rejetait la vive écume de son avant comme un jeune poulain sa bave. Ah ! comme je reniflais cet air d'enfer ! Ah ! comme je reniais avec joie cette terre gardée de barrières, cette grand'route commune partout bosselée des marques de talons et de sabots d'esclaves ! Comme je m'en détournais pour admirer la magnanimité de la mer qui, elle, ne garde aucune trace.

A la même fontaine d'écume, Queequeg semblait boire et chanceler avec moi. Ses narines sombres se dilataient et il montrait ses dents pointues et limées. Et nous voguions... nous voguions. Nous avions gagné le large. *La Mousse* rendait hommage à la rafale, plongeant et piquant du nez comme un esclave devant le sultan. Penchés, nous sautions de côté. Chaque cordage vibrait comme un fil de fer. Les deux grands mâts ployaient comme des roseaux dans les orages de terre. Nous étions si pleins de ce spectacle houleux, debout sur le beaupré plongeant, que nous ne prêtions nulle attention aux regards narquois des passagers – une escouade de nigauds – qui s'esclaffaient de nous voir si copains. Comme si un homme blanc était quelque chose de plus qu'un nègre passé au lait de chaux. Mais il y avait là quelques péquenots stupides qui, d'après leur couche de naïveté, devaient tout juste sortir du cœur de leurs bois verts. Queequeg en surprit un en train de faire des grimaces derrière son dos. Je crus que la dernière heure du croquant était venue. Laissant tomber son harpon, le sauvage tout en muscles prit l'homme dans ses bras et, avec une dextérité et une force peu communes, l'envoya dinguer haut dans l'air, puis, à mi-culbute, il te lui donna une légère tape sur le cul. Le gars, tout suffocant, retomba sur ses pattes. Mais déjà Queequeg lui avait tourné le dos et avait allumé son tomahawk qu'il me passa pour que j'en tirasse une bouffée.

– Gapitèn'... Gapitèn' ! hurla le croquant en courant vers cet officier, capitèn', v'là l'diable !

– Hello ! vous, M'sieur, cria le capitaine tout en marchant droit sur Queequeg, qu'est-ce que vous foutez, tonnerre ! Vous ne savez pas que vous auriez pu tuer cet homme ?

– Quoi dit lui ? me demanda Queequeg, en se tournant tranquillement vers moi.

– Y dit qu'vous avez presque tué cet homme-là, répondis-je en lui montrant du doigt le blanc-bec encore tout frissonnant.

– Tuer lui ? s'étonna Queequeg en fronçant son visage tatoué avec une expression effrayante de mépris. Ah ! Li, trop petit poisson. Queequeg non tuer si petit poisson. Queequeg tuer grand baleine !

– Ecoutez, hurla le capitaine, j'vous tuerai, vous, s'pèce de sauvage, si vous essayez encore un de vos tours ici à bord. Faites bien attention à vous !

Mais il advint que, juste à ce moment, ce fut au capitaine d'avoir à faire attention à lui-même. La poussée prodigieuse du vent sur la grand'voile avait fait courir l'écoute, et maintenant l'énorme arc-boutant volait de part et d'autre, balayant complètement le pont arrière. Le pauvre petit gars que Queequeg venait de malmener fut lancé par-dessus bord. Tout l'équipage était frappé de terreur ; essayer d'attraper le maître-écoute pour l'immobiliser semblait folie ; il volait de droite et de gauche, allant et revenant presque dans le tic tac d'une horloge et, à chaque moment, semblait sur le point de se briser en éclats. On ne faisait donc rien et il semblait bien qu'il n'y avait rien à faire. Ceux qui se trouvaient sur le pont s'étaient réfugiés à l'avant et restaient à regarder le bout-dehors comme s'il avait été la mâchoire inférieure d'une baleine furieuse. Au milieu de ce tohu-bohu consterné, Queequeg tomba adroitement à genoux et, ramenant sous le chemin de l'arc-boutant, il saisit un filin qu'il attacha par un bout à la rambarde et il lança l'autre bout comme un lasso, l'entoura sur l'arc-boutant alors que celui-ci volait au-dessus de sa tête ; à la seconde suivante, l'espars fut immobilisé et tout fut sauvé. Le schooner avait couru dans le vent et tandis que l'équipage était en train de larguer le canot d'arrière, Queequeg, nu jusqu'à la ceinture, s'élança du bord comme un arc vivant. Pendant trois minutes ou plus, on le vit nageant comme un chien, projetant ses longs bras droit devant lui et montrant l'une après l'autre ses épaules musclées à travers l'écume glaciale. Je voyais mon grand et glorieux ami mais n'apercevais nulle part celui qu'il voulait sauver. Le gringalet avait coulé bas. Maintenant, se redressant dans l'eau, Queequeg jeta un bref regard autour de lui, comme pour se rendre compte où en étaient exactement les choses, puis il piqua et disparut. Quelques instants après, il réapparut de nouveau, nageant vigoureusement d'un bras et tenant de l'autre une forme sans vie. Le bateau eut tôt fait de les repêcher. Le pauvre rustaud fut ranimé. Tout l'équipage déclara que Queequeg était un as. Le capitaine lui fit ses excuses. A partir de cette heure je m'attachai à Queequeg comme une arapède à un rocher, oui ; et jusqu'à ce que le pauvre Queequeg piquât son dernier et interminable plongeon.

Je n'avais jamais vu insouciance pareille à la sienne. Il ne semblait pas se douter qu'il venait de mériter une médaille de sauvetage. Il ne demandait que de l'eau, de l'eau douce, quelque chose pour enlever la saumure.

Ceci fait, il mit ses vêtements secs, alluma sa pipe et, regardant avec douceur les gens autour de lui, sembla se dire à lui-même : ce monde, sous tous les méridiens, est une société anonyme de secours mutuel. Nous autres, cannibales, nous nous devons d'aider les chrétiens.

XIV
NANTUCKET

Rien n'arriva par la suite qui vaille la peine d'être dit, et après une belle traversée nous arrivâmes sains et saufs à Nantucket.

Nantucket ! Prenez votre carte, et regardez-la ; voyez le véritable endroit du monde qu'elle occupe. Elle se tient à l'écart du continent, plus solitaire que le phare d'Eddystone. Regardez-la ! Ce n'est qu'une simple petite colline et un brusque coude de sable. Une plage, rien d'autre ; pas d'arrière-terre. Il y a là plus de sable qu'on n'en userait en vingt ans pour remplacer tous les buvards du monde. Les blagueurs vous diront qu'on est obligé d'y semer de mauvaises herbes parce qu'elles n'y poussent pas naturellement ; qu'on y importe des chardons du Canada ; que les habitants doivent aller au-delà des mers pour trouver une cheville de bois quand ils veulent arrêter une fuite à une barrique d'huile ; qu'on y trimbale des bouts de bois aussi cérémonieusement que les morceaux de la Vraie Croix à Rome ; que les autochtones sèment des champignons devant leurs maisons pour avoir un peu d'ombre en été ; qu'un brin d'herbe y fait oasis, que trois brins d'herbe rencontrés au cours d'une promenade y sont une prairie ; qu'on est obligé de s'y chausser de raquettes à sable, comme les Lapons se chaussent de raquettes à neige ; qu'on y est tellement enfermé, ceinturé, enclos, enveloppé de toutes parts et isolé par l'Océan, que les insulaires trouvent parfois des arapèdes collées à leurs tables et à leurs chaises, comme aux écailles des tortues de mer. Mais ces blagues prouvent tout simplement que Nantucket n'est pas l'Illinois !

Ecoutez maintenant la merveilleuse légende par laquelle la tradition explique l'établissement des Peaux-Rouges dans l'île. Voilà cette légende : jadis, un aigle s'abattit sur la côte de New-England et enleva un bébé indien dans ses serres. Les parents hurlant sourdement virent leur enfant emporté hors de vue sur les vastes eaux. Ils résolurent de partir dans cette direction avec leur canoë et, après une périlleuse traversée, ils découvrirent l'île et là ils trouvèrent une petite cage d'ivoire vide : le squelette de leur pauvre petit.

Alors rien d'étonnant que les Nantuckais nés sur une plage aient choisi la mer comme gagne-pain. D'abord, ils attrapèrent des crabes et des éperlans dans le sable des rivages ; plus hardis ils pêchèrent le maquereau à l'aide de filets ; plus expérimentés, ils poussèrent loin en bateau et pêchèrent les morues et, finalement, lançant sur la mer de grands navires, ils prospectèrent magistralement le monde de l'Océan, l'entourant d'un enlacement sans fin de navigation ; jetèrent un œil au détroit de Behring et déclarèrent en toutes saisons et en tous lieux une guerre incessante à la plus puissante, la plus monstrueuse, la plus montagneuse masse animée qui ait survécu au déluge ! Cet Himalaya, ce mastodonte des mers salées est revêtu d'un tel prestige d'inconsciente puissance que les terreurs qu'il inspire sont plus redoutables que ses attaques les plus rusées.

Ainsi ces Nantuckais, ces ermites de la mer, sortant de leurs tanières, dans l'Océan, conquirent le monde de l'eau, comme autant d'Alexandres se partageant entre eux l'Atlantique, le Pacifique et l'océan des Indes, comme les trois puissances pirates l'ont fait de la Pologne. Que le Yankee ajoute le Mexique au Texas ; qu'il empile Cuba sur le Canada ; que l'Anglais envahisse les Indes entières et y plante son drapeau écarlate devant le soleil ; n'empêche que les deux tiers de ce globe terraqué appartiennent aux Nantuckais. Car la mer est à eux. Ils la possèdent comme les empereurs possèdent les empires. Les autres marins n'ont que le droit d'y passer. Les navires marchands ne sont que des sortes de ponts suspendus. Les pirates eux-mêmes, ainsi que les corsaires, bien qu'ils sillonnent la mer comme des voleurs de grands chemins parcourent les routes, ne font que piller d'autres vaisseaux, d'autres fragments de terre, comme eux-mêmes le sont, et ne cherchent nullement à tirer leur existence des abîmes sans fond. Seul le Nantuckais réside sur mer et s'y complaît ; lui seul, pour parler le langage de la Bible, y descend dans les bateaux et va çà et là, labourant comme sur sa propre et particulière plantation. C'est là son chez-lui. C'est là son affaire qu'un nouveau déluge ne saurait interrompre, même s'il engloutissait la Chine tout entière. Il vit sur mer comme le coq de bruyère dans la lande ; il se cache parmi les vagues, il les gravit comme les chasseurs de chamois gravissent les Alpes. Des années durant il ignore la terre, si bien que, lorsqu'il y aborde, elle a l'odeur d'un autre monde, une odeur plus étrange que la lune n'en aurait pour un homme de la terre. Telle la mouette marine qui, au coucher du soleil, plie ses ailes et berce son sommeil entre les grosses vagues, ainsi, quand la nuit tombe, le Nantuckais, hors de vue de la terre, ferle ses voiles et s'étend pour se reposer, tandis que des troupeaux de morses et de baleines évoluent presque sous son oreiller.

XV
RAGOÛT DE POISSONS

Il était tard dans la soirée quand *La Mousse* fut paisiblement ancrée et que nous descendîmes à terre. Nous n'avions rien d'autre à faire que souper et nous trouver un lit. Le patron du *Jet de la Baleine* nous avait recommandé son cousin Josué Hussey du *Tâtez-le-Pot,* qu'il disait être le patron d'une des auberges les mieux tenues de tout Nantucket. En plus, il nous avait assuré que le cousin Josué, comme il l'appelait, était renommé pour ses ragoûts de poissons ; bref, il avait suggéré que nous ne pouvions mieux faire que de tâter de la fortune du pot au *Tâtez-le-Pot.* Comme indications, il nous avait dit de longer un entrepôt jaune à tribord jusqu'à ce que nous trouvions une église blanche à bâbord ; une fois là, en gardant tout ça à bâbord, il fallait tourner de trois points à tribord et alors nous renseigner auprès du premier passant que nous rencontrerions. Pour commencer, ces explications tortueuses nous embarrassèrent beaucoup, surtout au point de vue orientation, Queequeg insistant pour que l'entrepôt jaune, notre point de départ, soit à bâbord, tandis que moi j'étais sûr que Peter Coffin avait dit que c'était à tribord. Enfin, à force de chercher dans l'obscurité et de réveiller de temps à autre un paisible habitant pour lui demander notre chemin, nous parvînmes à quelque chose qui ne pouvait tromper. Deux pots de bois, énormes, peints en noir, accrochés par leurs oreilles d'ânes, pendaient à la traverse de hune d'une vieille pointe de mât, au-dessus d'une vieille entrée. Les cornes de ces traverses étaient sciées de l'autre bout, de telle sorte que ce vieux mât ressemblait assez à une potence. Peut-être étais-je par trop sensible à ce genre d'impressions, à ce moment-là ; mais je ne pouvais m'empêcher de fixer cette potence avec un vague malaise. J'attrapai le torticolis à regarder les deux cornes qui restaient ; deux ? Oui ! une pour Queequeg, une pour moi. Mauvais augure, pensai-je ; un Coffin comme patron d'auberge quand je débarque dans mon premier port ; des pierres funéraires qui me sautent aux yeux dans la chapelle des baleiniers ; ici une potence ! et en plus une paire de prodigieux pots noirs. Est-ce que ces derniers étaient une allusion détournée aux supplices infernaux ?

Je fus ramené au sentiment de la réalité par la vue d'une femme à tignasse jaune, à robe jaune et à figure toute tavelée de taches de rousseur. Elle se tenait debout, à l'entrée de l'auberge, sous une lampe rouge qui ressemblait à un œil poché, et elle gueulait après un homme vêtu d'une chemise de laine pourpre.

– Démarrez en vitesse, disait-elle à l'homme, ou vous allez recevoir une peignée !

– Venez donc, Queequeg, dis-je, nous y sommes, voilà Mme Hussey.

Et c'était elle. M. Josué Hussey, absent, avait laissé à Mme Hussey le soin de s'occuper entièrement des affaires.

Quand nous eûmes manifesté notre désir d'avoir à souper et un lit, Mme Hussey, remettant sa dispute à plus tard, nous fit entrer dans une petite salle et nous fit prendre place à une table sur laquelle se trouvaient encore les reliefs d'un repas récemment achevé ; puis elle se tourna vers nous, questionnant :

– Clovisse ou morue ?

– Qu'est-ce que vous voulez dire par morue, madame ? fis-je avec une grande politesse.

– Clovisse ou morue, répéta-t-elle.

– Une clovisse pour souper ? Une clovisse froide ? est-ce là ce que vous voulez dire, madame Hussey ? Hum ! assez froid et gluant réconfort par temps d'hiver, ne trouvez-vous pas, madame Hussey ? questionnai-je.

Mais elle était pressée de reprendre sa dispute avec l'homme en chemise rouge qui l'attendait à l'entrée et elle eut l'air de n'entendre que le seul mot de clovisse. Elle fila vers la porte ouverte qui menait à la cuisine et cria :

– Clovisse pour deux !

Puis elle disparut.

– Queequeg, dis-je, croyez-vous que nous puissions souper à deux avec une clovisse ?

Toutefois une chaude et savoureuse vapeur venant de la cuisine semblait démentir cette morne perspective ; mais, quand le ragoût fumant entra, le mystère fut expliqué. Oh ! doux amis, écoutez : le ragoût était fait de petites clovisses juteuses à peine plus grosses que des noisettes, mélangées à des biscuits de mer pilés et à du porc salé coupé en tout petits dés : le tout enrichi de beurre et généreusement saupoudré de sel et de poivre. Nos appétits étaient aiguisés par l'air glacé du voyage ; de plus, Queequeg voyait devant lui son plat de pêche favori ; pas besoin de dire après ça si l'excellent ragoût fut expédié en vitesse. Soufflant une minute, je me mis à réfléchir à l'annonce de Mme Hussey : « clovisse ou morue ». L'idée me vint de faire une petite expérience. Allant à la porte de la cuisine, j'émis avec emphase le mot « morue », et je revins à mon siège. Presque aussitôt la savoureuse vapeur surgit de nouveau, mais avec un goût différent et, en son temps, un beau ragoût de morue se trouva posé devant nous. Nous remîmes ça ! Et tandis que nous plongions nos cuillers dans les bols je me demandais si ça se verrait à nos têtes ; car on dit des abrutis qu'ils ont une tête à ragoût.

– Mais, regardez, Queequeg, n'est-ce pas une anguille vivante, là dans notre bol ! Où est votre harpon ?

Plus empoissonné que tous les endroits les plus poissonneux était le *Tâtez-le-Pot,* qui méritait bien son nom, car tous ses pots étaient toujours sur le feu, mijotant des ragoûts de poissons. Ragoût de poissons pour le petit déjeuner, ragoût de poissons pour dîner, ragoût de poissons pour souper ; jusqu'à ce que vous commenciez à sentir des arêtes de poisson vous pousser à travers les vêtements.

Le devant de la maison était pavé de coquilles de clovisses ; Mme Hussey portait un collier de vertèbres de morue et le vieux Josué Hussey avait ses livres de comptes reliés dans une peau de requin de qualité supérieure ; quant au lait, il avait aussi un goût de poisson que je ne m'expliquai pas avant le matin, où, comme je me promenais sur la plage parmi les barques de pêches, je vis la vache tavelée de Josué qui, mangeant des restes de poissons, se promenait sur le sable, chaque sabot revêtu d'une tête de morue décapitée ; ce qui ne la chaussait pas des mieux, croyez-moi !

Le souper fini, on nous donna une lampe et nous reçûmes les instructions de Mme Hussey quant au chemin le plus court pour aller au lit. Queequeg allait me précéder lorsque la dame allongea le bras et demanda le harpon ; elle ne permettait aucun harpon dans les chambres.

– Et pourquoi ? demandai-je. Chaque vrai baleinier dort avec son harpon. Alors pourquoi ?

– Pasque c'est dangereux, répliqua-t-elle ; d'puis que l'jeune Stiggs, en rentrant de c'malheureux voyage après quatre ans et d'mi d'absence, avec rien qu'trois tonneaux d'huile, a été trouvé mort dans ma chambre de derrière, son harpon dans les côtes, d'puis je n'permets à aucun pensionnaire d'apporter des armes aussi dangereuses, la nuit, dans leurs chambres. Alors, M'sieu Queequeg – elle avait retenu son nom – j'm'en vais vous prendre çui-ci et vous l'garder jusqu'à d'main matin.

« Mais le ragoût, pour déjeuner d'main matin ; clovisse ou morue, les hommes ?

– Les deux, répondis-je, et une paire de harengs fumés avec, pour changer un peu.

XVI

LE NAVIRE

Au lit, nous fîmes nos plans pour le lendemain. Mais à ma surprise et à mon grand ennui, Queequeg me fit alors comprendre qu'il avait consulté Yojo, son petit dieu noir, et que Yojo lui avait dit à deux ou trois reprises et en insistant fortement qu'au lieu de partir ensemble au port pour voir la flottille des baleiniers et prendre de l'embauche, il fallait que j'y aille seul. Ce choix devait me regarder entièrement ; à cette condition Yojo nous protégerait ; il avait déjà choisi un bateau sur lequel, moi, Ishmaël, je tomberais infailliblement, comme s'il était le seul bateau du monde tout entier. Sur ce bateau, je devrais m'engager immédiatement sans me soucier de Queequeg pour le moment. J'ai oublié de dire que Queequeg avait la plus grande confiance dans l'excellence du jugement de Yojo et dans son étonnante divination des choses. Il tenait Yojo en grande estime, comme une sorte de Dieu dont tous les desseins ne réussissaient peut-être pas mais dont les intentions étaient somme toute pleines de bienveillance.

Or ce plan de Queequeg ou plutôt de Yojo touchant le choix de notre bateau ne me plaisait guère. J'avais beaucoup compté sur la sagacité de Queequeg pour découvrir le baleinier le plus propre à nous transporter sûrement, nous et nos fortunes. Mais comme toutes mes remontrances n'eurent aucun effet sur Queequeg, je fus bien obligé de céder. En conséquence, je me préparai à m'occuper de cette affaire avec une énergie et une vigueur qui devaient rapidement résoudre cette question peu compliquée. Le lendemain matin, je laissai

Queequeg et son Yojo enfermés dans notre petite chambre. Il semblait que ce jour-là fût pour Queequeg et Yojo un jour de jeûne, d'abstinence et de prière, une sorte de Ramadan ou de carême. De quoi il retournait au juste ? Je ne l'ai jamais su ; car malgré toute mon application je ne pus me rendre maître des liturgies ni des XXXIX articles de foi de Queequeg. Donc, disais-je, laissant mon copain à son jeûne et à sa pipe-tomahawk, et son Yojo se réchauffant au feu de ses copeaux de sacrifice, je fis une virée du côté du port. Après bien des pas et des interrogations au hasard, j'appris que trois vaisseaux appareillaient pour des voyages de trois ans. C'étaient : la *Diablesse,* la *Friandise* et le *Péquod.* De *Diablesse* j'ignore l'origine ; pour *Friandise,* ça se comprend tout seul ; quant au *Péquod,* vous vous souvenez sans doute que c'est le nom d'une tribu indienne du Massachusetts, maintenant aussi éteinte que les anciens Mèdes. Je regardai et furetai autour de la *Diablesse,* sautai de là à la *Friandise ;* enfin, montant à bord du *Péquod,* je fus convaincu que c'était là le bateau qu'il nous fallait.

Vous avez pu voir bien des bâtiments bizarres au cours de votre existence : des lougres aux orteils carrés, de montagneuses jonques japonaises, des galiotes semblables à des caisses à beurre, etc. ; mais, croyez-moi, vous n'avez jamais vu un vieux bateau aussi étrange que le curieux vieux *Péquod.* C'était un bâtiment de l'ancienne école, plutôt petit que grand, avec cet air de griffon des navires démodés de jadis. Longuement culotté et lustré par les typhons et les calmes plats des quatre océans, le teint de sa vieille coque était bronzé comme celui d'un grenadier français ayant combattu en Egypte, puis en Sibérie. Sa proue paraissait barbue. Ses mâts coupés sur quelque côte japonaise (à un moment où ses mâts primitifs, au cours d'une tempête, avaient été emportés, ses mâts, dis-je, se dressaient aussi raides que les colonnes vertébrales des trois vieux rois de

Cologne. Ses ponts étaient usés, comme est usée, à force de vénération, la dalle de la cathédrale de Canterbury sur laquelle Becket fut saigné. Mais, en plus de tous ces traits antiques, vous pouviez ajouter les traces des entreprises fantastiques qu'il avait menées pendant plus d'un siècle. Le vieux capitaine Peleg qui y avait été second longtemps avant de commander un autre bateau et qui, retraité maintenant, était un des propriétaires du *Péquod,* lorsqu'il y était encore, avait renforcé sa singularité originelle en y incrustant partout des dessins grotesques comparables peut-être à ceux du bouclier sculpté de Thorkill Hake's. Il était paré comme un empereur éthiopien au cou alourdi de pendentifs d'ivoire poli. C'était une sorte de trophée ambulant ; c'était quelque chose comme un vaisseau cannibale attifé des dépouilles et des os de ses ennemis. Ses pavois sans panneaux paraissaient d'interminables mâchoires, garnis qu'ils étaient avec les longs fanons aigus du cachalot, insérés là pour nouer ses tendons et ses nerfs de chanvre, lesquels ne s'enroulaient pas sur de misérables blocs de bois terrien, mais glissaient sur des bittes en ivoire de mer. Pour son vénérable gouvernail, il avait méprisé la roue à tourniquets ; il était fait d'une barre d'un seul tenant et cette barre avait été taillée dans l'étroite mâchoire inférieure de son ennemie héréditaire. Le timonier qui la manœuvrait dans une tempête se sentait comme le Tartare quand il retient son cheval fougueux en lui serrant le mors. Un noble vaisseau ! mais, je ne sais pourquoi, mélancolique. N'en est-il pas ainsi de toutes les nobles choses ?

Quand je cherchai sur le gaillard d'arrière quelqu'un ayant de l'autorité, afin de me poser comme candidat au voyage, je ne vis d'abord personne ; mais il m'était impossible de ne pas voir une sorte de drôle de tente ou de wigwam planté un peu en arrière du grand mât. Cela paraissait une de ces constructions provisoires dont on se sert dans les ports. C'était quelque chose de conique, d'environ dix pieds de haut, et ça consistait en un assemblage épais de fanons de baleine liés par le haut, les bouts larges pendant sur le pont comme des épis sur la tête de quelque sachem du Pottowottamie. Une ouverture triangulaire donnait face à la proue, de sorte que celui qui se trouvait dedans avait une vue complète sur tout l'avant.

Dans cette étrange hutte, je trouvai enfin, mi-caché, quelqu'un qui semblait avoir de l'autorité et qui – c'était alors midi – profitant de ce que le travail était suspendu, semblait avoir déposé avec joie le fardeau du commandement. Ce quelqu'un était assis sur une chaise de chêne à l'ancienne mode, cabossée partout de curieuses sculptures et dont le siège consistait en un solide entrelacement de ces mêmes fanons élastiques avec lesquels était fait le wigwam.

Il n'y avait rien de spécial sans doute dans l'aspect du vieil homme que je vis ; il était bruni et musclé comme le sont la plupart des vieux marins et il était chaudement serré dans du drap bleu de pilote coupé à la mode quaker, mais, autour de ses yeux, il y avait un réseau de rides presque microscopiques occasionnées sans doute par d'incessantes navigations, avec de dures tempêtes qui obligent à cligner des yeux. Ce genre de rides fait beaucoup d'effet quand on veut avoir l'air renfrogné.

– Est-ce le capitaine du *Péquod ?* demandai-je, m'avançant vers l'ouverture de la tente.

– Et quand ça serait lui, qu'est-ce que tu lui veux ? répliqua-t-il.

– Je voudrais embarquer.

– Ah oui ! oui, tu voudrais embarquer. Tu n'es pas de Nantucket à ce que je vois ! T'es-tu déjà trouvé dans une embarcation éventrée par une baleine ?

– Non, Sir, jamais.

– Tu n'y connais rien en baleines, j'ose dire, hein ?

– Rien, Sir ; mais je suis sûr d'apprendre vite. J'ai

fait plusieurs voyages dans la marine marchande et je crois que...

— Au diable la marine marchande ! Ne me parle pas de cette cochonnerie, à moi surtout. Je suppose que tu n'es pas mal fier d'avoir servi sur un bateau marchand, hein ? Tu vois ce pied ? Il ira rejoindre ton derrière si jamais tu me parles encore de ça. Mais sacré tonnerre, dis-moi, mon bonhomme, comment se fait-il que tu veuilles pêcher la baleine, hein ? Ça m'a l'air un rien louche, ne trouves-tu pas, hein ? Tu n'as jamais été pirate... des fois ? Tu n'aurais pas barboté ton dernier capitaine, hein ? Tu ne songerais pas à assassiner les officiers une fois en mer, par hasard ?

Je protestai de mon innocence à toutes ces suppositions. Je devinais que sous le masque de son ironie le vieux loup de mer, comme un Quaker de Nantucket, était plein des préjugés de l'insulaire pour les continentaux, et très en défiance de tous les étrangers qui ne venaient pas du cap Cod ou de Vineyard.

— Mais qu'est-ce qui te pousse à vouloir chasser la baleine ? Je tiens à le savoir avant de t'engager à bord.

— Eh bien, Sir, je veux savoir ce que c'est, tout bonnement. Et je veux voir le monde.

— Tu veux savoir ce que c'est que la chasse à la baleine, eh ? As-tu donné un coup d'œil au capitaine Achab ?

— Qui est le capitaine Achab, Sir ?

— Oui, oui ! C'est bien ce que je pensais ! Capitaine Achab est le capitaine d'ici.

— Alors je me suis trompé. Je croyais avoir affaire à lui-même.

— Tu parles au capitaine Peleg, voilà à qui tu parles, jeune homme. C'est moi et le capitaine Bildad qui sommes chargés de parer le *Péquod* pour le voyage et qui lui fournissons le nécessaire, équipage compris. Nous sommes à la fois propriétaires et agents. Mais c'est autre chose que je voulais te dire. Si tu as vraiment envie de savoir ce que c'est que la chasse à la baleine, avant de t'engager définitivement sans plus pouvoir te rétracter, jette un coup d'œil sur le capitaine Achab, jeune homme, et tu verras qu'il n'a plus qu'une jambe.

– Que voulez-vous dire par là, Sir ? Est-ce que l'autre il l'a perdue par la faute d'une baleine ?

– Tu l'as dit, jeune homme. Viens un peu ici. Oui, elle a été dévorée, mâchée, pilée par la plus monstrueuse des baleines qui ait jamais amoché un bateau, ha ! ha !...

Je fus un peu alarmé par sa violence ; peut-être aussi un peu touché par la sincère tristesse de son exclamation finale, et le plus calmement qu'il me fut possible je répondis :

– Ce que vous dites est sans doute vrai, Sir, mais je ne pouvais pas prévoir la férocité de cette baleine particulière. A la vérité, j'en aurais déduit le fait d'un accident, simplement.

– Ecoute maintenant, jeune homme. Tu as, on peut dire, les poumons mous. Tu ne parles pas un peu le biche-la-mar. Es-tu déjà allé en mer ? En es-tu bien sûr ?

– Sir, répliquai-je, je croyais vous avoir dit que j'ai fait quatre voyages dans la marchande...

– La ferme avec ça... Rappelle-toi ce que je t'ai dit au sujet de la marine marchande. Ne me pousse pas à bout... Je ne permets pas, tu sais ? Comprenons-nous. Je viens de te donner une idée de ce qu'était la chasse à la baleine. Es-tu toujours décidé ?

– Oui, Sir.

– Très bien. Maintenant, es-tu homme à lancer le harpon dans la gueule d'une baleine vivante et d'y sauter après ? Vite, réponds !

– J'y suis prêt, Sir, s'il est positivement indispensable que je le fasse ; je veux dire s'il est impossible de s'en débarrasser, ce qui peut ne pas être le cas

— Bien encore ! Or, tu ne veux pas seulement aller à la pêche à la baleine, mais tu veux y aller pour voir du pays ? C'est ce que je pensais moi aussi, jadis. Bon ! Alors, marche droit devant et regarde du bord au vent ; après tu reviendras me dire ce que tu auras vu.

Un peu perplexe, j'hésitai un instant à exécuter cet ordre curieux, ne sachant pas s'il fallait ou non le prendre à la blague ; mais les rides plissées des pattes d'oie du capitaine Peleg me poussèrent à obéir.

J'allai à la proue et regardai du bord au vent. Je m'aperçus que le bateau chassait sur l'ancre avec la marée, et qu'il pointait maintenant en oblique vers le large. L'horizon était sans limites mais absolument monotone et hostile. On ne pouvait vraiment rien y voir de particulier.

— Alors, que dit le rapport ? me demanda Peleg quand je revins vers lui ; qu'as-tu vu ?

— Pas grand'chose, répondis-je ; rien que de l'eau partout, sur une considérable étendue d'horizon. Et il y a je crois un grain qui se prépare.

— Très bien ! Et alors qu'est-ce que tu penses maintenant de voir du pays ? As-tu envie de doubler le cap Horn pour ne pas voir autre chose que ça, eh ! Ne peux-tu voir le monde d'où tu es ?

J'étais un peu ahuri, mais je voulais aller à la chasse à la baleine, et j'irais ! Pour cela le *Péquod* valait n'importe quel autre bateau ; il valait plus, même, pensais-je. Tout ceci je le dis à Peleg. Me voyant ainsi déterminé il m'accepta en fin de compte.

— Bon ! Aussi bien tu peux signer ton engagement tout de suite, ajouta-t-il, viens par ici.

Ce disant, il me fit descendre à la cabine. Là, je trouvai, assis sur une membrure, ce qui me sembla la moins banale des figures ou la plus étonnante. Cela se trouva être le capitaine Bildad, celui qui, avec le capitaine Peleg, était un des plus importants commanditaires du bateau. Les autres parts, comme c'est parfois le cas dans les ports, étaient partagées entre une foule de vieux rentiers, de veuves, d'orphelins, de pupilles de marine ; chacun possédant à peu près la valeur d'une bitte, d'un pied de plancher ou de deux clous dans le bateau. A Nantucket les gens placent leur argent sur les baleiniers, de la même manière que vous placez le vôtre dans des actions d'État ayant fait leurs preuves et rapportant gros.

Or, tout comme Peleg, et beaucoup d'autres Nantuckais, Bildad était quaker. L'île ayant été colonisée à l'origine par cette secte ; encore à présent, la plupart de ses habitants gardent dans une mesure peu commune les particularités du Quaker ; modifiées parfois, de façon variée et anormale, par des choses extérieures et hétérogènes. Car quelques-uns de ces mêmes Quakers sont les plus sanguinaires de tous les marins et chasseurs de baleines. Ce sont des Quakers guerriers.

Parmi eux, il y a parfois des hommes qui portent des noms de l'Écriture Sainte – c'est une coutume dans l'île – et des hommes qui, dès l'enfance, sont imbibés du grandiose et dramatique tutoiement de l'idiome quaker, et dont les audacieuses et courageuses aventures, au cours de leur vie, forment un drôle de mélange avec les singularités dont ils n'ont pu se défaire avec l'âge ; mille traits de caractère dignes d'un Roi-des-Mers scandinave ou d'un poète païen de Rome, par exemple. Et quand ces choses se trouvent réunies dans un type d'une force exceptionnelle, ayant un cerveau parfaitement conformé et un cœur bien pondéré ; qui, de plus, par le fait du silence et de la solitude dans les eaux les plus lointaines, sous des constellations que nous n'avons jamais vues ici dans le Nord ; qui, dis-je, est amené à penser d'une manière indépendante et originale, à recevoir directement dans sa poitrine vierge, assurée et volontaire, toutes ses impressions naturelles – les douces et les sauvages – avec l'apport d'avantages accidentels et qui, en plus, est doté d'un langage nerveux et hautain ; alors cet homme est unique dans le recensement de toute une nation. Cette puissante créature spectaculaire semble toute désignée pour de nobles tragédies ; même si, à cause de sa naissance ou d'autres circonstances, il semble dominé par une morbidité mi-consciente de sa nature profonde. Car tous les hommes tragiquement grands en sont ainsi marqués. Soyez sûrs de ceci, ô jeunes ambitieux ! Toute grandeur mortelle n'est que maladie. Mais pour l'instant nous n'avons pas affaire à cet homme ; nous avons affaire à un autre homme non moins étrange, mais qui, lui, n'est que le résultat nouveau d'une phase du Quakerisme, modifié par des circonstances individuelles.

Comme le capitaine Peleg, le capitaine Bildad était un baleinier jouissant d'une retraite aisée ; or, non comme le capitaine Peleg cette fois – lequel ne s'en faisait pas une miette pour ce qu'on nommait les choses sérieuses, et qui même considérait les choses sérieuses comme des bagatelles – le capitaine Bildad n'avait pas été seulement élevé dans la secte la plus stricte des Quakers de Nantucket, mais, au cours de sa vie océane, où il avait pu voir beaucoup de belles créatures nues, sur des îles, autour du cap Horn ; cela n'avait en rien changé ce Quaker bon teint, non, pas même un bouton de sa veste. Néanmoins, malgré cette immuabilité, il y avait quelques contradictions dans ce brave capitaine. Tout en refusant, par scrupule de conscience, de porter les armes contre des envahisseurs terriens, lui, il avait envahi, d'une façon illimitée, l'Atlantique et le Pacifique ; et, quoique ennemi juré du versement de sang humain, il avait, vêtu de son habit à corps droit, versé des tonnes de sang du léviathan. Comment faisait-il maintenant, au soir contemplatif de ses jours, le pieux Bildad, pour concilier ces choses dans son souvenir ? Je ne puis rien en dire ; mais ça n'avait pas l'air de le troubler beaucoup, et il est probable qu'il était arrivé à cette sage et raisonnable conclusion que : la religion est une chose et le monde qui paye en est une autre. S'élevant de l'état de garçon de cabine, vêtu de court dans une étoffe commune, à celui de harponneur à large gilet « ventre d'alose », il passa successivement chef d'équipage, puis second, puis capitaine et enfin propriétaire. Bildad, comme je viens de le dire plus haut, concluait sa carrière aventureuse en se retirant de toute vie active au bon âge de soixante ans, et il destinait les jours qui lui restaient à profiter tranquillement de revenus bien gagnés.

Maintenant, Bildad – j'ai le regret de le dire – avait une réputation de vieux ladre incorrigible. Et, au temps où il allait en mer, de maître salement dur. On me dit à Nantucket – ça me semble tout de même bien curieux ! – que lorsqu'il naviguait sur le vieux baleinier *Categut*, son équipage, au retour, avait dû être transporté à terre, à l'hôpital, presque en totalité, tant il l'avait épuisé et vidé. Pour un homme pieux, pour un Quaker surtout, il avait certainement le cœur assez dur, pour ne pas dire davantage ! Mais on prétendait aussi qu'il n'injuriait jamais ses hommes. Seulement, d'une manière ou d'une autre, il en tirait plus que le maximum. Lorsque Bildad était second, avoir son œil terne posé sur vous vous rendait fébrile jusqu'à ce que vous puissiez attraper n'importe quoi ; un marteau, une pointe de marnage, et que vous turbiniez comme un fou à n'importe quelle besogne. Indolence et paresse se dissolvaient à sa vue. Sa propre personne était l'incarnation stricte de son caractère utilitaire. Sur son long corps maigre nulle chair n'était de trop ; il n'avait pas de barbe superflue ; son menton portait un doux duvet économe pareil au duvet usé de son chapeau à larges bords.

Tel était donc celui que je vis assis sur la traverse quand je suivis le capitaine Peleg à la cabine ; l'espace entre les ponts était étroit et là, assis tout raide, se trouvait le vieux Bildad qui toujours s'asseyait ainsi, ne se penchant jamais à seule fin d'économiser les pans de son manteau. Son chapeau à larges bords était posé près de lui. Ses jambes étaient croisées sèchement ; son vêtement de drap gris-brun boutonné jusque sous le menton. Des lunettes sur le nez, il semblait absorbé par la lecture d'un gros et lourd bouquin.

– Bildad, cria le capitaine Peleg, te voilà encore avec tes sacrées Écritures. Depuis trente ans que tu les études, où en es-tu, Bildad ?

Comme s'il était habitué à de telles paroles sacrilèges de son vieux camarade de bord, Bildad, sans prendre garde à l'irrévérence de la question, leva tranquillement les yeux et, me voyant, regarda Peleg interrogativement.

– Il dit qu'il est notre homme, fit Peleg. Il veut embarquer.

– Tu veux ? demanda Bildad d'une voix caverneuse en se tournant de mon côté.

– Je le veux résolument, dis-je presque sans y songer, tant il était quaker.

– Que penses-tu de lui, Bildad ? interrogea Peleg.

– Il ira, répondit Bildad en me regardant de près ; puis il continua à épeler dans son livre avec un ronron perceptible

Je pensai que c'était là le plus drôle vieux Quaker qu'il m'avait été donné de voir, surtout par contraste avec Peleg son ami et vieux camarade de bord, si tapageur, lui. Mais je ne soufflai mot, regardant seulement autour de moi. Peleg ouvrit un coffre et il en retira le rôle du bateau, plaça une plume et de l'encre devant lui et s'assit à une petite table. Je pensai que le moment était venu de décider des conditions de l'engagement. Je savais déjà que pour la chasse à la baleine on ne paie pas de gages, mais que tous les marins, capitaine compris, partagent certaines parts de bénéfices appelées « masses » et que ces masses sont proportionnelles à l'importance que les marins ont dans l'équipage.

Je savais aussi qu'étant un bleu de la chasse à la baleine, ma masse à moi ne serait pas très lourde ; mais, vu le fait que j'étais habitué à la mer, que je savais me retourner sur un bateau, faire une épissure, etc., d'après mes prévisions on m'offrirait environ la deux cent soixante-quinzième masse, c'est-à-dire la deux cent soixante-quinzième part des bénéfices nets du voyage ; et malgré que la deux cent soixante-quinzième masse soit ce qu'il est convenu d'appeler une masse à long terme, c'était néanmoins mieux que rien, et, si nous avions un peu de chance au cours de ce voyage, ça payerait à peu près les vêtements que j'y aurais usés ; sans parler des trois ans de bœuf et de la pension pour lesquels je n'aurais pas eu un sou à payer.

On pourrait croire que c'était là une piètre façon d'amasser une fortune princière, et c'en était en effet une très piètre ; mais je suis un de ceux qui ne se frappent pas au sujet des fortunes princières et je suis tout à fait content si le monde est prêt à me loger et à me nourrir, fût-ce à l'enseigne effrayante du « Vieux Tonnerre ». Somme toute, je pensais que la deux cent soixante-quinzième part de la masse serait à peu près équitable, mais je n'aurais pas été surpris qu'on m'offrît la deux centième, vu que j'étais de l'espèce aux épaules larges. Une chose néanmoins me faisait douter de recevoir une part aussi généreuse ; voici laquelle : à terre, j'avais entendu parler du capitaine Peleg et de son incroyable vieux compère Bildad ; on disait qu'ils étaient les principaux propriétaires du *Péquod ;* les autres, étant disséminés et de peu d'importance, laissaient presque toute la conduite des affaires à ces deux-là. Or, je craignais que l'avare Bildad n'eût beaucoup à dire au sujet de l'engagement des marins ; et voilà maintenant que je le trouvais à bord du *Péquod,* tout à fait comme chez lui dans la cabine, en train d'y lire sa Bible de même que s'il avait été au coin de son feu.

Tandis que Peleg essayait vainement de tailler une plume avec son couteau, le vieux Bildad, à ma grande surprise – quand on pense qu'il était si intéressé par ces procédures – le vieux Bildad ne prêtait aucune attention à nous et continuait à marmonner ce qui était écrit sur son livre : *n'amassez point vous-même des trésors sur la terre...*, et le reste.

– Eh bien, capitaine Bildad, que dis-tu ? Quelle masse donnerons-nous à ce jeune homme ?

– Tu le sais mieux que moi, fut sa réponse sépulcrale. La sept cent soixante-dix-septième ne serait-elle pas trop, crois-tu ?... *ou la teigne et la rouille rongeront votre amas...*

Amas, pensais-je ; vrai, quel amas ! la sept cent soixante-dix-septième. Ainsi, vieux Bildad, vous avez décidé pour moi que je n'amasserais pas ici-bas une grosse masse... que la rouille ou la teigne puisse corrompre... véritablement un très long terme, ça ! et bien fait pour ficher dedans un novice terrien. Mais en réfléchissant bien vous vous rendiez vite compte que ce 777, qui est un nombre important, signifiait la sept cent soixante-dix-septième partie d'un doublon d'or. Et c'est ce que je pensai tout de suite.

– Mais, sang et tonnerre, cria Peleg, tu ne veux tout de même pas escroquer ce jeune homme. Il faut qu'il ait plus que cela.

– Sept cent soixante-dix-septième, répéta Bildad sans lever les yeux, et il continua à marmonner : *car là où est ton trésor, là aussi sera ton cœur.*

– Je vais le marquer pour la trois centième, dit Peleg ; tu m'entends, Bildad, je dis la trois centième masse.

Bildad ferma son livre et, se retournant solennellement vers lui, répliqua :

– Capitaine Peleg, tu as un cœur généreux, mais tu dois penser à ton devoir envers les autres propriétaires de ce bateau ; il y a beaucoup de veuves et d'orphelins parmi eux. Et si nous récompensons trop largement les travaux de ce jeune homme nous risquons d'enlever le pain de la bouche de ces veuves et de ces orphelins. La sept cent soixante-dix-septième masse, capitaine Peleg !

— Toi, Bildad, hurla Peleg en se dressant debout et en parcourant bruyamment la cabine ; toi, oui, sois maudit, capitaine Bildad. Si j'avais suivi tes conseils dans ces affaires, j'aurais depuis longtemps à trimbaler une conscience suffisamment lourde pour faire couler le plus grand vaisseau qui ait jamais doublé le cap Horn !

— Capitaine Peleg, répliqua calmement Bildad, ta conscience peut tirer dix pouces d'eau ou dix brasses, je n'arrive pas à le savoir ; mais puisque tu es encore un homme impénitent, capitaine Peleg, je crains fort que ce ne soit ta conscience qui fasse eau ; et finalement c'est toi-même, capitaine Peleg, qui t'enfonceras jusqu'au cœur de l'enfer ardent !

— Enfer ardent, enfer ardent ! Tu m'insultes, homme ! d'une manière impardonnable. C'est un outrage sanglant de dire à une créature humaine qu'elle ira en enfer. Tonnerre et flammes ! Bildad, répète encore ça et je te déboulonnerai l'âme ; mais je... je... oui... j'avalerai une chèvre vivante : poil et cornes compris. Sors de la cabine, espèce de Tartufe grisonnant, fils de... de fusil de bois ; file au large, traître...

Tout en hurlant ceci, il fonça sur Bildad, mais avec une merveilleuse célérité Bildad glissa obliquement et l'évita. Alarmé par cette terrible explosion entre les deux propriétaires responsables du bateau, je me sentais à demi décidé à renoncer à toute idée d'embarquement sur un bateau ayant des armateurs si contestables, et je dégageai la porte pour laisser sortir Bildad qui, je n'en doutais pas, allait disparaître devant la colère de Peleg. Mais, à mon étonnement, il s'assit de nouveau sur la membrure avec la plus grande tranquillité et, semblait-il, il n'avait pas la moindre intention de se retirer. Il paraissait tout à fait habitué à l'impénitence de Peleg et à ses façons. Quant à ce dernier, après avoir laissé exploser sa rage comme il venait de le faire, il paraissait ne plus s'en souvenir ; lui aussi s'assit, doux comme un agneau, mais il avait encore de petits spasmes comme s'il était toujours un peu nerveusement agité.

— Hhouuff ; souffla-t-il enfin ; la rafale s'en est allée sous le vent, je crois. Autrefois, Bildad, tu étais bon pour aiguiser les harpons, taille cette plume, veux-tu ? Mon couteau que voilà a besoin d'un coup de meule, hein ?... C'est ça, merci, Bildad.

— Alors, jeune homme, Ishmaël, pour la trois centième part de masse.

— Capitaine Peleg, dis-je, j'ai un ami avec moi qui veut s'embarquer aussi. Est-ce que je peux l'amener demain ?

— Bien sûr, répondit Peleg ; amène-le et nous le toiserons.

— Quelle masse veut-il ? geignit Bildad levant les yeux de dessus son livre, dans lequel il venait de se replonger.

— Oh ! ne t'occupe pas de ça, Bildad, coupa Peleg ; a-t-il jamais baleiné ? fit-il en se tournant vers moi.

— Il a tué plus de baleines que je ne saurais en compter, capitaine Peleg.

— Bien, alors, amène-le.

Après avoir signé les papiers je m'en fus, ne doutant point que j'avais fait du bon travail au cours de ma matinée et que le *Péquod* était précisément le vaisseau que Yojo avait choisi pour nous porter, Queequeg et moi, sur les routes du Cap. Mais j'avais à peine fait quelques pas que je commençais à me rendre compte que je n'avais pas vu le capitaine. A la vérité dans bien des cas un baleinier est tout armé et l'équipage est à bord avant que le capitaine se dénonce et prenne le commandement. Car ces voyages sont parfois si longs et les pauses à terre, chez soi, si courtes que si le capitaine a une famille ou quelque absorbant intérêt du même genre, il se montre peu sur le bateau, s'en remettant de tout aux soins des propriétaires jusqu'à ce que tout soit prêt pour prendre la mer. Néanmoins, il est toujours préférable de jeter un petit coup d'œil sur ce capitaine avant de se mettre irrévocablement entre ses mains. Faisant alors demi-tour j'accostai de nouveau le capitaine Peleg et lui demandai où je pourrais trouver le capitaine Achab.

– Et qu'est-ce que tu veux au capitaine Achab ? Tout va très bien ! Tu es engagé !

– Oui, mais j'aimerais le voir.

– Je ne crois pas que tu le puisses à présent. Je ne sais pas exactement ce qu'il a, mais il se tient coi, à la maison ; une sorte de maladie peut-être ? Quoique ça n'en ait pas l'air. On peut même assurer qu'il n'est pas malade ; mais pas très bien non plus. En tout cas, jeune homme, il ne veut pas me voir, moi ; donc je ne pense pas qu'il veuille te voir, toi. C'est un homme bizarre le capitaine Achab – comme certains le pensent – mais c'est un brave type. Oh ! tu le verras bien assez, ne t'inquiète pas, ne t'inquiète pas ! C'est un grand impie divin le capitaine Achab. Il ne parle pas beaucoup mais quand il parlera tu feras bien de l'écouter. Fais attention, je t'avertis. Achab est au-dessus du commun. Achab a été dans les collèges et il a été aussi parmi les cannibales. Il est familier avec des merveilles plus profondes que celles des vagues. Il lance son harpon dans ce qui est le plus puissant, dans des ennemis plus étranges que les baleines. Son harpon ? Oui, c'est le plus rapide et le plus sûr de tous ceux de l'île. Oh ! rien de commun avec le capitaine Bildad et non plus avec le capitaine Peleg. Il est Achab, garçon ! et, dans l'ancien temps Achab, vois-tu, c'était un roi couronné.

— Et un très mauvais. Lorsqu'il fut tué, les chiens n'ont-ils pas léché son sang ?

— Viens ici... à moi... plus près, plus près, me dit Peleg avec un regard qui m'effraya presque. Vois-tu, fils, ne répète jamais à bord du *Péquod* ce que tu viens de me dire. Ne le dis jamais nulle part. Le capitaine Achab ne s'est pas baptisé lui-même. C'est un caprice de son ignorante et cinglée veuve de mère qui mourut quand il n'avait que douze mois. Tout de même, Tistig, la vieille squaw, à Gayhead, disait que de quelque manière ce nom pouvait être prophétique. Peut-être que d'autres idiotes t'en diront autant. Mais je t'avertis, c'est un mensonge ! Je connais bien le capitaine Achab. J'ai navigué avec lui comme second ; il y a des années de cela ! Je sais ce qu'il est — un brave homme — pas un bigot, bonhomme comme Bildad ; mais un brave homme jurant bien quelquefois — comme moi — seulement en lui il y a plus. Oui, évidemment, je sais qu'il n'est pas des plus gais ; je sais qu'au voyage de retour il n'avait pas tout à fait son bon sens pendant quelque temps. Mais les lancinements de son moignon saignant en étaient cause. Je sais aussi que depuis qu'il a perdu cette jambe à cause de cette maudite baleine du dernier voyage, il a été hargneux, terriblement hargneux, sauvage même parfois. Mais tout ça passera. Et une fois pour toutes, jeune homme, je t'assure et je te répète qu'il vaut mieux embarquer avec un bon capitaine coléreux qu'avec un mauvais capitaine souriant. Sur ce je te dis adieu, et ne pense pas de mal du capitaine Achab, parce qu'il a un vilain nom. Et puis, mon fils, il a une femme — il n'y a pas trois voyages qu'il est marié — une douce femme résignée, pense à ça. De cette douce femme ce vieil homme a un enfant ; alors penses-tu qu'il puisse y avoir en Achab quelque méchanceté naturelle ? Non, fils, tout frappé, tout dévasté, Achab est quand même un homme.

Je m'en fus très rêveur. Ce qui venait de m'être incidemment révélé sur le capitaine Achab me remplissait d'une sorte de douleur vague et bizarre. A ce moment je ressentais pour lui de la sympathie et de la tristesse. Pour quelles raisons ? Je ne sais. A moins que ce ne fût à cause de sa jambe cruellement perdue. Et pourtant, j'avais aussi, de lui, une étrange crainte respectueuse ; une sorte de crainte que je ne peux pas décrire, qui n'était même pas de la crainte : je ne sais pas ce que c'était. Je le craignais et il m'attirait ; j'étais impatient de connaître ce qui, en lui, me semblait être un mystère, pour le peu que j'en savais.

Finalement je pensais à autre chose, et le sombre Achab me sortit de l'esprit.

XVII
LE RAMADAN

Comme le Ramadan de Queequeg, avec son jeûne et sa pénitence, devait continuer toute la journée, je préférai ne pas le déranger avant le commencement de la nuit. J'ai le plus grand respect pour les obligations religieuses de chacun, fussent-elles comiques, et je ne sous-estimais pas une congrégation de fourmis adorant un champignon vénéneux, ni même certaines autres créatures de notre globe, qui, avec une servilité sans exemple dans tout l'univers connu, courbent le dos devant le cadavre d'un propriétaire terrien, seulement parce qu'il est, malgré tout, encore le propriétaire de propriétés démesurées.

Je dis que nous, bons chrétiens presbytériens, nous devrions être modestes dans ces questions et ne pas nous croire tellement supérieurs aux autres mortels, païens ou je ne sais quoi d'autre, qui, soi-disant, pratiquent comme des insensés. Queequeg avait certainement les idées les plus absurdes au sujet de Yojo et de son Ramadan. Et après ? Queequeg pensait savoir ce qu'il faisait, je suppose ! Il avait l'air content ; alors, pourquoi l'en empêcher ? Toutes nos discussions avec lui n'y changeraient rien. Laissons-le donc tranquille, me dis-je, et que Dieu ait pitié de nous tous, presbytériens et païens, car, en quelque sorte, nous avons tous la tête sérieusement fêlée et il commence à se faire temps qu'on nous la raccommode.

Vers le soir, quand je crus à peu près certain que toutes ses cérémonies rituelles devaient être finies, je montai à la chambre et frappai à la porte. Pas de réponse ! J'essayai de l'ouvrir, mais elle était fermée de l'intérieur.

– Queequeg, dis-je doucement par le trou de la serrure (silence total), c'est moi. Pourquoi ne répondez-vous pas ? C'est moi, Ishmaël !

Mais tout restait aussi silencieux qu'avant. Je commençais à m'inquiéter. Je lui avais laissé assez de temps et pensais qu'il avait pu être pris d'une attaque d'apoplexie. Je regardai par le trou de la serrure ; mais la porte s'ouvrait sur un angle de la pièce ; je ne vis rien qu'une partie d'un pied de lit et un pan de mur. Il me sembla voir aussi, posé contre le mur, le manche en bois du harpon de Queequeg que la patronne, cependant, lui avait enlevé le soir précédent, avant de monter à la chambre. C'est étrange, pensais-je ; mais puisque le harpon est là et qu'il ne sort jamais sans lui, c'est qu'il doit être ici, pas d'erreur possible !

– Queequeg !... Queequeg !...

Toujours le même silence. Quelque chose devait être arrivé. Apoplexie ? J'essayai de forcer la porte, mais elle résista. Dégringolant l'escalier, je fis part de mes inquiétudes à la première personne que je rencontrai (la servante).

– Hé là ! cria-t-elle. J'pensais ben qu'y d'vait avoir

queq'chose. J'ai voulu aller faire le lit, après le p'tit déjeuner, et la porte était fermée à clef ! On n'aurait pas entendu une souris, et ça a été tout aussi tranquille depuis. Mais j'pensais que p'têt' vous étiez sortis tous les deux et qu'vous aviez enfermé vos bagages pour plus d'sûreté. La ! hé la ! ma'am ! ! patronne ! A l'assassin ma'am' Hussey !... Apoplexie ! ! !

Et tout en criant elle courut vers la cuisine ; moi sur ses talons. Mme Hussey apparut aussitôt, un moutardier dans une main et un vinaigrier dans l'autre. Elle venait juste de les remplir tout en grondant son petit aide négro.

– Le bûcher, criai-je ; où est le bûcher ? Courez pour l'amour de Dieu et prenez quelque chose pour enfoncer cette porte. La hache, la hache ! Il a eu un coup de sang, c'est sûr !

Et ce disant, affolé, ne sachant trop ce que je faisais, en vitesse, les mains vides, je remontai l'escalier. Mme Hussey s'interposa :

– Qu'est-ce qui vous prend, jeune homme ?

– Pour l'amour de Dieu, cherchez une hache et courez vite appeler un médecin pendant que je force la porte.

– Ecoutez, jeune homme, dit-elle en se débarrassant du moutardier pour avoir une main libre ; écoutez-moi. Est-ce que vous parlez de forcer une de mes portes ?

Ce disant elle saisit un de mes bras.

– Qu'est-ce que vous avez ? Qu'est-ce que vous avez, marin ?

Aussi rapidement et calmement que possible je lui racontai tout. Elle plaqua machinalement son vinaigrier contre son nez pour mieux réfléchir, puis s'exclama :

– Non ! je n'l'ai pas vu depuis que je l'ai flanqué là-dedans.

Courant à un petit placard sous le palier de l'escalier,

elle y jeta un coup d'œil et revint dire qu'en effet, le harpon n'était plus là.

– Y s'est tué, cria-t-elle. C'est l'même coup qu'avec c'malheureux Stiggs !... V'là une autre courtepointe de foutue... Que Dieu ait pitié de sa pauv'mère !... Ça sera la ruine de ma maison !... Est-ce que le pauv'garçon a une sœur ? Où est cette fille ? Allons, Betty, va vite chez Snarle le peintre ; dis-lui de m'peindre une enseigne avec « *Défense de se suicider ici* » et aussi « *Défense de fumer à la buvette* ». Autant faire d'une pierre deux coups... Que le Seigneur ait pitié de son ombre ! Qu'est-ce que c'est que tout ce boucan ?... Et vous, jeune homme, halte-là !

Et, courant à moi, elle me rattrapa juste comme j'essayai à nouveau de forcer la porte.

– Je vous défends bien !... Je ne veux pas qu'on abîme mon établissement ! Allez chercher le serrurier... Vous en trouverez un à un mille d'ici. Mais, au fait, v'là une clef qui doit aller, je crois ! Voyons !

Elle fit tourner la clef dans la serrure : hélas, le loquet supplémentaire avait été tiré de l'intérieur par Queequeg.

– Faut enfoncer, dis-je.

Et je reculai dans le corridor pour prendre de l'élan. La patronne essaya de m'attraper, jurant ses grands dieux qu'elle ne me laisserait rien casser dans son auberge ; mais, m'arrachant d'elle, d'un bon coup je me jetai contre la porte. Avec un bruit fantastique elle s'ouvrit, envoyant des plâtras jusqu'au plafond. Et là, Dieu du ciel, là, tout à fait calme et froid, Queequeg était accroupi sur ses fesses au plein milieu de la chambre, avec son Yojo sur la tête. Il ne regardait ni à droite ni à gauche, mais se tenait comme une statue, sans presque donner signe de vie.

– Queequeg, dis-je, en m'approchant de lui ; Queequeg, qu'est-ce qu'il y a ?

— Il n'est tout de même pas resté assis comme ça toute la journée ? s'étonna la patronne.

Mais nous avions beau dire, nous ne pouvions en tirer une parole ; j'avais presque envie de le pousser à la renverse pour le faire changer de pose, car c'était intolérable. C'était si pénible et si peu naturel ; et penser que cela durait depuis huit ou dix heures et probablement sans qu'il ait rien mangé.

— Madame Hussey, dis-je, en tout cas, il vit ; alors, laissez-nous s'il vous plaît. Je vais me charger de cette drôle d'affaire.

Ayant refermé la porte sur la patronne j'essayai de persuader Queequeg de prendre une chaise ; mais en vain. Malgré tous mes artifices de politesse et de flatterie il ne voulut ni bouger, ni dire un mot, ni me regarder, ni même tenir compte de ma présence pour si peu que ce fût.

Est-il possible, pensais-je, que ça fasse partie de son Ramadan ? Font-ils leur carême assis comme ça sur leurs fesses, dans son île natale ? Oui, sans doute ! Ça fait partie de leur croyance, je suppose. Alors, qu'il y reste ! Tôt ou tard, il finira bien par se lever. Ça ne peut durer éternellement, Dieu merci ; et son Ramadan n'a lieu qu'une fois l'an, heureusement !

Je descendis pour le souper. Après avoir écouté un bon moment les longues histoires de quelques matelots qui rentraient à peine d'un voyage « plum-pouding », comme ils disent (c'est-à-dire d'une courte expédition de chasse à la baleine en goélette ou en brick, au nord de la ligne, dans l'océan Atlantique seulement), après avoir écouté, dis-je, ces « plum-poudingueurs » jusqu'à près de onze heures, je montai pour me coucher, tout à fait certain qu'à cette heure-là Queequeg aurait fini avec son Ramadan. Mais non ! Il était exactement comme je l'avais laissé. Il n'avait pas bougé d'un pouce. Je commençai à me fâcher. Cela me semblait complètement idiot de rester assis là à croupetons toute une journée et une partie de la nuit dans une chambre froide, avec un bout de bois sur la tête.

– Pour l'amour du ciel, Queequeg, levez-vous, secouez-vous... Allons, levez-vous et mangez. Voulez-vous crever de faim ? Vous allez vous tuer, Queequeg.

Il ne répondit pas un mot. Désespérant de lui, je décidai alors de me coucher, pensant que sous peu, sans doute, il suivrait mon exemple ; toutefois, avant de me mettre au lit, je pris ma « peau d'ours » et la jetai sur lui, car la nuit s'annonçait très froide et il n'avait que sa veste ronde ordinaire.

J'eus beau faire ; pendant quelque temps je ne parvins pas à m'endormir. J'avais soufflé la bougie, et l'idée de Queequeg accroupi à quatre pas de moi dans ce froid et ce noir me rendait malheureux. Songez-y ! Dormir toute une nuit dans une chambre avec un païen bien éveillé, assis sur ses fesses à cause d'un incompréhensible Ramadan !

Toutefois je finis par m'assoupir et ne sus plus rien jusqu'au lever du jour où, regardant par-dessus le lit, je vis Queequeg dans la même position ; comme s'il avait été vissé au plancher. Or, dès que le premier rayon de soleil entra par la fenêtre, il se redressa, les articulations raides et craquantes, mais l'air tout content. Il vint vers moi en boitillant, pressa son front contre le mien et dit que son Ramadan était terminé.

Je l'ai déjà dit, je ne fais d'objection à la religion de qui que ce soit, à la condition que l'intéressé ne tue pas, ni n'insulte ceux qui ne croient pas comme lui ; mais tout de même, lorsque la religion d'un homme frise le fanatisme, qu'elle est une torture pour lui et qu'elle fait de cette terre une auberge incommode à fréquenter, alors je pense que c'est le moment de prendre cet individu à part et de le raisonner à ce sujet. Et ainsi fis-je avec Queequeg.

– Queequeg, dis-je ; maintenant mettez-vous au lit et écoutez-moi.

Puis, je continuai, débutant par l'origine et les progrès des religions primitives, pour en arriver à celles de maintenant. Ensuite je démontrai à Queequeg que tous ces carêmes, Ramadans et accroupissements prolongés sur les fesses dans des chambres froides étaient des singeries mauvaises pour la santé et inutiles pour l'âme ; bref ! en tout opposées aux plus simples lois de l'hygiène et du bon sens. Je lui dis aussi, entre parenthèses, que comme il était un sauvage très sagace et raisonnable, ça me peinait, ça me peinait même beaucoup de le voir devenu stupide avec ce ridicule Ramadan. En plus, continuais-je à raisonner, jeûner creuse le corps et toutes les pensées issues d'un jeûne doivent être des pensées de crève-la-faim, que c'était la raison pour laquelle la plupart des gens religieux ont mal à l'estomac et que c'est à cause de ça qu'ils nourrissent de si mélancoliques idées sur l'au-delà.

– En un mot, Queequeg, dis-je en brodant un peu : l'idée de l'enfer fut conçue après l'absorption de pommes en croûte et depuis lors s'est perpétuée à travers les dyspepsies héréditaires provoquées par les Ramadans.

Puis je demandai à Queequeg s'il n'avait jamais souffert de l'estomac, m'exprimant très clairement pour être sûr de me faire bien comprendre. Il me répondit que non, sauf une fois, un jour mémorable. C'était à une fête donnée par le roi son père. Il avait gagné une grande bataille : cinquante ennemis avaient été tués en deux heures de l'après-midi. On les avait fait cuire et mangés le soir même.

– Assez, fis-je en frissonnant, ça va comme ça !

Car je savais ce qu'il voulait dire sans qu'il eût besoin d'insister davantage. J'avais connu un marin qui avait visité ladite île. Il m'avait dit que c'était l'habitude, quand une grande bataille avait été gagnée, de rôtir les morts dans la cour ou dans le jardin du vainqueur ; – ensuite ils étaient placés sur de grands plateaux de bois, garnis tout autour de fruits d'arbre à pain et de noix de coco, comme un pilau, avec du persil dans la bouche, et envoyés avec les compliments du vainqueur à tous ses amis, comme si c'étaient autant de dindes de Noël.

Au reste, je ne crois pas que mes remarques sur les religions fissent grande impression sur Queequeg. Il semblait un peu sourd là-dessus car ça n'était point envisagé sous son angle à lui ; et, en second lieu, il ne comprenait guère que le tiers des mots que je disais, bien que je m'ingéniasse à parler clairement. Finalement il devait sans doute penser qu'il en savait beaucoup plus que moi sur la vraie religion. Il me regardait avec une sorte de sollicitude condescendante, pleine de compassion, comme s'il avait pensé : « Quel dommage qu'un jeune homme aussi doué soit si totalement égaré par la piété païenne évangélique ! »

Nous nous levâmes enfin et nous nous habillâmes. Queequeg engloutit un prodigieux déjeuner de ragoûts de toutes sortes afin que la patronne ne profitât point de son Ramadan. Après quoi nous sortîmes pour aller à bord du *Péquod,* et nous marchions sans hâte tout en nous curant les dents avec des arêtes de poisson.

XVIII
SA MARQUE

Comme nous passions au bout des quais contre le bateau, Queequeg portant son harpon, brusquement la voix du capitaine Peleg s'éleva du wigwam. Il nous cria qu'il n'avait pas supposé que mon ami était cannibale et que les cannibales n'étaient pas admis à bord à moins d'avoir des papiers en règle.

– Qu'est-ce que vous voulez dire par là, capitaine Peleg ? demandai-je en sautant par-dessus la rambarde, laissant mon camarade debout sur le quai.

– Je veux dire qu'il faut qu'il montre ses papiers.

– Oui, renchérit le capitaine Bildad de sa voix caverneuse, en sortant sa tête du wigwam, derrière celle de Peleg ; il faut qu'il puisse prouver qu'il est converti. Fils de l'Ombre, ajouta-t-il en se tournant vers Queequeg, fais-tu présentement partie de la Communion de l'Église chrétienne ?

– Mais, interrompis-je, il est membre de la Congrégation de la « Première » Église.

Ici je dois dire que nombre de sauvages tatoués, embarqués sur des vaisseaux de Nantucket, finissent par être convertis.

– La Congrégation de la « Première » Église ? s'enquit Bildad ; celle qui se rassemble dans la maison du diacre Deutéronome Coleman ? et, ce disant, tirant ses lunettes, il les frotta avec son grand foulard jaune, puis, les chaussant soigneusement, il sortit du wigwam et vint se pencher tout raide sur la rambarde, d'où il regarda attentivement Queequeg.

– Combien de temps a-t-il été membre ? demanda-t-il ; pas très longtemps, je crois, jeune homme !

– Non, dit Peleg, et il n'a pas non plus été baptisé comme il faut, sans quoi ce bleu du diable ne serait pas sur sa figure.

– Maintenant, dis-moi, cria Bildad, ce Philistin est-il membre régulier de l'assemblée du diacre Deutéronome ? Je ne l'y ai jamais vu ; pourtant j'y passe chaque dimanche.

– Je ne sais rien du diacre Deutéronome et de son assemblée, répondis-je ; tout ce que je sais c'est que Queequeg, que voici, est membre de la Congrégation de la « Première » Église. Ce Queequeg est diacre lui-même.

– Jeune homme, me dit Bildad sévèrement, tu te

moques de moi. Explique-toi, jeune Hittite. Quelle Église veux-tu dire ; réponds ?

Me trouvant ainsi acculé, je répondis :

– Je veux dire, Sir, cette ancienne Église catholique à laquelle vous et moi, le capitaine Peleg là, et Queequeg ici, et nous tous et tous les fils de toutes les mères et les âmes de nous tous appartenons. La grande et éternelle première congrégation de toute l'adoration du Monde. Nous en sommes tous. Quelques-uns de nous seulement chérissent de bizarres marottes qui ne concernent nullement le Credo universel ; en lui, nos mains sont toutes jointes.

– Tu veux dire épissées ! Les mains épissées ! interrompit Peleg en se rapprochant. Jeune homme, tu devrais embarquer comme missionnaire et non comme matelot de l'avant. Je n'ai jamais entendu meilleur sermon du diacre Deutéronome ; le Père Mapple lui-même serait battu, et il compte pour quelqu'un ! Monte à bord !... monte à bord... ne t'occupe pas des papiers. C'est à Qohog que je parle ; à Qohog ! Comment l'appelles-tu ? Dis à Qohog de monter. Par la grande ancre ! quel harpon il a ! Ça a l'air d'être du bon, et il paraît le manier comme il faut ! Dis donc, Qohog ou n'importe, t'es-tu jamais trouvé debout dans une baleinière ? As-tu jamais frappé le poisson ?

Dans sa manière sauvage, sans un mot, Queequeg enjamba le pavois, puis sautant de là à l'avant d'une des baleinières pendues par côté, serrant son genou gauche d'une main, il posa le harpon et cria ceci ou à peu près :

– Capt'n, vous voir li petit'goutte goudron sur l'eau, là-bas ? Vous li voir ? Bon ! pensez li une baleine œil, bon !

Et, là-dessus, il lança le dard en plein par-dessus le chapeau à larges bords du vieux Bildad, droit à travers les ponts du bateau, et défonça la lointaine et brillante goutte de goudron.

– Maintenant, dit Queequeg en halant tranquillement la ligne, supposez li œil baleine ; alors ce baleine li mort.

– Vite, Bildad, cria Peleg à son associé qui, effrayé par la proximité du harpon volant, s'était trotté vers l'escalier de la cabine ; vite je te dis, Bildad, prends les papiers du bateau. Il faut que nous ayons Porcupine, Qohog je veux dire, dans une de nos baleinières. Voilà, Qohog, nous te donnerons la quatre-vingt-dixième masse, et ça c'est plus qu'on ait jamais donné jusqu'ici à un harponneur à Nantucket.

Nous descendîmes alors dans la cabine et, à ma grande joie, Queequeg fut aussitôt inscrit sur le rôle dont je faisais partie moi-même. Lorsque tous les préliminaires furent achevés, que Peleg eut tout préparé pour la signature, il se tourna vers moi et me dit :

– Je pense que Qohog ne sait pas encore écrire, s'pas ? Dis donc, Qohog, que le diable t'emporte ! Sais-tu signer ton nom ? Ou feras-tu une marque ?

A ces questions, Queequeg, qui avait à deux ou trois reprises pris part à de semblables cérémonies, n'eut aucunement l'air embarrassé. Il prit la plume qu'on lui offrait et, au bon endroit, sur le papier, il copia une réplique exacte d'un bizarre chiffre rond qui était tatoué sur son bras. De sorte que, à cause de l'erreur obstinée de Peleg au sujet de son nom, on lut quelque chose dans ce genre :

Qohog
sa X marque

Cependant le capitaine Bildad demeurait assis à regarder sérieusement et sans broncher Queequeg ; à la fin, se levant solennellement, il fouilla dans l'énorme poche de son ample manteau gris-brun, en sortit un paquet de traités de piété et en choisit un intitulé : *Le Jour dernier arrive* ou *Point de temps à perdre*, qu'il mit dans les mains de Queequeg ; après quoi, prenant dans ses propres mains celles de Queequeg, qui tenaient la brochure, il le regarda droit dans les yeux et dit :

– Fils de l'Ombre, il faut que je fasse mon devoir envers toi. Je suis en partie propriétaire de ce bateau et je m'intéresse à toutes les âmes de l'équipage. Je crains, hélas ! que tu ne demeures accroché à tes façons païennes. Ah ! je t'en conjure, ne reste pas esclave de Bélial, repousse l'idole Baal et le dragon hideux ; redoute la colère qui monte. Fais attention à ton œil, te dis-je ! O, bonté Divine ! Eclaire les profondeurs de l'abîme.

Quelque chose de la mer salée restait encore dans les paroles du vieux Bildad, mélangé aux phrases de l'Écriture et à d'autres phrases domestiques.

– Halte-là, halte-là ! Bildad. Arrête-toi de gâter notre harponneur, cria Peleg. Les harponneurs pieux n'ont jamais rien valu. Ça leur enlève ce qu'ils ont de « requin ». Un harponneur ne vaut pas un brin de paille s'il n'est gentiment « requin ». Il y eut une fois le plus courageux chef de baleinière de tout Nantucket et de Vineyard, je veux dire le jeune Nat Swaine. Dès qu'il s'est mis à fréquenter les chapelles il n'a plus valu un sou. Il s'effrayait tant pour son âme pestiférée qu'il s'éloignait des baleines, de peur qu'elles ne le balancent et ne l'envoient au diable.

– Peleg, Peleg, dit Bildad en levant les yeux et les mains vers le ciel ; toi-même tu as connu comme moi le temps périlleux ; tu sais, Peleg, ce que c'est d'avoir peur de la mort ; comment alors peux-tu parler de façon aussi impie ? Tu renies ton propre cœur, Peleg ! Dis-moi, lorsque ce même *Péquod* eut ses trois mâts fauchés dans ce typhon du Japon, quand tu avais le capitaine Achab pour second, n'as-tu pas alors pensé à la mort et au Jugement ?

– Ecoutez-le, écoutez-le, cria Peleg marchant à travers la cabine en enfonçant profondément ses mains dans ses poches ; écoutez-le, vous tous ! Je me rappelle.

A chaque moment nous croyions que le bateau allait par le fond. La mort et le Jugement ? Avec les trois mâts qui faisaient un sacré bruit de tonnerre contre ses flancs ; et chaque lame qui se brisait sur nous en poupe et en proue ! Penser à la mort et au Jugement ? Non ! On n'avait pas le temps de penser à la mort dans ces moments-là. C'est à la vie que le capitaine Achab et moi nous pensions alors, et à comment nous sauver tous, et à gréer des mâts de fortune, et comment gagner le port le plus proche... Voilà à quoi je pensais, si tu veux le savoir.

Bildad ne dit plus rien mais, boutonnant son manteau, il monta sur le pont et nous l'y suivîmes. Il se tint très tranquille, à surveiller quelques couseurs de voiles qui raccommodaient un hunier à l'entrepont. De temps à autre il se baissait pour ramasser un morceau de toile ou sauver un bout de filin goudronné, qui autrement aurait été gaspillé.

XIX
LE PROPHÈTE

– Marins ! êtes-vous embarqués à ce bord ?

Queequeg et moi nous venions à peine de quitter le *Péquod* et nous nous éloignions lentement de l'eau, chacun pour l'instant occupé de nos propres pensées, lorsque ces mots nous furent adressés par un étranger qui, s'arrêtant devant nous, pointa son index massif vers le bateau en question. L'homme était vêtu pauvrement d'un veston fané et d'un pantalon rapiécé ; un chiffon de mouchoir noir lui entourait le cou. La petite vérole avait grêlé en toutes directions sur sa figure, laissant comme les ravines des torrents lorsque les eaux se sont retirées.

– Vous y êtes-vous embarqués ? répéta-t-il.

– Vous voulez dire sur le *Péquod,* je suppose ? dis-je à mon tour pour gagner du temps, afin de le dévisager à loisir.

– Oui, le *Péquod,* ce bateau-là ! dit-il, pliant son bras puis le relançant violemment droit devant lui, de son doigt pointé en plein sur la chose.

– Oui, dis-je, nous venons de signer le rôle.

– Y a-t-il quelque chose d'écrit au sujet de vos âmes ?

– Au sujet de quoi ?

– Peut-être que vous n'en avez pas, poursuivit-il vite. Quoique ça ne fasse rien ! Je connais beaucoup de types qui n'en ont pas – que la chance soit avec eux – ils n'en sont que mieux. L'âme, c'est la cinquième roue du carrosse.

– Qu'est-ce que vous nous chantez là, camarade ?

– Mais IL en a assez pour compenser ce qui manque aux autres, poursuivit brièvement l'étranger en appuyant avec emphase sur le mot : IL.

– Queequeg, dis-je, partons. Cet homme est échappé de quelque part. Il parle de quelque chose et de quelqu'un que nous ne connaissons pas.

– Arrêtez ! cria l'étranger. Vous avez dit la vérité. Vous n'avez pas encore vu Vieux-Tonnerre ? L'avez-vous vu ?

– Qui est Vieux-Tonnerre ? demandai-je, cloué sur place par la folle sincérité de sa voix.

– Le capitaine Achab !

– Comment ? Le capitaine de notre bateau, le *Péquod* ?

– Oui, parmi quelques-uns d'entre nous, vieux marins, il est connu sous ce nom. Vous ne l'avez pas encore vu, n'est-ce pas ?

– Non, pas encore. On dit qu'il est malade, mais qu'il va mieux et que, sous peu, il sera tout à fait bien.

– Tout à fait bien sous peu... répéta l'étranger avec

une amère dérision dans son rire. Voyez-vous, quand le capitaine Achab sera bien, c'est qu'alors mon bras gauche, à moi, sera tout à fait bien, pas avant.

– Qu'est-ce que vous savez de lui ?

– Qu'est-ce qu'on vous a dit de lui ? dites-le.

– On ne m'a pas dit grand'chose, seulement j'ai entendu dire que c'est un bon chasseur de baleines et un bon capitaine pour son équipage.

– Ça c'est vrai, c'est vrai ; oui, ces deux choses sont vraies. Mais quand il donne un ordre, il faut sauter : Marche et grogne, grogne et marche, voilà comment c'est avec le capitaine Achab. Mais on ne vous a rien dit de ce qui lui est arrivé tout près du cap Horn, il y a longtemps !... comment il fut couché comme mort pendant trois jours et trois nuits ; et rien non plus de cette bataille mortelle avec l'Espagnol devant l'autel, à Santa ? Vous n'avez rien entendu de tout ça ? Et rien de la calebasse d'argent dans laquelle il a craché ? Et rien de la perte de sa jambe selon la prophétie ? N'avez-vous rien entendu au sujet de ces choses-là et d'autres encore ? Eh ! non ! je ne pense pas. Comment auriez-vous pu ? Qui les connaît ? Personne à Nantucket, je parie. Mais, en tout cas, peut-être que vous avez entendu parler de sa jambe et de la façon dont il la perdit. Oui, je crois que vous avez entendu parler de ça ! Oui, ça, presque tout le monde le sait. Je veux dire qu'ils savent qu'il n'a qu'une jambe et qu'un spermaceti lui a enlevé l'autre.

– Mon ami, dis-je, qu'est-ce que c'est que tout ce jargon ? je n'en sais rien et ça ne m'intéresse pas. Il me semble que vous avez le crâne quelque peu endommagé. Mais si vous voulez parler du capitaine Achab, de ce bateau-là, du *Péquod,* alors laissez-moi vous dire que je suis au courant de tout au sujet de la perte de sa jambe.

– Au courant de tout ? Tu en es bien sûr ? de tout ?

– A peu près sûr !

Le doigt pointé et l'œil braqué sur le *Péquod,* le misérable étranger se tint un moment comme dans une trouble rêverie, puis avec un léger sursaut, il se retourna et dit :

– Etes-vous engagés, oui ou non ? Vos noms sont-ils inscrits sur les papiers ?... Bon ! Bon ! ce qui est signé est signé et ce qui doit arriver arrivera ! En tout cas tout est déjà fixé et arrangé et il faut bien que vous ou d'autres marins aillent avec lui ; autant vous que d'autres. Dieu ait pitié d'eux ! Bonjour camarades, b'jour... Les dieux ineffables vous bénissent ; excusez-moi de vous avoir arrêtés.

– Ecoutez, l'ami, dis-je, si vous avez quelque chose d'important à nous sortir, sortez-le vite ; mais si vous essayez seulement de nous bluffer, vous faites erreur. Voilà tout ce que j'ai à vous dire.

– Et c'est bien dit. J'aime entendre un homme s'exprimer comme ça. Tu es tout à fait un homme pour lui... des hommes comme vous... Alors bonjour, camarades, b'jour ! Ho ! quand tu seras à bord, dis-leur donc que j'ai décidé de ne pas être avec eux.

– Mon brave homme, vous ne pouvez pas nous embobiner comme ça ; rien à faire. Rien de plus facile au monde pour un homme que d'avoir l'air de posséder un grand secret.

– Bonjour, camarade, b'jour...

– Oui, il est jour, dis-je. Allons. Queequeg, laissons ce fou... Mais, un moment ! voulez-vous me dire votre nom ?

– Elie !

– Elie, répétai-je... et nous nous remîmes en marche, faisant des commentaires, chacun à notre façon, sur ce vieux marin loqueteux. Nous tombâmes d'accord que ce n'était qu'un farceur voulant faire le loup-garou. Nous n'avions pas fait plus de cent mètres que, me retournant par hasard, je vis qu'Elie nous suivait, quoique de loin. Je ne sais pourquoi, mais cela me fit un si drôle d'effet que je n'en soufflai mot à Queequeg, et je continuai mon chemin avec mon camarade, curieux de savoir si l'étranger prendrait le même tournant que nous. Il le fit ! Il me semblait qu'il nous poursuivait, mais je ne pouvais m'imaginer dans quelle intention. Cette circonstance, jointe à cette façon ambiguë de parler, de révéler tout en se taisant, faisait naître en moi maintenant toutes sortes de vagues émerveillements et de demi-appréhensions, le tout ayant rapport avec le *Péquod,* avec le capitaine Achab, avec sa jambe perdue... son attaque au cap Horn, et la calebasse d'argent, et ce que le capitaine Peleg m'avait dit de lui le jour précédent quand je quittai le bateau..., et la prédiction de Tistig la squaw..., et le voyage dans lequel nous nous trouvions engagés..., et cent autres choses ténébreuses.

J'étais décidé d'avoir le cœur net sur ce que cet Elie loqueteux voulait réellement faire avec nous, et, intentionnellement, je traversai la rue avec Queequeg, puis nous retournâmes sur nos pas, de l'autre côté. Elie nous croisa mais passa son chemin. Cette fois, pour tout de bon, il me sembla qu'en mon âme et conscience je pouvais l'appeler farceur.

XX

BRANLE-BAS

Un jour ou deux passèrent. Il y avait grande activité à bord du *Péquod.* Non seulement on y raccommodait les vieilles voiles, mais on en apprêtait de neuves ainsi que des pièces de toile, et des rouleaux d'agrès ; bref ! tout annonçait que les préparatifs de départ touchaient à leur fin. Le capitaine Peleg n'allait plus jamais à terre ou presque. Il se tenait dans son wigwam, surveillant le travail de près. Bildad s'occupait des achats et de l'approvisionnement. Tous les hommes employés aux cales et au gréement travaillaient tard dans la nuit.

Le jour après que Queequeg eut signé son engagement, on notifia dans toutes les auberges où étaient descendus les marins que les coffres devraient être rendus à bord avant la nuit, car il était impossible de prévoir quand le navire lèverait l'ancre ; ainsi nous fîmes, mais néanmoins nous avions décidé de dormir à terre jusqu'au dernier moment, car d'ordinaire on avertit toujours ainsi longtemps d'avance et le bateau ne met à la voile que quelques jours après. Cela n'avait rien d'étonnant car il restait beaucoup à faire avant que le *Péquod* fût fin prêt. Tout le monde sait quelle multitude de choses : lits, casseroles, couteaux et fourchettes, pelles et pincettes, serviettes, casse-noix et ainsi de suite sont indispensables pour faire marcher un ménage. Pour la chasse à la baleine il faut envisager un semblable entretien de maison de trois ans sur l'Océan vide, loin de tous les épiciers, marchands, médecins, boulangers et banquiers. Et, quoique ceci soit vrai également pour les vaisseaux marchands, cela ne peut se comparer, car, en plus de la longueur du voyage du baleinier, le nombre des articles servant à la pêche, joint à l'impossibilité qu'on a de les remplacer dans les ports lointains qu'on fréquente d'ordinaire, il faut aussi bien se rappeler que, de tous les vaisseaux, les baleiniers sont les plus exposés à toutes sortes d'accidents et surtout à la destruction et à la perte des objets sur lesquels précisément repose le succès du voyage ; c'est-à-dire : les embarcations de rechange, les lignes et les harpons de rechange, les espars de rechange, toutes espèces de choses de rechange, sauf un capitaine de rechange et un duplicata du navire.

Au moment de notre arrivée à l'île, le plus gros de l'emmagasinage était chose faite : le bœuf, le pain, l'eau, le combustible, les cerceaux de fer et les douves étaient à bord : mais, comme je l'ai dit déjà, il y avait quand même un va-et-vient incessant et on continuait à y apporter des objets très divers : grands et petits.

La personne qui se dépensait le plus dans ces voyages était la sœur du capitaine Bildad, une vieille dame maigre, infatigable et très déterminée d'allure. Elle avait aussi très bon cœur et semblait décidée – si la chose était en son pouvoir – de ne rien laisser manquer à bord du *Péquod* quand il serait au large. Une fois, elle remonta avec une jarre de pickles pour le garde-manger du steward, une autre fois avec une boîte de plumes pour le bureau du second (où se tenait le livre de bord), une troisième fois avec un rouleau de flanelle pour les rhumatismes à venir. Jamais femme ne mérita mieux son nom, qui était Charité. Tante Charité, comme tout le monde l'appelait. Et telle une sœur de charité, cette charitable tante Charité s'affairait ici et là, prêtant la main, donnant son cœur à tout ce qui promettait un peu plus de sécurité, de confort et de consolation pour tous ceux qui étaient à bord du bateau où se trouvait son bien-aimé frère Bildad, dans lequel bateau elle avait elle-même placé quelques vingtaines de dollars durement économisés.

C'était cocasse de voir cette Quakeresse au grand cœur monter à bord comme elle le fit le dernier jour, avec une longue louche à huile dans une main et un harpon encore plus long dans l'autre. Peleg et Bildad aussi étaient très affairés. Bildad tenait une interminable liste des objets nécessaires et cochait une marque en regard du nom de chaque objet dès que celui-ci arrivait à bord. A intervalles réguliers Peleg sortait en courant de son repaire en fanons de baleine et hurlait quelque chose aux hommes par les écoutilles ou aux gréeurs perchés à la pointe du mât ; après quoi il rentrait, toujours hurlant, dans son wigwam.

Pendant ces journées de préparatifs nous visitâmes souvent le bateau, Queequeg et moi ; chaque fois que je demandais comment allait le capitaine Achab et quand il embarquerait, il m'était répondu qu'il allait de mieux en mieux et qu'on l'attendait à bord d'un moment à l'autre ; pendant ce temps les deux capitaines Peleg et Bildad faisaient le nécessaire pour équiper le navire. Si j'avais été tout à fait honnête vis-à-vis de moi-même, j'aurais nettement compris qu'au fond de moi je n'ai ais qu'à demi l'idée de partir pour un si long voyage sans avoir une seule fois posé les yeux sur celui qui allait en être le dictateur absolu, dès que nous serions au large. Mais quand un homme soupçonne que quelque chose ne va pas, il arrive très souvent, s'il est déjà pris dans l'engrenage, qu'instinctivement, il cherche à se cacher ses propres inquiétudes. C'était à peu près mon cas. Je n'en disais rien et j'essayais de n'en rien penser.

Enfin on annonça que le bateau partirait certainement dans le courant du lendemain. Aussi, le matin suivant, Queequeg et moi nous nous mîmes en route de très bonne heure.

XXI
EMBARQUEMENT

Il était presque six heures, mais l'aube grise était incertaine et brumeuse quand nous approchâmes du quai.

– Si je vois bien, il y a devant nous des marins qui courent, dis-je à Queequeg, ça ne peut être des ombres ! Nous partons au lever du soleil, je parie. Allons.

– Arrêtez, cria une voix dont le propriétaire aussitôt s'approcha de nous et posa une main sur chacune de nos épaules, puis il se mit entre nous deux et, se penchant un peu, dans le jour incertain, il cligna étrangement de l'œil vers Queequeg et vers moi. C'était Elie.

– Vous embarquez ?

– Bas les mains, voulez-vous, dis-je.

– Toi, écoute, va-t'en, dit Queequeg en se secouant, toi va-t'en...

– Vous n'embarquez pas, alors ?

– Si, nous embarquons, dis-je, mais qu'est-ce que ça peut vous faire ? Savez-vous, monsieur Elie, que je vous trouve bien impertinent ?

– Non ? non ? non ? ça ne m'intéresse pas, fit lentement Elie sur un ton interrogatif et avec des regards inexplicables tantôt sur Queequeg, tantôt sur moi.

– Elie, dis-je, faites-nous, à mon ami et à moi, le plaisir de vous en aller. Nous partons pour les Indes et le Pacifique et nous préférons ne pas être retenus.

– Vous y allez, hein ? Vous revenez avant le déjeuner ?

– Il est marteau, Queequeg, viens, dis-je.

– Hello ! cria Elie sans bouger, nous rappelant quand nous avions déjà fait quelques pas.

– N'y faisons plus attention, Queequeg, viens, répétais-je.

Mais il s'approcha de nouveau et, subitement, me dit en me tapant sur l'épaule :

– Avez-vous vu quelque chose ressemblant à des hommes allant vers ce bateau, il y a un moment ?

Frappé de la vérité de la remarque, je répondis :

– Oui, j'ai cru voir quatre ou cinq hommes. Mais il faisait trop sombre pour que je puisse l'affirmer.

– Trop sombre... trop sombre, répéta-t-il, bonjour !...

Une fois encore, nous le quittâmes, mais une fois encore il revint vers nous et me toucha l'épaule :

– Essayez un peu de les trouver ces hommes, voulez-vous ?

– De les trouver où ?

– Bonjour... bonjour, répondit-il. Oh ! j'allais vous

mettre en garde contre... mais c'est sans importance, ça ne fait rien... c'est tout pareil... tout de la même famille. Adieu. Joli froid ce matin, s'pas ? Je ne vous verrai pas de sitôt, je parie, à moins que ça ne soit au dernier Jugement.

Et sur ces paroles de fou il s'en fut finalement, me laissant pour l'instant assez impressionné par son impudence lunatique.

A bord du *Péquod,* nous trouvâmes tout dans le silence le plus profond. Pas une âme n'y bougeait. L'entrée de la cabine était fermée à clef de l'intérieur ; les écoutilles étaient en place et encombrées de rouleaux d'agrès. Allant au gaillard d'avant nous découvrîmes le panneau ouvert et, comme une lumière en sortait, nous y descendîmes. Nous n'y vîmes qu'un vieux matelot enveloppé d'un habit à pois, en loques. Il était étalé de tout son long sur deux coffres, la tête en bas et cachée dans ses bras repliés. Il dormait d'un sommeil épais.

– Où peuvent avoir passé ces marins que nous avons vus, Queequeg, où peuvent-ils être ? dis-je en regardant le dormeur d'un œil de doute.

Mais apparemment Queequeg n'avait pas remarqué, quand nous étions sur le quai, ceux dont je parlais maintenant. J'aurais pu croire à une illusion d'optique s'il n'y avait eu les mots – inexplicables autrement – d'Elie. Mais je chassai cette idée et, regardant de nouveau le dormeur, je suggérai humoristiquement à Queequeg que l'idée serait bonne de veiller ce corps, lui disant de se placer en conséquence. Il posa sa main sur les fesses de l'endormi comme pour s'assurer de leur élasticité et, sans plus de formes, il s'assit tranquillement dessus.

– Mon Dieu, Queequeg, ne vous assoyez pas là, dis-je.

– Oh ! très bon assise, répondit Queequeg, manière mon pays, je pas faire mal à figure.

– Figure, m'esclaffai-je, vous appelez ça une figure !

bien moelleuse alors ; mais voyez, il respire difficilement, il se soulève. Levez-vous de là, Queequeg. Vous êtes trop lourd. Vous lui écrasez la gueule à ce pauvre type. Levez-vous, Queequeg. Attention. Il va vous foutre par terre. Ça m'étonne qu'il ne se réveille pas.

Queequeg se leva et se plaça près de la tête du dormeur et il alluma sa pipe-tomahawk. Moi, je m'assis aux pieds et nous nous passions la pipe l'un à l'autre par-dessus la tête de l'endormi. Cependant, à mes questions, Queequeg me fit comprendre dans son jargon que, chez lui, à cause de l'absence de canapés et de sofas, le roi, les grands chefs et en général tous les personnages marquants ont l'habitude d'engraisser quelques-uns de leurs sujets pour s'en servir en guise d'ottomanes. Pour meubler confortablement une maison de cette manière il suffit d'acheter huit ou di: individus paresseux et de les étaler dans les pontons oı les alcôves. De plus, en excursion, c'est très pratique, infiniment plus que nos chaises de jardin qui se transforment en cannes, car, à l'appel du maître, le serviteur se transforme sur commande en canapé sous quelque arbre bien ombreux et même dans les endroits marécageux et humides.

Tandis qu'il me contait ces choses, Queequeg, chaque fois qu'il recevait de moi le tomahawk, le brandissait du côté hache sur la tête du dormeur.

– Pourquoi faites-vous ça, Queequeg ?

– Beaucoup facile tuer li. Oh ! beaucoup facile.

Et il continua tout en me racontant quelques folles réminiscences au sujet de sa pipe-tomahawk qui, semblait-il, avait la double faculté de faire sauter la cervelle à ses ennemis et de calmer son âme.

A ce moment, notre attention fut attirée par le matelot endormi. Notre fumée commençait à faire de l'effet sur lui. Il respirait lourdement et il avait quelques troubles dans le nez. Il se tourna et se retourna plusieurs fois et s'assit enfin en se frottant les yeux.

– Hello ! dit-il en soufflant, qui êtes-vous, les fumeurs ?

– Des embarqués, répondis-je. Quand part le bateau ?

– Oui... oui... vous partez avec lui, eh ! Il part aujourd'hui. Le capitaine s'est embarqué hier.

– Quel capitaine ? Achab ?

– Qui voulez-vous que ce soit ?

J'allais lui poser d'autres questions sur Achab quand nous entendîmes des bruits sur le pont.

– Hello ! Starbuck remue, dit le marin. C'est un second actif çui-là ; un homme bon et pieux ; mais, grouillons-nous, faut que j'y prête la main.

Ce disant il monta sur le pont et nous l'y suivîmes. Maintenant le soleil était levé. Bientôt tout l'équipage embarqua, par groupes de deux ou de trois. Les gabiers s'agitaient. Les seconds s'affairaient. Plusieurs terriens apportaient encore diverses choses à bord.

Cependant le capitaine Achab restait invisible, enfermé dans sa cabine.

XXII
JOYEUX NOËL

Vers midi enfin, les gréeurs furent renvoyés à terre ; le *Péquod* fut alors remorqué à quelque distance des quais et, après que la toujours prévoyante tante Charité eut été amenée dans une baleinière avec ses derniers cadeaux (un bonnet de nuit pour Stubb, le deuxième second, son beau-frère, et une Bible de rechange pour le steward), après tout cela, dis-je, les deux capitaines : Peleg et Bildad, sortirent de la cabine et, s'adressant au second, Peleg dit :

– Maintenant, monsieur Starbuck, êtes-vous sûr que tout est paré ? Le capitaine Achab est prêt. Je viens de lui parler. Il ne faut plus personne de terre à bord, hein ! Alors, appelez l'équipage au complet. Rassemblez-les ici, à l'arrière et... au diable !

– Pas besoin de paroles sacrilèges, même si on est pressé, Peleg, protesta Bildad ; mais va, ami Starbuck ; faites ce qu'on vous dit.

Eh quoi ! au moment même du départ, le capitaine Peleg et le capitaine Bildad gardaient la haute main sur le gaillard d'arrière, tout comme s'ils allaient être associés au commandement en mer, de même qu'ils paraissaient l'être au port ! Quant au capitaine Achab, encore aucun signe de vie de lui ; on disait seulement qu'il était dans la cabine. On aurait pu penser que sa présence n'était nullement nécessaire pour mettre en route le bateau et pour le diriger en haute mer. C'était en somme plus l'affaire du pilote que la sienne et, de plus, ça se justifiait du fait qu'il pouvait n'être pas complètement remis. Tout cela semblait assez naturel, d'autant que, dans la marine marchande, nombre de capitaines ne se montrent sur le pont qu'un bon bout de temps après la levée de l'ancre, occupés qu'ils sont devant la table de cabine à fêter les adieux avec leurs amis du rivage, avant que ces derniers quittent définitivement le bord avec le pilote.

Mais on n'avait guère loisir de réfléchir là-dessus, car le capitaine Peleg était maintenant tout affairé. Il semblait bien que c'était lui et non Bildad qui parlait et donnait le plus d'ordres.

– A l'arrière, bâtards ! cria-t-il aux marins qui s'attardaient autour du grand mât, monsieur Starbuck, chassez-les à l'arrière.

– Serrez la tente, là-bas, commanda-t-il ensuite.

Comme je l'ai dit déjà, cette tente n'était jamais dressée qu'au port ; et, à bord du *Péquod,* pendant trente ans, l'ordre de serrer la tente annonçait le lever de l'ancre.

– Armez le cabestan ! Sang et tonnerre !... Sautez ! fut l'ordre qui suivit.

Et l'équipage s'élança aux barres de cabestan.

Or, quand on lève l'ancre le pilote se tient généralement à l'avant. Et Bildad entre autres fonctions était un des pilotes brevetés du port – on le soupçonnait de s'être fait pilote pour n'avoir pas à payer un pilote de Nantucket à chaque départ d'un bateau dans lequel il avait des intérêts, car jamais il n'en pilotait un autre. On put donc voir Bildad lorgner attentivement l'apparition de l'ancre à l'avant, et l'entendre psalmodier quelque triste verset pour encourager les marins au guindeau, mais les matelots, de leur côté, gueulaient une scie concernant les filles de Booble Alley avec un plaisir non dissimulé, malgré que trois jours avant Bildad les eût avertis qu'aucune chanson sacrilège ne serait tolérée à bord du *Péquod,* surtout au moment de lever l'ancre, et que Charité sa sœur venait juste de placer un petit opuscule de *Morceaux choisis de Watts* sur la couchette de chaque matelot.

Pendant ce temps, surveillant l'autre partie du bateau, le capitaine Peleg hurlait en blasphémant. J'étais prêt à penser qu'il allait nous faire couler avant que l'ancre soit levée. Involontairement je m'immobilisai sur mon anspect et, pensant au danger que nous courions en partant en voyage avec un tel pilote du diable, je dis à Queequeg d'en faire autant ; toutefois je reprenais confiance en songeant que peut-être la présence du pieux Bildad nous vaudrait le salut malgré sa sept cent soixante-dix-septième part de masse, lorsque, subitement, je reçus un grand coup de pied, et, me retournant, je fus horrifié de voir le capitaine Peleg éloignant sa botte de mon voisinage immédiat (c'était mon premier coup de pied au cul !).

– Alors, c'est comme ça qu'ils font dans la marine

marchande, hein ? beuglait-il. Remue-toi, tête de mouton... grouille... disloque-toi la carcasse. Pourquoi ne sautez-vous pas, tous tant que vous êtes ? Allons, sautez !... Saute Qohog ! saute, toi, là-bas, l'homme aux moustaches rouges... saute la casquette écossaise... saute le pantalon vert. Sautez, je vous dis, sautez jusqu'à ce que les yeux vous sautent de la tête.

En hurlant il longea le cabestan, se servant de son pied avec libéralité ci et là ; tandis qu'imperturbable, Bildad poursuivait ses psaumes. En moi-même je pensais que le capitaine Peleg avait dû boire ce jour-là.

Enfin l'ancre fut levée, les voiles hissées et nous glissâmes au large.

C'était un Noël au froid vif et piquant, et, quand la courte journée nordique se mua en nuit, nous nous trouvâmes presque en plein océan hivernal, encerclés de glace par l'écume gelée, comme dans une armure polie. Les longues rangées de dents du pavois brillaient au clair de lune et, comme les blanches défenses d'un éléphant gigantesque, de gros glaçons courbes pendaient à la proue.

En tant que pilote, Bildad l'efflanqué était chef du premier quart et, de temps à autre, quand le vieux bateau plongeait profond dans les eaux vertes qui l'éclaboussaient d'embruns gelés, quand les vents hurlaient et que les cordages geignaient, on pouvait l'entendre chanter tranquillement :

Doux champs au-delà des flots soulevés,
Parés de vivante verdure :
Ainsi, aux Juifs, apparut Chanaan
Et seul le Jourdain les en séparait.

Ces paroles n'ont jamais retenti plus doucement qu'alors à mes oreilles. Elles étaient pleines d'espoir et de moissons. En dépit de cette froide nuit d'hiver dans l'Atlantique turbulent, malgré mes pieds trempés et mon caban plus trempé encore, il restait, me sembla-t-il alors, beaucoup de beaux ports à m'attendre, de prairies et de clairières où l'herbe du printemps demeure verte et intacte jusqu'au cœur de l'été.

Lorsque nous eûmes gagné la pleine mer et qu'on n'eut plus besoin de pilotes, le solide canot à voile qui les avait accompagnés vint se ranger à nos côtés.

Ce fut un spectacle curieux et assez troublant de voir combien Peleg et Bildad se montrèrent émus à ce moment ; le capitaine Bildad surtout ; car il était désolé, oui, très désolé de laisser pour de bon un bateau qui partait pour un si long et périlleux voyage par-delà tant de caps tempétueux ; un bateau dans lequel étaient engagés quelques milliers de dollars qu'il avait si chèrement amassés ; un bateau dont le capitaine était un de ses vieux camarades, un homme presque aussi âgé que lui et qui, une fois encore, allait affronter les terreurs d'impitoyables mâchoires. Désolé d'avoir à dire adieu à une chose aussi chargée pour lui d'intérêts de tous genres, le vieux Bildad s'attarda longtemps, arpenta le pont avec anxiété, courut à la cabine pour y dire encore un mot d'adieu, revint de nouveau sur le pont, regarda du côté au vent, regarda l'étendue des eaux illimitées, bornées seulement par les invisibles continents de l'Est, regarda la terre, regarda en haut, regarda à droite et à gauche, regarda partout sans regarder nulle part et, à la fin, après avoir machinalement enroulé un filin sur un cabillot, il étreignit convulsivement la main du robuste Peleg puis, levant une lanterne, resta un moment à fixer stoïquement le visage de ce dernier comme pour dire : « Malgré tout, mon vieux Peleg, je pourrais encore supporter tout ça. Oui, je pourrais. »

Quant à Peleg, il prenait les choses plus philosophiquement mais, malgré toute sa philosophie, on vit une larme briller dans son œil quand la lanterne s'en approcha d'un peu près. Lui aussi courut de la cabine au pont, dit un mot en bas, un mot à Starbuck, le second. A la fin il se tourna vers son camarade après un dernier regard autour de lui :

– Capitaine Bildad, viens ; vieux marin, faut nous en aller. Mettez en panne, là-haut... Ho ! du canot !... prépare à accoster sur bâbord... doucement... doucement. Viens, Bildad ; dis ton dernier mot, mon gars. Bonne chance Starbuck, bonne chance monsieur Stubb, bonne chance monsieur Flask. Adieu et bonne chance à tous et rappelez-vous que dans trois ans, jour pour jour, un bon souper fumera pour vous dans le vieux Nantucket. Hurrah ! et en route !

– Dieu vous bénisse et vous ait en sa sainte garde, les gars, bredouilla le vieux Bildad, et il continua d'une façon incohérente : ... J'espère que vous aurez beau temps, afin que le capitaine Achab soit bientôt parmi vous... du bon soleil est tout ce dont il a besoin, et vous en aurez au Tropique !... Soyez prudents dans vos chasses, les gars, et n'esquintez pas inutilement les canots, harponneurs ! les bonnes planches de cèdre blanc valent trois pour cent de plus cette année... N'oubliez pas non plus vos prières !... Monsieur Starbuck, faites attention que le tonnelier ne gaspille pas les douves de rechange... Ah ! j'y pense ! les aiguilles pour les voiles sont dans le coffre vert... Ne faites pas trop la chasse le jour du Seigneur, les gars... mais ne manquez pas non plus une bonne occasion ; ce serait refuser les dons du ciel... L'œil sur les mélasses troisième choix, monsieur Stubb ; elles avaient l'air d'un peu couler, je crois... Si vous touchez les îles, monsieur Flask, méfiez-vous de la fornication... Adieu ! Adieu ! Ne gardez pas trop longtemps le fromage dans la cale, monsieur Starbuck, il s'abîmerait... Faites doucement avec le beurre ; il a coûté vingt sous la livre et attention que...

– Allons, allons, capitaine Bildad, assez de palabres... en route...

Sur ces mots, Peleg le tira vivement, et tous deux sautèrent dans le canot.

Les deux bateaux s'écartèrent l'un de l'autre. La bise humide et froide de la nuit souffla entre eux. Une mouette passa avec un cri perçant. Les deux coques se mirent à rouler. Le cœur bien lourd, nous poussâmes trois vivats, et nous plongeâmes, aveugles comme le destin, à travers l'Atlantique désert.

XXIII
LA TERRE SOUS LE VENT

Quelques chapitres plus haut, il a été parlé d'un certain Bulkington, un grand matelot qui venait juste de débarquer et que je rencontrai à l'auberge de New-Bedford.

Or, par cette nuit glaciale d'hiver, lorsque le *Péquod* piquait sa cruelle proue dans les vagues rusées, que vis-je, debout au gouvernail ? Bulkington ! Je contemplai avec une respectueuse sympathie cet homme qui, en plein hiver, débarquant à peine, après un voyage dangereux de quatre ans, pouvait de nouveau, sans repos, se mettre en route pour une randonnée tempétueuse. La terre semblait lui brûler les pieds. Les choses les plus merveilleuses, on ne peut jamais en parler. Les souvenirs les plus profonds n'ont point d'épitaphes ; ce mince chapitre est le tombeau sans pierre de Bulkington. Laissez-moi seulement dire qu'il en advint de lui comme du vaisseau battu par la tempête, lequel se fraie péniblement un chemin sous le vent, vers la côte. Le port voudrait lui porter secours ; le port est plein de pitié ; dans le port il y a la sécurité, le confort, le foyer, le souper, des couvertures chaudes, des amis ; tout ce qui est bon à notre faiblesse mortelle. Mais, dans la tempête, le port, la terre, représentent le plus grand danger pour ce vaisseau. Il lui faut fuir toute hospitalité. Un frôlement du rivage, même s'il ne faisait que raser la carène, l'ébranlerait tout de son long. Il doit déployer toutes ses voiles et donner tout ce qu'il peut pour s'éloigner de la terre et, ainsi, lutter contre les vents mêmes qui voudraient le pousser vers le refuge. Il lui faut retrouver les grandes mers ouvertes, toujours loin de la terre, car son seul salut est de piquer désespérément dans le danger, son seul ami, son amer ennemi.

A présent, Bulkington, sais-tu ? Crois-tu avoir quelque peu entrevu cette mortelle et intolérable vérité ? Sais-tu que toute réflexion profonde et sérieuse n'est que l'effort intrépide de l'âme pour garder la pleine liberté de la mer, quand les vents les plus sauvages du ciel et de la terre conspirent pour te rejeter sur la côte traîtresse et esclave ? Mais puisque, seule, dans le détachement de la terre réside la vérité la plus haute, la plus illimitée – aussi illimitée que Dieu – il vaut donc mieux périr dans cet infini hurlant que d'être ignominieusement rejeté aux terres sous le vent, même si elles sont sûres ! Oh ! qui voudrait ramper lâchement sur la terre comme un ver ?

Terreurs terribles ! Auras-tu connu ces agonies en vain ? Courage, courage, ô Bulkington ! Durcis-toi, demi-dieu. De l'écume de la mort océane s'élèvera ton apothéose.

XXIV

L'AVOCAT

Etant donné que Queequeg et moi sommes bien embarqués dans cette affaire de chasse à la baleine et, puisque cette chasse, pour je ne sais quelles raisons, est une occupation décriée par les terriens comme étant sans poésie et dégoûtante même, je désire vivement vous convaincre, terriens, de l'injustice que, ce disant, vous nous faites à nous, chasseurs de baleines.

Tout d'abord, je vais dire quelque chose qui peut paraître superflu : c'est qu'en général les gens considèrent la chasse à la baleine comme n'étant pas digne d'être comprise parmi les professions libérales. Dans n'importe quelle société métropolitaine un homme n'ajouterait rien à ses mérites s'il se faisait présenter en qualité, mettons, de harponneur ? Il est sûr qu'il paraîtrait à la fois présomptueux et ridicule si, imitant les officiers de marine, il faisait graver sur ses cartes de visite les initiales : C. D. C. (chasseur de cachalot) en surplus.

Une des principales raisons par lesquelles le monde justifie le manque de considération qu'il nous témoigne, c'est qu'il pense que notre profession n'est qu'une sorte de commerce de boucherie, et que, quand nous sommes en action, nous nous trouvons plongés dans toutes espèces de souillures. Il est vrai ; nous sommes des bouchers. Mais bouchers aussi et bouchers de la plus sanglante espèce tous les chefs militaires que le monde invariablement honore. Et quant à la malpropreté dont on nous stigmatise nous et notre commerce, je voudrais tout de suite pouvoir vous initier à certains faits inconnus jusqu'ici ; après quoi vous conviendrez triomphalement qu'un bateau baleinier est une des choses les plus propres qui soit au monde. Mais, même si vous le contestiez, quels ponts de baleiniers, visqueux et en désordre, pourraient se comparer à cette indescriptible charognerie des champs de bataille desquels tant de soldats retournent pour boire à l'applaudissement des dames. Et si c'est l'idée du péril qui rehausse seule la conception populaire de la profession de soldat, j'aime autant vous dire que nombre de vétérans qui ont marché sans peur sous la mitraille reculeraient bien vite à l'apparition de la vaste queue du cachalot tourbillonnant dans l'air au-dessus de leurs têtes. Car les terreurs que l'homme peut comprendre ne sont rien comparées aux sublimes entrelacements des terreurs et des merveilles de Dieu

Cependant, bien que le monde fasse fi de nous, il nous rend, sans le savoir, l'hommage le plus profond, qui touche presque à l'adoration, étant donné que la plupart des flambeaux, lampes, bougies qui brûlent autour de ce globe, brûlent grâce à nous et pour notre gloire.

Mais, considérez maintenant ceci sous d'autres lumières ; pesez-le en d'autres balances et sachez un peu ce que nous sommes, nous chasseurs de baleines, et ce que nous avons été.

Dites ? Pourquoi les Hollandais du temps de Witt ont-ils eu des amiraux pour leurs flottilles de baleiniers ? Pourquoi Louis XVI de France a-t-il, à ses propres frais, équipé des baleiniers de Dunkerque et, poliment, invité dans cette ville quelques douzaines de familles de notre île de Nantucket ? Pourquoi, entre 1750 et 1788, la Grande-Bretagne a-t-elle donné à ses baleiniers des primes allant jusqu'à 1 000 000 de livres ? Pourquoi enfin, nous, chasseurs de baleines américains, sommes-nous plus nombreux désormais que tous les chasseurs de baleines du reste du monde réunis ? Pourquoi notre flotte compte-t-elle sept cents vaisseaux équipés par dix-huit mille hommes consommant chaque année pour 4 000 000 de dollars ; les vaisseaux valant à l'appareillage 20 000 000 de dollars et rapportant chaque année à nos ports une moisson bien gagnée de 7 000 000 de dollars. Comment tout cela aurait-il été possible s'il n'y avait quelque chose de très puissant dans cette chasse à la baleine ?

Mais je n'en suis pas à la moitié. Ecoutez encore !

J'affirme hautement que le philosophe cosmopolite ne saurait, même au prix de sa vie, désigner une influence pacificatrice comparable à celle-ci qui, au cours des soixante dernières années, a opéré sur le vaste monde ; je veux dire celle du grand et puissant commerce de la chasse à la baleine. De façon ou d'autre cette chasse a engendré des événements si remarquables en eux-mêmes, si constamment importants dans leurs fins successives, qu'elle peut être considérée comme cette mère égyptienne qui engendra une descendance extrêmement féconde. Ce serait une tâche interminable que de vouloir cataloguer ces choses. Qu'une poignée suffise. Pendant nombre d'années écoulées le bateau baleinier a été le pionnier furetant les endroits les plus écartés et les moins connus de la terre. Il a exploré des mers et des archipels ignorés des cartes, où aucun Cook, aucun Vancouver n'était passé. Si, désormais, des vaisseaux de guerre américains ou européens voguent en paix dans des eaux autrefois sauvages, qu'ils tirent des salves en l'honneur et à la gloire des baleiniers, les premiers à leur avoir frayé la route et qui ont été les premiers interprètes entre eux et les sauvages. Qu'on commémore tant qu'on voudra les héros d'expéditions exploratives : les Cook, les Krusenstern ; quant à moi je dis que des douzaines de capitaines anonymes, partis de Nantucket, étaient aussi grands et plus grands que tous les Cook et tous les Krusenstern ; car, avec leurs mains nues, sans aide aucune, ils ont, dans les eaux païennes pleines de requins et sur les plages d'îles où pleuvaient des javelines battant tous les records, ils ont, dis-je, lutté avec des merveilles vierges, avec des terreurs vierges que Cook avec tous ses marins et ses mousquets n'aurait pas volontiers affrontées. Tout ce dont on fait tant d'histoire dans les vieux voyages aux mers du Sud n'est que la resucée de ce que virent et supportèrent journellement nos héroïques Nantuckais. Bien souvent, les aventures auxquelles Vancouver consacre trois chapitres auraient été considérées par ces hommes comme indignes de figurer dans le livre de bord de leur bateau. Ah, le monde ! le monde !

Jusqu'à ce que les baleiniers aient contourné le cap Horn, aucun commerce n'était possible, sauf celui entre colonies. Il n'y avait presque pas de contacts (sauf celui entre colonies) entre l'Europe et la longue ligne des opulentes provinces espagnoles de la côte du Pacifique. Ce furent des baleiniers qui, les premiers, surent percer à jour la jalouse politique de la couronne d'Espagne au sujet des colonies. Si j'avais la place, je montrerais comment ces chasseurs de baleines parvinrent non seulement à libérer le Pérou, le Chili, la Bolivie du joug de la vieille Espagne, mais encore à établir en ces lieux une démocratie éternelle.

Cette grande Amérique de l'autre côté de la sphère, l'Australie, je veux dire, fut donnée au monde éberlué par des chasseurs de baleines. Après sa première découverte due à la bévue d'un Hollandais, tous les autres vaisseaux évitaient soigneusement ses côtes comme si elles avaient donné la peste ; mais le baleinier, lui, y touchait, et c'est le baleinier qui a véritablement accouché de cette colonie si puissante désormais. De plus, dans l'enfance des premiers établissements australiens, les émigrants furent maintes fois sauvés de la famine mortelle grâce aux biscuits bénévoles des baleiniers qui, par chance, jetaient l'ancre dans leurs eaux. Les innombrables îles de la Polynésie en avouent autant et rendent cordialement hommage au baleinier qui a préparé le chemin au missionnaire et au marchand et qui, en bien des cas, a porté les premiers missionnaires à leurs destinations. Et si jamais ce pays fermé à double verrou, le Japon, doit devenir hospitalier, car il est déjà sur le seuil, l'honneur en reviendra au baleinier.

Mais si malgré tout ce qui précède vous persistez à déclarer que la chasse aux baleines n'est ni noble ni esthétique, alors je suis tout prêt à rompre cinquante lances en tout petits éclats avec vous et à vous désarçonner chaque fois, votre casque pourfendu.

— La baleine n'a intéressé aucun auteur connu, dites-vous, et sa chasse n'a sollicité aucun chroniqueur fameux.

La baleine n'a intéressé aucun auteur connu et sa chasse aucun chroniqueur connu ? Et qui donc a écrit la première histoire de notre léviathan, qui ? sinon le puissant Job ! Et qui donc a composé le premier récit d'un voyage de chasse à la baleine, qui ? sinon un prince et non des moindres : Alfred le Grand ; lequel, de sa plume royale, écrivit les paroles de l'Other, le Norvégien chasseur de baleines de son temps. Et qui donc a prononcé avec chaleur notre éloge au Parlement, qui ? sinon Edmond Burke !

– Tout ceci est vrai, mais les chasseurs de baleines eux-mêmes ne sont que de pauvres diables. Un sang bleu ne coule pas dans leurs veines !

Pas de sang bleu dans leurs veines ? Ils ont même mieux que du sang royal. La grand'mère de Benjamin Franklin était Mary Morrel et, après son mariage : Mary Folger, une des vieilles émigrantes de Nantucket et l'ancêtre d'une longue lignée de Folgers harponneurs – tous parents du noble Benjamin – qui, ce jour même, lance le dard d'un côté du monde à l'autre.

– Bon encore, mais tout le monde convient que, on ne sait pourquoi, la chasse à la baleine n'est pas une chose respectable !

La chasse à la baleine pas respectable ? La chasse à la baleine est impériale ! Une vieille loi anglaise déclare que la baleine est « poisson royal ».

– Oh ! ce n'est que nominatif ! La baleine elle-même n'a jamais fait figure d'importance !

La baleine n'a pas fait figure d'importance ? Dans un des énormes triomphes offerts à un général romain qui entrait dans la capitale du monde, les fanons d'une baleine qu'on avait transportée des côtes syriennes furent la chose la plus en vue dans cette procession à cymbales.

– J'en conviens, puisque vous le dites ; mais vous

avez beau faire, il n'y a pas de vraie dignité dans la chasse à la baleine !

Pas de vraie dignité dans la chasse à la baleine ? La dignité de notre profession est attestée par le ciel lui-même. Céti est une constellation du Sud. Suffit ! Enfoncez votre chapeau en présence du tzar, mais tirez-le pour Queequeg ! Suffit, dis-je ! Je connais un homme qui, au cours de sa vie, a pris trois cent cinquante baleines. Je considère cet homme comme plus honorable que ce grand capitaine de l'antiquité qui se vantait d'avoir pris autant de places fortes.

Et quant à moi, si par hasard il y a en ma personne quelque qualité ignorée et si jamais je mérite quelque vraie réputation en ce bas monde, dont je puisse me sentir fier ; si, dans l'avenir, je réalise quelque chose que, tout compte fait, un homme peut préférer avoir réalisée que laissée à faire ; si, à ma mort, mes exécuteurs testamentaires ou, plus exactement, mes créditeurs, trouvent quelques manuscrits dans mon secrétaire ; alors, par avance, j'en attribue tout l'honneur et toute la gloire à la chasse à la baleine, car un baleinier fut mon Yale College et mon Harvard.

XXV

POST-SCRIPTUM

Pour exprimer irréfutablement la dignité de la chasse à la baleine, je désire ne proposer que des faits établis. Mais, toutefois, un avocat ayant mis en œuvre ces faits peut également se servir de suppositions raisonnables. S'il ne le faisait il serait à blâmer. Je le fais donc.

Il est archiconnu qu'au couronnement des rois et des reines, même les actuels, on procède, pour les introniser en leurs fonctions, à un assaisonnement curieux. Il y a une salière d'État, comme on dit, et il y a une burette d'État. Ce qu'ils font au juste avec le sel, qui le sait ? Mais je suis certain que la tête d'un roi est solennellement huilée à son couronnement, tout à fait comme une tête de salade. Est-ce dans l'intention de bien faire fonctionner ses rouages intérieurs, de même qu'on huile une machine ? Il y a beaucoup à ruminer là-dessus, car, dans la vie ordinaire, nous n'estimons guère et même nous méprisons un homme qui huile ses cheveux et dont les cheveux gardent l'odeur de l'huile. A la vérité un homme mûr qui se sert d'huile à cheveux, sauf comme médecine, a probablement quelque part en lui une petite tache de moisissure et, au total, il ne peut valoir grand'chose.

Mais la seule chose à considérer ici est la suivante : de quelle sorte d'huile se sert-on aux couronnements ? assurément ça n'est pas de l'huile d'olive, ni de l'huile de Macassar, ni de l'huile de castor, ni de l'huile d'ours, ni de l'huile de ricin, ni de l'huile de foie de morue. Alors, selon toutes vraisemblances, ça ne peut être autre chose que de l'huile de cachalot telle qu'elle se présente, vierge et non manufacturée ; la plus douce de toutes les huiles !

Pensez-y, Anglais loyaux, c'est nous les chasseurs de baleines qui fournissons l'indispensable au couronnement de vos rois et de vos reines.

XXVI

CHEVALIERS ET ÉCUYERS

Le second du *Péquod* était Starbuck, natif de Nantucket et Quaker d'origine ; un grand homme sérieux, et, quoique né sur une côte glaciale, il était si bien habitué aux latitudes brûlantes, que sa chair était devenue dure comme du biscuit recuit. Transporté aux Indes, son sang ne s'abîmait pas comme le fait la bière en bouteille. Il avait dû être conçu dans quelque période de sécheresse et de disette, ou dans une de ces périodes de carême pour lesquelles sa province est réputée. Il semblait n'avoir traversé qu'une trentaine d'étés arides, lesquels l'avaient débarrassé de toute superfluité physique ; mais cette maigreur, malgré tout, n'était pas rebutante comme elle peut l'être lorsqu'elle provient des soucis ou d'une flétrissure quelconque du corps ; elle n'était que de la condensation. Il n'était pas du tout déplaisant à regarder ; bien au contraire. Sa peau nette s'ajustait parfaitement et moulait strictement sa musculature et il y était embaumé avec sa santé et sa force comme une momie égyptienne vivante. Ce Starbuck semblait ainsi préparé pour durer de longs âges à venir et pour tout supporter, que ce soit dans les neiges polaires ou sous le plus torride des soleils. Tel un bon chronomètre breveté, sa vitalité intérieure était garantie pour bien fonctionner sous tous les climats. A regarder ses yeux, on croyait y voir encore les images attardées des mille périls qu'il avait affrontés calmement au cours de son existence. Un homme grave et solide, dont la vie était mimique en action et non chapitre de plates paroles. Cependant, malgré sa sobriété et tout son courage, il y avait en lui certaines qualités qui parfois l'emportaient sur tout le reste. Extraordinairement consciencieux pour un marin et doué d'un profond naturel, la sauvage solitude de sa vie sur l'eau l'inclinait vivement à la superstition, mais à cette sorte de superstition qui, en certains organismes, semble plutôt sourdre de l'intelligence que de l'ignorance. Il s'y entendait en présages et en pressentiments. Et, si ces choses-là pliaient parfois le fer bien trempé de son âme, à plus forte raison les lointains souvenirs domestiques de sa jeune femme au Cap et de son enfant adoucissaient encore l'âpreté de sa nature et renforçaient ces influences qui, chez certains hommes au cœur honnête, tempèrent l'intrépidité qu'ils ont dans les vissicitudes et les périls de la pêche. « Je ne veux point d'homme à bord de mon embarcation, disait Starbuck, qui n'ait pas peur de la baleine. » Ce qui semblait vouloir dire que non seulement le courage le plus utile et le plus digne de confiance est celui qui naît d'une estimation lucide du péril, mais encore qu'un homme absolument sans peur est un compagnon plus dangereux qu'un lâche.

« Oui, oui, disait Stubb, le deuxième second, Starbuck est un homme si prudent que vous n'en trouverez pas de pareil dans la chasse à la baleine. » Mais bientôt nous ne tarderons pas à savoir ce que signifie exactement le mot « prudent » quand il est employé par Stubb ou par n'importe quel autre chasseur de baleines.

Starbuck n'était pas un chevalier des croisades en quête de périls ; chez lui le courage n'était pas un sentiment, mais uniquement une chose pratique, toujours à portée de sa main dans chaque circonstance capitale. Et puis, peut-être, pensait-il aussi que dans cette affaire de baleines le courage tenait une place essentielle dans l'équipement du vaisseau, au même titre que l'eau, le bœuf et le pain ; il ne devait pas être gaspillé bêtement. D'où il résultait qu'il n'avait aucun désir de mettre les canots à la mer après le coucher du soleil, ni de poursuivre la lutte contre un poisson qui s'obstinait à le combattre. Car, pensait-il, je suis ici sur l'Océan pour gagner ma vie en tuant des baleines et non pour être tué par elles. Que des centaines d'hommes eussent été tués ainsi, Starbuck le savait bien. Telle avait été la mort de son père ; et les membres déchirés de son frère se trouvaient dans quels insondables abîmes ?

Avec de pareils souvenirs en lui et ce penchant particulier à la superstition auquel j'ai fait allusion, le courage de Starbuck – qui néanmoins pouvait encore fleurir – était extrême. Mais un homme ainsi fait, avec de si terribles expériences et de tels souvenirs, n'était pas naturel ; et il n'était pas non plus naturel que ces choses pussent engendrer en lui un état latent qui, suivant les circonstances, pouvait éclater et consumer tout d'un coup tout son entourage. Et si brave qu'il soit, c'était cette sorte de courage généralement visible dans beaucoup d'hommes intrépides qui, demeurant fermes dans le conflit avec la mer, ou les vents, ou les baleines, ou quoi que ce soit de la déraisonnable terreur du monde, ne peuvent cependant supporter ces plus terrifiantes – parce que spirituelles – terreurs qui, parfois, vous menacent du front hérissé d'un homme rageur et puissant.

Mais si le récit qui va suivre doit révéler l'abaissement complet du courage du pauvre Starbuck, j'ai à peine le cœur de l'écrire, car c'est une chose très triste ; plus ! effrayante, que de dénoncer la chute de la vaillance d'une âme. Les hommes, en tant que compagnies d'actionnaires ou que nations, peuvent paraître détestables, fripouilles, idiots, meurtriers ; ils peuvent avoir des visages bas et malingres, mais, en tant qu'idéal, l'homme est une créature si noble, brillante, grande et ardente que tous ses pareils doivent se précipiter pour couvrir de leurs plus riches manteaux toute tache d'ignominie se montrant en lui. Cette noblesse humaine immaculée que nous sentons si profondément dans nous-mêmes reste intacte, alors même que tout caractère extérieur semble parti ; et elle saigne de pure angoisse au spectacle d'un homme dont le courage a failli. La pitié elle-même, en voyant une chose si honteuse, ne peut pas complètement taire ses remontrances aux étoiles qui l'ont permise. Mais cette dignité auguste dont je parle n'est pas la dignité des rois et des robins. On la voit briller dans le bras maniant une pioche ou enfonçant une cheville. C'est cette dignité démocratique qui, de partout, irradie sans fin vers Dieu. Le grand Dieu absolu. Le centre de la circonférence de toute démocratie et dont l'omniprésence est notre égalité divine.

Si donc j'attribue des qualités hautaines bien que sombres à des matelots mesquins, à des renégats, à des perdus ; si je les couvre de couleurs tragiques ; si même les plus tristes, peut-être les plus vils d'entre eux doivent parfois s'élever à des hauteurs exaltantes ; si se courbe un arc-en-ciel sur les couchers de soleil de leur défaite ; alors défendez-moi contre toutes les critiques. Toi, juste esprit de l'Egalité qui as étendu un manteau royal sur toute mon espèce, soutiens-moi, grand Dieu démocratique qui n'as point refusé au forçat hâlé, Bunyan, la pâle perle poétique. Toi qui as revêtu de feuilles d'or deux fois battu le moignon du pauvre vieux Cervantès. Toi qui as ramassé André Jackson parmi la plèbe, qui l'as jeté sur un cheval de guerre et, dans le tonnerre, lancé plus haut qu'au trône. Toi qui, dans toutes tes puissantes marches en ce monde, cueilles toujours tes champions de choix parmi le royal commun, soutiens-moi en ceci, ô Dieu !

XXVII

CHEVALIERS ET ÉCUYERS

(suite)

Le deuxième second du *Péquod* était Stubb. Il était natif du cap Cod et donc, selon la coutume, on l'appelait le Cap-Codais. Un nonchalant ; ni couard ni vaillant ; acceptant les périls comme ils se présentaient, d'un air indifférent, et qui, lorsqu'il se trouvait engagé au cœur dangereux de la chasse, travaillait calme et de sang-froid comme un menuisier journalier engagé à l'année. De bonne humeur, insouciant, il commandait sa baleinière comme si les plus mortelles rencontres n'étaient qu'un dîner et son équipage, les convives. Il était aussi exigeant pour l'arrangement confortable de sa place dans l'embarcation qu'un vieux cocher l'est pour la commodité de son siège. Lorsqu'il était tout près de la baleine agonisante, mais luttant toujours, il maniait sa lance impitoyable froidement et avec nonchalance ; comme un chaudronnier, en sifflotant, manie son marteau. Il fredonnait de vieux rigaudons lorsqu'il était flanc à flanc avec le monstre le plus exaspéré. Une longue accoutumance avait converti pour Stubb la gueule de la mort en fauteuil. Ce qu'il pensait de la mort elle-même, allez le savoir ! On pouvait se demander si seulement il y pensait. Sans doute que s'il lui arrivait jamais d'y songer après un bon dîner, comme tout bon marin, il la considérait comme une sorte d'appel d'en haut pour dégringoler au quart, et là s'affairer à quelque chose. A quoi ? Il le découvrirait lorsqu'il obéirait à l'ordre et pas avant.

Ce qui, entre autres choses, faisait de Stubb un homme d'allure douce, sans peur ; un homme se mettant gaiement en route avec le fardeau de la vie sur l'épaule, comme dans un monde de colporteurs graves, courbés vers la terre sous leur ballot ; ce qui lui donnait cet air de bonne humeur presque impie, c'était sans doute sa pipe car, comme son nez, cette courte pipe noire faisait partie de sa physionomie. Vous auriez été moins surpris qu'il sortît de son hamac sans son nez que sans sa pipe. Il avait toute une série de pipes (toutes bourrées) dans un porte-pipes, à portée de la main, et, lorsqu'il rentrait se coucher, il les fumait jusqu'à la dernière puis les rebourrait afin qu'elles soient prêtes de nouveau, car, lorsqu'il s'habillait, Stubb, au lieu de passer les jambes dans son pantalon, plaçait tout d'abord le tuyau d'une pipe dans sa bouche.

Je crois que cette façon de fumer sans discontinuer doit avoir été pour quelque chose dans son humeur si particulière, car chacun sait que l'air de cette terre – et par terre j'entends aussi la mer – est sérieusement vicié par les misères sans nom des innombrables mortels qui l'ont exhalé et, de même qu'en temps de choléra, il y a des gens qui se baladent avec un mouchoir imprégné de camphre sur la bouche, ainsi, contre toute exhalaison mortelle, la fumée de tabac de Stubb servait comme une sorte d'agent désinfectant.

Le troisième second était Flask, natif de Tisbury, dans Martha de Vineyard ; un jeune homme rougeaud, court et fort, d'humeur très batailleuse en ce qui concernait les baleines, et qui semblait croire que les énormes léviathans l'avaient héréditairement et personnellement offensé ; il mettait donc une sorte de point d'honneur à les détruire chaque fois qu'il en rencontrait. Il était entièrement inaccessible à tout sentiment de respect et d'émerveillement pour leurs masses majestueuses et leurs voies mystérieuses et tellement mort à tout ce qui pouvait ressembler à de l'appréhension devant le danger possible de leur rencontre que, dans sa pauvre opinion, la merveilleuse baleine n'était qu'une sorte de souris amplifiée ou peut-être un rat d'eau qui demandait seulement quelques détours et un peu de travail et de peine avant d'être capturé, tué et bouilli. Ce manque de peur ignorant et inconscient le rendait un peu frivole au sujet des baleines ; il suivait ces poissons pour l'amusement ; et un voyage de trois ans autour du cap Horn n'était pour lui qu'une bonne partie de rigolade qui durait ce temps. De même que les clous de menuisier sont divisés en deux catégories : les forgés et les taillés, l'humanité peut être divisée en deux. Le petit Flask comptait parmi les forgés ; ceux faits pour tenir bon et durer longtemps. On l'appelait King Post à bord du *Péquod* parce que, de par sa forme, il pouvait être comparé à ce bois court et carré que connaissent bien les baleiniers de l'Arctique, lequel, inséré en grand nombre, en rayons de roues, sert à préserver le vaisseau des assauts foudroyants de ces mers glaciales.

Or, ces trois seconds : Starbuck, Stubb et Flask étaient des hommes d'importance. C'étaient eux qui commandaient les trois baleinières du *Péquod*. Dans ce magnifique ordre de bataille dans lequel probablement le capitaine Achab allait ranger ses forces pour marcher à la baleine, ces trois chefs étaient comme des capitaines de compagnies. Armés de leurs longues lances bien aiguisées, ils formaient comme un trio choisi de lanciers ; de même que les harponneurs étaient des lanceurs de javelots.

Et, puisque dans cette fameuse chasse, chaque second, comme un chevalier gothique des vieux temps, était toujours accompagné de son timonier ou harponneur chargé de lui passer une nouvelle lance, lorsque la première avait été tordue ou coudée dans l'assaut, et que, entre les premiers et les autres existait généralement une amitié très intime, il n'est que juste de décrire ici ceux qui étaient harponneurs sur le *Péquod,* et à quel chef chacun appartenait.

En premier lieu venait Queequeg, que Starbuck avait choisi pour écuyer. Mais nous connaissons déjà Queequeg.

Ensuite venait Tashtego, un Indien pur sang de Gay Head, le promontoire le plus à l'ouest de Martha de Vineyard où existent encore les derniers vestiges d'un village de Peaux-Rouges et qui depuis longtemps a fourni à Nantucket, l'île voisine, beaucoup de ses plus hardis harponneurs. Dans la chasse ils sont généralement connus sous le nom générique de « Gay Headers ». Les longs cheveux lisses et noirs de Tashtego ; ses pommettes hautes ; ses yeux noirs qui, semblables à ceux des Indiens, étaient orientaux dans leur largeur et luisaient de feux polaires ; tout cela le désignait assez comme l'héritier de ces fiers chasseurs guerriers qui, à la recherche du grand élan de New-England, avaient parcouru, l'arc en main, les forêts aborigènes du continent. Mais pour lors Tashtego ne reniflait plus la piste des bêtes sauvages des bois ; il suivait le sillage des grandes baleines de la mer. Le harpon infaillible du fils remplaçant avantageusement l'infaillible flèche des pères. A voir les muscles bruns de ses souples membres serpentins vous auriez donné crédit aux superstitions de quelques-uns des premiers Puritains et presque admis que cet Indien sauvage était le fils du Prince des Puissances de l'Air. Tashtego était l'écuyer de Stubb.

Le troisième harponneur était Daggoo, un nègre sauvage gigantesque, couleur de charbon, qui avait la démarche du lion – un Assuérus à voir. – A ses oreilles pendaient deux anneaux d'or si grands que les matelots les appelaient des chevilles à boucle et proposaient d'y attacher les drisses de hune. Dans sa jeunesse, Daggoo s'était engagé volontairement à bord d'un baleinier mouillé dans une baie solitaire de sa côte natale. Du monde, il n'avait jamais connu que l'Afrique, Nantucket et quelques-uns des ports païens fréquentés par les baleiniers. Ayant mené pendant bien des années la vie intrépide des chasseurs de baleine sur des bateaux dont les armateurs triaient attentivement les hommes qu'ils engageaient, Daggoo gardait intactes toutes ses vertus barbares. Droit comme une girafe, il arpentait les ponts sur ses chaussettes dans toute la gloire de ses six pieds cinq pouces. On se sentait corporellement humilié à le regarder ; et un homme blanc placé près de lui semblait un drapeau blanc venu mendier une trêve à une forteresse. Chose curieuse, ce nègre impérial, Assuérus Daggoo, était l'écuyer du petit Flask, qui, auprès de lui, semblait un pion d'échecs.

Quant au reste de l'équipage du *Péquod,* il faut bien dire que, même à ce jour, moins de la moitié seulement des milliers d'hommes employés dans la chasse américaine de la baleine sont yankees – par contre presque tous les officiers le sont. – Il en est de même dans l'armée et les flottes de guerre ou marchandes ainsi que pour les ingénieurs chargés de la construction des canaux et des chemins de fer américains. L'Américain natif fournit libéralement les cerveaux ; le reste de l'univers fournissant non moins libéralement les muscles. Un assez grand nombre de ces baleiniers viennent des Açores, où les bateaux de Nantucket, en route, touchent fréquemment pour compléter leur équipage avec les solides paysans de ces côtes rocheuses. Pareillement les baleiniers du Groenland, partant de Hull ou de Londres, mouillent aux îles Shetland pour recevoir le plein complément de l'équipage qu'ils y redébarquent au retour. Il est impossible de dire pourquoi les gens des îles font de meilleurs chasseurs que les autres. Presque tous les hommes du *Péquod* étaient des insulaires et, en tant que tels, vivaient isolés, chacun pour soi, comme sur son propre continent, à part du continent général des autres hommes. Ainsi tous réunis sur le même bord, quelle drôle d'assemblée d'insulaires ça faisait ! Une véritable délégation d'Anacharsis Cloots de toutes les îles de la mer et des quatre coins du monde, accompagnant le vieil Achab sur le *Péquod* pour aller témoigner des torts du monde devant cette barre d'où peu d'entre eux sont revenus.

Le petit nègre Pip ne revint jamais, lui ! Eh non ! Il passa de l'autre côté, ce pauvre gars d'Alabama ! Sur le sombre gaillard d'avant du *Péquod* vous le verrez bientôt en train de battre son tambourin, préludant ainsi à l'Éternité, tandis qu'on le cherchait au gaillard d'arrière. Au ciel, on lui commandait de se mesurer avec les anges et de battre son tambourin dans la gloire ; ici tenu pour un couard ; là-haut acclamé en héros !

XXVIII

ACHAB

Pendant plusieurs jours après le départ de Nantucket on ne vit rien du capitaine Achab au-dessus des écoutilles. Les seconds se relayaient régulièrement aux quarts, et, pour ce qu'on en pouvait voir, ils semblaient les seuls commandants du bateau ; toutefois, de temps à autre, ils surgissaient de la cabine avec des ordres si soudains et si péremptoires qu'il devenait évident qu'ils ne commandaient qu'en suppléants. Leur seigneur, dictateur suprême et maître, était donc là, bien qu'invisible jusqu'alors aux yeux de tous ceux qui n'avaient pas la permission de pénétrer dans la retraite, maintenant sacrée, de la cabine.

Chaque fois que je remontais sur le pont après mes quarts d'en bas, je regardais aussitôt à l'arrière dans l'espoir d'y voir une tête nouvelle ; car ma première et vague inquiétude au sujet du capitaine inconnu devenait presque un tourment, maintenant que nous nous trouvions dans la solitude du large. Ce tourment s'aggravait parfois lorsque je me rappelais les incohérences diaboliques du loqueteux Elie, lesquelles m'assaillaient soudain sans que je m'y attende. Je pouvais mal m'en défendre ; bien que parfois, changeant d'humeur, j'étais presque prêt à sourire des fantaisies bizarres et solennelles de cet étrange prophète des quais. – Appréhension ou malaise pour lui donner un nom ? – N'importe ! Il semblait contraire au bon sens de m'y laisser aller, malgré cet équipage, harponneurs compris, composé d'êtres barbares, païens, et plus mélangé que n'importe quel équipage incolore des bateaux marchands de mes expériences antérieures. J'attribuais cela et avec raison à cette vocation scandinave à laquelle je m'étais abandonné. L'aspect des trois seconds contribuait le mieux à calmer ces pressentiments brumeux et me poussait à la confiance et à la gaieté pour la suite du voyage. Il aurait été difficile d'en trouver trois meilleurs en tant qu'officiers et en tant qu'hommes, chacun à sa manière, et ils étaient tous trois américains : un Nantuckais, un Vineyarder et un Cap-Codais.

C'était Noël quand le vaisseau quitta le port, et nous eûmes pendant quelque temps un mordant froid polaire, bien que nous fissions route vers le Sud ; cependant, à chaque degré de latitude que nous parcourions, nous laissions derrière nous l'hiver sans merci et son intolérable mauvais temps.

Par un de ces matins moins menaçants, mais encore gris et sombre, de la période transitoire, alors que par bon vent le bateau filait avec une rapidité mélancolique en faisant des sortes de bonds vindicatifs, montant sur le pont à l'appel du quart du matin, je regardais au niveau de la lisse de poupe et je fus pris de tremblements de mauvais augure. La réalité dépassait le pressentiment. Le capitaine Achab était debout sur le gaillard d'arrière.

Nul signe d'un mal physique ordinaire ni aucune trace de guérison d'une maladie de ce genre n'apparaissait sur lui. Il avait l'air d'un homme qu'on aurait retiré du bûcher au moment où les flammes avaient pourléché ses membres, sans les avoir consumés toutefois, ni sans avoir touché à sa compacte robustesse de vieillard. Sa haute et large carrure semblait faite de bronze solide coulé dans un moule impeccable, comme le Persée de Cellini. Un mince sillon d'un blanc livide traçait son chemin parmi ses cheveux gris, traversait tout droit un côté de son visage et, par le cou, disparaissait sous ses vêtements. Cette cicatrice ressemblait à l'entaille verticale que l'on voit parfois sur un tronc d'arbre droit et haut après que la foudre l'a parcouru sans arracher la moindre petite branche, mais le pelant et y traçant une balafre qui le laisse vert et vivant, mais qui désormais le marque. Cette marque était-elle née avec lui ou était-elle la cicatrice de quelque terrible blessure ? Personne ne pouvait le dire d'une manière certaine. Par une sorte d'accord tacite il n'y fut fait que peu ou point allusion au cours du voyage ; surtout parmi les officiers. Une fois cependant, un vieil Indien, gay header, chef de Tashtego, affirma superstitieusement qu'Achab n'était point ainsi avant sa quarantième année et qu'il avait attrapé ça non pas au cours d'une rixe de mortels, mais dans une lutte cosmique en mer. Cependant cette sauvage suggestion fut démentie par les insinuations de l'homme de l'île de Man, un vieux type gris semblant sorti d'un tombeau et qui n'avait jamais vu le fantasque Achab avant d'embarquer à Nantucket. Mais de vieilles traditions marines et des croyances immémoriales prêtaient à ce vieux Manxien des pouvoirs surnaturels de divination. De sorte qu'aucun matelot blanc ne le contredit quand il insinua que si Achab était enseveli normalement (ce qui était peu probable, marmonnait-il) celui qui serait chargé de l'ensevelissement trouverait sur lui cette marque native allant du sommet de la tête à la plante des pieds.

L'aspect d'Achab et la marque livide barrant son visage me bouleversèrent si profondément que, dans les premiers moments, je remarquai à peine que la raideur hautaine de son attitude provenait en partie de la barbare jambe blanche sur laquelle il s'appuyait. Je savais déjà que cette jambe avait été façonnée en mer dans l'ivoire poli d'une mâchoire de cachalot. « Oui, il a été démâté près du Japon », disait le vieil Indien gay header ; « mais comme pour son navire démâté il a embarqué un autre mât sans prendre la peine d'aller le chercher chez lui. Il en a un plein fourniment. »

Je fus frappé de sa position singulière. De chaque côté du gaillard d'avant, tout près des haubans, dans le plancher, il y avait des trous de tarières d'un demi-pouce environ. Sa jambe d'ivoire s'y ajustait. Avec son bras levé il se tenait au galhauban. Son regard était droit, fixé au-delà de la proue sans cesse plongeante du bâtiment. Dans ce regard intrépide et fixe il y avait une énergie obstinée et une détermination sans faiblesse. Il ne prononçait pas un mot ; ses officiers ne lui adressaient pas non plus la parole, mais, par leurs moindres gestes et leur expression, ils montraient clairement qu'ils avaient l'impression troublante, sinon pénible, d'être sous le regard d'un maître tourmenté. De plus, le morne Achab se tenait devant eux avec la crucifixion écrite sur sa face, et l'indescriptible dignité arrogante de quelque puissant ennemi.

Peu après cette première apparition, il se retira dans sa cabine ; mais, depuis cette matinée, l'équipage put le voir chaque jour, soit debout dans son trou à pivot, soit assis sur un escabeau d'ivoire, ou encore se promenant lourdement sur le pont. A mesure que le ciel devenait moins sombre, il se faisait moins rare, comme si, depuis que le bateau s'était mis en route, la morne désolation de la mer hivernale avait été la seule cause de sa retraite. Maintenant, il était presque continuellement à l'air et presque aimable ; cependant, jusqu'alors, tout ce qu'il pouvait dire ou faire sur le pont, enfin ensoleillé, ne semblait pas plus utile qu'un mât supplémentaire. Il est vrai que le *Péquod* ne faisait que se frayer sa route, n'étant pas encore en croisière régulière ; presque tous les préparatifs pour la chasse pouvant être faits par les seconds, de sorte qu'il ne restait rien à Achab, à part lui-même, pour l'occuper à ce moment et chasser ainsi, au cours de cette trêve, les nuages qui s'accumulaient sur son front, comme sur le sommet d'une montagne. Bientôt néanmoins l'éloquence persuasive du beau temps chaud dans lequel nous tombions sembla graduellement dissiper son humeur sombre. De même lorsque ces mois aux joues rouges – avril et mai – regagnent en dansant le bois de l'hiver misanthrope, on voit le vieux chêne le plus dénudé, le plus rugueux, le plus frappé de foudre, faire éclore au moins quelques bourgeons verts en bienvenue pour ces visiteurs si joyeux ; de même, finalement, Achab répondit aux charmes enjoués de cet air printanier. Plus d'une fois il fit éclore la fleur pâle d'un regard qui. chez tout autre homme, aurait été sourire.

XXIX

ENTRE ACHAB ; PUIS STUBB

Quelques jours passèrent. La glace et les icebergs derrière lui, le *Péquod* roulait maintenant à travers ce brillant printemps de Quito, qui, en mer, règne presque perpétuellement au seuil de l'août éternel des Tropiques. Les jours tièdes et frais, clairs, sonores, parfumés, luxuriants, prodigues étaient comme des coupes de sorbets persans toutes floconneuses et débordantes de neige d'eau de rose. Les majestueuses nuits étoilées ressemblaient à des dames hautaines vêtues de velours semé de joyaux qui, dans l'orgueilleuse solitude de leur demeure, caressent le souvenir de leurs seigneurs conquérants absents : les soleils casqués d'or. Il était dur pour un homme endormi de choisir entre des jours si aimables et des nuits si séduisantes. Mais tous les sortilèges de ce temps stable ne prêtaient pas seulement des charmes et de nouvelles puissances au monde extérieur. Ils touchaient intérieurement l'âme, surtout quand les heures silencieuses et douces du soir approchaient ; alors le souvenir faisait surgir ses cristaux ; de même que la glace claire se forme de préférence dans les crépuscules silencieux. Toutes ces choses subtiles travaillaient de plus en plus Achab.

La vieillesse est toujours éveillée comme si, à mesure qu'il s'enfonce plus avant dans la vie, l'homme voulait s'éloigner de tout ce qui ressemble à la mort. Parmi les commandants de vaisseaux, les vieux à barbe grise sont ceux qui quittent le plus souvent leur couchette pour venir inspecter le pont couvert de nuit. Il en était ainsi pour Achab, sauf que, depuis quelques jours, il était si souvent dehors qu'à vrai dire ses visites étaient plus du pont à la cabine que de cette dernière au pont.

« Il semble qu'on descende dans sa tombe », murmurait-il pour lui-même : « Pour un vieux capitaine comme moi, descendre par cette étroite écoutille, c'est descendre au tombeau. »

Ainsi, presque toutes les vingt-quatre heures, quand les quarts de nuit étaient réglés ; lorsque la petite bordée de pont veillait sur le sommeil de la bordée d'en bas, quand, s'il y avait un bout à haler au gaillard d'avant, les matelots, par peur de réveiller leurs camarades, le laissaient doucement retomber au lieu de le plaquer rudement comme ils faisaient de jour ; lorsque cette sorte de calme quiétude commençait à régner, habituellement, le timonier silencieux regardait l'écoutille de la cabine, et bientôt il en voyait émerger, s'agrippant à la rampe de fer, le vieil homme estropié. Par un reste d'égard humain, dans ces moments-là, il s'abstenait généralement de patrouiller sur le gaillard d'arrière parce que, pour ses officiers fatigués qui cherchaient le repos à six pouces au-dessous de son talon d'ivoire, le bruit craquant et la résonance de ce pas osseux auraient été tels qu'ils eussent aussitôt rêvé de gueules broyantes de requins.

Mais un jour son humeur pesa si fort sur lui qu'il ne tint pas compte de ces considérations. Comme il arpentait le pont de la poupe au grand mât de ses pesants pas d'ours, Stubb, l'original premier lieutenant, monta sur le pont et, d'un ton mal assuré d'humour désapprobateur, suggéra au capitaine que, si c'était son bon plaisir, bien sûr personne ne pouvait l'empêcher de se promener sur le plancher, mais qu'il y avait sans doute un moyen à trouver pour assourdir le bruit. Et il proposa, en hésitant et d'une voix peu distincte, qu'on pouvait peut-être envelopper le talon d'ivoire d'un tampon d'étoupe. Ah ! Stubb, à ce moment-là tu ne connaissais pas Achab.

– Suis-je un boulet de canon, Stubb, dit Achab, que tu veuilles me bourrer de cette façon. Suis ton chemin. J'ai tout oublié ! Va-t'en en bas, à ta tombe nocturne, où tes pareils dorment dans des linceuls pour s'habituer à celui qui les enveloppera finalement. En bas, chien, à la niche !

Sursautant à cette dernière exclamation du vieillard, soudain si méprisant, Stubb demeura un instant sans un mot, puis il répliqua avec emportement :

– Je n'ai pas l'habitude qu'on me parle comme ça, Sir. Cela ne me plaît qu'à demi, Sir !

– Au large, grogna Achab, les dents serrées, en s'éloignant brusquement comme pour éviter la tentation de la colère.

– ... Non, Sir, pas encore, continua Stubb enhardi, je ne me laisserai pas bénévolement traiter de chien, Sir.

– Alors, sois appelé dix fois baudet, mulet, bourrique, et puis va-t'en, ou je débarrasserai le monde de ta présence.

Ce disant Achab avançait sur Stubb avec une expression si terrifiante que ce dernier recula involontairement.

– Jamais je n'ai été traité ainsi sans rudement jouer du poing, murmura Stubb en descendant l'écoutille de sa cabine ; c'est très bizarre... Arrête un moment, Stubb, poursuivit-il. Je ne sais trop si je dois remonter pour le frapper, ou... Eh bien ?... M'agenouiller ici et prier pour lui ? Oui, c'est la pensée qui me vient, mais ce serait bien la première fois qu'il m'arriverait de prier... C'est étrange ! Très étrange ! Et lui aussi est étrange. On a beau l'examiner par tous les bouts, c'est le vieillard le plus bizarre avec lequel tu aies navigué, vieux Stubb !... Comme il a éclaté ! Ses yeux étaient comme une soute à poudre... Est-il fou ? En tout cas quelque chose le travaille, aussi vrai que lorsque le pont craque c'est qu'il y a quelque chose dessus ! Maintenant, sur vingt-quatre heures il ne se tient pas plus de trois au lit et, quand il y est, il ne dort pas. Ce Dough-Boy, le steward, m'a dit que, chaque matin, il trouve le hamac du vieux tout chiffonné, les draps jetés aux pieds, la couverture quasi nouée et l'oreiller aussi terriblement chaud que si on avait posé une brique brûlante dessus. L'ardent vieillard ! Je suppose qu'il doit avoir ce que les terriens appellent un tourment de conscience ; une sorte de tic douloureux aussi pénible qu'une rage de dents. Je ne sais pas trop ce que c'est ; mais que le bon Dieu me préserve de l'attraper. Enigmatique avec ça... On se demande ce qu'il peut bien aller faire chaque nuit dans la cale arrière, comme Dough-Boy croit qu'il y va. Qu'y va-t-il faire ? Qui va-t-il rencontrer là-dedans ? J'aimerais le savoir. Bizarre ! Mais il n'y a rien à dire, c'est toujours la même vieille histoire... allons dormir. Du diable si c'est la peine d'être au monde, sinon pour y piquer dans le sommeil ! Et, en y réfléchissant, c'est la première chose que font les bêtes... Ça aussi c'est drôle ! Nom de nom, tout est drôle ici-bas, quand on y pense ! Seulement, c'est contre mes principes de réfléchir : « Ne pense point. » Voilà mon onzième commandement : « Dors quand tu peux » est le douzième. Alors, allons-y... Mais quoi ? Il m'a pourtant traité de chien... Tonnerre !... Et aussi il m'a appelé âne, et a mis un lot de bourriques par-dessus le marché. Il aurait aussi bien pu me lâcher un coup de pied, pendant qu'il y était. Mais peut-être qu'il me l'a donné sans que je m'en sois aperçu, tant son aspect m'a bouleversé ; son front luisait comme un os blanchi... Qu'est-ce qui m'arrive ? Diable ! Je ne tiens plus sur mes pattes. Me heurter au vieux, comme je l'ai fait, m'a mis sens dessus dessous. Pardi, j'ai dû rêver ! Quoi, quoi, quoi ? Rien à faire que d'encaisser ! Retournons à la couche. On verra quelle allure tout ça aura demain, à la lumière du jour.

XXX

LA PIPE

Quand Stubb eut disparu, Achab se tint un moment penché sur la rambarde et alors, comme il en avait pris récemment l'habitude, il envoya un matelot de quart chercher en bas son escabeau d'ivoire et sa pipe. Allumant la pipe à la lampe de l'habitacle et posant le tabouret sur le pont du côté au vent, il s'assit et se mit à fumer.

Au temps des vieux Vikings, les trônes des rois danois qui aimaient tant la mer étaient, dit la tradition, faits avec les défenses du narval. On ne pouvait alors regarder Achab assis sur son trépied d'os sans penser à sa symbolique royauté. Car il était khan des bordages, roi de la mer, grand seigneur des léviathans.

Quelques instants s'écoulèrent pendant lesquels l'épaisse fumée sortit de sa bouche par bouffées rapides et régulières que le vent lui renvoyait à la face.

– Quoi ? monologua-t-il en sortant le tuyau de sa bouche ; comment se fait-il que fumer ne me calme plus ? Oh ! ma pipe ! Dur sera le chemin si ton charme n'opère plus. Loin de prendre du plaisir, je fumais sans y penser, je fumais contre le vent, tout ce temps contre le vent avec des jets nerveux comme ceux de la baleine mourante, les derniers jets, ceux qui sont les plus forts et les plus longs d'angoisse... Qu'ai-je à faire avec toi, pipe ? Tu étais cette chose bonne pour la sérénité ; destinée à enlacer de tes douces fumées blanches de soyeux cheveux blancs et non de dures mèches gris de fer comme j'en ai. Je ne fumerai plus !

Il jeta la pipe encore allumée à la mer ; son feu grésilla en touchant la vague ; au même instant le bateau masqua la bulle faite par la pipe qui s'enfonçait.

Le chapeau rabattu sur les yeux, Achab se mit en marche en faisant des embardées.

XXXI
LA REINE MAB

Le matin suivant Stubb aborda Flask :

– Tête de bûche, dit-il, jamais je n'avais fait un si drôle de rêve. Vous connaissez la jambe d'ivoire, eh bien, j'ai rêvé qu'il me donnait un coup de pied avec, et quand j'essayais de le lui rendre, je le jure, mon petit gars, ma jambe droite partait avec le coup. Mais le plus curieux, Flask – vous savez comme c'est bizarre, les rêves ! – à travers ma colère je crois que je pensais en moi-même qu'après tout, ce coup de pied d'Achab n'était pas une grosse offense et qu'il y avait une grande différence entre une taloche vivante et une taloche morte. C'est pour ça, Flask, qu'une gifle est cinquante fois plus difficile à encaisser qu'un coup de canne. Le membre vivant, c'est ce qui rend l'injure vive, mon petit gars. Et remarquez que pendant tout ce temps, tandis que je me cognais les doigts de pied contre cette damnée pyramide, je pensais tout le temps à part moi – et tout ça était diantrement contradictoire – oui, je pensais : ce n'est qu'un coup pour rire, un coup d'os de baleine qu'il m'a donné, pas un sale coup de pied... et je pensais encore : regarde ce qui lui sert de pied, c'est tout petit. Ah ! si un fermier à gros pieds me bottait le derrière, ce serait alors une grosse offense ; mais celle-ci n'est qu'une fine pointe... Et c'est alors, Flask, qu'arriva la partie la plus cocasse du rêve. Tandis que je bottais la pyramide, une sorte d'homme-sirène à cheveux de blaireau, avec une bosse sur le dos, me prit aux épaules et me fit faire demi-tour, me demandant :

– Que fais-tu ?

Nom de nom, mon gars, c'est que j'avais peur... Cette trogne !... Mais l'instant d'après me voilà remis de ma peur, comme ça... Et je réplique :

– Ce que je fais ? J'aimerais savoir en quoi ça peut vous intéresser, monsieur le bossu. Voulez-vous que je vous botte aussi ?

Mon Dieu, Flask, je n'avais pas plus tôt dit ça que le voilà qui se retourne, qui se baisse et relevant un paquet d'algues qui lui servaient de pagne... et vous imaginez ce qu'il me montre ? Mais, tonnerre ! mon gars, son derrière était tout hérissé d'épissoires, pointes en dehors. Je crois bien me souvenir qu'alors j'ai dû dire :

– Je vous demande pardon, mon vieux, je crois que je ne vous botterai pas.

– Sage Stubb, sage Stubb, dit-il ; répétant sans cesse ces deux mots en mâchonnant ses gencives comme une sorcière de cheminée.

Comme je pensais que son « sage Stubb » ne finirait pas, je me disposai à nouveau à botter du pied dans la pyramide, mais j'avais à peine levé mon pied qu'il hurla :

– Arrêtez !

– Holà ! dis-je... Quoi encore ?

– Ecoutez-moi, me répondit-il ; discutons au sujet de l'insulte. Le capitaine Achab vous a donné un coup de pied, n'est-ce pas ?

– Oui ! répondis-je ; il l'a fait, et là, tenez !

– Très bien, fit-il. Il s'est servi de sa jambe d'ivoire, n'est-ce pas ?

— Oui, répondis-je encore.

— Eh bien alors, me dit-il; de quoi vous plaignez-vous, sage Stubb ? Ce coup n'était pas donné de bon cœur. Il ne s'est pas servi d'une jambe de vulgaire bois blanc, n'est-ce pas ? Non ! Vous avez reçu un coup de pied d'un grand homme, Stubb ; et avec une jambe d'un très bel ivoire. C'est un honneur ! Je le considère comme un bonheur. Ecoutez, sage Stubb, dans la vieille Angleterre les plus grands seigneurs tenaient plus à la gloire d'être giflés par une reine que d'être faits chevaliers de la Jarretière. Vous pouvez donc, de même, vous vanter d'avoir reçu un coup de pied du vieil Achab, Stubb, et que cela vous ait valu d'être un sage. Souvenez-vous de ce que je dis : Considérez le fait d'avoir reçu un coup de pied de lui comme un honneur, et sous aucun prétexte ne vous avisez de le lui rendre en retour. Rien d'autre à faire, sage Stubb. Voyez-vous cette pyramide ?

Sur ces mots, je ne sais comment, tout d'un coup et d'une drôle de manière il s'éloigna en nageant dans l'air. Je ronflais, je me retournai et voici que soudain je me suis retrouvé dans mon hamac. Dites ? que pensez-vous de ce rêve, Flask ?

— Je ne sais pas. Il me semble seulement un peu bête.

— Peut-être... peut-être... mais il a fait de moi un homme sage. Voyez-vous Achab là-bas qui regarde à l'arrière ? Eh bien la meilleure chose que vous puissiez faire, Flask, c'est de le laisser tranquille ; de ne jamais lui répondre, quoi qu'il puisse vous dire. Ho ! qu'est-ce qu'il crie... Ecoutez !

— Au mât, là ! Dépêchez-vous, tous. Il y a des baleines par ici. Si vous en voyez une blanche, hurlez à vous rompre les poumons.

— Que pensez-vous de ça, Flask ! C'est un peu bizarre, eh ? Une baleine blanche... vous avez entendu ? Croyez-moi, il y a quelque chose de spécial dans le vent. Tenez-vous prêt, Flask. Achab a quelque chose de trouble sur la conscience. Mais taisez-vous... le voilà qui s'amène.

XXXII
CÉTOLOGIE

Déjà nous sommes fièrement lancés loin en mer, mais bientôt nous allons être perdus dans les immensités sans côtes ni havres. Avant que ça arrive, avant que la coque couverte d'algues du *Péquod* vogue de conserve avec le ventre couvert de barnacles du léviathan, il serait bon de s'occuper d'une chose presque indispensable pour bien goûter les découvertes que nous réserve le léviathan et les allusions qu'on y fera par la suite.

C'est une vue générale et systématique de la baleine sous sa forme la plus large que je désire maintenant vous offrir. Ce n'est point là une tâche facile. Nous allons tenter la classification des parties constituantes d'un chaos ; rien de moins. Ecoutez donc d'abord ce que les meilleures compétences en ont dit :

« Aucune branche de la zoologie n'est aussi compliquée que celle qu'on nomme cétologie », dit le capitaine Scoresby. A. D. 1820.

« Je n'ai pas l'intention, quand bien même ce serait en mon pouvoir, d'entamer une enquête quant à la vraie manière de diviser les cétacés par groupes et par familles. La confusion la plus complète règne parmi les historiens de cet animal (le cachalot) », dit Surgeon Beale, A. D. 1839.

« Incapacité de poursuivre nos recherches dans les eaux insondables. » « Voile impénétrable qui couvre notre connaissance des cétacés. » « Un champ couvert d'épines. » « Toutes ces indications incomplètes ne servent qu'à nous troubler, nous autres naturalistes. »

C'est en ces termes que parlent de la baleine le grand Cuvier, John Hunter et Lesson, ces lumières de la zoologie et de l'anatomie. Néanmoins, si nous n'avons que peu de connaissances, les livres ne nous manquent pas ; et il en va de même pour la cétologie ou science des baleines. Ils sont nombreux ceux qui, petits et grands, anciens et nouveaux, terriens et marins, ont écrit peu ou prou sur la baleine. Voici une liste de quelques-uns d'entre eux : Les Auteurs de la Bible, Aristote, Pline, Aldrovandi, Sir Thomas Browne, Gesner, Ray, Linné, Rondeletius, Willoughby, Green, Artedi, Sibbald, Brisson, Marten, Lacépède, Bonneterre, Desmarest, Baron Cuvier, Frédéric Cuvier, John Hunter, Owen, Scoresby, Beale, Bennett, J. Ross Browne, l'auteur de Miriam Coffin, Olmstead et le Rev. T. Cheever. Mais à quelles fins de généralisations tous ceux-ci ont-ils écrit ? Les extraits précités le montrent.

Parmi les noms d'auteurs, seuls ceux qui suivent Owen ont vu la baleine vivante, et l'un d'entre eux fut un vrai harponneur et chasseur professionnel : c'est le capitaine Scoresby. En ce qui concerne la baleine du Groenland dite « Vraie Baleine », il est la meilleure autorité existante, mais il ne savait rien et n'a rien dit du grand cachalot. La baleine du Groenland n'existant pas auprès de ce dernier, qu'il soit dit ici, en passant, qu'elle est une usurpatrice du trône des mers. Elle n'est pas le moins du monde la plus grande des baleines. Néanmoins, grâce à la priorité de sa connaissance et à l'ignorance profonde dans laquelle, jusqu'à il y a environ soixante-dix ans, on était au sujet du cachalot fabuleux et ignoré, laquelle ignorance a persisté, sauf dans quelques retraites scientifiques et dans quelques ports baleiniers, grâce à cela, dis-je, son usurpation a été complète de toutes manières.

Tout ce qui est allusion léviathanesque chez les grands poètes du passé vous convainc que, pour eux, la baleine du Groenland était la reine sans rivale de l'Océan. Mais le moment est enfin venu d'une nouvelle proclamation à Charing Cross : Oyez, bon peuple ! La baleine du Groenland est déposée. Le grand cachalot règne désormais à sa place.

Deux livres seulement prétendent placer un peu le cachalot sous vos yeux et ils y réussissent grandement. Ce sont les livres de Beale et de Bennett. Tous deux, en leur temps, ont été chirurgiens sur des baleiniers anglais des îles du Sud, et tous deux sont des auteurs exacts et dignes de foi. La matière originale sur le cachalot qui se trouve dans leurs ouvrages va très loin et est d'excellente qualité, malgré qu'elle soit nécessairement réduite à des descriptions scientifiques. Quoi qu'il en soit, jusqu'à présent, le cachalot scientifique ou poétique ne figure intégralement dans aucune littérature. La vie des autres baleines que l'on chasse a été bien plus souvent décrite que celle du cachalot.

Or, les diverses espèces de baleines ont besoin d'un classement à la portée de tous. Ce ne sera pour le moment qu'une esquisse, mais elle sera complétée en tous sens par les observations à venir. Puisque personne de mieux préparé ne s'avance pour le faire, je le ferai donc, offrant ici mes propres modestes essais. Je ne promets rien de complet, parce que toute chose humaine supposée complète est, pour cette raison même, pleine d'erreurs. Je ne prétends pas faire une description anatomique détaillée des différentes espèces – du moins ici – ni même une description importante quelconque. Mon but sera de tracer seulement un schéma de la cétologie. Je serai l'architecte et non le maçon.

Mais, je le répète, c'est une lourde tâche ; aucun trieur de lettres de bureau de poste n'y parviendrait. Poursuivre ces monstres dans le fond de la mer, à tâtons ; plonger les mains parmi ses innombrables origines et membres jusqu'au ventre du monde est une chose angoissante. Qui suis-je pour tenter d'attraper le léviathan par le bout du nez ? Les terribles menaces de Job peuvent bien me concerner et me terroriser : « Va-t-il (le léviathan) faire un pacte avec toi ? Ton espoir n'est que vanité ! » Mais j'ai navigué à travers bien des bibliothèques et j'ai vogué sur les océans. Ces mains que voici ont eu affaire aux baleines. Je suis sérieux et ferai de mon mieux. Il y a des préambules à établir.

Primo : La condition incertaine de la science cétologique est dès le début attestée par le fait que, dans certains endroits, la question de savoir si la baleine est ou non un poisson est encore disputée. Dans son *Système de la Nature* A. D. 1776, Linné déclare : « Désormais, je sépare les baleines des poissons. » Pour mon propre compte, je sais que jusque vers 1850, les requins, les aloses, les alewives et les harengs, à l'encontre de l'affirmation tranchante de Linné, partageaient encore avec le léviathan la possession des mers.

Les raisons que donne Linné pour chasser les baleines des eaux sont les suivantes : « Leur cœur chaud et bivalve, leurs poumons, leurs paupières mobiles, leurs oreilles creuses, *penem intrantem feminam mammis* et finalement · *ex lege naturæ jure meritoque.* » J'ai soumis tout ça à mes amis Siméon Macey et Charley Coffin, de Nantucket, deux copains de popote, au cours d'un certain voyage, et ils sont tombés d'accord pour dire que les raisons données par Linné étaient tout à fait insuffisantes ; même Charley suggéra irrespectueusement que c'était de la blague.

Sachez donc que, écartant tous les arguments, je me range du côté de la vieille croyance terrienne, qui veut que la baleine soit un poisson. Et j'en appelle à Jonas le saint pour me soutenir. Cette chose primordiale réglée, le second point est de savoir en quoi la baleine diffère des autres poissons. En résumé, Linné nous a dit ci-dessus : poumons et sang chaud, alors que tous les autres poissons sont sans poumons et ont le sang froid. Et maintenant, quelles autres caractéristiques essentielles et sûres pour toujours pourrions-nous donner afin de définir la baleine ? Disons donc, pour être brefs, que la baleine est *un poisson qui souffle un jet d'eau et qui a une queue horizontale.* Maintenant vous l'avez. Bon ! Quoique condensée, cette définition est le résultat d'une longue réflexion. Un morse fait jaillir de l'eau à peu près comme une baleine, mais le morse n'est pas un poisson, étant amphibie. La dernière partie de ma définition a beaucoup de force, accouplée à la première. N'importe qui a pu remarquer que tous les poissons connus des terriens n'ont pas une queue à plat, mais verticale, c'est-à-dire allant de haut en bas. Or, parmi les poissons soufflants, la queue, qui cependant peut avoir la même force, est invariablement horizontale. En formulant ce qui précède, je ne veux nullement exclure de la confrérie léviathanesque aucune créature marine identifiée jusqu'ici par les Nantuckais comme baleine ; ni, d'autre part, la ranger avec une autre des espèces de poissons considérée comme étrangère[1]. Donc, les poissons plus ou moins grands qui ont la queue horizontale et qui lancent des jets d'eau doivent être inclus dans le plan de base de la cétologie. Passons maintenant aux autres divisions de l'armée des baleines.

Primo : Je divise, selon leur grandeur, les baleines en trois VOLUMES primordiaux (subdivisibles en chapitres), qui doivent contenir les grands et les petits.

1. Je sais que jusqu'à ce jour, les poissons nommés Lamantins et Dugongs (poisson-cochon et poisson-truie des Coffins de Nantucket) sont rangés par beaucoup de naturalistes parmi les baleines. Mais ces poissons-cochons sont méprisables ; ils fourrent leur nez partout, se cachent d'ordinaire dans les rivières pour se nourrir de foin mouillé et, étant donné qu'ils ne lancent pas de jets d'eau, je leur refuse leurs lettres de crédit, et leur donne leur passeport afin qu'ils quittent le royaume de la cétologie.

I : La BALEINE IN-FOLIO ; II : La BALEINE IN-OCTAVO ; III : La BALEINE IN-DOUZE.

Comme type de l'IN-FOLIO, je propose le *Cachalot ;* de l'IN-OCTAVO, l'*Epaulard ;* de l'IN-DOUZE, le *Marsouin.*

IN-FOLIO. Parmi ceux-là, j'inclus les chapitres suivants : I. Le *Cachalot ;* II. La *Vraie-Baleine ;* III. La *Baleine-Dos-de-Fanon ;* IV. La *Baleine-Bossue ;* V. La *Baleine-Dos-de-Rasoir ;* VI. La *Baleine-Ventre-Soufré.*

LIVRE Ier (in-folio), chapitre I (*Cachalot*). Cette baleine, vaguement connue des Anglais de jadis sous le nom de Baleine-Trompette, Baleine-Pyseter, Baleine-à-Tête-d'Enclume, est l'actuel Cachalot des Français, le Pottsfisch des Allemands et le Macrocéphale des savants. C'est sans doute le plus grand habitant du globe, la plus formidable des baleines que l'on puisse rencontrer, dont l'aspect est le plus majestueux et, en fin de compte, celle qui a la plus grande valeur commerciale, étant la seule créature dont on tire cette substance précieuse : « le spermaceti ». On peut plus ou moins s'attarder sur toutes ses autres particularités, je n'ai à faire principalement qu'avec son nom maintenant. Considéré du point de vue philologique il est absurde. Il y a quelques siècles, lorsque la personnalité du cachalot[1] était presque entièrement inconnue et lorsque son huile n'était obtenue qu'accidentellement par des spécimens échoués sur les côtes, on supposait communément que le spermaceti était tiré d'une espèce identique à celle connue alors en Angleterre sous le nom de Groenland ou Vraie-Baleine. On supposait aussi que le spermaceti était la semence qui donne la vie à la baleine du Groenland, ainsi que l'indique la première syllabe du mot. En ces temps-là, le spermaceti était extrêmement rare ; on ne s'en servait pas pour la lumière, mais comme onguent et médica-

1. En anglais : *Sperm-Wale.*

ment. On ne pouvait se le procurer que chez les apothicaires, comme à présent un hecto de rhubarbe. Quand la vraie nature du spermaceti fut connue, son nom d'origine lui resta, maintenu par les commerçants, sans doute afin d'en augmenter la valeur par l'idée de rareté qui s'y associait. Et c'est ainsi que cette appellation fut donnée à la baleine de laquelle cette matière était tirée.

LIVRE Ier (in-folio), chapitre II (*Vraie-Baleine*). Sous plus d'un rapport, c'est le plus vénérable des léviathans, ayant été le premier chassé par l'homme. Cette baleine donne l'article généralement connu sous le nom d'os-de-baleine ou « baleine » tout court et aussi l'huile dénommée huile de baleine, qui est de qualité inférieure. Chez les pêcheurs, cette baleine est désignée sous divers noms : Baleine, Baleine du Groenland, Baleine-Noire, Grande-Baleine, Vraie-Baleine. Il y a confusion et obscurité quant à la détermination des espèces ainsi généreusement baptisées. Alors quelle est la baleine que je comprends dans la seconde partie de mes in-folio ? C'est le Grand *Mysticetus* des naturalistes anglais, la Baleine du Groenland des baleiniers anglais, la Baleine Ordinaire des baleiniers français, le Groenland Walfish des Suédois. C'est la baleine qui fut chassée pendant plus de deux siècles par les Hollandais et les Anglais dans les mers Arctiques ; c'est celle que les pêcheurs américains ont depuis longtemps poursuivie dans l'océan Indien, sur les bancs du Brésil, sur la côte du Nord-Ouest, ainsi que dans diverses autres parties du monde ; et désignée par eux comme la vraie baleine à croisière.

Certains prétendent voir quelque différence entre la Baleine du Groenland des Anglais et la Vraie-Baleine des Américains ; mais tous sont d'accord quant à ses caractères essentiels ; jusqu'à présent, on n'a pu apporter un seul fait pouvant justifier une différenciation radicale. C'est par ces innombrables subdivisions basées sur d'infimes différences que certains chapitres de l'histoire naturelle deviennent si embrouillés. En décrivant longuement la Vraie-Baleine, on gagnerait d'éclairer le Cachalot.

LIVRE Ier (in-folio), chapitre III (*Dos-de-Fanon*). Sous cette désignation, je range le monstre qui porte ces noms divers : Dos-de-Fanon, Haut-Jet, Long-John. Il a été vu presque dans chaque mer et son jet élancé a souvent été décrit par les voyageurs traversant l'Atlantique sur les paquebots de New York. Par la longueur qu'elle peut atteindre et par ses fanons, la baleine Dos-de-Fanon ressemble à la Vraie-Baleine, mais elle est moins massive et d'une couleur olivâtre plus claire. Ses grandes lèvres présentent l'aspect d'un câble formé par les plis obliques et torsadés de ses grandes rides. Son principal trait distinctif, le fanon, d'où dérive son nom, est souvent très en évidence. Ce fanon a quelque trois ou quatre pieds de long et pousse verticalement sur la partie antérieure du dos, avec une extrémité très pointue. Même quand aucune partie du monstre n'est visible, le fanon peut être vu émergeant nettement de la surface des eaux. Lorsque la mer est assez calme et légèrement ridée d'ondes, ce fanon se dresse et projette une ombre sur les ondes et pourrait être pris pour le style d'un cadran. Sur ce cadran-là l'ombre tourne souvent à l'envers. Le Dos-de-Fanon ne vit pas par troupes. Il semble haïr les baleines comme certains hommes haïssent les hommes. Très farouche, il va toujours seul, montant à la surface des eaux lointaines et sombres d'une manière inattendue. Son jet unique s'élève haut et droit, telle une lance solitaire sur une plaine aride. Doué d'une force merveilleuse et d'une rare vélocité, sa nage peut défier la poursuite de l'homme ; ce léviathan semble être le Caïn banni et irréductible de sa race, et comme tel il porte pour marque un poignard sur le dos. Du fait qu'il a des « baleines » dans sa bouche, il est quelquefois confondu avec la

Vraie-Baleine, parmi l'espèce purement théorique des Baleines-à-baleines. Parmi celles-ci il semble y avoir plusieurs variétés peu connues pour la plupart : La baleine au nez large, la baleine à bec, la baleine à tête de pique, la baleine touffue, la baleine à petites mâchoires et la baleine rostre. Tels sont les noms que les pêcheurs donnent à quelques-unes d'entre elles.

A propos de l'appellation « baleine-à-baleines », il est important de mentionner que si une telle nomenclature peut éclairer certaines allusions à certaines baleines, cela n'autorise nullement une classification définitive d'après les fanons, la bosse ou les défenses, bien que ces choses paraissent pouvoir fournir la base d'un système plus satisfaisant pour la cétologie que les autres distinctions anatomiques. Que faire alors ? Les fanons, la bosse, l'épine dorsale et les défenses se rencontrent parmi diverses espèces sans entraîner une similitude dans les autres parties du corps. Ainsi le Cachalot et la Baleine-Bossue ont tous deux une bosse, mais c'est tout ce qu'ils ont de commun. De même, cette baleine bossue et la baleine du Groenland ont toutes deux des fanons, mais, là aussi, c'est tout ce qu'elles ont de commun. Et c'est la même chose pour toutes les autres baleines mentionnées plus haut. Il y a tant d'exceptions et de singularités dans les diverses combinaisons qu'offre chaque type, qu'on ne peut songer à en tirer des lois et une méthode. Chacun des naturalistes de la baleine a échoué sur cet écueil. Mais on peut toutefois concevoir que, dans les parties internes de son anatomie, la baleine peut permettre une classification satisfaisante. Erreur encore. N'y a-t-il rien de plus frappant dans la baleine du Groenland que ses fanons, et nous venons de voir que cela même ne lui appartient pas en propre. Et si vous descendez jusqu'aux viscères du léviathan vous avez encore cinquante chances en moins pour vous y retrouver. Il ne reste alors qu'à envisager les baleines par leur volume et les différencier carrément de cette façon. C'est le système bibliographique que j'ai adopté, c'est le seul qui ait quelques chances de rendre service. Je continue donc.

LIVRE Ier (in-folio), chapitre IV (*La Baleine-Bossue*). On voit souvent cette baleine sur les côtes américaines du Nord. Elle y a été fréquemment capturée et halée au port. Elle porte un gros ballot comme les colporteurs, et vous pouvez aussi l'appeler l'Eléphant ou le Château, étant donné que le Cachalot lui aussi a une bosse, quoique plus petite, et que la dénommer bossue ne peut suffire à la distinguer. L'huile qu'on en tire n'a pas grande valeur. Elle donne aussi de la « baleine ». Elle est plus folâtre et joueuse que les autres baleines et fait plus de joyeuse écume et d'eau blanche que n'importe quelle autre.

LIVRE Ier (in-folio), chapitre V (*Dos-de-Rasoir*). A part son nom on connaît peu de chose de cette baleine. Je l'ai vue du côté du cap Horn. De nature réservée, elle évite les chasseurs et les philosophes. Sans être lâche, elle n'a jamais jusqu'ici montré de sa personne que son dos, qui se dresse en une longue lame effilée. Laissez-la filer. Je ne sais pas grand'chose d'elle et personne d'autre non plus.

LIVRE Ier (in-folio), chapitre VI (*Ventre-de-Soufre*). Encore une réservée, avec un ventre couleur de soufre obtenu sans doute en se le raclant sur les fonds de l'enfer au cours de plongeons plus profonds que les autres. On la voit rarement : du moins, moi je ne l'ai jamais vue, sauf dans les plus lointaines mers du Sud et toujours à trop grande distance pour pouvoir l'étudier. On ne la chasse jamais ; elle s'en irait avec des trains entiers de cordes. On raconte des prodiges sur elle. Adieu, Ventre-de-Soufre. Je ne peux plus rien dire de vrai sur toi, et les plus vieux Nantuckais non plus.

Ici finit le LIVRE Ier (in-folio), et commence le

LIVRE II (in-octavo)[1]. Celui-ci embrasse les baleines de taille moyenne, parmi lesquelles on compte à présent : I. L'*Epaulard* ; II. Le *Poisson-Noir* ; III. Le *Narval* ; IV. Le *Batteur* ; V. Le *Tueur*.

LIVRE II (in-octavo), chapitre Ier (L'*Epaulard*). Bien que ce poisson dont la respiration, ou plutôt le souffle sonore, a fourni un proverbe aux gens de terre, soit un habitant bien connu de l'Océan, il n'est pas communément compris parmi les baleines ; mais comme il possède les grands traits distinctifs du léviathan, la plupart des naturalistes l'ont admis comme en faisant partie. Il est d'une taille moyenne, variant de quinze à vingt-cinq pieds de longueur, et d'une grosseur en proportion. Il nage par troupes. On ne le chasse jamais systématiquement, bien que son huile soit d'une qualité considérable et assez bonne pour la lumière. Sa présence est regardée par certains pêcheurs comme annonciatrice de celle du Grand Cachalot.

LIVRE II (in-octavo), chapitre II (*Poisson-Noir*). Je garde à tous les poissons les noms populaires que leur donnent les pêcheurs car, en général, ce sont les meilleurs. S'il arrivait qu'un nom soit vague ou inexpressif, je le signalerais et en proposerais un autre. Et je commence ici même à propos du Poisson-Noir, parce que le noir est de règle chez les baleines. S'il vous plaît, appelons-le plutôt Baleine-Hyène, parce qu'il est connu que c'est une bête vorace et que les coins de ses babines étant retroussés, elle a un perpétuel et méphistophélique rictus. Elle a de seize à dix-huit pieds de longueur. On la trouve sous presque toutes les latitu-

1. La raison pour laquelle ce livre n'est pas appelé in-quarto est très claire. Les baleines de cet ordre, bien que plus petites que celles du précédent, retiennent l'attention néanmoins par une ressemblance de proportion avec celles-ci. Le format in-quarto du relieur, dans sa forme diminuée, est assez différent du format in-folio, tandis que l'in-octavo s'y apparente.

des. Elle a une façon spéciale de montrer, en nageant, son fanon dorsal en croc, qui lui donne un peu l'aspect d'un nez romain. Lorsque les chasseurs manquent de cachalots, ils se rabattent quelquefois sur la Baleine-Hyène, pour faire provision d'huile bon marché qui sert aux emplois domestiques ; de même, certaines ménagères économes, quand elles n'ont pas d'invités, utilisent un suif grossier au lieu d'une cire odorante. Quoique leur graisse soit très maigre, certaines de ces baleines donnent plus de trente gallons d'huile.

LIVRE II (in-octavo), chapitre III (*Narval*). C'est-à-dire, Baleine à Narine. Autre exemple d'une baleine curieusement nommée. Et qui, je suppose, le fut ainsi parce que sa curieuse corne a été prise autrefois pour un nez en forme de bec. Cette créature mesure quelque seize pieds de long, tandis que sa corne en a environ cinq ; quoique certaines dépassent dix et même atteignent quinze pieds. A vrai dire, cette corne n'est qu'une défense allongée qui s'avance de la mâchoire en une ligne un peu plus basse que l'horizontale. Mais elle ne se trouve que du côté gauche, ce qui est d'un mauvais effet et donne à sa propriétaire l'aspect d'un gaucher maladroit. Il est difficile de dire à quoi sert cette corne ou lance d'ivoire. Elle ne semble pas utilisée comme la lance de l'espadon et la scie de mer. Certains marins m'ont dit que le Narval l'employait comme râteau pour racler le fond de la mer, afin d'y trouver sa nourriture. Charley Coffin m'a dit qu'il s'en servait pour percer la glace ; car le Narval, s'élevant à la surface des mers polaires et la trouvant couverte d'une nappe glacée, s'élance avec sa corne, et ainsi la brise et la traverse. Mais aucune de ces affirmations n'est contrôlable. Selon moi, en plus de ces utilisations supposées, la corne du Narval peut lui être très utile comme coupe-papier pour lire les pamphlets. J'ai entendu nommer le Narval : Baleine-à-défense, Baleine-à-corne, et Baleine-licorne. C'est certainement un des plus curieux exemples d'unicornisme qu'on trouve dans presque chaque royaume de la nature animée. En lisant certains vieux auteurs monastiques, j'ai deviné que cette même corne de l'unicorne-de-mer était jadis considérée comme le plus grand antidote du poison ; les préparations qu'on en faisait atteignaient des prix énormes. On la distillait aussi en sel volatil pour les vapeurs des dames, de même qu'on tirait une essence de la corne des cerfs. A l'origine, c'était une grande curiosité. Black Letter m'apprend que Sir Martin Frobisher, au retour de son voyage, quand la reine Bess, d'une fenêtre du palais de Greenwich, lui fit si galamment signe de sa main couverte de joyaux tandis que son bateau remontait la Tamise à la voile : « Quand Sir Martin revint de ce voyage, dit Black Letter, il fit hommage à genoux, à Son Altesse, d'une corne de Narval prodigieusement longue qui resta pendant longtemps suspendue dans le château de Windsor. » Un auteur irlandais affirme que Earl de Leicester, à genoux lui aussi, présenta à Son Altesse une autre corne appartenant à une bête de terre de l'espèce unicorne.

Le Narval est d'un aspect très pittoresque. Comme le léopard, sa couleur de base est d'un blanc laiteux parsemé de taches rondes et oblongues. Son huile est supérieure, très claire et fine, mais il en a peu, et on le chasse rarement. On le trouve le plus souvent dans les mers circumpolaires.

LIVRE II (in-octavo), chapitre IV (*Tueur*). Les Nantuckais ne savent rien de précis sur cette baleine et rien du tout les naturalistes professionnels. De ce que j'ai pu voir d'elle à distance, je dirai qu'elle est à peu près de même grandeur que l'Epaulard. Elle est très sauvage ; une sorte de poisson cannibale. Il arrive parfois qu'elle attrape les grandes baleine in-folio par la lèvre, s'y accrochant comme une sangsue, jusqu'à ce que l'énorme brute soit harcelée à mort. Le Tueur n'est jamais chassé. Je n'ai jamais pu savoir quelle sorte d'huile il a. On peut prétexter que son nom n'a rien de distinctif, car tous nous sommes des tueurs, sur terre et sur mer, Bonapartes et requins compris.

LIVRE II (in-octavo), chapitre V (*Batteur*). Ce gentleman est connu à cause de sa queue dont il se sert comme d'une férule, pour battre ses ennemis. Il grimpe sur le dos de la baleine in-folio et la bat tandis qu'elle nage ; cheminant ainsi comme certains maîtres d'école cheminent dans la vie. Il est encore moins connu que le Tueur. Tous deux sont des hors-la-loi, même dans les océans sans loi.

Ici finit le LIVRE II (in-octavo) et commence le LIVRE III (in-douze).

IN-DOUZE. Celui-ci comprend les plus petites baleines : I. Le *Marsouin-Hurrah ;* II. Le *Marsouin-Algérine ;* III. Le *Marsouin-à-bouche-enfarinée.*

A ceux qui n'ont pas spécialement étudié le sujet, il peut paraître étrange que des poissons ne dépassant pas généralement quatre ou cinq pieds soient rangés parmi les baleines, nom qui, communément, porte toujours une idée d'énormité. Mais les créatures citées ci-dessus comme IN-DOUZE sont immanquablement des baleines selon ma définition de la baleine, c'est-à-dire : poissons à jet et à queue horizontale.

LIVRE III (in-douze), chapitre Ier (*Marsouin-Hurrah*). C'est le marsouin vulgaire que l'on trouve à peu près sur tout le globe. C'est moi qui l'ai baptisé ainsi car il y a plus d'une sorte de marsouins, et il faut bien essayer de les distinguer les uns des autres. Je l'ai nommé ainsi parce qu'il nage toujours en bancs joueurs, s'élançant en l'air de dessus la vaste mer, comme des chapeaux dans une foule de 14 juillet. Leur apparition est d'ordinaire saluée avec joie par les marins. Pleins d'allégresse, ils viennent invariablement dans les lames droit au vent. Ce sont des gars qui vivent toujours droit au vent. On les considère comme de bon augure. Que le ciel vous vienne en aide si vous pouvez vous retenir de pousser trois hurrah lorsque vous voyez apparaître ce poisson vivace, car alors, c'est que la joie sainte n'est pas en vous. Un Marsouin-Hurrah bien nourri, grassouillet, peut donner un bon gallon de bonne huile. Mais le fluide fin et délicat que l'on extrait de ses mâchoires est d'une grande valeur. Les bijoutiers et les horlogers le réclament ; les matelots le mettent sur leurs pierres à aiguiser. Sachez que la chair du marsouin est bonne à manger. Il ne vous est peut-être jamais venu à l'idée que le marsouin puisse lançer des jets d'eau. A dire vrai, son jet est si petit qu'on ne le discerne pas très facilement. Mais, à la prochaine occasion, regardez-le bien, et, en miniature, vous verrez le grand Cachalot.

LIVRE III (in-douze), chapitre II (*Marsouin-Algérine*). Un pirate. Très sauvage. Il ne se trouve, je crois, que dans le Pacifique. Il est un peu plus grand que le Marsouin-Hurrah, mais sa conformation est à peu de chose près la même. Provoqué, il tient tête au requin. J'ai mis à la mer pour lui, bien des fois, mais je ne l'ai encore jamais vu capturer.

LIVRE III (in-douze), chapitre III (*Marsouin-à-bouche-enfarinée*). La plus grande espèce de marsouin. Depuis aussi longtemps qu'on l'ait connu, on ne l'a jamais trouvé que dans le Pacifique. Le seul nom anglais sous lequel il a été désigné jusqu'ici est celui que lui donnent les pêcheurs : Marsouin-Vraie-Baleine, du fait qu'on le trouve généralement dans le voisinage de cet in-folio. Par sa forme, il diffère un peu du Marsouin-Hurrah, étant moins rond de taille ; il a même la silhouette nette d'un gentleman. Il n'a point de fanons au dos, alors que la plupart des autres marsouins en ont. Il a une adorable queue et des yeux indiens sentimentaux couleur de noisette. Mais sa bouche enfarinée gâte tout. Bien que son dos tout entier soit noir profond jusqu'aux fanons de côté, il a une ligne de démarcation aussi distincte que la marque sur la coque d'un navire, appelée « la taille brillante ». Cette ligne le divise de la tête à la queue en deux couleurs tranchées : noir dessus, blanc dessous. Le blanc comprend une partie de la tête et la bouche entière, ce qui lui donne l'air de sortir d'une visite coupable à un sac de farine ; l'aspect vraiment mesquin et poudreux ! Son huile ressemble beaucoup à celle du marsouin vulgaire.

Après l'in-douze, le système ne fonctionne plus, puisque le marsouin est la plus petite des baleines. Au-dessus, vous avez tous les léviathans de marque. Mais il y a toute une foule de baleines incertaines, à demi fabuleuses, qu'en ma qualité de baleinier américain je ne connais que de réputation et non personnellement. Je vais les énumérer selon l'appellation du gaillard d'avant, car il n'est pas impossible que ces appellations rendent service aux chercheurs futurs, désireux de compléter ce que je n'ai fait qu'ébaucher ici. Si quelques-unes de ces baleines dont les noms suivent sont capturées un jour, il sera facile alors de les incorporer dans ce système, selon leur grandeur : IN-FOLIO, IN-OCTAVO ou IN-DOUZE : La Baleine Nez-de-Bouteille, la Baleine Jonque, la Baleine Tête-de-Pouding, la Baleine du Cap, la Baleine Meneur, la Baleine Canon, la Baleine Raboteuse, la Baleine Cuivre, la Baleine Eléphant, la Baleine Iceberg, la Baleine Quog, la Baleine Bleue, etc. Avec les compétences d'Islande, de Hollande et de l'ancienne Angleterre, on peut encore dresser d'autres listes de baleines incertaines, baptisées de toutes sortes de noms bizarres. Je les omets comme étant périmés et je ne peux m'empêcher de les soupçonner de n'être que des sons, pleins de léviathanisme, sans signification aucune.

Pour finir, je ferai remarquer qu'au début, j'ai dit que ce système ne serait point perfectionné tout de suite ici. On peut constater que j'ai tenu parole. Maintenant, je laisse mon système cétologique inachevé, comme fut laissée inachevée la grande cathédrale de Cologne, avec la grue encore dressée sur la tour non terminée. Car les petites constructions peuvent être achevées par les architectes qui les ont conçues ; mais les grandes, les vraies, laissent toujours leur couronnement à la charge de la postérité. Dieu me garde de jamais compléter quelque chose à la mienne. Ce livre tout entier n'est qu'une esquisse. Même pas ! Rien que l'esquisse d'une esquisse. Oh Temps, Force, Argent et Patience !

XXXIII
LE COUPEUR DE LARD

En ce qui concerne les officiers de la pêcherie de la baleine, ce chapitre semble tout aussi bon qu'un autre pour y préciser une particularité domestique du bord, touchant à la catégorie des officiers harponneurs ; catégorie qui, bien entendu, est inconnue dans toute autre marine que la flotte des baleiniers.

La grande importance de la vocation de harponneur est démontrée du fait qu'originellement, dans la vieille pêcherie hollandaise d'il y a deux siècles et plus, le commandement d'un baleinier n'était pas réservé exclusivement au personnage appelé maintenant capitaine, mais il était partagé entre ce dernier et un officier appelé le specksynder. Littéralement, ce mot signifie coupeur-de-lard, mais, avec le temps, l'usage fit de lui l'équivalent de harponneur en chef. En ces temps-là, l'autorité du capitaine était limitée à la navigation et au contrôle général du vaisseau, tandis que pour tout ce qui concernait la chasse proprement dite, le specksynder ou harponneur en chef régnait en maître. Dans la pêcherie du Groenland britannique, sous le titre corrompu de Specksynder, ce vieux grade hollandais est encore conservé, mais sa dignité d'autrefois est tristement rognée. Maintenant il a seulement le rang de harponneur principal et, comme tel, n'est qu'un des subalternes, très inférieur, du capitaine. Néanmoins, comme la réussite d'un voyage de chasse à la baleine dépend beaucoup de la solidité des harponneurs, et puisque dans la pêcherie américaine il n'est pas seulement un officier important dans le bateau, mais, dans certaines circonstances (le quart de nuit sur un banc de baleines, par exemple), il a aussi le commandement du pont, la grande loi politique de la mer demande donc qu'il soit à part des hommes du gaillard d'avant et, en quelque sorte, distingué comme leur supérieur professionnel ; cependant, il est toujours familièrement regardé par eux comme leur égal social.

Or, la grande distinction entre l'officier et les hommes, en mer, est celle-ci : le premier vit à l'arrière, les derniers à l'avant. Donc, sur les baleiniers, de même que sur les navires marchands, les seconds ont leurs quartiers avec le capitaine, et aussi, sur la plupart des baleiniers américains, les harponneurs sont logés à l'arrière du bateau. C'est-à-dire qu'ils prennent leurs repas dans la cabine du capitaine et dorment dans un endroit qui, indirectement, communique avec elle.

Dans la longue période d'un voyage de chasse à la baleine dans les mers du Sud (de beaucoup le plus long des voyages que font ou ont jamais fait les hommes), les bénéfices de tout l'équipage, du premier au dernier, ne dépendent pas de gages fixes, mais de la communauté des chances et des dangers, de la vigilance, de l'intrépidité et du dur travail communs. On pourrait croire que tout cela relâche la discipline et la rende moins rigoureuse que, par exemple, sur les navires marchands. Mais ils ont beau vivre ensemble comme une vieille famille de Mésopotamie, le protocole, tout au moins celui du gaillard d'arrière, est rarement relâché et en aucun cas aboli. En vérité, nombreux sont les bateaux de Nantucket sur lesquels vous verrez le capitaine paradant sur son gaillard d'arrière avec un air de superbe orgueilleuse qui n'est jamais dépassé sur aucun navire militaire ; cherchant à s'y faire admirer comme s'il portait la pourpre impériale et non le plus pauvre drap de pilote.

De tous les hommes, le sombre capitaine du *Péquod* était le dernier à donner dans ces simagrées ; il demandait comme seul hommage une obéissance muette et immédiate ; il ne forçait pas les hommes à se déchausser avant de venir sur le gaillard d'arrière ; il leur parlait d'une façon toujours un peu étrange, soit gentiment, soit férocement dans certaines circonstances, comme nous le verrons plus tard ; mais le capitaine Achab observait strictement les usages sacro-saints de la mer, et, derrière ces usages, il se cachait pour d'autres fins que les fins légitimes ; sans eux, son implacable besoin de domination n'aurait pas pu se manifester entièrement ; avec eux il devenait une irrésistible dictature. Pour si grande que soit la supériorité intellectuelle d'un homme, il ne peut pratiquement et durablement dominer d'autres hommes sans jouer une sorte de comédie toujours un peu vile. C'est ce qui éloigne les vrais princes de l'empire que Dieu leur a préparé sur les assemblées du monde ; ils laissent ces pauvres grands honneurs à ceux qui sont destinés à devenir célèbres plus par ce qu'ils ont d'inférieur aux princes que par ce qu'ils ont de supérieur au peuple. Mais il y a une telle puissance dans ces petites comédies, surtout si elles sont au service des partis politiques extrêmes, qu'elles peuvent donner l'empire au plus grand imbécile.

Cependant, quand l'empire appartient vraiment à l'empereur-né, comme ce fut le cas pour le tzar Nicolas, alors le peuple subit la domination sans murmures. Et le poète tragique qui chante le grand désir de liberté des hommes ne devra jamais l'oublier.

Malgré cette digression sur les empereurs et les rois, je n'ai pas oublié Achab, mon capitaine ; il est toujours vivant devant moi avec son air de Nantuckais, hérissé et farouche. C'est lui que je dois montrer : un vieux chasseur de baleines et avec lui, il n'est pas question de pourpre impériale. Oh, Achab ! ta grandeur est immatérielle comme celle des cieux et des abîmes !

XXXIV
LA TABLE DE LA CABINE

C'est midi, Dough-Boy, le steward, passant sa tête pâle en mie de pain par l'écoutille de la cabine, annonce le dîner à son seigneur et maître, lequel, assis dans la baleinière du côté au vent, vient de prendre une observation au soleil et, maintenant, en silence, calcule la latitude sur la surface en médaillon lisse réservée à cet usage sur la partie supérieure de sa jambe d'ivoire. Vu son indifférence totale à l'annonce de cette nouvelle, on pourrait croire que le sombre Achab n'a pas entendu son valet. Mais bientôt, s'accrochant aux cordages d'artimon, il se hisse sur le pont et, d'une voix égale et calme, il dit : « Déjeuner, monsieur Starbuck » et, sur ce, disparaît dans la cabine.

Lorsque s'est tu le dernier écho du pas de son sultan, Starbuck, premier émir, a tout lieu de croire qu'il s'est assis ; il sort à son tour de son inertie, fait quelques pas sur le pont, et, après un coup d'œil solennel à l'habitacle, il dit assez agréablement : « Déjeuner, monsieur Stubb », et il descend l'écoutille. Le second émir flâne un instant autour des gréements puis il secoue légèrement le filin central pour se rendre compte si tout va bien de ce côté-là, et alors, à son tour, il entonne le vieux refrain avec un rapide : « Déjeuner, monsieur Flask », avant de rejoindre ses prédécesseurs.

Se voyant maintenant seul sur le gaillard d'arrière, le

troisième émir semble soudain soulagé d'une curieuse contrainte ; après toutes sortes d'œillades dans toutes les directions, d'un coup de pied il se débarrasse de ses souliers et entreprend un vif mais silencieux entrechat, tout juste au-dessus de la tête du Grand-Turc ; puis, avec adresse, il lance sa casquette dans la hune d'artimon et il descend, toujours gigotant, du moins tant qu'on peut le voir du pont, chahutant l'ordre du cortège et l'achevant en musique. Mais, en bas, avant de pousser du pied la porte de la cabine, il s'arrête, compose un autre visage, et ce n'est plus l'indépendant et enjoué petit Flask qui paraît devant le roi Achab, mais Abjectus, l'esclave.

Parmi les singularités des usages extrêmement factices de la mer, le moindre n'est pas de constater qu'au sortir d'un courageux accrochage avec le commandant, à l'air libre du pont, certains officiers, une fois descendus à la cabine de ce même commandant, prennent une attitude pacifique, quand ils n'ont pas l'air de vouloir s'excuser dès que ce dernier a pris place à table. C'est merveilleux et parfois très comique. La raison de ce brusque changement ? Un problème ? Peut-être non. On peut avoir été Balthazar, roi tout-puissant de Babylone, puis devenir Balthazar tout court, un Balthazar sans aucune hauteur et courtois. Cela indique tout bonnement qu'il y a là un soupçon de mondanité. Mais, tel qui partage son dîner avec ses hôtes dans un esprit d'intelligente équité, peut savoir laisser un moment de côté les signes indiscutables de sa puissance ; sa royauté surpasse alors celle de Balthazar, car Balthazar n'est pas le plus grand. Quiconque, fût-ce une seule fois, a su traiter à table ses amis, sait ce que c'est d'être César... C'est là un des sortilèges du tzarisme social auquel on ne peut résister. Or, si vous ajoutez à cette suprématie la suprématie que confère le grade de capitaine de bateau, vous vous expliquez aussitôt la singularité de la chose.

A sa table incrustée d'ivoire, Achab, tel un lion de mer à crinière sur un banc de corail blanc, présidait, entouré de ses lionceaux déjà belliqueux, mais encore déférents. Les officiers attendaient d'être servis chacun à son tour. Ils étaient devant lui comme de petits enfants, et cependant il n'y avait pas la moindre arrogance dans l'attitude d'Achab. Par un accord tacite, ils fixaient attentivement le couteau du vieil homme découpant le plat de résistance placé devant lui. Je pense que, pour rien au monde, ils n'auraient profané cet instant par la plus anodine observation, même avec un sujet aussi neutre que la température. Et lorsque Achab, tendant son couteau et sa fourchette entre lesquels se trouvait pincée la tranche de bœuf, faisait avancer avec lui l'assiette de Starbuck, le second recevait sa viande comme une aumône ; et il la découpait avec tendresse, sursautant si, par hasard, le couteau raclait l'assiette, il mâchait en silence et il avalait avec circonspection. De même qu'au banquet de couronnement, à Francfort, l'Empereur germanique dînait dans un silence solennel avec les sept Electeurs de l'Empire, ainsi ces repas dans la cabine étaient expédiés dans un silence impressionnant. Et pourtant le vieil Achab ne défendait pas les conversations à table ; seulement, lui-même restait muet. Quel soulagement c'était pour Stubb qui étouffait, quand un rat faisait du tapage dans la cale. Et pour le pauvre petit Flask donc ! lui le plus jeune, le benjamin de cette lugubre réunion de famille ! Pour lui étaient les os du bœuf salé ; pour lui, le pilon du poulet. Si Flask avait tenté de se servir lui-même, il aurait eu l'impression de commettre un grave larcin. S'il s'était servi lui-même à cette table, nul doute qu'il n'aurait jamais plus osé aller la tête haute parmi les honnêtes gens. Néanmoins, chose étrange à dire, Achab ne le lui avait jamais défendu. Il y avait même des chances pour que, si Flask s'était servi, Achab ne s'en fût même pas aperçu. A plus forte raison,

Flask n'eût jamais osé se servir de beurre, soit qu'il eût pensé que les armateurs du bateau le lui eussent refusé afin qu'il ne gâtât point son teint lumineux ; soit qu'il eût supposé qu'au cours d'un si long voyage dans des mers tellement dépourvues de marchés, le beurre atteignait un prix prohibitif et, par conséquent, n'était pas pour un subalterne comme lui. De toute façon, hélas ! Flask était un homme privé de beurre.

Ceci encore : Flask était le dernier à descendre pour le dîner et le premier à en remonter. Aussi son repas était-il expédié en cinq sec. Starbuck et Stubb avaient tous deux de l'avance sur lui et pourtant ils avaient aussi le privilège de s'attarder. Stubb lui-même, qui n'était qu'à un petit échelon au-dessus de Flask, manifestait-il par certains signes qu'il était sans appétit, que son dîner était presque fini ; Flask alors devait mettre les bouchées doubles ; il n'avalait que trois bouchées ce jour-là ; car il était contre tout usage que Stubb précédât Flask sur le pont. C'est pourquoi Flask, une fois, avoua en privé que jamais, depuis qu'il s'était élevé à la dignité d'officier, il n'avait cessé d'être plus ou moins affamé. Ce qu'il mangeait soulageait moins sa faim qu'il ne l'entretenait.

Flask pensait que la paix et le contentement étaient à tout jamais bannis de son estomac et il se disait : Je suis officier, mais si seulement je pouvais empoigner un morceau de bon bœuf au gaillard d'avant comme quand j'étais matelot ! Voilà les fruits de l'avancement ! La vanité de la gloire ! La folie de la vie !

Lorsqu'un simple matelot du *Péquod* en voulait à Flask, il ne pouvait trouver plus grosse vengeance que d'aller à l'arrière à l'heure du dîner et, par la lucarne de la cabine, de lancer un coup d'œil sur Flask assis là, l'air idiot et hébété, face au terrible Achab.

Or, Achab et ses trois seconds formaient ce qu'on peut appeler le premier service du *Péquod*. Après leur départ qui avait lieu dans l'ordre opposé à celui de leur arrivée, le blême steward débarrassait la table, ou plutôt il mettait vite un peu d'ordre ; puis les trois harponneurs étaient conviés au festin et leur apparition faisait provisoirement de la cabine une sorte d'office de domestiques.

Le contraste était étrange entre l'intolérable et tyrannique contrainte qui régnait à la table du capitaine et le démocratique sans-gêne de ces individus inférieurs, les harponneurs, qui lui succédait. Tandis que leurs maîtres semblaient avoir peur du bruit fait par les gonds de leurs mâchoires, les harponneurs broyaient leurs aliments avec entrain et grand fracas. Ils mangeaient comme des lords ; ils se remplissaient le ventre comme ces bateaux indiens qui embarquent des épices toute la journée. Queequeg et Tashtego avaient de si énormes appétits que pour combler les vides creusés par les repas précédents, le pâle Dough-Boy était souvent obligé d'apporter un gros bloc de bœuf salé qui semblait équarri dans un bœuf entier et, s'il n'en mettait pas un coup pour rappliquer en vitesse, Tashtego avait une façon pas du tout chevaleresque de le faire se hâter en le harponnant à la volée d'une fourchette dans les fesses. Une fois, Daggoo, pris d'une drôle d'humeur, rafraîchit la mémoire de Dough-Boy en lui fourrant la tête dans un grand récipient vide, tandis que pendant ce temps, couteau en main, Tashtego traçait des cercles sur la tête du malheureux comme pour commencer à le scalper. De sa nature, ce steward à tête de mie de pain était un petit homme très nerveux. Il était le produit d'un boulanger qui avait fait faillite et d'une infirmière d'hôpital. Partagé entre le spectacle du terrible Achab et les apparitions tumultueuses des trois sauvages, le malheureux Dough-Boy n'arrêtait pas de trembler des lèvres. Ordinairement, après avoir pourvu les harponneurs de tout ce qu'ils réclamaient, il se retirait à côté, dans son petit office, et, à travers le rideau de la porte, les regardait jusqu'à ce qu'ils eussent fini.

Il faisait beau voir Queequeg assis près de Tashtego, opposant ses dents limées à celles de l'Indien. Daggoo s'accroupissait par terre en face d'eux parce que s'il s'était assis sur un banc, sa tête surmontée de plumes de corbillard aurait touché aux solives basses du plafond. A chaque mouvement de ses jambes colossales, la charpente de la cabine tremblait comme un navire qui emporte un éléphant. Cependant le grand nègre était extraordinairement abstinent, pour ne pas dire délicat. Il ne semblait guère possible que, par des bouchées si petites, il pût entretenir la vie dans un personnage si superbe et si large ; mais sans doute que ce splendide sauvage puisait abondamment dans l'élément de l'air et prisait, à travers ses narines dilatées, la vie sublime des mondes. Les géants ne sont ni faits, ni nourris par le bœuf ou par le pain. Quant à Queequeg, il avait une façon si meurtrière et barbare de claquer des lèvres en mangeant (un vraiment sale bruit) que chaque fois le tremblant Dough-Boy était près de chercher s'il n'y avait pas de traces de dents sur ses propres bras maigres, et lorsqu'il entendait Tashtego lui crier de venir ici se faire manger les os, alors le pauvre steward manquait, par ses tremblements, de casser toute la vaisselle autour de lui dans l'office. Quant à la pierre à aiguiser que les harponneurs portaient dans leurs poches pour affûter leurs lances et autres armes et avec laquelle, au dîner, ils aiguisaient ostensiblement leurs couteaux, son bruit n'était pas fait non plus pour tranquilliser le pauvre Dough-Boy. Comment eût-il pu oublier qu'au temps où Queequeg vivait dans son île, il devait, pour le moins, s'être rendu coupable de quelques cannibalesques indiscrétions. Hélas ! Dough-Boy, la vie d'un garçon qui doit servir des cannibales est dure. Ce n'est point une serviette qu'il t'eût fallu sur le bras, mais un bouclier. Enfin, à son grand soulagement, les trois guerriers de la mer salée se levaient de table et sortaient ; alors ses oreilles imaginatives croyaient entendre cliqueter leurs os à chacun de leurs pas, comme des cimeterres moresques dans leurs fourreaux.

Cependant, bien que ces barbares dînassent dans la cabine, et nominalement fussent censés y vivre, on ne les y voyait jamais en dehors de l'heure des repas et au moment où ils la traversaient pour aller dormir dans leur propre et étrange carré.

A ce propos, Achab ne semblait pas différent des autres capitaines baleiniers américains qui, généralement, sont portés à croire que la cabine du bateau leur appartient de droit et que ce n'est que par simple politesse qu'ils y tolèrent quelqu'un, à quelque moment que ce soit. Et ainsi, à dire vrai, les seconds et les harponneurs du *Péquod* vivaient plutôt hors de la cabine que dedans. Ils y entraient à peu près comme les portes qui donnent sur une rue entrent dans une maison pour en sortir une seconde après. La vie au grand air était leur état permanent. Ils n'y perdaient pas grand'chose, la camaraderie n'étant pas en usage dans la cabine et Achab restant inaccessible. Tout chrétien qu'il était, il demeurait un étranger. Il vivait dans le monde comme vivait le dernier ours dans le Missouri colonisé : et comme le sauvage des bois qui, le printemps et l'été partis, s'ensevelit dans le creux d'un arbre et y lèche ses pattes tout le long de l'hiver, ainsi, dans son orageuse vieillesse, l'âme d'Achab, enfermée dans la caverne profonde de ce corps, rongeait ses griffes d'ombre

XXXV
LA GRAND'HUNE

C'est par le plus beau temps du monde que, pour la première fois, mon tour arriva de monter à la grand'hune.

Dans la plupart des baleiniers américains, les grand'hunes sont parées presque en même temps que le bateau quitte le port ; même s'il y a quinze mille milles à parcourir avant de parvenir au lieu de la pêche. Et si, après un voyage de trois, de quatre, de cinq ans, il approche de chez lui ayant, disons, un seul baril vide à bord, les hunes restent quand même occupées jusqu'à la dernière minute, et tant que ses hautes voiles de cacatois ne s'embarrassent pas dans la forêt de mâture du port, il ne perd pas l'espoir d'attraper une baleine de plus.

La vigie de la hune, soit au port, soit en mer, est une intéressante et vieille chose. J'en parlerai donc ici. A mon avis, les premières vigies de hunes furent les anciens Egyptiens. Au cours de toutes mes recherches, je n'en ai trouvé aucune avant eux. Leurs aïeux, les constructeurs de Babel, ont sans doute eu l'ambition de dresser le plus grand mât de l'Asie et de l'Afrique en bâtissant leur tour ; mais, avant le couronnement de l'œuvre, ce grand mât fut jeté par-dessus bord dans le terrible orage de la colère de Dieu ; nous ne pouvons donc pas donner la préséance à ces constructeurs de Babel.

Les Egyptiens étaient une nation de vigies de grand'hune ; je base cette assertion sur la croyance générale, chez les archéologues, que les premières pyramides furent destinées à des fins astronomiques ; théorie renforcée par l'étrange apparence d'escalier des quatre faces de ces édifices sur lesquelles, par prodigieuses enjambées, les vieux astronomes grimpaient jusqu'au faîte afin de signaler l'apparition des étoiles nouvelles, tout comme les vigies d'un bateau moderne entonnent un appel lorsqu'ils voient apparaître une voile ou une baleine. Dans le saint stylite, le fameux ermite chrétien des temps anciens qui se construisit un haut pilier de pierre dans le désert et passa toute la dernière partie de sa vie sur le sommet, faisant hisser sa nourriture du sol jusqu'à lui par une poulie, nous avons un remarquable exemple d'un indomptable homme-à-équiper-les-grands-mâts ; brouillard, gelée, pluie, grêle ou grésil ne le faisaient pas bouger de place ; vaillamment il fit face à tout jusqu'à la fin et littéralement mourut à son poste. La vigie de nos grands mâts modernes n'est plus tenue que par des morts ; des hommes de pierre, de fer et de bronze qui, bien que capables de faire face à un dur ouragan, sont absolument incapables de crier lorsqu'ils voient venir sur nous des étrangetés nouvelles.

Napoléon, du haut de la colonne Vendôme, se croise les bras à une hauteur de quelque cent cinquante pieds et il est désormais indifférent à celui qui commande les ponts là-dessous ; que ce soit Louis-Philippe, Louis Blanc ou Louis le Diable. Le grand Washington lui aussi se tient sur son grand mât qui domine Baltimore et, comme un des piliers d'Hercule, sa colonne marque un point de grandeur humaine que peu de mortels dépasseront. De même, l'amiral Nelson se tient à Trafalgar-Square au haut de son grand mât sur son cabestan de bronze à canons, et c'est toujours lorsqu'il est le plus noyé dans la fumée de Londres que la preuve est donnée qu'un héros se cache là, car il n'y a pas de fumée sans feu. Mais ni le grand Washington, ni Napoléon, ni Nelson ne héleront jamais vers les ponts inférieurs pour signaler ce qui arrive. On peut supposer néanmoins que leurs esprits pénètrent l'épaisse brume du futur et qu'ils voient les bancs et les récifs à éviter.

Il peut sembler injustifiable de comparer en quoi que

ce soit les vigies des grand'hunes de terre à celles de mer, mais en vérité on peut le faire, ceci est nettement prouvé par un incident rapporté par Obed Macy, le seul historien de Nantucket. Le brave Obed nous dit qu'aux premiers temps de la chasse à la baleine, avant que les bateaux aient été lancés régulièrement à la poursuite, les gens de cette île élevaient de hauts espars le long de la côte, dont ils faisaient l'ascension au moyen d'ergots cloutés, à peu près comme les poules montent au poulailler. Il y a quelques années, ce moyen était encore adopté par les baleiniers de la baie de Nouvelle-Zélande, lesquels, quand ils apercevaient les baleines, avertissaient les bateaux tout équipés qui se trouvaient près de la plage. Mais cette coutume n'existant plus, retournons à la seule vraie hune du grand mât, celle d'un baleinier en mer. Les trois hunes sont occupées du lever au coucher du soleil. Comme au gouvernail, les matelots y prennent leur tour de quart et s'y relèvent toutes les deux heures. Sous le calme climat des tropiques, la hune est un endroit excessivement agréable pour un homme rêveur et méditatif. Vous vous trouvez à cent pieds au-dessus des ponts silencieux, enjambant l'Océan comme si les mâts étaient de gigantesques échasses, tandis qu'au-dessous de vous, entre vos jambes pour ainsi dire, les plus énormes monstres de la mer nagent, tout comme autrefois voguaient les bateaux entre les bottes du fameux Colosse de Rhodes. Vous vous trouvez perdu dans les espaces infinis de la mer, que rien ne trouble, sauf les vagues. Le bateau extasié roule avec indolence ; les alizés ensommeillés soufflent ; tout vous incite à la langueur. La plupart du temps, dans cette vie baleinière des tropiques, vous êtes sublimement paisible ; vous n'écoutez point de nouvelles, vous ne lisez point de journaux ; les éditions spéciales avec de saisissants comptes rendus d'événements médiocres ne vous donnent pas d'inutiles émotions ; vous n'entendez parler d'aucune difficulté domestique, d'aucune banqueroute, d'aucune baisse des valeurs ; vous n'êtes jamais troublé par la pensée de ce que vous allez manger pour le dîner, car pour trois ans et plus, vos repas sont confortablement enfouis dans des barils et votre menu est immuable.

Sur un de ces baleiniers du Sud, dans un voyage de trois ou quatre ans, comme il arrive souvent, la somme totale des heures que vous passez à la hune équivaut à plusieurs mois. Ce qui est regrettable c'est que l'endroit auquel vous consacrez une si grande part de votre vie soit si tristement dénué de tout ce qui approche le confort, ou qui puisse faire naître l'agréable sensation d'être enfermé, tel que le fait un lit, un hamac, un corbillard, une guérite, une chaire, un carrosse, ou n'importe laquelle de ces petites et commodes inventions grâce auxquelles les hommes s'isolent temporairement les uns des autres. Votre point d'appui ordinaire est la tête du grand mât de perroquet ; vous vous y tenez sur deux minces bâtons parallèles (ceci est spécial aux baleiniers) appelés : barres traversières du grand mât de hune. Là, ballotté par la mer, le novice se sent aussi à l'aise que s'il se trouvait debout sur une paire de cornes de taureau. Bien sûr, en hiver, vous pouvez porter votre maison en haut avec vous sous forme d'un caban de pilote, mais à vrai dire le caban de pilote le plus épais n'est pas plus une maison que le corps nu, car, de même que l'âme est engluée à l'intérieur de son tabernacle de chair et ne peut s'y mouvoir librement ni en sortir sans courir le grand risque de périr (ainsi que le pèlerin ignorant qui traverse en hiver les Alpes enneigées), de même le caban de pilote n'est pas tant une maison qu'une simple enveloppe ou peau supplémentaire qui vous encaque. Vous ne pouvez pas plus faire une cabane convenable de votre caban de pilote que vous ne pouvez placer une étagère ou une commode dans votre corps.

A ce propos, il est à déplorer que les têtes de mâts ne

soient pas garnies de ces enviables petites niches nommées *nids de pie* qui protègent les hommes de guet d'un baleinier du Groenland, par gros temps. Dans le conte du capitaine Sleet : « Un voyage parmi les icebergs, à la recherche de la Baleine du Groenland et incidemment pour la re-découverte des Colonies islandaises perdues du Vieux Groenland » ; dans ce volume admirable, l'auteur décrit avec force charmants détails comment toutes les vigies de hunes étaient pourvues d'un *nid de pie* qui venait d'être inventé sur le « *Glacier* » (le nom du bon vaisseau du capitaine Sleet). Il le nomme le nid de pie de Sleet, d'après lui-même qui l'avait inventé et breveté, et il soutient sans fausse honte ridicule que si nous donnons à nos enfants nos noms propres (nos pères étant nos originaux inventeurs patentés), nous devons donner notre nom à n'importe quel autre appareil qu'il nous arrive de mettre au monde.

Par sa forme, le nid de pie ressemble un peu à une large pipe, mais il est ouvert par le haut et là se trouve un écran mobile que l'on tient au vent pour se protéger la tête dans la tempête. Il est fixé au sommet du mât et on y accède par un panneau placé au fond. A l'arrière, c'est-à-dire du côté de l'arrière du bateau, il y a un siège confortable, avec, dessus, une armoire pour les parapluies, les cache-nez et les manteaux. Sur le devant, il y a une étagère en cuir pour poser le porte-voix, la pipe, le télescope et autres instruments nautiques. Quand le capitaine Sleet allait en personne dans ce nid de pie, il raconte qu'il avait toujours avec lui un fusil (arrimé aussi sur l'étagère de cuir), avec une poire à poudre et des plombs afin de tirer les narvals errants ou les vagabonds unicornes de mer qui infestent ces eaux, et qu'on ne peut tirer du pont à cause de la résistance de l'eau ; les tirer d'en haut est tout autre chose... C'était évidemment un travail aimé, pour le capitaine Sleet, que de décrire comme il le fait toutes les petites commodités de son nid de pie. Bien qu'il s'y attarde avec complaisance et bien qu'il nous donne un compte rendu très scientifique de ses expériences dans ce nid de pie, avec la petite boussole qu'il y tenait afin de neutraliser les erreurs résultant de ce qu'on nomme « l'attraction locale » de tous les aimants de l'habitacle, erreurs dues à la proximité horizontale du fer qui se trouve dans le plancher du bateau et, dans le cas particulier du *Glacier,* au fait qu'il y avait tant de forgerons parmi son équipage ; je disais donc que, bien que le capitaine parle ici d'une manière discrète et scientifique, néanmoins, malgré ses savantes « déviations de l'habitacle », ses « observations à la boussole de l'azimut », ses « erreurs approximatives », il sait très bien qu'il n'était pas si profondément absorbé par ses méditations magnétiques qu'il n'ait été attiré de temps à autre vers la petite gourde si bien garnie, si gentiment placée à portée de sa main dans un coin de son nid de pie ; quoique pour l'ensemble j'admire beaucoup et j'aime le brave, l'honnête, le savant capitaine, cependant je trouve très mal de sa part d'avoir si entièrement ignoré cette gourde, qui devait être une amie fidèle et réconfortante, tandis que, les doigts fourrés dans ses mitaines et la tête encapuchonnée, il étudiait les mathématiques, perché là-haut dans ce nid d'oiseau à trois ou quatre degrés du Pôle.

Mais si nous, baleiniers du Sud, nous ne sommes pas si bien installés là-haut que le capitaine Sleet et ses Groenlandais, ce désavantage est néanmoins compensé par la sérénité de ces mers séductrices sur lesquelles nous voguons ordinairement. Moi-même j'avais l'habitude de grimper sans hâte le gréement, me reposant en haut pour bavarder avec Queequeg ou quelqu'un d'autre qui n'était pas de quart et que j'avais pu y trouver ; puis je remontais encore un peu plus ; lançant une jambe paresseuse sur la vergue du hunier, je jetais un premier coup d'œil sur les pâturages aquatiques, et finalement je montais à mon ultime destination.

J'avoue franchement que je ne veillais pas très bien. Comment l'aurais-je pu, avec le problème de l'Univers qui tournait en moi ? Etant donné que j'étais entièrement livré à moi-même à une altitude faite pour engendrer la pensée, comment pouvais-je, sinon distraitement, tenir les obligations en usage sur tout baleinier : « Ouvrez l'œil, et avertissez à chaque chose suspecte. »

Propriétaires de vaisseaux de Nantucket, laissez-moi ici vous tancer sérieusement ! Gardez-vous d'enrôler dans vos vigilantes pêcheries un gars au front maigre et à l'œil creux enclin à des méditations hors de saison et qui s'offre à embarquer avec le Phédon au lieu du Bowdich dans la tête. Je vous le répète, méfiez-vous d'un tel gars ; vos baleines doivent être vues avant d'être tuées ; ce jeune platonicien aux yeux vagues vous fera faire dix fois le tour du monde sans que vous en soyez plus riche d'une demi-livre en huile de cachalot... Cet avertissement est nécessaire car, de nos jours, la chasse à la baleine sert de refuge à bien des jeunes garçons romantiques, mélancoliques et distraits qui, dégoûtés des soucis de la terre, sont à la recherche du sentiment dans le goudron et la graisse de baleine. Fréquemment, Childe Harold se perche à la tête du mât d'un baleinier malchanceux et déconcerté, et avec des intonations tristes, crie :

« Roule, ô profond et sombre océan bleu, roule !
« Dix mille chasseurs de graisse te parcourent en vain. »

Très souvent les capitaines de tels vaisseaux rappellent ces jeunes philosophes à l'ordre en leur reprochant de ne pas prendre assez « d'intérêt » dans le voyage, et en suggérant à demi qu'ils ont si entièrement perdu de vue toute honorable ambition et tout espoir que, dans le secret de leur cœur, ils souhaiteraient presque ne pas voir de baleines. Tout ceci en vain, car ces jeunes platoniciens ont la conviction que leur vue est défectueuse, qu'ils sont myopes et qu'alors il ne sert de rien de se fatiguer le nerf optique. Ils ont laissé leurs lorgnettes chez eux.

« Mais, espèce de singe, disait un harponneur à un de ces gars, voici bientôt trois ans que nous bourlinguons et tu n'as pas encore levé une seule baleine. Les baleines sont aussi rares que les dents d'une poule quand tu es là-haut ! » C'était peut-être vrai ; peut-être aussi que des bancs étaient apparus au fond de l'horizon, mais ce gars distrait ne les avait pas vus. Bercé, dans un état de rêverie inconsciente, indifférent à tout, il avait perdu son identité dans la cadence des vagues opiacées et de ses pensées. Il prenait l'océan mystique à ses pieds pour l'image bleue de l'âme profonde de l'univers, humanité et nature mêlées. Et chaque fois qu'il apercevait furtivement une belle forme étrange glissant sous la mer, ou qu'il entrevoyait un fanon coupant la vague, il croyait que c'était la matérialisation des pensées qui volaient à travers son âme. Dans cet état d'enchantement l'esprit se retire dans le grand tout, se dissout dans le temps et l'espace comme les cendres éparpillées du panthéiste Cranmer, faisant finalement partie de tous les rivages de ce globe rond.

Il n'y a nulle vie en vous sauf ce mouvement de balance que donne le bateau roulant doucement, qu'il prend à la mer et que la mer prend au flux insondable de Dieu. Mais dans cet état de sommeil, de rêve, bougez d'un pouce votre main ou votre pied, lâchez prise un tant soit peu et, avec épouvante, votre identité vous revient. Vous planez au-dessus des tourbillons des cartésiens. Et peut-être qu'à midi, quand le temps est très beau, avec un cri étouffé vous tomberez à travers cet air transparent dans la mer estivale pour ne jamais plus revenir à la surface. Retenez bien ceci, ô panthéistes !

XXXVI
LE GAILLARD D'ARRIÈRE

(Entre Achab, puis tous)

Un matin, c'était très peu de temps après l'affaire de la pipe, et presque tout de suite après le petit déjeuner, Achab, selon son habitude, monta de la cabine au pont. La plupart des capitaines ont l'habitude de se promener à cette heure, ainsi que les gentlemen-farmers qui, après le même repas, font quelques tours de jardin.

On entendit bientôt son pas d'ivoire régulier, tandis qu'il allait et venait, faisant sa vieille ronde sur des planches qui lui étaient si familières qu'elles en avaient des traces partout, comme des pierres géologiques, avec les marques de sa démarche spéciale. Et si vous regardiez avec attention son front ridé et bosselé, là aussi vous voyiez les empreintes de pas plus étranges encore, les empreintes d'une pensée unique qui ne dormait jamais et n'arrêtait pas de marcher.

Mais, en la circonstance, ces empreintes semblaient encore plus profondes ; et aussi, ce matin-là, son pas énervé devait laisser des empreintes plus creuses. Achab était si absorbé que, chaque fois qu'il se retournait, tantôt du grand mât, tantôt de l'habitacle, vous pouviez presque voir sa pensée tourner en lui, avec lui, marchant de sa marche ; le possédant si entièrement qu'elle semblait être le moule intérieur de chacun de ses mouvements.

– Regardez-le, Flask, chuchota Stubb ; le poussin qui est en lui tape à la coquille. Il va bientôt percer.

Les heures passèrent. Achab était tantôt enfermé dans sa cabine, tantôt il se promenait sur le pont avec, dans son aspect, toujours le même intense fanatisme.

La fin du jour approchait. Soudain il s'arrêta près de la rambarde, plaça sa jambe d'os dans le trou de tarière qui se trouvait là et, se retenant d'une main aux galhaubans, il ordonna à Starbuck de rassembler tout le monde à l'arrière.

— Sir ?... s'étonna le second, car ce commandement n'est presque jamais donné à bord, sauf dans un cas extraordinaire.

— Tout le monde à l'arrière, répéta Achab ; hé ! là-haut, l'équipe de hune, descendez.

Quand l'équipage entier fut assemblé devant lui, le dévisageant avec surprise et appréhension car il ressemblait à l'horizon du côté au vent quand l'orage se lève, Achab jeta un rapide coup d'œil du côté des rambardes puis sur les marins et, quittant sa place, il se mit à déambuler lourdement comme s'il n'y avait eu âme qui vive à ses côtés. Tête penchée et le chapeau sur les yeux, il continuait sa promenade, indifférent aux chuchotements des hommes surpris ; Stubb murmura tout bas à Flask qu'Achab les avait fait venir pour les faire assister à une démonstration de course à pied. Mais ça ne dura pas longtemps. S'arrêtant brusquement, Achab cria :

— Que faites-vous quand vous voyez une baleine, les gars ?

— On la signale, fut la réponse en chœur spontané d'une vingtaine de voix.

— Bien, cria encore Achab, une approbation sauvage dans la voix et, profitant de l'animation dans laquelle sa question inattendue les avait précipités comme magnétiquement, il continua :

— Et ensuite, que faites-vous, les gars ?

— On met à la mer et on la poursuit.

— Sur quel air ramez-vous ?

— « Elle crèvera ou nous crèverons. »

A chaque cri, la physionomie du vieillard devenait de plus en plus étrangement et sauvagement approbatrice.

Les marins commençaient à le regarder curieusement ; ils semblaient se demander pourquoi les questions qu'il venait de leur poser et qui semblaient sans but les échauffaient tant.

Ils s'animèrent tous de nouveau lorsque Achab, ayant fait demi-tour dans le trou de son pivot, s'accrocha presque convulsivement à un hauban très haut et leur dit :

– Vous tous, les vigies, vous m'avez entendu donner des ordres au sujet d'une baleine blanche ? Regardez, vous voyez cette pièce d'or espagnole ? – il tenait haut une large pièce qui brillait au soleil – c'est une pièce de seize dollars, les gars. Vous la voyez ? Monsieur Starbuck, passez-moi ce maillet, là-bas.

Tandis que le second cherchait le maillet, Achab, sans rien dire, frotta lentement la pièce d'or sur les basques de son habit, comme pour la faire briller davantage ; sans prononcer une parole, il fredonnait d'une voix basse ; le son produit était si étrangement étouffé et inarticulé qu'il semblait le bourdonnement mécanique des rouages de sa vie intérieure.

Prenant le maillet des mains de Starbuck, il s'avança vers le grand mât, brandissant le marteau d'une main et de l'autre montrant la pièce d'or ; et là, d'une voix perçante il s'écria :

– Celui d'entre vous qui me lèvera une baleine à tête blanche ayant le front ridé et la mâchoire de travers ; celui d'entre vous qui me lèvera cette baleine à tête blanche, qui a trois trous dans la nageoire de sa queue, côté tribord... Voyez-vous ; celui qui me lèvera cette baleine blanche aura cette once d'or, les gars !

– Hurrah ! Hurrah ! crièrent les marins en agitant des prélarts pour saluer le clouage de l'or au mât.

– Je dis une baleine blanche, continua Achab jetant le maillet par terre, une baleine blanche ; crevez-vous les yeux, les gars, guettez le moindre coin d'eau écumeuse ; même si vous n'en voyez qu'une bulle, signalez !

Pendant tout ce temps, Tashtego, Daggoo et Queequeg avaient écouté avec encore plus d'intérêt passionné et de surprise que les autres : à la mention du front ridé et de la mâchoire tordue ils avaient sursauté comme si chacun d'eux avait été touché par un souvenir spécial.

– Capitaine Achab, dit Tashtego, cette baleine blanche doit être celle que certains appellent Moby Dick !

– Moby Dick, cria Achab ; tu connais donc cette baleine blanche, Tash ?

– Fait-elle la queue en éventail un peu drôlement, Sir, avant de plonger ? demanda le Gay-Header d'un ton délibéré.

– A-t-elle un drôle de jet, ajouta Daggoo, un jet très épais, même pour un « pémaceti », et très rapide, capitaine Achab ?

– Et lui avoir un, deux, trois ; oh, bien beaucoup fers dans sa peau lui aussi, capitaine, cria Queequeg de son côté ; tout tourni comme... comme... (il cherchait éperdument le mot et faisait le geste de déboucher une bouteille) comme... comme...

– Tire-bouchon, cria Achab, oui, Queequeg, les harpons sont tout tournés et tordus dans son corps. Oui, Daggoo, son jet est large comme un stock de farine et blanc comme un amas de notre laine de Nantucket après la tonte annuelle ; oui, Tashtego, il s'évente comme un foc dont une bourrasque a rompu l'écoute... Mort et damnation, les gars ! C'est Moby Dick que vous avez vue, Moby Dick... Moby Dick !...

– Capitaine Achab, dit Starbuck qui, ainsi que Stubb et Flask, n'avait cessé de regarder son supérieur avec une surprise croissante, mais qui, à la fin, parut frappé d'une idée qui expliquait tout ; capitaine Achab, j'ai entendu parler de Moby Dick... N'est-ce pas Moby Dick qui vous a enlevé votre jambe ?

– Qui t'a dit ça ? cria Achab.

Puis s'arrêtant :

– Oui, Starbuck, oui vous tous, gars, c'est Moby Dick qui m'a démâté ; c'est à Moby Dick que je dois ce moignon mort sur lequel je m'appuie maintenant. Oui, oui, brama-t-il avec un sanglot bruyant, animal, terrible, le sanglot d'un élan frappé au cœur ; oui, c'est cette baleine blanche maudite qui m'a démâté, qui a fait de moi pour l'éternité un pauvre terrien boitillant !

Dressant alors ses deux bras en l'air il hurla sans mesure des imprécations.

– Oui, oui, je la pourchasserai autour du cap de Bonne-Espérance, et autour du cap Horn, et autour du Maelström de Norvège, et autour des flammes de l'enfer, avant de renoncer à l'atteindre ! Et c'est pour ça que vous vous êtes embarqués, les gars ; pour chasser cette baleine blanche, des deux côtés de la terre ferme et de tous les côtés du globe jusqu'à ce qu'elle rejette du sang noir par ses évents et roule sens dessus dessous, les nageoires en l'air. Qu'est-ce que vous en dites, les gars ? Serrons-nous les mains pour cette entreprise ; êtes-vous d'accord ? Vous n'avez pas l'air d'avoir froid aux yeux !

– Non, non, crièrent à pleine voix les harponneurs et les matelots, se serrant autour du vieil homme excité ; un œil aigu pour la baleine blanche, une lance aiguë pour Moby Dick !

– Dieu vous bénisse !

Il semblait sangloter à demi et hurler à demi.

– Dieu vous bénisse, les gars. Steward, va tirer la grande mesure de grog. Mais pourquoi cette triste mine, Starbuck ? Ne veux-tu pas chasser la baleine blanche ? Moby Dick te fait peur ?

– Je n'ai peur ni de sa mâchoire de travers ni des mâchoires de la mort non plus, capitaine Achab, si elles se présentent au cours du travail que nous poursuivons ; mais je suis venu ici pour chasser les baleines et non pour assumer la vengeance de mon chef. Combien de barriques retireras-tu de ta vengeance, en supposant que tu l'attrapes, capitaine Achab ? Tu n'en tireras pas grand'chose sur notre marché de Nantucket.

– Marché de Nantucket ! Hou ! Approche, Starbuck. Tu as besoin d'une chanson un peu plus basse. Mon gars, si l'argent doit mesurer – et les comptables ont calculé après avoir couvert le globe de guinées qu'il y en avait une par chaque pouce – alors laisse-moi te dire que ma vengeance fera un gros prix ici !

– Il se tape la poitrine, chuchota Stubb. Pourquoi fait-il ça ? Me semble qu'elle sonne très vaste, mais creux.

– Te venger sur une simple brute muette, répliqua Starbuck, qui ne t'a frappé que par l'instinct le plus aveugle... Folie ! S'acharner contre une chose muette, capitaine Achab, me semble un blasphème.

– Une fois de plus écoute-moi, et un ton encore en dessous. Gars, tous les objets visibles ne sont que des mannequins de carton, mais dans chaque événement... dans l'acte vivant... derrière le fait incontestable, quelque chose d'inconnu et qui raisonne se montre derrière le mannequin qui, lui, ne raisonne pas. Si l'homme veut frapper, qu'il frappe à travers le mannequin ! Comment le prisonnier pourrait-il s'évader, atteindre l'air libre sans percer la muraille ? Pour moi, cette baleine blanche est cette muraille, tout près de moi. Parfois je crois qu'au-delà il n'y a rien. Mais tant pis. Ça me travaille, ça m'écrase ! Je vois en elle une force outrageante avec une ruse impénétrable. C'est cette chose impénétrable que je hais avant tout, et que la baleine blanche soit l'agent ou que la baleine soit l'essentiel, j'assouvirai cette haine sur elle. Ne parle pas de blasphème, gars ! Je frapperais le soleil s'il m'insultait. Car si le soleil peut faire une chose, moi je puis faire l'autre, puisqu'il y a toujours une règle au jeu et que les combats de la jalousie président à toutes les créations. Mais même cette règle du jeu n'est pas mon maître, gars. Qui est au-dessus de moi ? La vérité est sans limites. Détourne tes yeux. Plus intolérable que le regard flamboyant d'un démon est le regard fixe d'un idiot. Ah ! Bien ! Tu rougis et tu pâlis ; ma chaleur t'a échauffé au point que tu fonds de colère ! Mais vois-tu, Starbuck, ce qu'on dit avec chaleur se dédit de soi-même. Il y a des hommes dont les paroles enflammées ne sont pas une insulte. Je ne voulais pas te fâcher. Laisse filer, va ! Regarde là-bas, ces joues de Turcs toutes tachetées de fauve – peintures vivantes faites par le soleil. Des léopards païens – des êtres sans soucis et qui n'adorent rien ; qui vivent seulement, et ne cherchent pas à s'expliquer la vie torride qu'ils vivent. L'équipage, homme, l'équipage ! Ne sont-ils pas tous d'accord avec Achab, tous tant qu'ils sont, dans cette affaire de baleine ? Regarde Stubb, il rit ! Regarde ce Chilien là-bas, il ronfle rien que d'y penser. Un seul arbuste ne saurait rester debout dans l'ouragan général, Starbuck. Et de quoi s'agit-il, réfléchis, d'aider à abattre un fanon. Rien d'autre ! La meilleure lance de tout Nantucket ne va sûrement pas reculer devant cette pauvre chasse, alors que tous les matelots ont déjà saisi leurs pierres à aiguiser ? Ah ! tu es empoigné, hein ! la vague te soulève ? Mais parle... parle donc ! Oui, oui, ton silence parle pour toi. *(A part.)* Ses poumons ont aspiré le souffle de mes narines dilatées. Maintenant Starbuck est à moi, désormais il ne peut s'opposer...

– Dieu me préserve... nous préserve tous, murmura Starbuck à voix basse.

Dans sa joie du consentement tacite et comme envoûté de son second, Achab n'entendit pas cette invocation pleine de présages. Il n'entendit pas non plus le rire étouffé de la cale, ni la voix prophétique du vent dans les cordages, ni le bruit sourd des voiles battant contre les mâts car son cœur était enchanté. De nouveau les yeux baissés de Starbuck s'allumèrent avec l'entêtement de la vie ; le rire inhumain s'éteignit ; les vents continuaient à souffler ; les voiles se gonflaient ; le bateau se soulevait et roulait comme auparavant. Ah ! pressentiments et avertissements ! pourquoi ne pas insister une fois que vous vous êtes fait entendre ? Mais vous êtes plutôt des présages que des avertissements, ô ombres ! Et moins encore des prédictions du dehors que des confirmations de choses qui se passent en dedans. Car, dans notre être, les nécessités intérieures continuent à nous pousser sans qu'il soit besoin des choses extérieures pour nous y convaincre.

– La mesure, la mesure ! cria Achab.

Recevant le pot d'étain débordant et se tournant vers les harponneurs, il leur ordonna de sortir leurs armes. Puis, les faisant aligner devant lui près du cabestan, leurs harpons à la main, tandis que les trois seconds se tenaient à ses côtés avec leurs lances et que le reste de l'équipage formait le cercle autour du groupe, il resta un instant à dévisager d'un œil perçant chacun des hommes de l'équipage. Mais leurs yeux farouches rencontraient les siens comme les yeux injectés de sang des loups de la prairie rencontrent ceux de leur chef, avant que celui-ci s'élance à leur tête sur la piste du bison ; seulement, hélas ! pour tomber dans le traquenard de l'Indien.

– Bois et fais passer, cria-t-il, tendant le pot pesant au marin le plus proche ; seul l'équipage boira maintenant. Faites le tour, le tour. Des lampées courtes... des gorgées longues, les gars. Ça échauffe comme les sabots de Satan. Ça fait des spirales en vous. Ça vient briller dans votre œil comme la langue fourchue du serpent. C'est passé par là, ça revient par ici. Passe-le-moi... en voilà un gouffre ! Les gars, vous ressemblez aux années ; c'est comme ça qu'elles avalent la vie débordante. Steward, remplis encore !

« Maintenant, mes braves, écoutez ; je vous ai

rassemblés ici autour de ce cabestan ; et vous, les seconds, fermez l'arrière avec vos lances ; et vous, harponneurs, placez-vous là avec vos fers ; et vous, hardis matelots, formez le cercle autour de moi, que je puisse faire revivre en quelque sorte une noble coutume de mes aïeux pêcheurs. O, les gars, vous allez voir que... Ha ! garçon, déjà de retour ? les mauvais sous ne reviennent pas plus vite... Passe-moi ça. Pourquoi m'apportes-tu maintenant ce pot ? Qu'est-ce que tu fais là avec ta danse de Saint-Guy ?... Disparais vite, trembleur !

« Avancez, seconds !... croisez vos lances devant moi... Bien !... Laissez-moi toucher l'axe.

Ce disant, de son bras étendu il agrippait par leur centre les trois lances entrecroisées qui scintillaient et il leur donna une subite et nerveuse secousse ; en même temps il regarda attentivement Starbuck, puis Stubb, puis Flask, comme s'il avait voulu par quelque volonté intérieure leur insuffler brusquement une flamme pareille à celle qui s'était accumulée dans la jarre de Leyden : la flamme de son magnétisme. Les trois seconds pâlirent à son aspect puissant, plein d'une mystérieuse tension. Les regards de Stubb et de Flask coulèrent à côté de lui ; Starbuck baissa carrément ses yeux honnêtes.

– En vain, cria Achab ; mais peut-être que ça vaut mieux car si vous trois aviez pris le choc dans toute sa force, *cela,* ma propre électricité m'aurait peut-être quitté tout à fait, et elle vous aurait peut-être foudroyés, qui sait ?... Baissez les lances. Et maintenant, seconds, je vous désigne tous trois pour tenir la coupe à mes trois alliés païens que voilà. Ce sont trois honorables et nobles gentilshommes, mes vaillants harponneurs. Vous répugnez à la tâche ? Voyons, le grand pape lave bien les pieds des mendiants, se servant de sa tiare en guise d'aiguière ! O, mes doux cardinaux, vous y viendrez de vous-mêmes ! Ce n'est pas moi qui vous l'ordonne, c'est votre propre volonté. Coupez les liens et démanchez vos fers, harponneurs !...

Les harponneurs obéirent en silence et tinrent devant lui, pointe en l'air, la partie de leurs harpons, de quelque trois pieds de long.

– Ne me poignardez pas avec ce vif acier. Retournez... retournez-les. Vous ne savez donc pas quel bout forme gobelet ?... La pointe en bas... Vous y êtes ! Maintenant, ô échansons, avancez. Les fers, prenez-les, tenez-les tandis que je verse !

Aussitôt, allant lentement d'un officier à l'autre il remplit jusqu'aux bords les becs des harpons avec l'eau de feu du broc d'étain.

– Maintenant vous voilà trois par trois. Saluez les calices meurtriers. Donnez-les, vous qui faites désormais partie de cette ligue indissoluble. Hé bien, Starbuck ! voilà la chose faite ! Le soleil n'attendait que ça pour se coucher ! Buvez, ô, harponneurs ! ô hommes qui prenez place à l'avant de la baleinière meurtrière, buvez et jurez : Mort à Moby Dick. Que Dieu nous poursuive tous si nous ne pourchassons pas Moby Dick jusqu'à sa mort...

Les longs gobelets d'acier barbelé furent levés, l'alcool fut sifflé simultanément par tous, aux cris et aux malédictions contre la baleine blanche. Starbuck pâlit, puis se détourna en frissonnant. Une dernière fois le pot d'étain, de nouveau rempli, circula à la ronde parmi l'équipage frénétique ; puis, à un signe de main d'Achab qui les congédiait tous, ils se dispersèrent, et lui se retira dans sa cabine.

XXXVII

COUCHER DE SOLEIL

(La cabine ; Achab seul, assis devant la fenêtre de l'arrière, regarde dehors.)

Je laisse un sillage blanc et trouble ; des eaux pâles, des joues pâles partout où je vogue. Les vagues jalouses se gonflent pour effacer les marques de mon passage... qu'elles le fassent... moi, je suis quand même passé.

Là-bas, aux bords de ce gobelet toujours débordant, les vagues tièdes rougissent comme le vin. Le front doré du soleil plonge dans le bleu plombé. Il fait un lent plongeon. Il descend ; mon âme monte. Son éternel besoin d'ascension la fatigue. Est-elle donc trop lourde, cette couronne que je porte, la couronne de fer de la Lombardie ? Pourtant elle scintille de gemmes ; moi, qui la porte, je ne la vois pas briller mais, obscurément, je sens que ce que je porte est une chose qui confond et qui aveugle... C'est du fer, je le sens ; son bord dentelé m'irrite tant ! Mon cerveau semble battre contre le métal solide ; mon crâne d'acier est d'une sorte qui n'a besoin d'aucun casque dans cette bataille qui martèle le cerveau.

Mon front brûle. Oh ! Autrefois le soleil couchant m'apportait le calme, tout comme le soleil levant m'éperonnait noblement... C'est fini maintenant ! Cette belle lumière ne m'éclaire pas ; toute beauté est angoisse pour moi puisque je ne peux jamais en jouir. Doué de haute compréhension, le pouvoir, moins haut, de m'en réjouir, me manque. Je suis damné d'une manière très subtile et méchante ! Je suis damné au milieu du Paradis ! Bonsoir ! Bonsoir ! Bonsoir ! *(Agitant sa main, il s'éloigne de la fenêtre.)*

Ça n'était pas si difficile que ça ! Je croyais en trouver au moins un d'entêté. Mais les dents de ma roue à moi mordent dans tous leurs rouages et les entraînent. Ou, si vous voulez, ils se tiennent devant moi comme autant de tas de poudre ; et je suis, moi, leur allumette. Oh ! ce qui est dur, c'est que, pour allumer les autres, l'allumette doive s'user ! Ce que j'ai osé, je l'ai voulu ; et ce que j'ai voulu, je le ferai... Ils me croient fou. Starbuck surtout le croit... Mais je suis démoniaque, je suis la folie même, rendue furieuse ! Ma folie est cette folie sauvage qui ne se calme que pour mieux s'étudier et se comprendre. La prophétie disait que je serais démembré... Eh ! oui ! j'ai perdu cette jambe... Maintenant moi je prédis que je démembrerai celui qui m'a démembré. Que le prophète et celui qui accomplit les prophéties ne fassent qu'un ; c'est plus que ce que vous n'avez jamais été, vous, Dieux Grands. Je me fous de vous, de vous tous, vous, divins joueurs de cricket, lutteurs, vous les Burkes sourds et les Bendigoes aveugles ! Je ne dirai pas comme les écoliers à leurs adversaires : « Attaque-toi à quelqu'un de ta taille ; ne me frappe pas !... » Non. Vous m'avez renversé et je suis de nouveau debout ; mais vous avez couru vous cacher. Sortez de derrière vos sacs de coton ! Je n'ai point besoin d'artillerie pour vous atteindre. Venez, Achab vous envoie ses compliments ; venez voir si vous pouvez me faire fléchir ! Me faire fléchir ? Vous ne pouvez pas me faire fléchir sans fléchir vous-mêmes. L'homme vous tient là ! Me fait fléchir ? Le chemin de ma résolution a des rails de fer et mon âme y court avec des roues creuses. Au-dessus d'insondables gorges, à travers les cœurs arides des montagnes, sous les lits des torrents, sans me tromper je roule. Rien sur ma voie de fer ne peut m'arrêter, ni obstacle, ni traverse.

XXXVIII

CRÉPUSCULE

(Starbuck adossé au grand mât.)

Mon âme est plus que battue, elle est dépassée... et par un fou ! Que ceux qui sont sains d'esprit soient contraints de mettre bas les armes sur un tel terrain, ah, l'intolérable tourment !... Mais il a vrillé très profond en moi et il a fait sauter toute ma raison hors de moi... Je crois comprendre son but impie, mais je me sens obligé de l'aider à l'atteindre. Que je le veuille ou non la chose indicible m'a lié à lui ; elle me hale comme un câble, et pour couper ce câble-là je n'ai point le couteau qu'il faut... L'horrible vieillard ! Qui est au-dessus de lui ? crie-t-il... Oui, il veut être démocrate pour tout ce qui est au-dessus de lui, mais sur quel ton il commande à tout ce qui est au-dessous ! Ah ! je vois clairement mon rôle misérable. Obéir avec répugnance et, ce qui est pire, haïr tout en éprouvant de la pitié !... car dans ses yeux je lis quelque peine atroce qui, si je l'avais, m'anéantirait, moi. Mais il y a encore de l'espoir. Le temps et les eaux sont vastes. La baleine exécrée a le monde entier de l'eau pour nager, comme le petit cyprin a sa boule de cristal. Peut-être Dieu va-t-il remiser de côté son projet qui insulte au ciel. Si mon cœur n'était comme du plomb je reprendrais courage, mais la pendule a besoin d'être entièrement remontée, mon cœur est le poids qui contrôle le tout et je n'ai point de clef pour le faire remonter. *(On entend le bruit des réjouissances du gaillard d'avant.)*

Ô Dieu ! voyager avec cet équipage de païens dont aucun n'a l'air sorti d'une mère humaine, mais qui semblent avoir été mis bas quelque part dans la mer remplie de requins... La Baleine Blanche est leur Gorgone... Ecoutons !... L'infernale orgie !... L'avant se réjouit... silence total à l'arrière ! C'est l'image de la vie, il me semble. En avant dans la mer brillante la proue s'élance, frappe, saute, joue, mais, derrière elle, elle traîne le sombre Achab, dans la cabine suspendue sur l'eau plate du sillage, qui plus loin gronde comme un loup... Ce long hurlement me traverse... Paix à vous, vous qui vous réjouissez et montez le quart... Ô Vie, c'est dans une heure comme celle-ci, quand l'âme est abattue, qu'on est obligé de voir combien de choses brutes et bestiales tu nous fais avaler... Ô Vie, c'est maintenant que je sens l'horreur latente qui est en toi et qui n'a rien à faire avec moi ! Cette horreur est en dehors de moi. Avec les sentiments de l'être humain qui est en moi, je tenterai encore de te combattre, ô Futur effrayant et fantomatique. Soyez auprès de moi, tenez moi liez-moi, ô Influences bénies !..

XXXIX

PREMIER QUART DE NUIT A LA POINTE DU MÂT DE MISAINE

(Stubb seul, en train de réparer un bras de vergue.)

Ha ! ha ! ha ! ha ! hem ! Je racle ma gorge. J'y pense depuis et ce ha ! ha ! ha ! ha ! est finalement le seul résultat... Pourquoi ?... Parce qu'un rire est la plus sage réponse et la plus facile à tout ce qui est bizarre... et advienne que pourra ! Il reste toujours une consolation ! C'est que tout est écrit d'avance... Je n'ai pas entendu ce qu'il a dit à Starbuck, mais à mes pauvres yeux, Starbuck avait l'air d'avoir ma gueule de l'autre soir. C'est sûr, le Vieux Mogol a dû l'arranger, lui aussi. Je l'ai remarqué, je le savais ; j'avais le don, j'aurais pu facilement le prédire. J'ai tout vu quand mon œil est tombé sur son crâne. Eh bien Stubb, *sage* Stubb (comme on m'appelle), eh bien Stubb, quoi donc, Stubb ? Voilà une carcasse. Je ne sais pas si tout ce qui peut arriver va arriver, mais quoi qu'il en soit, j'irai en riant au-devant de ce qui va arriver. Quelle rigolade, toute cette cochonnerie !... Je me sens tout drôle... Fa-la-lirra-skirra !... Que fait ma petite poire fondante pendant ce temps, à la maison ? Elle verse les larmes de son cœur ? Je me doute qu'elle fait plutôt la fête avec les derniers harponneurs débarqués, gaie comme un pavillon de frégate, et moi aussi... Fa-la-lirra-skirra ! Oh...

Ce soir nous boirons avec des cœurs légers
Aussi gais et volages pour aimer,
Que les bulles qui nagent au bord des ondes
Et se brisent sur les lèvres qu'elles rencontrent.

Strophe brève que celle-ci... Qui appelle ? Mr Starbuck ? ... Oui, oui, Sir. *(A part.)* Il est mon supérieur ; il a le sien aussi si je ne me trompe... Oui, oui, Sir ; j'ai fini ce travail. Je viens...

XL

MINUIT AU GAILLARD D'AVANT

HARPONNEURS ET MARINS *(la voile de misaine se lève et découvre les hommes de quart, debout, flânant, appuyés et couchés dans diverses poses, tous chantant en chœur).*

Farewell et adieu à vous, dames espagnoles !
Farewell et adieu à vous, dames de l'Espagne !

PREMIER MATELOT NANTUCKAIS

Ho, les gars, pas de sentiment, mauvais pour la digestion. Prenez un tonique, comme moi ! *(Il chante et tous entonnent le chant à la suite.)*

Notre capitaine se tenait sur le pont
Une longue-vue à la main,
Il lorgnait les galantes baleines
Qui soufflaient de toutes parts.
Oh, les barils dans les barques, mes gars,
Vous, fins prêts à côté des vergues,
Et nous aurons une de ces baleines.
Hardi, gars, en avant.
Soyez gais, garçons, et du cœur au ventre
Quand le harponneur servira la baleine.

VOIX DU SECOND AU PONT ARRIÈRE

Piquez le quart, là-bas, à l'avant !

DEUXIÈME MATELOT NANTUCKAIS

En avant le chœur ! Huit coups de cloche là-bas... Tu entends, sonneur ?... Pique le quart ! O Pip ! Moricaud ! Pousse-toi que j'appelle le quart. J'ai la sorte de bouche qu'il faut pour ça ; une bouche d'une demi-pièce. Voilà, comme ça *(il plonge sa tête dans l'écoutille)* Star-bo-l-e-e-n-s, en haut. Huit coups de cloche ici. Grimpe !

LE MATELOT HOLLANDAIS

Chic roupillon ce soir, copain ! une nuit grasse à souhait pour ça. Je remarque ceci dans le vin de notre vieux Mogol, c'est qu'il assomme les uns autant qu'il asticote les autres, comme un fouet. Nous, on chante ; eux, ils dorment. Ils sont là, en bas, couchés comme une rangée de bornes. Entreprends-les de nouveau...

Tiens, prends cet entonnoir de cuivre... Hèle-les avec. Dis-leur qu'ils finissent de rêver à leurs jolies. Dis-leur que c'est la résurrection ; qu'ils donnent un dernier bécot et qu'ils viennent au Jugement... C'est ça... C'est ça... Toi, tu ne t'es pas gâté la gorge avec du beurre d'Amsterdam.

LE MATELOT FRANÇAIS

Chut, les gars ! Sautons un peu avant de jeter l'ancre à la baie des Couvertures. Qu'est-ce que vous en dites ? Voilà l'autre quart qui monte. Tenez vos guibolles prêtes. Pip ! Petit Pip ! Hurrah avec ton tambourin !

PIP *(endormi et maussade)*

Sais pas où c'est.

LE MATELOT FRANÇAIS

Alors fais le tambour avec ton bide et bouge tes oreilles. Sautons, les gars. De la gaieté je dis ! hurrah ! Vous ne voulez pas gambiller ? Nom de Dieu ! Maintenant à la file indienne et un petit temps de galop ! Allons, du cœur ! Sautons, sautons...

LE MATELOT ISLANDAIS

J'aime pas ton parquet, vieux pote. Trop élastique pour mon goût ; j'ai l'habitude des parquets en glace. J'regrette d'jeter de l'eau froide sur la fête. S'cuse...

LE MATELOT MALTAIS

Moi pareil ; où sont les filles ? Quel est l'idiot qui va prendre sa main droite dans sa gauche et va dire : « Comment allez-vous ? » Des danseuses, me faut des danseuses...

LE MATELOT SICILIEN

Oui, des filles et de l'herbe ! et alors je saute avec vous ; je me fais sauterelle.

LE MATELOT DE LONG-ISLAND

Ça va ! ça va ! les grincheux ! On est assez sans vous. Coupez le blé quand vous pourrez ; bientôt toutes les jambes vont être désherbées. Ah ! v'là la musique, allons-y !

LE MATELOT DES AÇORES *(montant de la cale et lançant le tambourin par l'écoutille)*

Tiens, Pip ; et voilà les bittes du cabestan. Ho hisse ! Allons, les gars !

(La moitié des matelots danse au son du tambourin ; quelques-uns descendent au carré, certains dorment ou s'allongent sur les gréements entassés. Jurons copieux.)

LE MATELOT DES AÇORES *(dansant)*

Vas-y Pip ! Bang, dessus, sonneur de cloche... tapes-y... frottes-y... crèves-y... grattes-y, mon sonneur de cloche ; fais des étincelles, casse les grelots...

PIP

Les grelots, vous dites ? En voilà encore un autre qui fout le camp tellement j'y tape !

LE MATELOT CHINOIS

Alors fais claquer tes dents et tape toujours. Fais-toi pagode !

LE MATELOT FRANÇAIS

Vive la folie ! Lève ton cerceau, Pip, que je passe au travers. Déchirez-vous, focs tendus !

TASHTEGO *(fumant tranquillement)*

Ça, c'est un blanc... il trouve ça drôle... humph !... Je garde ma sueur, moi

LE VIEUX MATELOT DE L'ILE DE MAN

Je me demande si ces joyeux drilles se doutent sur quoi ils dansent ? Moi, je danserai sur votre tombe, oui ; c'est là la plus sale menace des femmes qui, la nuit, tiennent tête aux vents des carrefours. Ô, Christ ! quand je pense aux flottes vertes au fond de l'eau et aux crânes verts des équipages !... Bah ! bah ! peut-être que le monde entier n'est qu'un bal, comme vous dites vous aut', les savants ; et alors, dans ce cas, c'est bien d'en faire une salle de bal... Dansez les gars, vous êtes jeunes... Je l'ai été moi aussi.

TROISIÈME MATELOT NANTUCKAIS

La pause ! vhouh ! C'est pire que de ramer après les baleines par temps calme. Donnez-moi une bouffée de vot'pipe, Tash.

(Ils cessent de danser et se réunissent par petits groupes. Pendant ce temps le ciel se couvre, le vent se lève.)

LE MATELOT LASCAR

Par Brahma ! va falloir tantôt amener les voiles. Le Gange du ciel change ses eaux en vents. Tu montres ton front noir, Çiva !

LE MATELOT MALTAIS *(allongé en secouant sa coiffure)*

Ce sont les vagues... Au tour de ces neigeuses de danser à présent. Elles vont bientôt secouer leurs houppes... Si toutes les vagues étaient des femmes, je me laisserais noyer et je serais emporté avec elles à tout jamais... rien d'aussi doux sur terre – le ciel ne peut pas se comparer – que ces chaudes poitrines sauvages entr'aperçues dans la danse, quand les bras qui enlacent trop vous cachent les grappes mûres à en éclater...

LE MATELOT SICILIEN *(allongé)*

M'en parle pas !... Ecoute, petit... méli-mélo d'abattis fuyants... balancements en souplesse... et je suis timide... et je suis ému, et ces lèvres, et ce cœur, et cette hanche... tout qui se touche... toucher sans arrêt et puis partir... partir sans rien goûter, remarque ! Sinon la faim t'en passe, hein, païen ?

LE MATELOT TAHITIEN *(étendu sur un petit tapis)*

Salut, sainte nudité de nos danseuses !... la Heeva-Heeva ! Ah ! Tahiti aux voiles basses, aux palmiers hauts !... je me repose encore sur ton tapis, mais la terre molle a coulé ! Tapis, j'ai vu quand on te tissait au milieu de la forêt. Tu étais vert quand je t'ai apporté de là-bas ; à présent te voilà complètement usé et fané... Malheureux moi ! Ni moi ni toi ne pouvons nous faire au changement ! Que ferons-nous quand nous serons transplantés là-haut, dans ce ciel ?... Qu'est-ce que j'entends ? est-ce que ce ne sont pas les ruisseaux qui descendent en grondant des sommets hérissés de lances de Pirohitee, lorsqu'ils sautent par-dessus les rochers et vont noyer les villages. L'orage... c'est l'orage !... Dresse-toi, carcasse, et affronte-le. *(Il se dresse d'un bond.)*

LE MATELOT PORTUGAIS

Comme les lames s'écrasent contre les flancs ! Tenez-vous prêts à prendre les ris, mes bons salauds. Les vents frappent leurs sabres. Ils vont nous sauter dessus en paquets.

LE MATELOT DANOIS

Craque, craque, vieux rafiot ! Tant que tu craques tu tiens le coup ! Le second, là-bas, te mène dur. Il n'a pas plus froid aux yeux que l'île fortifiée de Cattegat qui est placée, durcie de sel, pour tenir tête à l'artillerie d'orage de la Baltique !

QUATRIÈME MATELOT NANTUCKAIS

Sûr et certain qu'il a des ordres. J'ai entendu le vieux lui dire de toujours foncer sur le grain. Comme on fait éclater un jet d'eau avec un pistolet il fait tirer son vaisseau en plein dedans.

LE MATELOT ANGLAIS

Bon sang, il est épatant le vieux ! C'est nous, les gars, qui chasserons sa baleine !

TOUS

Oui... oui...

LE VIEUX MATELOT DE L'ILE DE MAN

Comme les trois mâts tremblent ! De tous les arbres, les pins sont ceux qui éprouvent le plus de difficultés à reprendre vie une fois transplantés, et ceux-là, en fait de terre, n'ont que le plancher maudit des marins. Tout doux, timonier, tout doux. C'est par des temps comme celui-ci que les cœurs les plus courageux se brisent à terre et que les coques fendues chavirent en mer. Notre capitaine a sur lui son signe du destin ; regardez là-bas, les gars, voilà un autre signe dans le ciel, regardez, il est blafard ; tout le reste est nuit noire.

DAGGOO

Qu'est-ce que ça fiche ! Qui a peu' du noi'l a peu' de moi. Je suis taillé en plein dedans.

LE MATELOT ESPAGNOL *(à lui-même)*

Y croit me faire peur. Ah ! la vieille rancune me reprend... *(s'avançant)*. Oui, harponneur, ça ne se discute pas, ta race est le côté noir de l'humanité... foutrement noir, même... Soit dit sans offense.

DAGGOO *(farouchement)*

Aucune.

LE MATELOT DE SANTIAGO

Cet Espagnol est saoul ou fou, pas possible, ou alors, pour ce qui est de lui, les effets de l'eau-de-vie du vieux Mogol sont à retardement.

CINQUIÈME MATELOT NANTUCKAIS

Qu'est-ce que je viens de voir... des éclairs ? Oui !

LE MATELOT ESPAGNOL

Non, c'est Daggoo qu'a montré ses dents.

DAGGOO *(sautant)*

Tu vas avaler les tiennes, pantin ! Peau blanche ! Foie blanc !...

LE MATELOT ESPAGNOL *(l'affrontant)*

Amène-toi que je te saigne joyeusement... gros tas. . petite cervelle !

TOUS

Bagarre... bagarre... une dispute !

TASHTEGO *(à travers une bouffée de pipe)*

Bagarre en bas, bagarre en haut... Les dieux et les hommes, tous des bagarreurs ! Humph !

LE MATELOT DE BELFAST

Chouette ! une bataille, une bataille. La Vierge soit bénie ; une bataille... Allez-y, les gars !

LE MATELOT ANGLAIS

Fair play ! arrache le couteau à l'Espagnol... En cercle... en cercle...

LE VIEUX MATELOT DE L'ÎLE DE MAN

Y a longtemps que c'est fait. Nous sommes encerclés dans l'horizon. C'est dans ce cercle-là que Caïn frappa Abel. Joli travail ! Bon travail ! Non ? Alors, Dieu, pourquoi t'as fait le cercle ?

VOIX DU SECOND AU GAILLARD D'ARRIÈRE

Aux drisses !... rentrez les voiles du perroquet ! tenez-vous prêts à prendre un ris au mât de hune !...

TOUS

La tempête... la tempête !... Sautez, mes bons bougres. *(Ils se dispersent tous.)*

PIP *(se cachant sous le cabestan)*

Bons boug'es ? Que le Seigneu' les aide ces bons boug'es-là ! Cric-crac, v'là l'foc qui part !... Blang-whang ! Dieu ! Baisse-toi un peu plus, Pip, v'là la ve'gue de pe'oquet qu'a'ive ! C'est pire que d'êt'e dans les bois chahutés le de'nier jou' de l'année ! Lequel g'impe'ait aux a'bres, maintenant, pour cueilli' des châtaignes ?... Les v'là tous qui jurent tout c'qui savent et moi j'y suis pas ! Po'tez-vous bien, vous êtes en route pour le ciel... Tiens bon, Pip !... Jimmini, quelle tempête ! Mais ces types-là sont encore pire. Ils sont de vraies tempêtes blanches, brr... brr... J'ai entendu tous leu's bava'dages tout à l'heure... brr... et la Baleine Blanche... Brr... brr... on n'en a pa'lé qu'une fois et seulement c'soir et ça m'fait tinter et trembler de partout comme mon tambou'in... Ce se'pent de vieux leur a fait jurer de la chasser ! Ô toi, g'and Dieu des blancs, quelque pa't par là-haut où il fait noi', aie pitié de ce petit ga's noi' ici-bas, p'éserve-le de tous ces hommes qui n'ont pas de tripes pour senti' la peu'.

XLI

MOBY DICK

Moi, Ishmaël, j'étais un de cet équipage ; mes cris s'étaient joints aux cris des autres ; mon serment s'était soudé aux leurs, et plus fort je criais, plus mon serment s'affermissait et plus la peur remplissait mon âme. Un sentiment de sympathie sauvage et mystique était en moi. La haine inassouvie d'Achab semblait être la mienne. Attentives et avides mes oreilles semblaient recueillir l'histoire de ce monstre meurtrier contre lequel moi et tous les autres nous avions fait serment de violence et de vengeance.

Depuis quelque temps, bien qu'à des intervalles espacés, la Baleine Blanche, solitaire et cachée, avait hanté ces mers barbares fréquentées surtout par les pêcheurs de baleines. Tous ne connaissaient pas son existence ; seul un petit nombre d'entre eux l'avaient effectivement vue de leurs yeux ; quelques-uns seulement, la reconnaissant, l'avaient attaquée. Etant donné qu'un grand nombre de baleiniers sont éparpillés en désordre sur la rondeur entière des eaux, que beaucoup d'entre eux poussent aventureusement leurs courses dans des latitudes solitaires où rarement, sinon jamais, douze mois durant, et parfois plus, ils ne rencontrent aucune espèce de voile parlant du monde humain ; étant donné, dis-je, la longueur excessive de chaque voyage, l'incertitude des retours et nombre d'autres circonstances, les nouvelles spéciales et individuelles au sujet de Moby Dick mirent bien du temps à se propager et à circuler dans la vaste flotte entière des baleiniers. Sans doute plusieurs vaisseaux rapportèrent-ils qu'ils avaient rencontré à tel ou tel moment, sous tel ou tel méridien, une baleine d'une grandeur et d'une malice peu communes ; laquelle baleine, après avoir mis à mal ses assaillants, leur avait complètement échappé. Pour moi, je présume que la baleine en question ne saurait avoir été une autre que Moby Dick. Mais comme, dernièrement, les pêcheries de la baleine ont été marquées d'exemples divers et assez fréquents de férocité, de ruse et de malice du monstre attaqué, il arriva que les pêcheurs qui, par accident, combattirent Moby Dick sans savoir que c'était elle, attribuèrent l'épouvante spéciale qu'elle faisait naître aux périls de la pêcherie en général plutôt qu'à cette baleine particulière. Et c'était surtout de cette façon que la rencontre désastreuse d'Achab et de la baleine était considérée par tous.

Quant aux pêcheurs qui, ayant antérieurement entendu parler de la Baleine Blanche, l'avaient aperçue par hasard, ils avaient presque tous, au commencement, mis bravement et hardiment les embarcations à la mer, comme pour n'importe quelle baleine de cette espèce. Mais, à la fin, de telles calamités avaient suivi ces assauts – calamités qui ne se réduisaient point en chevilles et poignets foulés ; en membres brisés, amputés ou rognés, mais qui étaient fatales au dernier degré de la fatalité –, ces désastres avaient accumulé tant de terreurs sur Moby Dick, que maint hardi pêcheur, aux oreilles de qui arrivait incidemment l'histoire de la baleine, sentait son courage ébranlé.

Ces folles rumeurs de toutes sortes ne manquèrent pas d'être exagérées et de rendre encore plus horrifiants les récits véridiques de ces rencontres mortelles. Car le fabuleux naît du corps même de tout événement surprenant et terrible (comme l'arbre abattu donne naissance au champignon) et dans la vie maritime, les rumeurs folles sont nombreuses partout où il y a une réalité suffisante pour qu'elles puissent prendre racine. En cela, la mer dépasse la terre ; et de même les rumeurs terrifiantes et merveilleuses circulent plus rapidement chez les baleiniers que chez toutes les autres espèces de marins, car non seulement les baleiniers ne sont pas exempts de la contagion de la superstition commune à tous les marins, mais aussi parmi tous, ce sont eux qui ont le plus directement contact avec ce qu'il y a de plus affreux et de plus surprenant en mer. Face à face, ils voient non seulement ses plus grandes merveilles, mais mains à la gorge, ils se battent avec elles. Solitaire sur des eaux si lointaines et vastes qu'en y voguant des milliers de milles, en y longeant des milliers de côtes, n'atteignant jamais aucun seuil de cheminée sculptée ni rien d'hospitalier de ce genre, sous ce côté du soleil, sous de telles latitudes et longitudes, avec un métier comme le sien, le baleinier est enveloppé d'influences qui tendent toutes à féconder son imagination de maintes naissances féeriques.

Quoi de surprenant alors si, d'avoir traversé d'aussi vastes espaces, les jets de la Baleine Blanche ont fini par être gonflés de toutes sortes de suggestions morbides, informes comme le fœtus et surnaturellement agencées ? Moby Dick entraînait avec elle tout un appareil de terreurs invisibles. Son nom seul provoquait une telle panique que très peu de chasseurs, parmi ceux qui l'avaient entendu, consentaient à affronter les périls de sa gueule. Mais il y avait encore un plus vivant travail sournois de la peur. Même de nos jours, le prestige originel du cachalot en tant que monstre distinct de toute autre espèce de léviathan est toujours présent dans la mémoire des baleiniers. Il y en a même, de nos jours encore, qui, bien qu'intelligents et courageux quand il s'agit de combattre la baleine du Groenland ou la Vraie-Baleine, refuseraient, soit par inexpérience professionnelle, incompétence ou timidité de combattre le cachalot ; en tout cas, il y a beaucoup de baleiniers, surtout parmi ceux qui ne voguent pas sous le drapeau américain, qui jamais n'ont affronté belliqueusement le cachalot et dont la seule connaissance du léviathan se borne à l'ignoble monstre primitivement poursuivi dans le Nord. Assis sur les écoutilles, ces hommes écoutent les contes étranges et sauvages de la chasse à la Baleine du Sud avec la frayeur et l'intérêt de l'enfant auquel on raconte des histoires à l'heure du coucher. Et l'énormité du cachalot n'est jamais aussi bien comprise que par les hommes de ces proues qui l'esquivent.

La réalité, maintenant contrôlée, de sa puissance a, dans les temps légendaires, jeté une grande ombre au-devant de lui ; nous trouvons quelques naturalistes – Olassen et Povelson – qui déclarent que non seulement le cachalot est une épouvante pour toutes les autres créatures de la mer, mais aussi un être si incroyablement féroce qu'il est perpétuellement assoiffé de sang humain. Sans remonter aussi loin, le baron Cuvier lui-même, dans son « Histoire Naturelle », affirme qu'en voyant le cachalot, tous les poissons (requins compris) sont « frappés des plus vives terreurs » et que « souvent, dans leur hâte à fuir, ils se jettent contre les rochers avec une telle violence que leur mort est instantanée ». Les rapports comme celui-là ont beau être démentis par l'expérience générale de la pêcherie, il n'en reste pas moins que la croyance superstitieuse en eux demeure entière, et la « soif de sang » invoquée par Povelson continue de hanter maintes mémoires de chasseurs.

Influencés par les racontars et présages concernant Moby Dick, nombre de pêcheurs se rappelaient à son sujet les plus anciens temps de la pêche au cachalot, quand il était souvent difficile de persuader aux hommes pourtant habitués à chasser la Vraie-Baleine de s'embarquer pour les risques de cette lutte nouvelle et dangereuse ; – ces hommes disaient qu'on pouvait chasser d'autres léviathans avec quelque espoir de s'en sortir, mais que tirer la lance sur une apparition telle que le cachalot n'était point l'affaire des mortels ; que l'essayer équivalait à faire un prompt plongeon dans l'éternité. Sur ce sujet il y a de remarquables documents à consulter.

Malgré tout, il y en avait qui, même sachant cela, étaient prêts à donner la chasse à Moby Dick ; et un plus grand nombre encore qui, n'ayant par hasard entendu parler d'elle que très vaguement et sans les amplifications superstitieuses, étaient assez solides pour ne point fuir la lutte si elle s'offrait.

Une des plus folles inventions qui se trouvait, dans l'esprit des superstitieux, liée à la Baleine Blanche était l'ubiquité de Moby Dick, qui avait vainement été rencontrée sous deux latitudes opposées dans un même moment.

Dans de tels esprits crédules, cette conception n'était pas sans avoir un semblant de réalité, car les secrets des courants des mers n'ont jamais encore été divulgués, même par la recherche la plus savante ; de même les routes secrètes du cachalot, quand il est sous les eaux, restent en grande partie inconnues de ses chasseurs ; de temps à autre, naissent des suppositions curieuses et contradictoires à ce sujet, surtout en ce qui concerne les moyens mystérieux avec lesquels, après avoir plongé à une grande profondeur, il se transporte incroyablement vite à des distances considérables.

C'est un fait bien connu des baleiniers américains et anglais, en plus une chose mentionnée par Scoresby sur les registres faisant autorité, que certaines baleines ont été capturées tout au nord du Pacifique, dans le corps desquelles on trouva des harpons lancés dans les mers du Groenland. On ne peut nier qu'en certains de ces cas, il a été constaté que l'intervalle entre les deux assauts n'a pas excédé quelques jours. Donc, par déduction, certains baleiniers ont cru que le passage du Nord-Ouest, depuis si longtemps un problème pour l'homme, n'a jamais été un problème pour la baleine.

Ici, la vérité de la vie égale la légende, même si c'est la vieille histoire de la montagne Estrello qui, au centre du Portugal, hausse dans ses cimes un lac où flottent les carcasses des naufrages de l'Océan, ou cette encore plus merveilleuse Fontaine Aréthuse qui conduisait près de Syracuse, par des chemins souterrains, les eaux de la Terre sainte ; ces histoires étranges sont encore dépassées par le simple quotidien de la chasse à la baleine. C'est pourquoi sachant que de tant d'intrépides assauts le monstre était toujours sorti vivant, les baleiniers déclaraient que Moby Dick était non seulement présente partout à la fois mais encore que rien ne pouvait la faire mourir (au fond, l'immortalité c'est l'omniprésence dans le temps). Ils disaient qu'elle pouvait avoir des forêts de harpons plantés dans ses flancs et rester intacte ; son sang pouvait jaillir d'elle partout, c'était un mirage de plus car, à cent lieues de là, son jet toujours vierge soufflait.

Mais, ces suppositions surnaturelles écartées, il y avait encore bien assez dans l'aspect du monstre et dans son caractère pour frapper puissamment les imaginations ; car ce n'était pas seulement son extraordinaire grosseur qui le distinguait des autres cachalots mais aussi son front d'un blanc neigeux et ridé et sa blanche et haute bosse pyramidale. C'est par ces traits que, sur les mers les moins fréquentées, sa présence était révélée à ceux qui le connaissaient.

Le reste du corps était tellement strié, tacheté, marbré d'une même couleur de suaire qu'il y avait gagné son nom particulier de Baleine Blanche, nom qui de plus se trouvait justifié par son aspect éclatant quand, à l'heure de midi, il apparaissait, glissant à travers une mer bleu foncé, laissant un sillage d'écume crémeuse, une sorte de voie lactée toute pailletée de scintillements d'or.

Et ce n'était pas non plus tant sa taille extraordinaire ni sa couleur remarquable ni même sa mâchoire inférieure difforme qui la rendaient naturellement terrible, que cette malice intelligente sans exemple, que, selon des rapports dignes de foi, elle avait montrée dans maintes luttes. Ses retraites traîtresses épouvantaient peut-être plus que tout le reste. Il est connu que, plusieurs fois, alors qu'elle fuyait devant ses chasseurs victorieux avec tous les symptômes de la terreur, elle avait brusquement fait volte-face, et, fonçant sur eux, avait brisé leurs embarcations en mille miettes, ou les avait jetés, éperdus de peur, vers leurs vaisseaux. Plusieurs accidents fatals étaient déjà survenus au cours de ces chasses. Mais bien que des désastres de ce genre arrivent souvent dans la pêcherie sans qu'on en fasse des contes, dans ces cas particuliers, l'infernale et féroce préméditation de Moby Dick était telle, que chaque démembrement ou mort qu'elle causait n'était pas entièrement considéré comme le fait d'un être inintelligent.

Jugez alors à quel degré d'ardente et folle fureur était poussé l'esprit de ses chasseurs les plus acharnés quand ils nageaient parmi les épaves des bateaux broyés et les membres épars des camarades déchirés, hors du lait caillé de l'affreuse colère de la baleine, sous un soleil serein et exaspérant, qui, lui, continuait à sourire, comme pour une naissance ou pour une noce.

Ses trois baleinières coulées autour de lui, avirons et hommes tournoyant dans les remous, un capitaine, saisissant un couteau planté dans une proue rompue, s'était élancé sur la baleine comme un duelliste d'Arkansas sur son adversaire, cherchant aveuglément avec une lame de six pouces à atteindre la vie, profonde d'une toise, de la baleine. Voilà ce qu'avait fait Achab. Et c'est alors que, passant soudain sous Achab sa mâchoire en forme de faucille, Moby Dick lui avait fauché la jambe comme un moissonneur fauche une tige dans un champ. Aucun assassin vénitien ou malais n'aurait pu, semble-t-il, le frapper plus méchamment. Il était assez naturel alors de comprendre pourquoi Achab, depuis cette rencontre presque mortelle, nourrissait une haine furieuse contre cette baleine. Le plus terrible était que, dans sa frénésie maniaque, il en arrivait à l'identifier, non seulement avec toutes ses souffrances physiques, mais aussi avec ses souffrances morales. La Baleine Blanche nageait devant lui comme l'incarnation de toutes ces puissances malignes que certains hommes de nature profonde sentent en train de les ronger, jusqu'à ce qu'il ne leur reste plus pour vivre qu'une moitié de cœur ou de poumon. Puissances qui datent de toujours ; auxquelles les chrétiens modernes eux-mêmes attribuent la domination de la moitié du monde ; que les anciens ophites de l'Est adoraient dans leurs statues démoniaques. Achab, certes, ne s'agenouillait pas pour les adorer, comme eux, mais dans son délire il les incarnait dans la Baleine Blanche tant détestée, et, tout mutilé qu'il était, il se lançait contre elle. Tout ce qui rend fou et qui tourmente, tout ce qui remue le fond trouble des choses, toute vérité contenant une partie de malice, tout ce qui ébranle les nerfs et embrouille le cerveau, tout ce qui est démoniaque dans la vie et dans la pensée, tout mal était pour ce fou d'Achab, visiblement personnifié, et devenait affrontable en Moby Dick. Il avait amassé sur la bosse blanche de la baleine la somme de rage et de haine ressentie par toute l'humanité depuis Adam, et, comme si sa poitrine avait été un mortier, il y faisait éclater l'obus de son cœur brûlant.

Il est peu probable que cette manie soit née en lui au moment même de sa mutilation. En se jetant sur le monstre, couteau en main, il n'avait fait que s'abandonner à une animosité subite, passionnée et physique ; et lorsqu'il avait été atteint, il n'avait ressenti rien d'autre que l'agonie d'une lacération corporelle. Mais quand, à la suite de ce choc, il avait été forcé de rebrousser chemin, de rentrer, Achab, pendant de longs mois, avait couché dans le même hamac, seul à seul avec son angoisse ; il avait contourné en plein hiver le morne et hurlant cap de Patagonie et c'est à ce moment que son corps déchiré et son âme balafrée, saignant l'un dans l'autre et ainsi se mélangeant, le rendirent fou.

Sa folie avait dû le prendre pendant son voyage de retour, après la bataille, car plusieurs fois il avait eu des crises si terribles que, malgré sa mutilation, une fureur de dieu vivant emplissait sa poitrine et ses seconds avaient dû le ligoter, le laissant divaguer tout son saoul dans son hamac. Ainsi, enfermé dans sa camisole de force, il se balança dans le bondissement des tempêtes.

Quand le bateau, voiles déployées, aborda des latitudes plus supportables, alors seulement, à en juger d'après les apparences, le vieillard sembla avoir laissé son délire derrière lui avec les houles du cap Horn ; et il sortit de son trou sombre dans la lumière et l'air bénis.

Or, à ce moment même, lorsque son front toujours pâle était redevenu calme et ferme, et qu'à nouveau il donnait posément ses ordres ; lorsque ses seconds remerciaient Dieu de ce que sa triste folie avait pris fin, l'âme cachée d'Achab continuait à délirer. La folie humaine est souvent féline et rusée. Quand on la croit partie, elle n'est peut-être seulement que métamorphosée en une forme plus subtile. La démence d'Achab n'avait pas cessé mais elle se concentrait profondément ; l'Hudson rétréci mais nullement diminué coule à travers les gorges montagnardes ; telle sa manie coulait sans rien laisser d'elle derrière elle ; et aussi sans que rien de sa grande intelligence ait péri. Ce qui, avant, n'était qu'un intermédiaire vivant, à présent était devenu l'instrument vivant. Si l'on peut se servir d'une image aussi folle : sa démence spéciale prenait d'assaut sa lucidité générale et concentrait ses bouches à feu sur son propre et fol objectif. Ainsi, loin d'avoir perdu sa force, Achab montrait maintenant mille fois plus d'obstinée puissance à atteindre ce seul but qu'il n'en avait jamais apporté, étant sain, à poursuivre aucun objet raisonnable.

C'est déjà beaucoup ; mais, nous sommes à peine sur le seuil du plus profond, du plus sombre et du plus large Achab. Ah ! il ne sert de rien d'éclairer les profondeurs, et toutes les vérités sont profondes. Nous voilà avec notre corps debout dans le soleil comme un palais plein de merveilles, mais, vous qui cherchez la vérité, ô âmes graves et nobles, descendez sous les fondations, de cave en cave. Dans les profondeurs farouches de l'orgueilleuse construction de l'homme s'ouvre le vaste habitat des civilisations disparues ; et c'est là que sa grandeur essentielle est enracinée dans les ténèbres avec toute sa majesté : héros antique enseveli sous l'entassement des siècles. Les Dieux du ciel libre se moquent de ce roi prisonnier des écroulements de son trône. Mais lui, comme une cariatide accroupie, il porte sur ses épaules glacées l'accumulation des âges. Descendez jusqu'à lui avec l'orgueil et la tristesse de votre âme moderne et parlez à son vieil orgueil et à sa vieille tristesse. Vous retrouvez tout votre propre drame ? Oui, jeunes rois, le vieux roi sauvage connaissait déjà le secret éternellement sauvage de la race humaine.

Achab le savait. Il se disait : mes armes sont humaines, mais le combat que je veux mener est fou. Il ne pouvait rien y changer. Il mentirait aux hommes, et le mensonge viendrait de ses profondeurs et non de sa volonté. Il y réussit si bien que, quand il débarqua avec sa jambe d'ivoire, aucun Nantuckais ne vit en lui autre chose que le chagrin profond (tellement naturel) provoqué par son malheur.

Peut-être même, au lieu de se dire que maintenant il ne pourrait plus chasser, les armateurs avisés de cette île prudente furent enclins à penser qu'une humeur si sombre le qualifiait comme le plus féroce et le plus sanguinaire des chasseurs de baleines.

Mordu en dedans et brûlé en dehors, cloué par la lance d'une impitoyable idée fixe, un tel personnage semblait être homme à lancer le fer, à lever son harpon contre la plus effrayante de toutes les brutes. Ou si, pour une raison quelconque, on l'estimait physiquement hors d'état de faire la chose, il restait plus qualifié que personne pour l'encourager de ses ordres d'attaque et de ses hurlements. Quoi qu'il en soit, il est certain qu'avec le secret de sa rage folle, nullement atténuée mais bien close et verrouillée en lui, Achab s'était embarqué pour le présent voyage dans l'unique but, l'absorbant tout entier, de chasser la Baleine Blanche. A ce moment, si à terre ses vieux camarades avaient seulement soupçonné la moitié de ce qui se cachait alors en lui, avec quel empressement n'auraient-ils pas arraché le vaisseau à cet homme diabolique. Eux, ne pensaient qu'à des croisières profitables, dont les bénéfices seraient payables en dollars de l'Hôtel de la Monnaie, et lui seulement à une vengeance audacieuse, implacable, surnaturelle.

Voici donc ce vieillard grisonnant et impie chassant, le blasphème à la bouche, une baleine de Job, autour du monde ; qui plus est, à la tête d'un équipage composé en majeure partie de métis renégats, de naufragés et de cannibales ; équipage affaibli moralement aussi par l'impuissante vertu et la droiture de Starbuck, l'indifférence joviale et l'insouciance inaltérable de Stubb, et la médiocrité totale de Flask. Un tel équipage, mené par de tels hommes, semblait être soigneusement trié et groupé par quelque infernal destin pour seconder Achab dans sa manie vengeresse. De par quelle magie répondaient-ils si spontanément à la colère du vieillard ? Par quel sortilège leurs âmes étaient-elles envoûtées, pour qu'à certains moments sa haine à lui semblât presque la leur, et cette Baleine Blanche, leur intolérable ennemi autant que le sien ? Comment et pourquoi tout cela ? Que représentait la Baleine Blanche pour eux ? A leurs esprits inconscients était-elle apparue d'une façon vague et inattendue, comme le grand démon rampant des mers de la vie ? Pour débrouiller tout ça, il faudrait plonger plus profond que je ne le puis, moi, Ishmaël. Comment le mineur souterrain qui travaille en nous tous pourrait-il savoir où mène la galerie faite par son pic dont le bruit est étouffé et qui, sans cesse, se déplace ? Qui ne sent pas le poids du bras irrésistible ? Quel esquif remorqué par un « soixante-quatorze » peut se tenir tranquille ? Pour ce qui est de moi, je m'abandonnai à l'heure et au lieu ; mais, tout impatient que je fusse de rencontrer la baleine, je ne pus rien voir d'autre en cette bête qu'un mal mortel.

XLII

LA BLANCHEUR DE LA BALEINE

Ayant déjà fait allusion à ce qu'était la Baleine-Blanche pour Achab, reste à dire ce qu'elle était parfois pour moi.

Sans parler de ce qui saute aux yeux à propos de Moby Dick, et qui peut effrayer l'âme de n'importe quel homme, il y avait une autre image ou plutôt une idée terrible d'elle, indescriptible toutefois, mais qui, par son intensité, dépassait parfois tout le reste ; quelque chose de mystique, voire d'ineffable, qui désespérait l'entendement.

Par-dessus tout, c'est la blancheur de la baleine qui m'épouvantait. Bien qu'y ayant déjà fait allusion par ailleurs d'une manière vague du reste, et au hasard de la plume, comment m'expliquer à ce sujet ?

Il est admis que la blancheur, par sa pureté, rehausse la beauté de maintes choses naturelles : marbres, laques, perles ; et il est connu que plusieurs nations ont donné une certaine prééminence royale à cette couleur sur toutes les autres ; les vieux rois barbares et grandioses de Pégu, avant tout autre titre, se disaient : « Seigneurs des Eléphants Blancs », et les modernes rois du Siam font figurer sur l'étendard royal ce même quadrupède blanc de neige. Le drapeau de Hanovre porte l'image d'un cheval blanc comme la neige. Le grand empire césarien d'Autriche, héritier de la tyrannie romaine, a pris cette teinte impériale pour couleur d'empire. Il faut bien admettre aussi que cette prééminence s'applique également à la race humaine : l'homme blanc passant pour le maître idéal de toute peuplade noire.

En fait, il est vrai que la blancheur a toujours été considérée comme symbole d'allégresse ; chez les Romains, une pierre blanche signalait une journée heureuse. Cette même teinte, entre autres attributs, est également l'emblème de maintes choses touchantes et nobles : l'innocence d'une jeune mariée, la bénignité de la vieillesse. Chez les Peaux-Rouges d'Amérique, le don d'une ceinture blanche était le plus précieux gage d'honneur. Dans de nombreux pays, blancheur est synonyme de majesté, de justice, par l'hermine que porte le juge ; et elle contribue quotidiennement à la pompe des rois et des reines, lesquels sont véhiculés par des coursiers blancs comme le lait. Dans les mystères les plus sacrés des plus augustes religions, la blancheur est le signe de la pureté du pouvoir divin. Chez les adorateurs du feu persan, la flamme blanche était considérée, à l'autel, comme la plus sacrée. Dans la mythologie grecque, le grand Jupiter lui-même s'incarne sous forme d'un taureau blanc de neige. Chez les nobles Iroquois, le sacrifice d'hiver du chien blanc sacré était de beaucoup la fête la plus sainte de toute leur théologie ; l'envoi de cette créature immaculée et fidèle étant considéré comme le plus pur qu'ils pouvaient faire au Grand-Esprit, avec le récit annuel de leur propre fidélité. Il est également vrai que c'est du mot latin signifiant blanc que dérivent les noms d'une partie des vêtements consacrés que les prêtres chrétiens portent sous la chape ; aube, etc. Dans les fastes sacrés de l'Eglise romaine le blanc sert spécialement à l'office de la Passion de Notre-Seigneur. Dans la vision de saint Jean, des robes blanches revêtent ceux qui sont sauvés ; et les quatre-vingts anciens, vêtus de blanc, se tiennent debout devant le grand trône blanc dans lequel s'assied le Très-Saint, blanc comme la laine. Cependant, cette accumulation de tout ce qui est doux, honorable ou sublime n'empêche pas une sorte de peur mystérieuse cachée dans l'idée qu'on se fait de cette couleur ;

quelque chose qui, bien plus que le rouge effrayant du sang, saisit l'âme d'une terreur panique.

Cette chose illusoire, dissociée des autres qualités bienveillantes et douces, et jointe à n'importe quel objet de terreur, aggrave cette terreur et la pousse à ses limites extrêmes. Voyez l'ours blanc des pôles, le requin blanc des tropiques ! Qu'est-ce d'autre que leur blancheur lisse et floconneuse qui les rend horribles à voir ? Cette blancheur abominable, d'une affreuse douceur, rend même plus répugnant qu'effrayant leur aspect muet et dévorant ; si bien que la vue du tigre lui-même, avec ses féroces moyens de défense et son pelage héraldique, ne peut abattre le courage comme le fait la vue de l'ours blanc ou du requin[1].

Voyez l'albatros. D'où proviennent donc ces nuages d'émerveillement spirituel et de pâle horreur parmi lesquels ce blanc fantôme vole dans toutes les imaginations ? Ce ne fut pas Coleridge qui, le premier, lui

1. En ce qui concerne l'ours polaire, il est possible à celui qui veut aller plus loin dans le sujet de soutenir que ce n'est pas la blancheur en soi qui aggrave l'intolérable laideur de cette brute, car, analysée, cette hideur ne vient que des circonstances, l'irresponsable férocité dont cette créature est investie contrastant avec la toison d'innocence et d'amour céleste, et qu'en rapprochant dans nos esprits deux émotions si opposées, l'ours polaire nous effraye seulement, à cause de ce contraste si peu naturel. Mais, même en supposant que ceci soit exact, il n'en reste pas moins vrai que, sans la blancheur, sa vue ne vous emplirait pas d'une terreur aussi intense.

Pour le requin blanc, glissant sans effort comme une ombre blanche, quand cette créature est dans son état normal, elle ressemble dans cette qualité à l'ours polaire. Cette particularité est le plus nettement définie par le nom que les Français donnent à ce poisson. La messe romaine pour les morts commence avec *Requiem aeternam* (repos éternel), d'où *Requiem* qui donne son nom à la messe elle-même et aussi à toute musique funèbre. Faisant donc allusion à la blanche tranquillité de mort de ce poisson silencieux et au doux caractère mortel de ses habitudes, les Français le nomment *Requin*.

donna ce charme, mais Dieu, ce poète méconnu qui fit la nature du monde[1].

L'histoire la plus célèbre dans nos annales de l'Ouest et dans les traditions indiennes est celle du Cheval Blanc des prairies, un magnifique coursier laiteux, avec de grands yeux, une tête petite, un solide poitrail, superbe comme mille monarques dans son maintien altier et méprisant. Il était le Xerxès reconnu des vastes hordes de chevaux sauvages dont les pâturages n'étaient limités, en ces temps, que par les montagnes Rocheuses et Alleghanys. Dansant à leur tête, il en menait la troupe ardente vers l'Ouest comme cette étoile élue qui, chaque soir, mène des armées de lumières. La cascade étincelante de sa crinière, la comète courbe de sa queue lui donnaient un harnachement plus resplendissant que celui que tous les orfèvres du monde auraient pu lui fournir. Apparition impériale et archangélique dans ce monde non déchu de

1. Je me souviens du premier albatros que j'ai vu. C'était au cours d'un orage qui n'en finissait plus, près des mers antarctiques. De mon quart du matin en bas, j'étais monté sur le pont assombri, et là, plaqué contre l'écoutille principale, je vis une chose royale et emplumée, d'une blancheur intacte, avec un bec courbe, romain, sublime. De temps à autre, elle voûtait ses ailes d'archange comme pour enlacer une arche sainte. Des trémoussements et des battements extraordinaires la secouaient. Bien que physiquement indemne, elle poussait des cris, comme l'ombre d'un roi en surnaturelle détresse. A travers ses inexpressifs, ses étranges yeux, je pensais atteindre des secrets concernant Dieu. Je m'inclinai comme Abraham devant les anges ; cette chose blanche était si blanche, ses ailes si larges, et dans ces lieux elles avaient l'air si irrémédiablement en exil, que j'en avais oublié les misérables souvenirs des traditions et des villes. Longtemps, je regardais cette merveille de plumage. Je ne puis que suggérer vaguement toutes les idées qui me passèrent alors par la tête. Finalement, je me ressaisis et, me retournant, je demandai à un matelot quelle espèce d'oiseau ce pouvait être. « Un goney », me répondit-il. Je n'avais jamais entendu ce nom auparavant. Etait-il possible que cette chose glorieuse fût totalement inconnue des terriens ? Non sûrement ! Mais quelque temps

l'Ouest, et qui, aux yeux des vieux trappeurs et chasseurs, faisait revivre les gloires des temps primordiaux, quand Adam marchait majestueux, tel un dieu, tendu fièrement comme un arc et aussi intrépide que ce coursier puissant. Ce dernier galopait parmi ses aides de camp et ses maréchaux, à la tête de cohortes innombrables qui coulaient sans fin à travers les plaines comme coule l'Ohio ; et quand, avec ses sujets qui, à perte de vue, broutaient autour de lui, le Coursier Blanc les passait en revue, ses chaudes narines rosissaient à travers cette blancheur laiteuse ; sous quelque aspect qu'il se présentât, il était l'objet d'un respect craintif et tremblant de la part des Indiens les plus courageux. Et, à en juger d'après les annales légendai res de ce noble cheval, c'était surtout sa blancheur qui commandait l'adoration et foudroyait d'une invincible terreur.

Mais il est d'autres cas où cette blancheur perd cette

après, j'appris que goney était le nom donné à l'albatros par quelques marins. Tous les vers de Coleridge n'ont rien à voir avec mes impressions mystiques lorsque je vis cet oiseau sur notre pont, car, à ce moment, je n'avais pas plus lu les *Rimes* que rencontré l'albatros Ce disant, je ne fais que renforcer indirectement les mérites déjà brillants du poème et du poète.

J'affirme donc que dans sa merveilleuse blancheur l'oiseau cache le secret de son charme ; vérité rendue encore plus évidente par ce solécisme, qu'il y a des oiseaux nommés « albatros gris » ; j'ai vu souvent de ces derniers ; jamais ils ne m'ont donné une émotion comparable à celle de ma rencontre avec l'oiseau antarctique.

Comment cette chose mystique avait-elle été capturée ? N'en soufflez mot, et je vous le dirai... avec une ligne et un hameçon traître, tandis que l'oiseau flottait sur la mer !

Finalement, le capitaine s'en servit comme facteur en lui attachant un morceau de cuir au cou avec des inscriptions indiquant l'heure et la position du bateau ; après quoi, il lui rendit la liberté. Mais je suis sûr que ce bout de cuir, expédié à l'intention des hommes, a été emporté aux cieux par l'oiseau blanc volant vers les chérubins qui adorent éternellement dans le repliement de leurs ailes.

force étrange qui glorifie le Cheval Blanc et l'Albatros.

Dans l'albinos, elle répugne de façon bizarre et choque l'œil tellement que cet homme est parfois détesté même par ses proches. L'albinos est pourtant aussi bien bâti que les autres hommes, mais la simple vue de la blancheur répandue sur sa personne le rend aussi étrangement hideux que le plus laid des avortons. Pourquoi ?

La nature ne manque pas une occasion de se servir de la blancheur comme d'un élément de terreur. A cause de leur aspect neigeux les mers du Sud ont été dénommées Rafales Blanches. Et, en certaines circonstances historiques, la méchanceté humaine n'a eu garde de l'utiliser. Avec quelle sauvagerie elle renforce l'effet de ce passage de Froissart, lorsque les terribles Capucins Blancs de Gand tuent leur bailli sur la place du Marché.

L'expérience commune et héréditaire de tous les hommes se porte garante du surnaturel qui s'attache à cette douleur. Il est difficile de douter que ce qui effraye le plus dans l'aspect des morts est la pâleur de marbre qu'on leur voit ; comme si, en vérité, elle était autant le signe de la consternation dans l'autre monde qu'elle est l'indice de la frénésie mortelle, ici-bas. De cette pâleur des morts nous empruntons la couleur du linceul dans lequel nous les enroulons. Dans nos superstitions, nous ne manquons pas de jeter un manteau couleur de neige sur nos fantômes ; toutes les apparitions s'élèvent dans un brouillard laiteux. Oui, et tandis que ces terreurs s'emparent de nous, ajoutons encore que l'évangéliste nous montre le roi de la fin du monde chevauchant un cheval blanc.

L'homme a donc beau symboliser toute chose grande et gracieuse par la blancheur, il ne peut néanmoins nier que, dans sa signification la plus profonde, elle signale à l'âme quelque chose d'exceptionnel.

Mais ce point étant maintenant fixé sans contradiction possible, comment l'homme l'expliquera-t-il ? Ici on ne peut rien analyser. Nous pouvons peut-être citer certains exemples de blancheur auxquels nulle idée d'effroi n'est associée mais qui, cependant, exercent le même sortilège ; et, ce faisant, trouver le fil qui nous conduira à la cause cachée que nous cherchons.

Essayons toujours ; bien que dans une telle recherche la subtilité fasse appel à la subtilité et que, s'il n'a de l'imagination, nul ne pourra pénétrer dans ce domaine, il est possible que les impressions dont nous allons parler aient été partagées par la plupart des hommes, mais peut-être que peu d'entre eux étaient entièrement conscients lorsqu'ils les ont éprouvées et que maintenant ils ne s'en souviennent plus.

Est-ce que le simple nom de la Pentecôte, le dimanche blanc, ne frappe pas l'imagination des hommes même incultes et qui n'ont qu'une très vague idée du caractère spécial de cette fête : ne voient-ils pas une longue, morne, silencieuse et lente procession de pèlerins tristement encapuchonnés de neige fraîchement tombée ? Le simple et ignorant protestant des Etats du centre de l'Amérique n'évoque-t-il pas une statue sans regard quand il entend parler d'un frère blanc ou d'une nonne blanche ?

Qu'est-ce donc – les légendes de guerriers et de rois prisonniers dans des donjons mises à part – qu'est-ce donc qui fait que la tour Blanche de Londres touche plus l'imagination des Américains qui ont peu voyagé que ne le font d'autres constructions voisines comme la tour Bayard ou même la tour du Sang ? Et pour ce qui est de ces tours plus sublimes encore : les montagnes Blanches du New-Hampshire, la simple mention de leur nom produit sur l'âme une gigantesque hallucination, tandis que la pensée que donne la chaîne Bleue de Virginie est pleine d'une rêverie embuée, douce et lointaine. Question de latitude et de longitude mise à part, pourquoi le nom de la mer Blanche exerce-t-il sur l'imagination une aussi spectrale impression, tandis que celui de la mer Jaune berce dans des pensées mortellement douces : longs après-midi paisibles sur des eaux laquées, suivis des plus radieux et paresseux couchants. Autre exemple, totalement immatériel celui-ci, mais qui s'adresse purement à l'imagination ; pourquoi, en lisant les vieux contes de fées de l'Europe centrale, le « Grand Homme Pâle » de la forêt du Hartz qui glisse sans un frémissement à travers les bois verdoyants ; pourquoi ce fantôme est-il plus terrible que tous les lutins ululants du Bocsburfg ?

Et ce n'est pas uniquement le souvenir de ses tremblements de terre qui ont renversé les cathédrales, ni de la ruée des mers déchaînées, ni de l'impassibilité de cieux sans pluie, ni la vue de ce vaste champ de tours penchées, de voûtes brisées, de croix toutes versées (comme les vergues inclinées d'une flotte à l'ancre), ni de ses faubourgs où les murs des maisons s'appuient les uns aux autres comme des jeux de cartes embrouillées ; ce ne sont pas ces choses qui font de Lima l'impassible la plus étrange et la plus triste des villes qu'on puisse voir. C'est que Lima a pris le voile blanc et qu'ainsi l'horreur s'augmente de cette blancheur de son angoisse. Vieille comme Pizarro, elle garde, grâce à cette blancheur, ses ruines toujours neuves. Cette blancheur n'admet pas la riante verdure des ruines. Elle étale sur les remparts rompus une lividité de convulsionnaire mort.

Je sais que le vulgaire n'admet pas cette blancheur comme la raison principale de craindre un objet déjà terrible en soi, et que, pour ceux qui manquent d'imagination, il n'y a rien de terrible dans les apparences. Mais pour d'autres esprits, les apparences suffisent, quand, examinées sous toutes les formes, elles sont universellement et mystérieusement terribles. Ce que j'entends par ces deux mots sera peut-être expliqué par les exemples suivants :

Primo : Qu'un marin approche de nuit les côtes de pays étrangers, qu'il entende le grondement des brisants et le voici alerté ; il ressent juste ce qu'il faut de peur pour aiguiser toutes ses facultés ; mais dans des circonstances identiques, tirez-le de son hamac pour lui faire voir son bateau voguant sur une mer nocturne d'une blancheur de lait – comme si, venus des cirques des montagnes proches, des troupeaux d'ours blancs bien peignés nageaient autour de lui – et vous le verrez éprouver une terreur superstitieuse qui le rendra muet. Le fantôme des eaux blanches le terrorise autant qu'une vraie apparition. C'est en vain que le plomb de la sonde lui assurera qu'il est encore loin des écueils ; cœur et gouvernail lui manqueront. Et il n'aura plus de repos tant qu'il ne sera pas de nouveau environné d'eau bleue. Pourtant, où est-il le marin qui avouera : « Sir, ce n'est pas tant la peur de toucher un écueil, que la peur de cette hideuse blancheur, qui me bouleverse ainsi. »

Secundo : Pour l'indigène du Pérou, la vue des Andes continuellement coiffées de neige n'a rien de terrible, sauf peut-être par la simple imagination de la désolation des glaces éternelles qui règnent à de si hautes altitudes ; et dans l'idée toute naturelle de la peur qu'il éprouverait s'il était perdu dans des solitudes aussi inhumaines. De même pour l'homme des forêts de l'Ouest qui, avec une indifférence relative, contemple une prairie illimitée couverte de neige, sans qu'une ombre d'arbre ou un buisson vienne rompre le charme de la blancheur figée. Il n'en est pas de même pour le marin devant le spectacle des mers antarctiques où parfois, par un tour de passe-passe des puissances du gel et de l'air, grelottant et mi-naufragé qu'il est, il voit, au lieu de l'arc-en-ciel d'espoir, quelque chose qui ressemble à un immense cimetière le narguant de tous ses mausolées de glace et de toutes ses croix effritées.

Mais, direz-vous, ce chapitre sur la blancheur semble

n'être qu'un drapeau parlementaire arboré par une âme froussarde, vous vous laissez aller à l'hypocrisie, Ishmaël !

Dites-moi, alors, pourquoi ce jeune et fort poulain, né dans quelque paisible vallée de Vermont, très loin de toute bête fauve ; pourquoi, par le jour le plus beau ensoleillé, si vous agitez seulement une peau fraîche de buffle derrière lui, sans même qu'il puisse la voir, mais qu'il sente l'odeur musquée de cet animal sauvage ; pourquoi tressaillira-t-il, hennira-t-il et, les yeux exorbités, se mettra-t-il à gratter la terre avec une terreur frénétique ? Dans sa verte prairie septentrionale et en lui, il n'y a aucun souvenir d'éventrement par des bêtes sauvages, de sorte que l'étrange odeur musquée qu'il sent n'est pas associée à l'expérience d'un danger antérieur. Que sait-il, ce poulain de la Nouvelle-Angleterre, des bisons noirs de l'Oregon lointain ?

Ici, vous voyez donc que, même dans une bête muette, l'instinct est révélé du démonisme du monde. Il a beau se trouver à des milliers de milles de l'Oregon ; quand il renifle cette sauvage odeur musquée, les troupeaux de bisons qui déchirent et éventrent lui sont aussi présents qu'aux poulains sauvages des prairies qui sont peut-être, à ce même moment, foulés dans la poussière.

Ainsi les grondements étouffés d'une mer couleur de lait, les bruits froids des glaçons festonnant les montagnes, les neiges balayées par le vent sur les prairies, sont pour moi, Ishmaël, comme la peau du buffle pour le poulain effrayé.

Quoique ni l'un ni l'autre nous ne sachions où se trouve la forge de ce feu mystique, pour moi, pourtant, comme pour le poulain, cette forge doit exister quelque part. Et bien que nombre d'aspects de ce monde visible semblent être formés par l'amour, les sphères invisibles furent forgées dans de la peur.

Mais nous n'avons pas encore éclairé le mystère incantatoire de cette blancheur, ni appris pour quelle raison elle frappe si puissamment l'âme ; et ce qui est plus étrange et encore plus rempli de présages, pourquoi elle est à la fois le symbole le plus significatif des choses spirituelles, le vrai voile du Dieu chrétien, et en même temps l'agent qui rend plus intense l'horreur des choses qui épouvantent l'homme.

Est-ce à cause de sa qualité indéfinissable qui fait sortir de l'ombre les immensités sans vie de l'univers et nous anéantit traîtreusement par la pensée de notre vanité quand nous regardons les blanches profondeurs de la Voie lactée ? Est-ce parce que le blanc est moins une couleur qu'une absence de couleur en même temps qu'il est le profond mélange de toutes ? Est-ce cela qui donne son sens au vide muet d'un vaste paysage de neige ? Cette chose sans couleur, ou colorée par l'absence de Dieu, qui nous fait reculer d'effroi. Et si nous considérons une autre théorie de ceux qui ont philosophé sur la nature, nous voyons que toutes les autres couleurs de la terre ne sont que de subtiles illusions, aussi bien les douces teintes du couchant ou du feuillage des bois, que le velours doré des ailes de papillons et des joues des jeunes filles. Oui, rien de tout cela ne fait partie intégrante des choses, c'est un simple enduit, et toute la divine nature est simplement peinte, comme la grue dont le chatoyant plumage ne couvre que le charnier intérieur. Plus encore : l'enduit mystérieux qui donne toutes ces couleurs, c'est le grand principe de la lumière, et il est à jamais blanc, sans couleur. Si la lumière frappait directement la matière des choses, elle donnerait sa blancheur vide à tout, à la tulipe comme à la rose.

Dès qu'on comprend tout cela, on voit alors la peau lépreuse de l'univers et, comme le voyageur têtu qui refuse de mettre des lunettes noires sur les glaciers de Laponie, si, pauvres misérables que nous sommes, nous nous obstinons à regarder à l'œil nu le gigantesque suaire blanc qui enveloppe toutes les choses, nous sommes irrémédiablement aveuglés. La Baleine Blanche était le symbole de tout cela. Vous étonnerez-vous maintenant de la férocité de la chasse ?

XLIII

ÉCOUTE !

– ... Chut !... Avez-vous entendu ce bruit, Cabaco ?

C'était pendant le quart de minuit, un féerique clair de lune ; faisant la chaîne, les matelots transportaient l'eau fraîche du réservoir du milieu au réservoir qui se trouvait près de l'écoutille du couronnement de poupe. Plantés droits sur les lieux tabous du gaillard d'arrière, ils faisaient attention de ne point parler et évitaient de faire du bruit avec leurs pieds. Les seaux passaient de main en main dans un silence profond interrompu seulement de temps en temps par le claquement d'une voile et le ronron continu de la quille qui allait son chemin.

C'est au milieu de ce calme qu'Archy, qui faisait partie de la chaîne et qui se trouvait près des écoutilles de l'arrière, chuchota ces mots à son voisin, un Cholo :

– Chut !... V's'avez entendu ce bruit, Cabaco ?

– Attrapez le seau, voulez-vous, Archy... De quel bruit parlez-vous ?

– Le voilà encore... Sous les écoutilles... Vous ne l'entendez pas ?... Une toux... comme une toux.

– Au diable avec votre toux ! Passez le seau !

– Là encore... le voici ! maintenant ça a fait comme si deux ou trois types qui dorment se retournaient !

– Caramba ! Suffit comme ça. C'est les trois biscuits du souper qui s'agitent dans votre estomac... Qu'est-ce que vous voulez que ça soit d'autre ? Attention au seau !

– Dites tout ce que vous voulez, mon vieux ; j'ai l'oreille fine.

– Oui s'pas, c'est vous l'type qu'a entendu cliqueter en mer les aiguilles à tricoter de la Quakeresse, à cinquante milles de Nantucket. C'est vous l'type ?

– Rigolez toujours ; nous verrons ce qui arrivera. Ecoutez-moi, Cabaco, y a en bas, dans la cale d'arrière, quelqu'un qu'on n'a pas encore vu sur le pont. J'ai idée que notre vieux Mogol en sait beaucoup plus que nous là-dessus. A un quart du matin, j'ai entendu Stubb dire à Flask qu'il y avait quelque chose de ce genre dans l'air.

– Fermez-la ! Passez le seau.

XLIV
LA CARTE

Si nous avions suivi le capitaine Achab en bas, dans sa cabine, après la rafale qui succéda à la folle acceptation de son projet par son équipage, nous l'aurions vu se diriger vers un couvercle de la barre d'arcasse, le soulever et en retirer un gros rouleau de cartes marines toutes jaunies et froissées. Il les étendit devant lui sur sa table vissée au plancher. Puis, s'asseyant, il se mit à en étudier attentivement les ombres et les lignes, et, d'un crayon lent mais sûr, il traça des trajets sur des parties vides auparavant. De temps à autre, il consultait des tas de vieux livres de bord qui se trouvaient à côté de lui et sur lesquels étaient mentionnés les saisons et les endroits où divers vaisseaux de jadis avaient capturé ou vu des cachalots.

Tandis qu'il était ainsi occupé, la lourde lampe d'étain suspendue par des chaînes au-dessus de sa tête se balançait continuellement avec les mouvements du bâtiment et projetait des lueurs et des ombres dansantes sur son front ridé et il semblait que, tandis que le capitaine marquait lignes et courses sur les cartes froissées, un invisible crayon traçait courses et lignes sur la carte fortement accusée de son front.

Mais ce ne fut pas seulement cette nuit-là que, dans la solitude de sa cabine, Achab se pencha ainsi sur ses cartes. Il les sortait presque chaque nuit ; presque chaque nuit, quelques traits de crayon étaient effacés et remplacés par d'autres. Les cartes des quatre océans devant lui, Achab traçait un labyrinthe de courants et de remous, pour serrer de plus près le but qu'il s'était proposé dans la folie de son âme.

Or, pour qui n'est pas tout à fait au courant des habitudes des léviathans, il peut sembler une tâche ridicule et vaine de chercher ainsi une seule créature dans les océans illimités de cette planète. Ce n'était pas ce que pensait Achab qui connaissait toutes les marées et tous les courants, et par eux, calculait les déplacements de la nourriture du cachalot ; et qui aussi, sachant exactement à quelles saisons on chasse le cachalot sous telle ou telle latitude, pouvait arriver à conjecturer raisonnablement et même presque avec certitude quel jour ou dans quel endroit il pouvait espérer rencontrer sa proie.

On sait de source certaine, pour l'avoir souvent constaté, que le cachalot fréquente particulièrement certaines eaux, et de nombreux chasseurs pensent que, si on l'observait de près, l'étudiant à travers le monde, si les livres de bord de chaque bâtiment de la flotte entière des baleiniers étaient soigneusement collationnés, on verrait dans les migrations du cachalot la régularité de la nage des bancs de harengs et du vol des hirondelles. Basés sur ces suggestions, des essais ont éte tentés pour dresser des cartes très détaillées des migra tions du cachalot[1].

De plus, en se transportant d'un site de chasse à un autre, les cachalots, guidés par un instinct infaillible, nagent dans ce qu'on appelle des *veines* poursuivant leur route le long d'une ligne donnée de l'Océan avec une précision qu'aucun vaisseau, aidé de cartes, n'a pu atteindre. Dans ce cas, la baleine suit une ligne aussi droite que si elle était tirée au cordeau ; je parle de son sillage, et, malgré que cette *veine* imaginaire qu'elle est censée suivre ait généralement quelques milles de large, des fois moins, car elle se rétrécit ou s'élargit, mais sans jamais dépasser le champ de vision qu'on peut avoir de la pomme du mât du baleinier quand il glisse aux aguets le long de cette voie magique. En résumé, dans cet espace et le long de ce chemin, on peut avec confiance s'attendre à rencontrer des baleines en migration.

Ainsi donc, non seulement Achab pouvait espérer rencontrer sa proie à des heures prévues et dans des champs séparés mais bien connus et aussi, en traversant les plus vastes espaces entre ces pâturages d'eau, il pouvait, par son art, régler le lieu et l'heure de son

1. Depuis que ceci a été écrit, cette assertion a été reconnue exacte par un avis officiel mis en circulation par le lieutenant Maury, de l'Observatoire national, Washington, 16 avril 1851, selon lequel il paraîtrait qu'une carte de ce genre est en voie d'achèvement ; des extraits en sont présentés dans la circulaire.

Cette carte divise l'Océan en régions de 5 degrés de latitude sur 5 degrés de longitude ; en travers de chacune de ces régions et perpendiculairement, il y a douze colonnes pour les douze mois de l'année ; et horizontalement, et en travers de chacune de ces régions, il y a trois lignes : une donnant le nombre de jours qui ont été passés chaque mois dans chaque région, et les deux autres donnant le nombre de jours au cours desquels baleines, cachalots ou Vraies-Baleines ont été repérés.

chemin, de sorte que l'éventualité d'une rencontre était loin d'être impossible.

Il y avait toutefois une circonstance qui, de prime abord, semblait embrouiller son plan fou, quoique méthodique. Bien que les cachalots qui voyagent par bandes aient des saisons de retour régulières sur tel et tel site de chasse, on ne peut pourtant en conclure que ceux qui fréquenteront une certaine latitude seront les mêmes qui s'y seront trouvés l'année d'avant. Cependant, il y a eu des cas particuliers où le contraire s'est trouvé vérifié. La même remarque, plus limitée toutefois, s'applique parmi les vieux cachalots aux solitaires et aux ermites. En sorte que si Moby Dick avait été vue, par exemple, un an auparavant, aux Seychelles, dans l'océan Indien, ou à la baie du Volcan sur la côte du Japon, il ne s'ensuivait pas que le *Péquod* était certain de la rencontrer en croisant l'année suivante, en n'importe quelle saison, dans l'un de ces endroits. Tous ces lieux semblaient être des relais, des auberges pour ainsi dire, et non pas des endroits où la baleine séjournait de façon prolongée. Chaque fois que j'ai parlé ici ou là des chances d'Achab dans sa poursuite, j'ai seulement fait allusion à ce qui arrive dans l'ordinaire, mais ici la chasse n'était pas ordinaire, la saison et l'endroit où elle devait se faire étaient connus, toutes les possibilités étaient probables, et comme aimait à le penser Achab, toutes les probabilités étaient certaines. Cette saison et cet endroit avaient été appelés : la ligne de saison, car, là, à ce moment fixé, Moby Dick avait été vue pendant plusieurs années consécutives, s'attardant dans ces eaux, de même que le soleil, dans sa course annuelle, s'attarde aussi, à intervalles fixes, dans tel ou tel signe du Zodiaque. C'était là qu'avaient eu lieu la plupart des rencontres mortelles avec la Baleine Blanche, et les vagues, à cet endroit, parlaient d'elle. C'était sur ces lieux tragiques que le vieillard avait trouvé le terrible prétexte de sa vengeance. Mais dans la prudente et lente vigilance du sombre Achab au cours de cette chasse obstinée, il ne permettait pas de repos à ses espoirs, sous les prétextes indiqués ci-dessus, quelque flatteurs que fussent ces espoirs, et la certitude de les réaliser ne pouvait tranquilliser son cœur inquiet et lui conseiller de remettre à plus tard tout autre genre de recherche.

Or, le *Péquod* était parti de Nantucket tout au début de la ligne de saison. Aucune vitesse possible ne pouvait permettre à son capitaine de doubler le grand passage du Sud, le cap Horn, puis remontant à soixante degrés de latitude, d'arriver à temps dans le Pacifique équatorial pour y croiser utilement. Il lui fallait donc attendre la saison suivante. Mais l'heure tardive à laquelle le *Péquod* avait fait voiles était peut-être voulue par son capitaine parce qu'ainsi il avait devant lui trois cent soixante-cinq jours qui lui auraient été insupportables à terre et qu'il pouvait employer à des chasses variées au cas où, par hasard, la Baleine Blanche, passant ses vacances dans les très lointains sites de chasse, aurait montré son front ridé dans le golfe Persique ou dans la baie du Bengale, ou dans les mers de Chine, ou dans n'importe quelles eaux fréquentées par sa race. De sorte que les moussons, vents des pampas, vents de l'Ouest, alizés, n'importe quel vent, sauf celui du Levant et le simoun, pouvaient pousser Moby Dick dans le sillage en zigzag du *Péquod* naviguant.

Ceci dit, n'est-ce pas une idée folle d'imaginer qu'une baleine rencontrée dans le vaste Océan puisse être identifiée par le chasseur, tout comme le mufti à la barbe blanche dans les ruelles surpeuplées de Constantinople ? Oui. Mais le singulier front blanc neigeux et la bosse blanc de neige de Moby Dick ne pouvaient pas, je l'ai déjà dit, ne pas être reconnus.

Après s'être penché sur ses cartes jusqu'à une heure avancée de la nuit, Achab murmurait tout en se rejetant dans ses rêveries : « Je l'ai marquée. M'échapperat-elle ? Ses larges fanons sont percés et déchiquetés comme l'oreille d'une brebis égarée. » Ici, son cerveau s'élançait pour une course haletante au point que, las et défaillant, il lui fallait monter sur le pont pour recouvrer des forces. Dieux ! que les transes des tourments peuvent ronger un homme dont la vengeance est insatisfaite ! Il dort les poings serrés ; s'il se réveille, c'est avec ses ongles enfoncés jusqu'au sang dans ses paumes.

Souvent, chassé de son hamac par des rêves épuisants et intolérables de vérité, suscités par ses pensées de la journée, poursuivies avec frénésie, tournées et retournées dans son cerveau embrasé au point que les battements mêmes de son cœur devenaient une insupportable angoisse, il sentait ces convulsions spirituelles soulever tout son être, un abîme s'ouvrir en lui d'où débordaient éclairs et flammes qui semblaient vouloir l'engloutir. Alors, quand cet enfer s'entrebâillait en lui, un cri fou retentissait à travers le navire et Achab, les yeux hors de la tête, jaillissait de la cabine comme s'il voulait échapper à un lit de feu. Toutefois ces rêves, au lieu d'être les symptômes de quelque faiblesse ou de peur devant ses propres résolutions, n'étaient peut-être que les signes évidents de leur intensité. A ces moments-là, ce qui faisait dresser Achab en pleine horreur, ce n'était pas la conscience de sa folie. Il ne jaillissait pas de son hamac terrifié à l'idée de cette impitoyable détermination rusée qu'il mettait à chasser la Baleine Blanche. Non, dans le sommeil, l'essence même de son âme, délivrée du joug de son esprit, se révoltait et cherchait à s'enfuir de lui comme d'un terrible compagnon.

Mais l'esprit ne peut exister que soudé à l'âme, et Achab devait tout vaincre pour imposer même aux dieux et aux démons sa volonté indépendante qui voulait frapper son but par-delà même les dieux et les démons.

Ainsi son libre propos pouvait continuer à vivre hors de lui, comme un enfant abandonné, tandis que l'Achab ordinaire, frappé d'horreur, fuyait. Et, ce qui semblait être Achab, jaillissant de la cabine, n'était plus qu'une coque vide, un être sans âme, somnambulique, un éclair de lumière encore vivant, certes, mais sans rien à éclairer, donc un néant.

Que Dieu t'assiste, vieillard. Tes pensées ont créé une créature en toi. Leur intensité te fait semblable à Prométhée ! un vautour se nourrira à jamais de ton cœur. Ce vautour que tu t'es créé toi-même.

XLV
L'ATTESTATION

Bien qu'en dehors du récit, ce chapitre-ci, dans sa première partie, est aussi important que n'importe lequel de ce volume, par les détails qu'il donne sur de curieuses habitudes du cachalot. Mais le principal dont il traite doit être abondamment et familièrement expliqué pour être bien compris et pour déraciner l'incrédulité que peuvent être tentés de montrer certains lecteurs ignorant totalement le sujet.

Je ne m'acquitterai pas méthodiquement de cette tâche ; je me contenterai de citer à part les choses qu'en ma qualité de baleinier, je sais exactes. Je suppose que de ces citations, la conclusion que je souhaite s'imposera d'elle-même.

Primo : Personnellement, j'ai vu trois cas où une baleine s'est échappée après avoir été harponnée et qui, frappée de nouveau par la même main après un intervalle de trois ans, a été tuée. Les deux fers, tous deux marqués de la même marque privée, ont été retirés du corps. J'ai dit qu'en l'occurrence trois années s'étaient écoulées entre le lancement des deux harpons – je crois même que c'était plus de trois ans, l'homme qui les avait lancés ayant fait entre-temps un voyage en Afrique sur un bateau marchand et, quand il y eut abordé, il s'enrôla dans une expédition d'exploration à l'intérieur qui dura presque deux ans au cours de laquelle sa vie fut souvent mise en danger par les serpents, les sauvages, les tigres, les miasmes empestés et tous les dangers qui accompagnent un voyage au cœur des régions inconnues. – Cependant la baleine qu'il avait frappée avait dû voyager, elle aussi. Elle avait sans doute fait trois fois le tour du globe ; frôlant de ses flancs, mais en vain, toutes les côtes de l'Afrique. Cet homme et cette baleine se rencontrèrent de nouveau, et l'un vainquit l'autre. Je dis donc que j'ai connu trois cas semblables à celui-ci. J'étais présent pour deux d'entre eux quand les baleines furent frappées et, à la seconde attaque, j'ai vu, j'ai vu de mes yeux, les deux fers marqués sortir du cétacé mort. Pour celui de trois ans, j'étais dans l'embarcation les deux fois ; première et dernière, et la dernière fois, je reconnus distinctement une sorte de grain de beauté spécial, énorme, sous l'œil de la baleine ; le même que j'avais observé trois ans avant – je dis trois ans, mais je suis presque sûr que c'était beaucoup plus que ça. Voici donc trois cas que je puis personnellement affirmer authentiques ; mais j'ai entendu des gens dignes de confiance en citer nombre d'autres.

Secundo : il est avéré, dans les pêcheries de cachalots, malgré l'ignorance des terriens en cette affaire, qu'il y a de nombreuses histoires mémorables où une baleine de forme particulière a été vue plusieurs fois en des lieux et à des moments différents. Pourquoi de telles baleines étaient ainsi remarquées ? Ce n'était pas pour les différencier des autres. Il est totalement indifférent qu'elles soient dissemblables ; elles sont toutes uniformisées et réduites en huiles précieuses. Non. La raison était la suivante. Un prestige de danger entourait cette baleine assez comparable à celui qui entourait Rinaldo Rinaldini et, quand ils la découvraient flânant autour d'eux, la plupart des chasseurs se contentaient de la saluer en touchant leur chapeau de toile cirée, sans nullement chercher à pousser plus avant dans son intimité, comme ces pauvres bougres qui, à terre, reconnaissant un irascible grand homme, le saluent prudemment de loin, au lieu de venir quêter un coup de pied au cul dans sa proximité.

Et non seulement chacune de ces baleines jouissait, vivante, d'une grande notoriété – vous pouvez même dire d'une renommée qui s'étendait sur tous les océans – mais, morte, elle était immortalisée dans les contes du gaillard d'avant. Elle avait droit aux privilèges et distinction d'un nom tout autant que Cambyse ou César. N'est-il pas vrai, Timour Tom ? Léviathan célèbre, balafré comme un iceberg ; toi qui t'es si souvent caché dans les détroits d'Orient et dont le jet fut si souvent aperçu entre les palmiers de la plage d'Ombay ? N'est-il pas vrai, New-Zeland-Jack ? toi. terreur de tous les vaisseaux qui croisaient dans le voisinage de la terre de Tattoo ? N'est-il pas vrai, ô Morquam ? roi du Japon dont on dit que le haut jet prenait parfois l'aspect d'une croix neigeuse sur le ciel ? N'est-il pas vrai, ô don Miguel ! toi, baleine du Chili, marquée sur le dos, comme une vieille tortue, d'hiéroglyphes mystérieux ? Toutes proportions gardées, voici quatre baleines aussi bien connues des étudiants de l'histoire cétacéenne que Marius et Sylla des étudiants de l'histoire classique.

Mais ce n'est pas tout. New-Zeland, Tom et don Miguel, après avoir à plusieurs reprises causé de grands dégâts parmi les baleinières de différents vaisseaux, ont été finalement cherchés, dépistés, chassés et tués par de vaillants capitaines baleiniers qui avaient levé l'ancre dans ce seul but, de même qu'autrefois le capitaine Butler s'était mis en tête de capturer à travers les bois de

Narragansette le sauvage et meurtrier Annawon, guerrier du roi indien Philip.

Je ne saurais trouver un meilleur endroit qu'ici pour parler d'une ou de deux autres choses qui me semblent importantes ; puisque, sous forme d'imprimé, elles établissent la nature raisonnable de toute l'histoire de la Baleine Blanche et plus spécialement de la catastrophe. Car c'est là un des cas décourageants où la vérité a tout autant besoin d'être soutenue que l'erreur. Les terriens pour la plupart si ignorants de quelques-unes des plus simples et des plus tangibles merveilles de ce monde, sans tous ces rappels de faits historiques ou non de la pêcherie, pourraient faire fi de Moby Dick, comme d'une fable monstrueuse ou, pis encore, comme d'une hideuse et intolérable allégorie.

Primo : Bien que la plupart des hommes aient quelques vagues et fuyants aperçus des périls ordinaires de la grande pêcherie, néanmoins ils n'ont rien qui approche d'une conception assise et vive de ses périls et de la fréquence avec laquelle ils se répètent. La raison de cela est sans doute que pas un sur cinquante des désastres et des morts par accident de la pêcherie ne se trouve consigné par les rapports publics. Supposez-vous que ce pauvre type qui, pris dans la ligne de la baleinière, en ce moment peut-être, et en train d'être halé dans les fonds marins sur quelque côte de Nouvelle-Guinée ; supposez-vous que le nom de ce pauvre type va figurer dans les colonnes du journal que vous lirez demain pendant que vous prendrez votre petit déjeuner ? Non, n'est-ce pas ! La poste est très irrégulière entre ici et la Nouvelle-Guinée. Et même avez-vous jamais reçu des nouvelles régulières directement de la Nouvelle-Guinée ? Pourtant j'affirme qu'au cours d'un certain voyage que je fis, parmi tant d'autres, dans le Pacifique, nous avons parlé avec trente différents bâtiments ; chacun d'eux avait eu un mort du fait de la baleine ; certains, plus d'un ; trois vaisseaux avaient perdu chacun l'équipage entier d'une baleinière. Pour l'amour de Dieu ! soyez donc économes de vos lampes et de vos bougies ! Il n'est pas un litre d'huile que vous brûlez qui n'ait coûté une goutte de sang humain.

Secundo : Les terriens ont bien une vague idée que la baleine est une énorme créature douée d'une énorme puissance ; mais quand je leur décrivais un exemple précis de cette double énormité, je n'ai jamais entendu d'eux que des compliments significativement piquants sur la plaisanterie ; alors que, je le jure sur mon âme, je n'avais pas plus l'idée d'être drôle que ne l'avait été Moïse quand il écrivit l'histoire des plaies d'Egypte. Heureusement le point particulier que je cherche à établir peut l'être ici par un témoignage entièrement indépendant du mien. Ce point est celui-ci : Le cachalot est, en certain cas, assez puissant, intelligent et sciemment méchant pour pouvoir, avec préméditation, enfoncer, détruire et faire sombrer un grand vaisseau ; il l'a fait.

Primo : Dans l'année 1829, le bateau *Essex,* commandé par le capitaine Pollard, de Nantucket, faisait une croisière dans l'océan Pacifique. Un jour, il vit des jets, mit ses embarcations à l'eau et donna la chasse à un banc de cachalots. Bientôt, plusieurs furent blessés ; subitement, un très gros cachalot s'échappa des embarcations, sortit du banc, fonça droit sur le vaisseau et, s'élançant contre ses flancs, il le creva avec son front de telle sorte qu'en moins de « dix minutes », l'*Essex* fit eau et se retourna. Pas une planche n'en a été vue depuis. Après avoir été exposée aux plus dures épreuves, une partie de l'équipage atteignit la terre dans les canots. Le capitaine Pollard, après être rentré chez lui, fit voile une fois encore pour le Pacifique, à la tête d'un autre bâtiment, mais les dieux le firent naufrager de nouveau sur des rochers inconnus ; pour la seconde fois, son vaisseau fut perdu, et depuis, ayant juré de renoncer à la mer, il tint parole. En ce moment, le capitaine Pollard réside à Nantucket. J'ai vu Owen Chace, qui était second à bord de l'*Essex* au moment du désastre. J'ai lu sa simple et fidèle narration. J'ai parlé avec son fils ; et tout cela à une distance de quelques milles du lieu de la catastrophe[1].

Secundo : *L'Union,* vaisseau de Nantucket également, se perdit corps et biens en 1807 sur la côte des Açores au cours d'une semblable attaque ; mais il ne m'est jamais parvenu de détails authentiques de cette catastrophe, bien que, de temps à autre, j'aie entendu les chasseurs de baleine y faire allusion.

1. Ce qui suit est extrait de la narration de Chace : « L'ensemble des faits semble me permettre de conclure que tout, sauf le hasard, avait dirigé ses opérations (au cachalot) ; il mena deux attaques distinctes sur le vaisseau, à court intervalle, toutes deux, selon leur direction, calculées pour nous faire le plus grand mal, étant faites de la tête et ainsi combinant la vitesse des deux objets pour le choc ; ces manœuvres étant exactement celles qu'il fallait pour réussir. Son aspect était très horrible et indiquait le ressentiment de la fureur. Il sortit directement du banc dans lequel nous venions de pénétrer et dans lequel nous avions frappé trois de ses compagnons ; il venait comme s'il était emporté par le désir de venger leurs souffrances. » Et encore : « En tout cas, tout se passa en un même moment devant mes propres yeux, et me laissa l'impression d'une méchanceté calculée et décidée de la part du cachalot (je ne me souviens plus de tout ça à présent), mais je suis certain d'être exact en disant ceci. »

Voici ses réflexions quelque temps après qu'ayant quitté le vaisseau quand, au milieu de la nuit noire, dans une embarcation ouverte, il désespérait d'atteindre une côte hospitalière : « Le sombre Océan n'était rien, les eaux houleuses non plus, la crainte d'être englouti dans quelque terrible tempête ou celle d'être jeté sur des rochers cachés ne nous venait pas à l'esprit plus d'un instant ; la triste épave et *l'horrible air de vengeance du cachalot* m'occupèrent jusqu'à ce que vînt le jour. »

Dans un autre endroit – page 45 – il parle de *l'attaque mystérieuse* et *mortelle* de l'animal.

Tertio : Il y a quelque dix-huit ou vingt ans, le commandant J..., qui commandait alors une corvette de guerre américaine de première classe, dînait par hasard avec un groupe de capitaines baleiniers, à bord d'un bâtiment de Nantucket, dans le port de Oahu, aux îles Sandwich. La conversation tombant sur les baleines, le commandant se permit d'être sceptique quant à la force étonnante que leur attribuaient les gentlemen professionnels présents. Par exemple, il niait péremptoirement qu'aucune baleine puisse frapper sa bonne corvette de telle sorte qu'elle ait une fuite grosse comme un dé. Bon ! Mais il y eut la suite. Quelques semaines plus tard, le commandant mit le cap de son invincible bateau sur Valparaiso. Il fut arrêté en route par un cachalot corpulent qui sollicita quelques moments d'entretien confidentiel avec lui. Cette conversation consista à donner un tel coup à la corvette du commandant que, toutes ses pompes en action, il dut filer droit au plus prochain port pour se faire réparer. Je ne suis pas superstitieux mais je considère que l'interview du commandant avec la baleine était providentielle. Est-ce que Paul de Tarse ne fut pas guéri de l'incroyance par une peur analogue ? Je vous le répète, le cachalot ne permet pas qu'on le blague.

Je vais maintenant m'en référer aux Voyages de Langsdorff pour une petite circonstance se rapportant spécialement à ce qui précède et qui est particulièrement intéressante pour celui qui écrit ce livre. Langsdorff, ceci dit en passant, était attaché à la fameuse expédition d'exploration de l'amiral russe Krusenstern, au commencement de ce siècle.

Le capitaine Langsdorff commence ainsi son dix-septième chapitre :

« Le treize mai, notre vaisseau était prêt à partir, et le lendemain, nous étions au large, en route pour Ochotsh. Il faisait un temps clair et beau mais si intolérablement froid que nous étions obligés de garder nos vêtements de fourrure. Pendant quelques jours, nous eûmes très peu de vent ; ce n'est que le dix-neuf, qu'une rafale vive s'éleva du nord-ouest. Une baleine très grande, dont le corps était plus large que le vaisseau lui-même, était couchée presque à la surface de l'eau, mais ne fut pas aperçue du bord jusqu'au moment où le vaisseau qui avait mis toutes voiles était presque sur elle, de sorte qu'il était impossible de l'éviter. Nous fûmes ainsi placés dans un danger imminent car cette créature gigantesque, arrondissant son dos, souleva le vaisseau d'au moins trois pieds hors de l'eau. Les mâts penchèrent, les voiles tombèrent les unes contre les autres tandis que tous ceux des nôtres qui se trouvaient en bas montèrent aussitôt sur le pont, pensant que nous venions de heurter quelque récif ; au lieu de ça, nous vîmes le monstre s'éloigner avec la plus grande solennité. Le capitaine D'Wolf s'occupa aussitôt aux pompes pour savoir si le vaisseau n'avait pas été endommagé par le choc, mais il se trouva que, très heureusement, il était entièrement indemne. »

Or, le capitaine D'Wolf auquel il est fait allusion ici comme commandant du vaisseau en question est de New-England et, après une longue vie d'aventures peu communes comme capitaine de mer, réside aujourd'hui même dans le village de Dorchester près de Boston. J'ai l'honneur d'être un de ses neveux. Je l'ai questionné sur ce passage de Langsdorff. Il en confirma chaque mot. Le vaisseau, néanmoins, n'était pas grand du tout ; c'était un vaisseau russe construit sur la cote sibérienne et acheté par mon oncle après qu'il eut échangé celui avec lequel il était venu.

Dans le viril livre d'aventures à l'ancienne mode si rempli aussi d'honnêtes merveilles : *Le Voyage de Lionel Warter,* un des vieux compagnons de l'ancien Dampier, j'ai trouvé une petite histoire si semblable à celle que je viens de citer de Langsdorff que je ne puis me retenir de l'insérer ici afin de corroborer cet exemple, si tant est que ce soit nécessaire.

Lionel, semble-t-il, était en route pour « John Ferdinando », comme il appelle le Juan Fernandez moderne. « En route, dit-il, vers quatre heures du matin, alors que nous étions à cent cinquante lieues environ du continent américain, notre vaisseau ressentit un terrible choc, ce qui mit nos hommes dans une telle consternation qu'ils ne savaient où ils étaient ni ce qu'ils devaient penser, et tout le monde se préparait à la mort. A la vérité, ce choc avait été si soudain et si violent que nous étions tous persuadés que le vaisseau avait touché un rocher ; le premier moment de surprise passé, nous sondâmes, mais nous n'atteignîmes pas le fond... La soudaineté du choc avait fait sauter les canons de leur affût, et plusieurs hommes avaient été projetés de leur hamac. Le capitaine Davis qui dormait, la tête couchée sur un fusil, fut jeté hors de sa cabine. » Puis Lionel continue et il attribue le choc à une secousse sismique et semble vouloir le prouver en disant qu'un grand tremblement de terre, à peu près en ce même moment, fit vraiment beaucoup de mal le long de la côte espagnole. Quant à moi, je ne serais pas étonné que, dans les ténèbres de cette heure matinale, le choc ait été causé par une baleine inconnue qui, de dessous et verticalement, avait donné un coup à la coque.

Je pourrais continuer en donnant d'autres exemples que j'ai appris de manière ou d'autre, de la puissance et de la malice que montre parfois le cachalot. Dans plus d'un cas, on sait que non seulement il a poursuivi les baleinières qui l'attaquaient, mais le vaisseau lui-même et qu'il a tenu longtemps contre les harpons qu'on lui lançait des ponts. Le vaisseau anglais *Pousie Hall* en sait quelque chose. Et quant à sa force, laissez-moi vous dire qu'il y eut des exemples où, dans une accalmie, les filins attachés à un cachalot ayant été transportés et amarrés sur le vaisseau, la bête s'en alla à travers l'eau, traînant cette lourde coque comme un cheval traîne une charrette. Et encore, on a souvent remarqué que si le cachalot a le temps de se ressaisir une fois frappé, il n'agit pas tellement alors avec une rage aveugle qu'avec une volonté délibérée de détruire ses poursuivants ; et c'est une éloquente indication de son caractère qu'étant attaqué, il ouvre souvent la gueule et la tient dans cette terrible position pendant plusieurs minutes consécutives. Mais je dois me contenter d'un seul et dernier exemple qui ne manquera pas de vous montrer que non seulement l'événement le plus merveilleux de ce livre est authentifié par les simples faits qui se passent de nos jours, mais que ces merveilles (comme toutes les merveilles) ne font que se répéter au cours des âges ; de sorte que pour la millionième fois, il nous faut dire *amen* avec Salomon. En vérité, il n'y a rien de nouveau sous le soleil !

Au VIe siècle, dans le temps où Justinien fut empereur et Bélisaire général, vivait Procope, juge chrétien de Constantinople. Comme on sait, il écrivit l'histoire de son temps : œuvre d'une rare valeur. Parmi ceux qui font la plus grande autorité, il a toujours été considéré comme un historien digne de foi, n'exagérant qu'à peine et à propos de détails qui ne concernent pas ce dont nous allons parler.

Dans cette histoire, Procope fait mention d'un fait qui eut lieu quand il était préfet à Constantinople : Un grand monstre marin fut capturé dans la Propontine voisine ou mer de Marmara, après avoir détruit dans ses eaux des vaisseaux pendant une période de plus de cinquante ans. Un fait ainsi rapporté par un écrivain sérieux ne peut que difficilement être mis en doute. Il n'y a aucune raison pour qu'il le soit. Il n'a pas dit à quelle espèce précise appartenait le monstre. Mais puisqu'il détruisit des vaisseaux et aussi étant donné d'autres raisons, ce devait être une baleine, et, personnellement, je pense que c'était un cachalot ; voici pourquoi. Pendant longtemps, j'ai cru que le cachalot était inconnu en Méditerranée et dans les eaux profondes qui y touchent. Même à présent je demeure convaincu que, dans l'état actuel des choses, ces mers ne sont pas et ne peuvent jamais être un endroit où ils puissent s'arrêter par troupes. Or, il a été prouvé récemment que dans les temps modernes la présence de cachalots isolés a été constatée en Méditerranée. On m'a dit, de source sûre, que sur la côte Barbaresque, le commodore Davis, de la flotte britannique, a trouvé le squelette d'un cachalot. Ainsi, étant donné qu'un bateau de guerre peut facilement passer par les Dardanelles, à plus forte raison, un cachalot peut emprunter la même route pour gagner la Propontine.

Dans la Propontine, pour autant que je sache, le « brit », qui est l'aliment de la Vraie-Baleine, ne se trouve pas. Mais j'ai tout lieu de croire que l'aliment du cachalot se trouve au fond de cette mer, puisque certaines de ces grandes créatures ont été trouvées à la surface. Si donc vous assemblez tous ces faits et y réfléchissez un peu, vous verrez clairement et conviendrez que le monstre marin de Procope, qui pendant un demi-siècle détruisit les bateaux de l'empereur romain, devait, selon toute probabilité, être un cachalot.

XLVI
SUPPOSITIONS

Quoique entièrement consumé par le brasier de son idée, Achab avait toujours présente à l'esprit la capture finale de Moby Dick ; il semble prêt à sacrifier tous les intérêts humains à cette unique passion ; il se peut néanmoins que, de par sa nature, et à cause de la longue habitude qu'il avait des choses de la chasse à la baleine, il n'avait pas tout à fait abandonné le but initial du voyage du *Péquod*. Ou, si ce n'était pas le cas, il ne manquait pas du moins d'autres mobiles l'influençant. Ce serait trop raffiner peut-être, même en prenant sa manie en considération, de suggérer que sa rancune envers la Baleine Blanche ait pu, peu ou prou, rejaillir sur tous les cachalots, et que plus il tuait de ces monstres, plus il multipliait les chances pour que la prochaine rencontre soit celle de la baleine tant haïe. Mais si une telle hypothèse est inacceptable, il y en a d'autres qui, sans être aussi proches de sa folie, n'étaient pas moins capables de le faire agir.

Pour atteindre son but, il fallait qu'Achab se serve d'outils ; et, de tous les outils en usage pour cela sous le soleil, les hommes sont les outils qui sont les plus aptes à se détériorer. Il savait par exemple que, malgré son ascendant magnétique sur Starbuck, il n'atteignait pas l'homme spirituel tout entier. Pas plus qu'une supériorité physique n'implique la conquête spirituelle. Le corps de Starbuck et sa volonté dominée n'appartenaient à Achab que si Achab les tenait constamment sous son magnétisme. Il savait que malgré ça son second, dans le fond de son âme, avait sa poursuite en horreur et que, s'il pouvait, il l'éviterait et même l'empêcherait... Il était possible que beaucoup de temps passât avant que la Baleine Blanche soit aperçue. Pendant ce long intervalle, Starbuck était toujours susceptible de se révolter ouvertement contre les ordres de son capitaine, à moins d'être influencé prudemment, sans arrêt et avec circonspection. Mais la plus grande ruse de la folie d'Achab, c'est qu'il avait prévu que, pour le moment, la chasse devait perdre son caractère d'étrange impiété ; et que, momentanément, l'horreur du voyage devait reculer dans l'ombre de l'arrière-plan (car le courage de peu d'hommes résiste à la réflexion prolongée, si celle-ci n'est détendue par l'action). Il savait qu'au long de leurs longs quarts de nuit, ses officiers et ses hommes devaient avoir quelque chose de plus quotidien que Moby Dick comme motif de méditation. Malgré l'impétuosité et l'ardeur avec lesquelles l'équipage féroce avait accueilli l'annonce de sa poursuite, il savait que tous les marins sont capricieux et plus ou moins sûrs – ils vivent dans les caprices du temps variable – et que, même attachés avec passion à la poursuite d'un but, si ce but est lointain, il est nécessaire que des intérêts et des occupations provisoires interviennent et les tiennent en suspens jusqu'au bond final.

Achab ne négligeait pas non plus cette autre chose : Dans les moments de forte émotion, l'homme méprise toute basse considération ; mais de tels moments sont passagers. La constitution permanente de l'homme, pensait Achab, c'est l'intérêt sordide. Il est certain que la Baleine Blanche excite en plein les cœurs de mon équipage sauvage et que, chatouillant leur sauvagerie, elle fait même germer en eux un certain sentiment chevaleresque ; néanmoins, tandis qu'ils chassent Moby Dick pour le plaisir, il leur faut aussi nourrir leurs appétits quotidiens qui, eux, sont plus communs. Les intrépides et chevaleresques Croisés de jadis eux-mêmes ne se contentaient pas de traverser deux mille milles de terrain afin de combattre pour le Saint-Sépulcre ; en cours de route, ils volaient, puisaient dans les poches des autres et gagnaient pas mal à diverses pieuses perquisitions de ce genre. Maintenus strictement dans leur but final, un grand nombre d'entre eux se seraient détournés avec dégoût de ce but romanesque. Je n'enlèverai pas à ces hommes, pensait Achab, tout espoir de gagner de l'argent ; oui, de l'argent. Il est possible qu'ils puissent faire fi de l'argent à présent, mais que quelques mois passent sans qu'ils aient la perspective d'en pouvoir gagner, et ils se mutineront et me casseront aux gages, moi, Achab !

Un autre mobile de précaution, intéressant plus directement sa personne, ne le quittait pas non plus : il avait impulsivement sans doute, et peut-être un peu prématurément, révélé le but principal et privé du voyage du *Péquod ;* maintenant il était entièrement conscient que, ce faisant, il s'était exposé à l'inculpation sans réplique d'usurpateur ; avec une impunité complète et légale, son équipage, si cela lui chantait, pouvait refuser de continuer à obéir et même lui arracher par violence le commandement du vaisseau. De cette inculpation, même à peine suggérée, Achab était bien entendu très soucieux de se protéger. Il ne pouvait le faire qu'avec son cerveau dominateur et par une attention de chaque minute de l'influence atmosphérique à laquelle l'équipage pouvait être sensible.

Pour toutes ces raisons et pour d'autres encore qui demanderaient trop d'analyse pour être verbalement exposées ici, Achab vit clairement qu'il lui fallait paraître être fidèle au but naturel du voyage du *Péquod ;* observer les usages ordinaires et aussi s'efforcer de montrer un intérêt passionné pour toutes les poursuites qui faisaient partie de sa profession.

En tout cas, sa voix se faisait entendre désormais, hélant les trois vigies des mâts, leur ordonnant la vigilance et de ne point omettre de tout signaler, fût-ce un marsouin. Cette vigilance fut bientôt récompensée.

XLVII
LE TRESSEUR DE NATTES

C'était un après-midi orageux et lourd ; les matelots flânaient paresseusement sur le pont ou regardaient fixement les eaux plombées. Queequeg et moi étions occupés à tresser ce qu'on appelle une natte d'épée, pour faire une amarre supplémentaire à notre embarcation. Toute cette scène si calme et pleine d'engourdissement paraissait pourtant n'être que le prélude d'autre chose. L'air était si enchanté que chaque marin silencieux semblait être devenu une âme invisible.

Dans cette besogne de la confection de la natte j'étais l'aide ou, si vous voulez, le page de Queequeg. Je passais et repassais la trame d'épissure entre les longs fils de chaîne, me servant de ma propre main comme navette, tandis qu'à mes côtés Queequeg glissait de temps en temps sa lourde épée en bois de chêne, piquant droit chaque fil sans avoir l'air d'y penser et regardant indolemment la mer. Cet étrange état de rêverie que je viens de dire qui régnait sur le bateau et sur la mer était rompu seulement par le bruit intermittent et sourd de l'épée, et il me semblait que c'était là le bruit même du métier du Temps et que moi j'étais la navette que les Parques passaient et repassaient automatiquement. Les fils tendus et fixes de la chaîne n'étaient sujets qu'à une seule vibration et celle-ci, toujours la même, revenant sans changer, suffisait à permettre l'entrelacement des fils de la trame avec les siens propres. Cette chaîne semblait être la nécessité elle-même ; et voici, pensais-je, qu'avec mes propres mains je manie ma propre navette qui trame mon propre destin dans ces fils imputrescibles. Cependant l'épée impulsive et indifférente de Queequeg tombant parfois faiblement ou avec force, de face ou de biais sur la natte, modifiait l'aspect final de l'ouvrage. Cette épée agile et indifférente devait représenter le Hasard ; ainsi donc le Hasard, le Libre Arbitre et la Nécessité, tout cela travaillé ensemble s'entremêlait : la chaîne droite de la Nécessité ne pouvant être détournée de son cours – pourtant chaque vibration y tendait – la libre volonté de passer la navette entre certains fils. Et enfin le Hasard qui bien que confiné dans les lignes strictes de la Nécessité et bien que dirigé par le Libre

Arbitre finissait par donner son aspect définitif à la chose.

Mêlant et remêlant la trame du tissage, je tressaillis soudain à un son si étrange, si prolongé, si sauvagement et surnaturellement musical, que la pelote du libre arbitre me tomba des mains et que je me mis à regarder les nuages d'où cette voix tombait comme une aile. Haut perché sur les traverses de hune se tenait Tashtego, le fou de Gay-Head. Son corps se penchait en avant impétueusement, sa main se tendait comme une baguette, et, à intervalles brusques et rapides, il reprenait ses cris. Certainement le même son devait à ce moment même être perçu à travers toute l'étendue des mers, poussé par des centaines de pêcheurs de baleines, plantés là-haut, à guetter haut dans les airs à la pointe des mâts ; mais il y avait peu de poumons capables de lancer le vieil appel accoutumé avec une cadence aussi merveilleuse que ceux de Tashtego l'Indien.

Tel qu'il se tenait là, planant au-dessus de nous, mi-suspendu en l'air, épiant tout le tour de l'horizon avec une ardeur si sauvage, on eût pu le prendre pour quelque prophète ou visionnaire contemplant les ombres du destin et annonçant leur venue par ses cris sauvages.

– Elle souffle ! Là ! là ! là !... Elle souffle ! souffle ! souffle !

– Où donc ?

– En travers sous le vent, à deux milles à peu près... Toute une troupe !

Instantanément tout le monde se mit en branle.

Le cachalot souffle comme l'horloge fait tic tac, avec la même régularité. C'est ainsi que les baleiniers distinguent cet animal des autres tribus de même espèce.

– On voit les queues ! fut le cri de Tashtego tandis que les cachalots disparaissaient.

– Vite, steward ! cria Achab. L'heure ! L'heure !

Dough-Boy courut sous le pont, regarda la montre et revint donner l'heure exacte à Achab.

Le navire fut laissé sous le vent, et il roulait doucement en avançant. Du moment que Tashtego avait signalé que les cétacés avaient piqué, la tête tournée droit au vent, nous nous attendions à les voir bientôt réapparaître à l'avant. Car c'est la ruse singulière dont use le cachalot ; plongeant la tête dans une direction, il tourne sur lui-même une fois sous les eaux et nage rapidement dans une direction opposée ; cette astuce donc ne devait pas être employée à ce moment-là. Il n'y avait aucune raison de supposer que les cachalots vus par Tashtego aient été alertés de quelque façon ou même qu'ils se doutassent de notre voisinage. Un des hommes chargés de garder le navire, c'est-à-dire un de ceux qui n'étaient pas désignés pour les baleinières, alla remplacer l'Indien au nid-de-pie. Les matelots des mâts de misaine et d'artimon étaient descendus, les palans furent déroulés, les bossoirs tournés, on masqua la grand'vergue, et les trois embarcations se balancèrent au-dessus de l'eau comme trois touffes de fenouil marin au-dessus des hautes falaises. Du côté extérieur du pavois, les matelots impatients s'accrochaient d'une main à la lisse, le pied posé sur le plat-bord, comme une longue rangée de marins d'un navire de guerre prêts pour l'abordage.

Mais à ce moment critique, on entendit une exclamation soudaine qui détacha tous les yeux du cachalot. Et sursautant, chacun regarda vivement le sombre Achab ; il était entouré de cinq sombres fantômes qui semblaient tout fraîchement nés de l'air.

XLVIII

LE PREMIER BRANLE-BAS

Ces fantômes, car alors ils semblaient tels, volèrent de l'autre côté du pont et, avec une célérité silencieuse, larguèrent les palans et les saisines de la baleinière qui se balançait là. Cette baleinière avait toujours été considérée comme embarcation de rechange, bien que techniquement appelée baleinière du capitaine, parce qu'elle se trouvait à tribord arrière. Le personnage qui se tenait maintenant à la proue était grand et basané, avec une dent blanche qui saillait méchamment hors de ses lèvres d'acier. Une tunique chinoise en coton d'un noir funèbre, toute froissée, le revêtait ainsi qu'un large pantalon de la même sombre étoffe. Mais un turban d'une blancheur étincelante couronnait étrangement cette figure d'ébène ; c'étaient ses cheveux tressés et enroulés plusieurs fois autour de sa tête. Moins basanés, les compagnons de ce personnage avaient le teint plus vif, de cette couleur jaune tigre particulière aux indigènes de Manille ; race célèbre pour sa subtilité quasi diabolique et que certains naïfs matelots blancs croient être des espions et des agents confidentiels du diable, dont ils supposent le bureau quelque part.

Tandis que l'équipage, surpris, fixait encore les étrangers, Achab cria au vieillard enturbanné qui les dirigeait :

– Tout est paré, Fédallah ?

– Paré, fut la réponse à demi sifflée.

– Les canots à la mer, alors ; vous m'entendez ? hurla-t-il à travers le pont. J'ai dit les canots à la mer, là-bas !

Tel était le tonnerre de sa voix que, malgré leur stupéfaction, les hommes enjambèrent la lisse ; les réas tournèrent dans les poulies ; avec un : plouf ! les trois baleinières touchèrent l'eau ; tandis que les marins, avec une adresse téméraire, insouciante, ignorée de tout autre métier, sautaient comme des chèvres dans les embarcations ballottées.

A peine avaient-ils ramé sous le vent du navire qu'une quatrième coque, venant du côté du vent, apparut sous la poupe, montrant les quatre étrangers ramant près d'Achab qui, installé à l'arrière, le dos raide, cria d'une voix forte à Starbuck, à Stubb et à Flask de s'écarter largement les uns des autres, afin de couvrir une plus grande étendue d'eau. Mais les occupants des autres embarcations, les yeux fixés sur le noir Fédallah et sur ses compagnons, n'obéirent pas tout de suite au commandement.

– Capitaine Achab, dit Starbuck.

– Déployez-vous, répéta Achab ; cédez partout les quatre canots. Toi, Flask, nage plus près du vent.

– Bon, bon, Sir, répondit gaiement le petit second, tirant fort sur son aviron de queue. Laissez courir ! ordonna-t-il en s'adressant à son équipage. Là ! là ! va, encore. Elle souffle devant nous, les gars ! Laissez courir. Ne faites pas attention à ces types jaunes, Archy !

– Oh ! je m'en balance, Sir, je savais déjà tout ça, dit Archy ; ne les avais-je pas entendus dans la cale ? J'en avais même parlé à Cabaco, hein Cabaco ? Ce sont des resquilleurs, pas monsieur Flask ?

– Nagez nagez. mes jolis cœurs ; nagez, mes enfants, nagez, mes petits, soupirait Stubb d'une voix douce et lente aux hommes de son équipage dont certains montraient encore quelque signe d'inquiétude. Pourquoi ne pas vous rompre l'échine, mes gars ? Qu'est-ce que vous regardez si fixement ? Ces types dans le canot ? Baste ! Ce sont seulement cinq aides venus en renfort. Peu vous importe d'où ils sortent : plus on est, plus on rigole.

« Nagez, voyons, nagez... tant pis pour le soufre... les

diables sont d'assez bons bougres ! Bon ! ça va... Voilà un coup de rame qui vaut mille livres... En voilà un qui balaye la mise, hurrah pour la coupe d'or d'huile de cachalot, mes vainqueurs ! Trois hurrahs mes bonshommes, mes cœurs vivants !... Doucement... Doucement... ne soyez pas si pressés... Cassez vos avirons, vauriens... mordez donc un peu, chiens ! Voilà, voilà... voilà... doucement ! doucement ! Comme ça... c'est long ; long et fort. Cédez, là-bas, cédez ! Le diable vous emporte, voyous de rien du tout ; vous dormez tous. Assez ronflé, espèces d'endormis, et nagez. Nagez, je vous dis, nagez et vous aurez des goujons et du gâteau au gingembre. Nagez, cassez-vous quelque chose, faites-vous sortir les yeux de la tête. Na !

Il tira d'un geste brusque un couteau aiguisé de sa ceinture.

– Que chaque fils de sa mère sorte son couteau et nage, avec la lame entre les dents. C'est ça, ça va ! Enfin vous faites quelque chose qui a l'air de quelque chose, mes muscles d'acier. Mettez-moi ça en route, mes cuillers d'argent, mettez-moi ça en route, mes épissoirs.

Tout le monologue de Stubb aux hommes de son équipage est ici donné parce qu'il avait une façon spéciale de leur parler pour leur inculquer la religion de la rame. Mais il ne faut pas supposer d'après ce spécimen de ses sermons qu'il lui arrivait de se mettre en colère contre ses hommes. Il disait à son équipage les choses les plus terribles sur un ton où la blague et la fureur se mélangeaient étrangement ; sa fureur semblait calculée pour renforcer la blague, tant et si bien qu'aucun rameur ne pouvait entendre des invocations si étranges sans ramer comme si sa vie en dépendait, et en même temps, il ramait rien que pour la blague. En plus, Stubb avait l'air à la fois si indolent et à l'aise ; il manœuvrait son aviron-guide d'un air si détaché et bâillait si souvent – la bouche grande ouverte parfois – que, par simple force de contraste, la vue de ce supérieur bâillant agissait comme un charme sur l'équipage. Ceci encore : Stubb était un de ces humoristes dont la gaieté est si curieusement ambiguë que, toujours, leurs inférieurs se tiennent sur leurs gardes quand il s'agit de leur obéir.

Sur un commandement d'Achab, Starbuck avançait en oblique pour croiser l'avant de Stubb et, pendant une ou deux minutes, les deux canots furent assez près l'un de l'autre ; Stubb, alors, héla le second :

– Monsieur Starbuck ! ohé ! le canot à bâbord ! un mot avec vous, Sir, s'il vous plaît !

– Hello ! répondit Starbuck sans se retourner d'un pouce, et tout en continuant à presser son équipage, son visage obstinément détourné de Stubb.

– Que pensez-vous de ces types jaunes, Sir ?

– Embarqués clandestinement de toute façon avant de lever l'ancre. Souquez, les gars, souquez ferme ! (ceci dit à voix basse à son équipage, puis parlant fort de nouveau) :... une sale affaire, monsieur Stubb !... Chauffez, les gars, chauffez !... mais tant pis, monsieur Stubb, faisons de notre mieux. Que votre équipage nage fort, et advienne que pourra... sautez, mes gars, sautez... Il y a des barils d'huile de cachalot devant nous. Monsieur Stubb, c'est pour ça qu'on est ici. Poussez, mes gars... l'huile, l'huile c'est notre boulot. Ça, au moins, c'est le devoir ; devoir et profit, main dans la main.

– Oui, oui, j'en étais sûr, se dit Stubb à lui-même quand les canots se séparèrent ; dès que mes yeux sont tombés sur eux, je l'ai pensé. Oui, c'est pour ça qu'il allait si souvent à la cale, comme Dough-Boy le soupçonnait depuis longtemps. Ils étaient cachés en bas. La Baleine Blanche est au fond de cette histoire. Eh bien ! eh bien ! ainsi soit-il... Il n'y a rien à faire. Ça va... Avancez, mes gaillards. Ce n'est pas à la Baleine Blanche que nous avons affaire aujourd'hui... En avant !...

Or, l'arrivée de ces étrangers extraordinaires à un moment aussi critique que celui où l'on mettait les canots à la mer avait naturellement éveillé une surprise superstitieuse chez quelques-uns de l'équipage ; mais la découverte qu'Archy avait cru avoir faite quelque temps auparavant s'était répandue et bien qu'ils n'y aient pas cru sur le moment, cela les avait un peu préparés à l'événement. Leur surprise s'en trouvait un peu amortie et, grâce à la façon dont Stubb avait expliqué leur présence, ils étaient pour l'instant un peu affranchis de leurs suppositions superstitieuses. Cependant l'affaire laissait de la marge à toutes sortes de conjectures quant au rôle précis joué par le sombre Achab au début de l'affaire. Dans mon for intérieur, je me rappelai les ombres mystérieuses que j'avais cru voir grimper sournoisement à bord du *Péquod* dans les pénombres de l'aube, à Nantucket ; ainsi que les énigmes du mystérieux Elie.

Pendant ce temps, Achab, hors de portée de la voix de ses officiers, car il s'était dirigé le plus loin possible au vent, continuait à tenir la tête des autres baleinières, ce qui prouvait la force de son équipage. Ces créatures jaune tigre semblaient tout acier et baleines ; tels cinq marteaux-pilons, ils se levaient et se baissaient à coups puissants et cadencés qui, régulièrement, projetaient le canot hors de l'eau comme la chaudière d'un bateau à vapeur du Mississipi. Quant à Fédallah qui maniait l'aviron de harponneur, il avait enlevé sa tunique noire et montrait sa poitrine nue par-dessus le plat-bord. Sa silhouette se découpait clairement contre les ondulations mouvantes de l'horizon liquide, tandis que, à l'autre bout de l'embarcation, un bras rejeté en arrière, tel un escrimeur, comme pour contre-balancer toute tendance à perdre l'équilibre, Achab gouvernait l'aviron de queue aussi fermement qu'il l'avait fait des milliers de fois avant que la Baleine Blanche l'ait mutilé. Tout à coup, le bras étendu fit un mouvement particulier et demeura fixe tandis que les cinq avirons du canot s'inclinaient simultanément. Le canot et les hommes restèrent immobiles sur l'eau. Aussitôt les trois embarcations déployées à l'arrière stoppèrent. Les cachalots avaient plongé dans l'eau bleue sans que leur mouvement pût être aperçu à distance, mais Achab, étant plus près, l'avait observé.

— Que chaque rameur ait l'œil sur ses avirons ! cria Starbuck. Toi, Queequeg, debout !

Sautant lestement sur son haut poste triangulaire de l'avant le sauvage s'y tint droit et, les yeux pleins d'une intense avidité, fixa l'endroit où la chasse se trouvait circonscrite. De même à l'arrière du canot, on put voir Starbuck debout, se balançant adroitement et froidement dans les secousses de sa coquille de noix et regardant silencieusement le vaste œil bleu de la mer.

Non loin de là, le bateau de Flask était aussi sans mouvement ; son chef se tenait témérairement debout sur une sorte de grosse poutre enracinée dans la quille et s'élevant à quelques pieds au-dessus de la plate-forme arrière (elle sert à enrouler les bouts du filin). Elle n'était pas plus large au sommet que la paume d'une main d'homme ; debout sur cette base, Flask semblait perché à la tête de mât de quelque vaisseau submergé jusqu'aux pommes. Mais si le petit second était court et trapu, il était plein aussi d'une haute ambition, de sorte que cet emplacement ne le satisfaisait nullement.

— Je n'y vois pas à trois lames ; passez-moi une rame, là-bas, que je monte dessus.

Daggoo, alors, prenant le plat-bord de chaque main, se glissa rapidement à l'arrière et, se redressant, lui offrit ses hautes épaules comme piédestal.

— Une tête de mât aussi bonne qu'une autre, Sir. Voulez-vous monte' ?

— Eh, comment ! merci beaucoup, mon brave ;

seulement j'aurais aimé que vous ayez cinquante pieds de plus.

Là-dessus, s'arc-boutant fermement contre les deux planches qui lui faisaient face, le gigantesque nègre, se courbant un peu, présenta sa paume au pied de Flask, mit la main de Flask sur sa tête funèbrement emplumée et lui dit de sauter, en même temps que, d'un coup adroit, il lançait le petit homme sur ses épaules sûres. Flask était debout maintenant ; le bras levé de Daggoo le soutenait et lui servait d'accoudoir.

En tout temps c'est toujours une merveilleuse chose à voir pour un novice que l'adresse habituelle et comme inconsciente avec laquelle le baleinier se tient debout dans son canot, quelque ballotté qu'il soit par une mer traîtresse et par des courants contrariés. Et plus encore de le voir penché sur la bûche en ces mêmes circonstances. Mais voir le petit Flask monté sur le gigantesque Daggoo était plus curieux que tout car, froid, indifférent, à l'aise, inconcevable de majesté barbare, le corps du noble nègre roulait, splendide et harmonieux, avec le même roulis que la mer. Sur son large dos, Flask aux cheveux de lin semblait un flocon de neige. Le cavalier avait moins de noblesse que sa monture, Vif, agite, ostentatoire, le petit Flask, de temps en temps, frappait du pied d'impatience ; mais la poitrine seigneuriale du nègre ne se soulevait pas une fois de plus pour ça. Ainsi, j'ai vu la Passion et la Vanité fouler au pied la terre vivante et magnanime sans que soit changé le cours de ses marées et de ses saisons.

Cependant, Stubb ne montrait nullement la même ardeur à voir au loin. Les cachalots avaient pu faire un de leurs plongeons réguliers et non pas avoir piqué bas rien que par peur ; et en ce cas, Stubb, comme d'ordinaire, se consolait de l'attente habituelle avec sa pipe. Il la retira du ruban de son chapeau où il la tenait toujours piquée de travers, comme une plume. Il la bourra serrant le tabac avec son pouce, mais à peine avait-il frotté son allumette sur le rude papier-sable de sa paume que Tashtego, son harponneur dont les yeux comme deux étoiles fixes étaient dirigés du côté au vent, tomba en éclair de son poste en criant avec frénésie :

– En bas, en bas tous, et allez-y... les voilà !

Pour un terrien, aucun cachalot pas plus qu'aucun hareng n'aurait été visible ; rien qu'un petit lambeau d'eau verdâtre un peu trouble où flottaient de minces vapeurs éparpillées qui, peu à peu, allaient du côté sous le vent, comme l'écume échevelée de lames blanches. Alentour l'air vibrait et sonnait, pour ainsi dire, comme au-dessus de plaques de fer trop chauffées. Sous ces ondes et ces volutes atmosphériques, et en partie aussi sous une mince couche d'eau, les cachalots nageaient. En tête de tous les autres signes, les bouffées de vapeur qu'ils soufflaient semblaient être leurs légers messagers avant-coureurs.

Les quatre baleinières poursuivaient maintenant avec ardeur ce morceau d'air et d'eau trouble, mais il s'obstinait à les devancer ; il volait de l'avant rapidement, telle la masse des bulles entremêlées d'un torrent descendant des collines.

– Ramez, ramez, mes bons gars ! chuchota Starbuck très bas, mais sur un ton pénétré, à ses hommes, tandis que son regard aigu et fixe s'élançait droit par-delà la proue, comme deux aiguilles infaillibles du compas de l'habitacle. Il ne disait pas grand'chose à son équipage qui, lui non plus, ne parlait pas. Seulement le silence était parfois rompu par des chuchotements spéciaux, parfois d'ordres rauques et parfois comme maintenant, sur un ton de douce supplication.

Il n'en allait pas de même avec le petit Flask.

– Parlez... dites quelque chose, mes braves ! Gueulez et nagez, mes tonnerres ! débarquez-moi sur leurs dos noirs, les gars. Si vous faites ça pour moi, je vous cède ma plantation de Martha Vineyard, les gars ! et la femme et les enfants avec, les gars ! Allez-y, allez-y, Oh, Seigneur ! Seigneur ! Je vais devenir fou furieux ; regardez cette eau blanche !

Hurlant ainsi, il tira le chapeau de sa tête, le piétina et l'envoya loin en mer ; finalement il se mit à faire des cabrioles à l'arrière du canot comme un poulain fou de la prairie.

— Regardez ce type maintenant ! dit Stubb d'une voix traînante, sa courte pipe pas allumée entre ses dents. Il a des attaques ce Flask, oui, des attaques. Mais foutez-lui-en des attaques, voilà la vérité, un vieux coup d'attaque. Allez-y gaiement, mes jolis cœurs... du pouding à souper ce soir, vous savez : gaiement que je vous dis. Tirez, mes bébés, tirez, mes nourrissons, tirez tous... Allez doucement, doucement, je dis, vous m'entendez ! Crevez-vous le foie et les poumons !

Mais ce que le mystérieux Achab dit à son équipage de couleur, il est mieux de ne pas le répéter ici. Car vous vivez dans la lumière sainte de la terre, évangélique. Seuls les requins infidèles des mers mauvaises peuvent entendre les mots que prononçait Achab quand, le front orageux, les yeux rouges de meurtre, les lèvres collées de bave, il poursuivait sa proie.

Cependant les embarcations allaient à toute allure, Les allusions renouvelées de Flask au sujet de « cette baleine » comme il l'appelait, ces allusions étaient parfois si vives et réalistes qu'un ou deux de ses hommes jetèrent un regard rapide et peureux vers l'arrière, ce qui est contre toutes les règles, car les rameurs doivent éteindre leurs yeux et se river le cou ; l'usage voulant, dans ces moments critiques, qu'ils ne possèdent d'autres organes que les oreilles et d'autres membres que les bras.

C'était un spectacle fait pour inspirer l'étonnement et l'admiration ! Les grandes houles de la mer omnipotente, son ululement sourd tandis que les lames roulaient le long des plats-bords, comme les boules gigantesques d'un jeu de boules sans bornes ; la brève attente angoissée de la baleinière quand elle se trouvait un instant à la crête d'une lame aiguë qui paraissait vouloir la couper en deux, puis le brusque plongeon au fond des creux et des vallées de l'eau ; les coups d'éperons et d'aiguillons pour gagner le sommet de la colline opposée, la glissade à pic de son autre versant, tout ça avec les cris des vigies et des harponneurs, et le halètement des rameurs, et la vue merveilleuse du *Péquod* d'ivoire qui arrivait sur ses baleinières, toutes voiles dehors, telle une poule sauvage vers sa couvée piaillante, tout ça était follement émouvant. Ni la nouvelle recrue passant de l'étreinte de sa femme à la fièvre de sa première bataille ; ni l'âme de l'homme mort rencontrant la première ombre dans l'autre monde ; ni l'un ni l'autre ne peuvent éprouver des émotions plus étranges et plus fortes que celles de l'homme qui, pour la première fois, se trouve en train de ramer dans le cercle enchanté et baratté du cachalot pourchassé.

L'eau blanche tourbillonnante produite par la poursuite devenait de plus en plus visible, à cause de l'obscurité croissante que projetaient sur la mer les ombres des nuages noirs. Les jets de vapeur ne se mélangeaient plus, mais se dispersaient partout à droite et à gauche ; les cachalots avaient l'air de séparer leurs sillages. Les embarcations s'écartèrent davantage ; Starbuck se mit à pourchasser trois cachalots qui piquaient droit sous le vent. Nous établîmes notre voile et, poussée par le vent qui augmentait toujours, notre embarcation filait à toute allure ; elle atteignit bientôt une si folle vitesse qu'il fallut manœuvrer les avirons assez rapidement pour ne pas les voir se briser à l'endroit des tolets.

Bientôt nous voguâmes à travers un vaste voile de brouillard ; on ne voyait plus ni le vaisseau ni les autres canots.

– Souquez encore, mes gaillards, murmura Starbuck tordant l'écoute de sa voile ; on a le temps d'en tuer un avant l'arrivée du grain. Voici encore de l'eau blanche, tout près ! Faites vite !

Peu après, deux cris vifs se succédant de chaque côté de nous indiquèrent que les autres canots approchaient ; mais à peine les avions-nous entendus que, comme un éclair, dans un murmure, Starbuck dit :

– Debout !

Queequeg, le harpon à la main, sauta sur ses pieds. Bien qu'aucun des rameurs ne pût voir de face le péril mortel qui se trouvait si près, ils savaient cependant par les yeux fixes et par la physionomie tendue du second que l'instant critique était venu ; ils entendaient un bruit énorme, comme si cinquante éléphants se vautraient sur leur litière. Cependant notre baleinière taillait sa route à travers le brouillard, malgré les vagues qui déferlaient et sifflaient autour de nous, semblables aux têtes dressées de serpents en furie.

– Voici sa bosse. *Là, là.* Donne-lui-en, murmura Starbuck.

Un sifflement bref jaillit du bateau. C'était le dard de fer de Queequeg. Alors, de l'arrière, vint une commotion, une poussée invisible, tandis que l'avant du bateau semblait heurter un écueil ; la voile s'affaissa avec bruit ; un jet de vapeur brûlante fusa tout près ; quelque chose comme un tremblement de terre roula et s'écroula au-dessous de nous. L'équipage se sentit à moitié suffoqué ; nous nous trouvâmes lancés pêle-mêle dans la blanche crème caillée du remous. Rafale, baleine et harpon s'étaient mêlés tous ensemble, et la baleine, à peine effleurée par le fer, échappa.

Bien qu'entièrement submergée, la baleinière n'était presque pas endommagée. Nageant à l'entour, nous repêchâmes les avirons qui flottaient, et, après les avoir passés par-dessus le plat-bord, nous reprîmes nos places. Nous restions là assis dans l'eau jusqu'aux genoux car l'eau atteignait la membrure et les planches, de sorte que l'embarcation suspendue au-dessus du gouffre paraissait à nos yeux baissés un bateau de corail sorti du fond de l'Océan.

Le vent commençait à hurler, les vagues entrechoquaient leurs boucliers ; le grain rugissait, sautait, craquait autour de nous comme un feu blanc sur la prairie, un feu dans lequel nous brûlions sans être consumés, immortels dans la gueule même de la mort ! Nous appelions en vain les autres canots. Autant valait hurler dans la cheminée d'une fournaise que de héler les bateaux dans un tel orage. Cependant les nuages volants, l'écume et le brouillard devenaient encore plus noirs avec la nuit qui tombait ; il n'y avait aucun indice du vaisseau. La mer rageuse empêchait tous les essais que nous faisions pour écoper. Les rames inutiles étaient devenues appareils de sauvetage. Alors, coupant l'amarrage du barillet d'allumettes imperméable, Starbuck réussit, après bien des échecs, à allumer la lampe de la lanterne ; puis l'ayant accrochée à une perche d'épave, il la tendit à Queequeg qui devint porte-drapeau de notre dernier espoir en dressant cette bougie idiote au cœur de la désespérance. Il était là comme le signe d'un homme sans espoir mais sans faiblesse, espérant au-dessus du désespoir.

Transpercés et frissonnants, désespérant de revoir jamais navire ou embarcations, nous levâmes les yeux quand apparut l'aube. Le brouillard couvrait toujours la mer ; la lanterne vide gisait déglinguée au fond du canot. Soudain Queequeg se dressa et mit ses mains en cornets aux oreilles pour écouter. Nous entendîmes tous un faible craquement, comme un bruit de cordages et de vergues qu'aurait jusqu'ici étouffé la tempête. Le bruit se fit plus proche ; une grande forme confuse sépara vaguement l'épais brouillard. Epouvantés, nous sautâmes tous à la mer car le vaisseau apparaissait dans toute sa grandeur, fonçait droit sur nous à une distance qui ne dépassait guère sa longueur.

Flottant sur les vagues, nous vîmes un instant la

baleinière abandonnée, ballottée et béante sous la proue du navire, comme un copeau au bas d'une cascade ; puis la formidable coque roula par-dessus et on ne vit plus le canot jusqu'au moment où il reparut à l'arrière à demi submergé. De nouveau, nous nageâmes dans sa direction et fûmes précipités contre lui par les flots, puis enfin, on nous recueillit sains et saufs. Quand la rafale nous était tombée dessus les autres baleinières avaient lâché les poissons et avaient regagné à temps le vaisseau. Le *Péquod* avait perdu tout espoir de nous retrouver, mais il croisait pensant tomber sur une rame, un harpon, quelque signe enfin de notre naufrage.

XLIX
LA HYÈNE

Quand l'homme prend l'univers entier comme une vaste blague, certains moments de cette affaire étrange et bigarrée que nous appelons la vie lui apparaissent terriblement cocasses et, bien qu'il n'aperçoive que vaguement l'esprit de cette blague, et bien qu'il se doute qu'elle se fait à ses propres dépens, rien ne le décourage, rien ne lui semble valoir la peine d'une discussion. Il encaisse tous les événements, tous les *credos,* toutes les croyances, toutes les persuasions et toutes les choses, pour si dures à avaler qu'elles soient, comme une autruche qui peut digérer des cartouches et des pierres à fusil. Et quant aux petites difficultés et aux ennuis consécutifs à un désastre subi, intéressant ses membres et sa vie même ; tout cela et la mort comprise ne lui semble être que des effets malicieux de bonne humeur, des bourrades dans les côtes qui lui sont données par l'inexplicable et invisible vieux farceur...

La sorte d'humeur fantasque dont je parle s'empare d'un homme seulement aux moments extrêmes de la tribulation ; elle apparaît au beau milieu de son ardeur et fait que ce qui, l'instant d'avant, avait une énorme importance, lui semble tout à coup n'être qu'une partie de la farce. Il n'y a rien comme les périls de la chasse à la baleine pour faire naître ce genre de philosophie géniale et de désespoir sans façons. Et c'est ainsi que je commençais à considérer le voyage du *Péquod* et son but : la grande Baleine Blanche.

– Queequeg, dis-je quand, le dernier, ils m'eurent repêché à bord et que je me secouais dans mon manteau pour me débarrasser de l'eau ; Queequeg mon bel ami, ça arrive souvent ce genre de choses ?

Sans beaucoup d'émoi, bien que trempé lui aussi, il me donna à entendre que c'était très fréquent.

– Monsieur Stubb ! dis-je en me tournant vers le bonhomme qui, boutonné dans son manteau de taupe, était maintenant en train de fumer sa pipe dans la pluie, monsieur Stubb, je crois vous avoir entendu dire que, de tous les baleiniers de votre connaissance, notre second, M. Starbuck, est de beaucoup le plus prudent et le plus soigneux. Je suppose alors que piquer droit sur une baleine en fuite, avec les voiles hissées en pleine rafale brumeuse, est, pour un chasseur de baleine, le comble de la prudence ?

– Certes ! J'ai mis les embarcations à l'eau pour les baleines, d'un vaisseau qui faisait eau, dans un ouragan, tout près du cap Horn.

– Monsieur Flask ! dis-je, m'adressant au petit second qui se trouvait non loin ; vous avez de l'expérience dans ces choses. Moi, je n'en ai pas. Voulez-vous me dire si c'est une loi invariable dans cette chasse, monsieur Flask, qu'un rameur doive se rompre les vertèbres en s'élançant, le dos le premier, dans la gueule de la mort.

– Vous ne pouviez pas dire ça plus bref ? demanda

Flask ; oui, c'est la loi. J'aimerais voir l'équipage d'une baleinière tirant à l'envers, la face vers la baleine... Ha ! ha !... Rappelez-vous que la baleine rendrait mauvais œil.

Par ces trois témoins impartiaux, j'avais donc un bon compte rendu du cas tout entier. Considérant donc que les tempêtes, les naufrages et les bivouacs dans l'eau qui en sont la conséquence étaient des choses fréquentes dans ce genre de vie ; considérant qu'au moment suprêmement critique de piquer droit sur la baleine, je devais mettre ma vie entre les mains de celui qui commandait le canot – souvent un type qui, à ce moment précis, manque de faire chavirer l'embarcation par son impétuosité et ses piétinements frénétiques ; – considérant que notre désastre particulier était surtout dû au fait que Starbuck s'était, en pleine rafale, dirigé tout droit sur la baleine ; et considérant que ce même Starbuck, à la baleinière duquel j'appartenais, était prudent comme personne ; considérant finalement dans quelle chasse du diable j'étais engagé ; considérant tout cela, je pensai qu'il ne restait plus qu'à descendre et à mettre grossièrement de l'ordre dans mes dernières volontés.

– Queequeg, dis-je, venez avec moi. Vous allez être à la fois mon notaire, mon exécuteur testamentaire et mon héritier.

Il peut sembler étrange que des hommes comme des marins s'amusent à ébaucher tout le temps leur testament, mais il n'y a personne au monde qui s'y complaise davantage. C'était la quatrième fois que je le faisais au cours de ma vie nautique... Après l'accomplissement de cette cérémonie, je me sentais soulagé ; un poids de moins me pesait sur le cœur. Chaque jour que je vivrais désormais me serait aussi bon à vivre que ceux vécus par Lazare après sa résurrection. Tout me semblerait un supplément, un bénéfice net : jours, semaines, mois ; selon... Je me survivais. Ma mort et mon enterrement étaient enfouis dans ma poitrine. Je regardais tout autour de moi avec tranquillité et contentement, comme si j'avais été un revenant calme, à conscience propre, assis à l'intérieur d'un confortable tombeau de famille.

Voilà, pensais-je, tout en roulant sans y prendre garde mes manches jusqu'aux coudes ; en avant froidement vers la mort et la décomposition ; et que le diable emporte le demeurant.

L

LE CANOT ET L'ÉQUIPE D'ACHAB ; FÉDALLAH

– Qui l'eût pensé, Flask ! s'écria Stubb ; moi, si je n'avais qu'une jambe, on ne m'attraperait pas à descendre en canot à moins que ça ne soit pour boucher sa bonde avec mon pilon.

– Je ne trouve pas ça si étonnant, au sujet de sa jambe, répondit Flask ; ah ! si elle était coupée à la hauteur de la hanche ce serait une autre affaire. Ça le rendrait infirme ! Mais il lui reste un genou, plus une bonne partie de l'autre, vous savez...

– Je ne savais pas ça, petit gars. Je ne l'ai encore jamais vu s'agenouiller.

Parmi les gens au courant de la chasse à la baleine, il a été souvent discuté s'il est bien, vu l'importance capitale de son existence pour le succès du voyage, qu'un capitaine risque sa vie en prenant une part active à la chasse. Ainsi les soldats de Tamerlan disputèrent souvent, les larmes aux yeux, si l'inestimable vie de celui-ci devait être exposée au plus gros de la bataille.

Avec Achab, la question prenait un autre aspect. S'il est admis qu'avec ses deux jambes, l'homme n'est qu'un personnage clopinant au milieu de toutes sortes de dangers ; s'il est admis aussi que la poursuite des baleines présente toujours de grandes difficultés et que chaque moment y comporte un péril pour chaque individu, on peut alors se demander s'il était sage qu'un homme infirme descende dans un canot de chasse. En tout cas les propriétaires du *Péquod* devaient avoir pensé que non. Achab savait pertinemment que ses amis n'auraient pas trouvé à redire qu'il descende en canot dans certaines circonstances bénignes de la chasse. Mais qu'il ait une embarcation à lui, dirigée par lui pour y prendre part, surtout avec cinq hommes en plus de l'équipage régulier, Achab savait bien qu'une idée aussi généreuse n'aurait jamais pu entrer dans leur tête. Il ne les en avait donc pas sollicités et n'y avait même pas fait la moindre allusion. Seulement il avait pris ses précautions. Jusqu'à ce que la découverte d'Archy se répande, les matelots ne s'étaient jamais doutés de rien. Et pourtant quand on avait été assez loin du port, quand tout l'équipage, comme c'était l'usage, s'était mis à l'achèvement de l'équipement des baleinières, on avait pu voir peu après, de temps en temps, Achab occupé à faire des chevilles de ses propres mains et même à tailler ces petites brochettes qui se fichent dans la rainure de l'avant du canot pour laisser filer la ligne ; on avait pu voir tout ça et aussi le soin particulier avec lequel il avait surveillé la doublure du bordage de son canot qu'on croyait être un canot de rechange ; on avait vu aussi avec quelle attention il avait surveillé la pose du butoir à cuisse, comme on appelle parfois la pièce horizontale dans l'avant du bateau, qui sert à s'arc-bouter quand on lance le harpon. On l'avait vu souvent aussi se tenir debout dans ce canot, posant son unique genou contre ce butoir et, avec un ciseau de menuisier, creuser un peu ici, aplanir un peu là ; et alors tout cela avait éveillé beaucoup d'intérêt et de curiosité. Mais presque tout le monde supposait que cette prévoyance particulière d'Achab avait pour but la chasse de Moby Dick puisqu'il avait déjà révélé son intention de poursuivre personnellement ce monstre, et personne ne soupçonnait que ce canot dût avoir un équipage privé.

Or, en ce qui concerne cet équipage fantôme, la première surprise eut vite fait de décroître, car sur un baleinier, les émerveillements durent peu. Tant d'inexplicables éléments d'étranges nations surgissent des recoins et crassiers de la terre pour équiper ces hors-la-loi que sont les baleiniers ; ces vaisseaux ramassaient si souvent de si drôles de créatures perdues sur l'Océan, ballottées sur des planches, des bouts d'épaves, des canots, etc., que Belzébuth lui-même aurait pu grimper à bord et descendre à la cabine faire un brin de causette avec le capitaine sans que, sur le gaillard d'avant, on s'en soit autrement ému.

Ce qui est certain en tout cas c'est que lesdits fantômes trouvèrent vite leur place parmi l'équipage ; cependant Fédallah, l'homme au turban, resta à part et demeura un mystère jusqu'au bout. De quel monde sortait-il ? Par quel inexplicable lien se trouvait-il attaché à la fortune particulière d'Achab au point de paraître avoir de l'influence sur lui et même de l'autorité ? Personne n'eût pu le dire. On ne pouvait rester indifférent à la vue de Fédallah. Il était une de ces créatures que les gens policés de la zone tempérée ne voient qu'en rêve, et encore très vaguement ; mais qui apparaissent parfois dans les immuables communautés asiatiques ; en particulier dans les îles orientales de l'est du continent ; terres isolées, immémoriales, intransformées qui, dans les temps modernes même, montrent des répliques du type primitif des premières générations, du temps où le souvenir du premier homme était encore présent et que tous les hommes qui en descendaient, ne sachant d'où ils sortaient, se regardaient comme de vrais fantômes et demandaient au soleil et à la lune pourquoi et dans quel but ils avaient été créés ;

encore que la Genèse dise que les anges épousèrent les filles des hommes et que, ajoutent les Rabbis peu canoniques, les démons aussi se livrèrent à des amours terrestres.

LI
LE JET FANTÔME

Des jours, des semaines passèrent. Toutes voiles dehors le *Péquod* ivoirin avait lentement parcouru quatre parages de croisières différents : au large des Açores ; au large du cap des Verdes ; près du Plate (on appelle ainsi l'embouchure du rio de la Plata) et le terrain de Carrol, étendue de mer non délimitée vers le sud de Sainte-Hélène.

Ce fut pendant que nous voguions sur ces dernières eaux que, par une nuit sereine baignée de clair de lune, quand les vagues déferlaient comme des rouleaux d'argent et faisaient en se déroulant doucement comme un silence d'argent, mais non une solitude ; ce fut donc par une nuit silencieuse qu'un jet argenté fut aperçu très en avant au-delà du bouillonnement blanc de l'étrave. Eclairé de lune il paraissait céleste ; il semblait quelque dieu sortant des flots, empanaché et scintillant. Fédallah fut le premier à le signaler. Chaque fois qu'il faisait clair de lune, c'était son habitude de monter guetter dans la grand'hune et de le faire avec autant de précision qu'en plein jour. Et cependant, bien que des troupes de baleines soient vues la nuit, aucun baleinier ne se hasarderait à mettre alors les embarcations à la mer. Vous pouvez donc imaginer avec quelle émotion les matelots contemplaient ce vieil Oriental perché solitaire dans la mâture, à des heures aussi étranges, son turban et la lune réunis dans un même ciel. Mais quand il eut passé là, pendant plusieurs nuits de suite, un même laps de temps sans proférer un seul son ; quand, dis-je, après tout ce silence, on entendit sa voix surnaturelle signalant le jet argenté par le clair de lune, tous les matelots qui étaient allongés se mirent sur pied comme si quelque esprit ailé se fût posé dans les gréements pour héler l'équipage mortel : « Elle souffle. » Si ç'avait été la trompette du Jugement Dernier, ils n'auraient pas tressailli davantage ; néanmoins, ils n'en éprouvèrent aucune crainte mais plutôt du plaisir. Malgré l'heure inaccoutumée, le cri était si impressionnant, si follement excitant, qu'à bord, presque chaque âme souhaita instinctivement qu'on descendît les baleinières.

Traversant le pont à pas rapides et obliques, Achab donna l'ordre de hisser le perroquet et le cacatois ainsi que chaque bonnette. Le meilleur timonier du bord dut prendre le gouvernail, puis, avec chaque nid-de-pie garni, le vaisseau roula droit au vent. Le vent de poupe gonflant les creux de toutes ses voiles, le bateau continua sa marche en avant, comme si deux influences antagonistes luttaient en lui, une tendant vers le ciel, l'autre s'élançant vers quelque but horizontal. Et si on regardait le visage d'Achab, il semblait qu'en lui aussi deux influences combattaient. Son unique jambe animait d'échos la longueur du pont ; chaque coup de sa jambe morte sonnait comme un choc sur un cercueil. Ce vieillard marchait sur la vie et sur la mort. Cependant, malgré la vitesse à laquelle filait le navire et bien que des regards perçants comme des flèches fussent lancés par tous les yeux, on ne revit plus le jet argenté durant cette nuit-là. Chaque marin jura l'avoir aperçu une fois, mais pas deux.

Le jet de minuit était presque oublié, quand, quelques jours plus tard, à la même heure silencieuse, il fut de nouveau signalé. De nouveau chacun le vit, mais quand on mit le cap dessus il disparut encore, comme s'il n'eût jamais existé. Et ainsi fit-il nuit après nuit, jusqu'à ce que personne n'y fît plus attention sinon pour s'en étonner. Ce jeu solitaire, mystérieusement jailli dans le clair de lune ou sous les étoiles, selon le cas, disparaissait ensuite pendant un jour entier ou deux jours ou trois, et, chaque fois, semblait gagner sur nous, comme pour nous attirer plus avant.

Avec la superstition immémoriale de leur race, et influencés par l'atmosphère de surnaturel qui, sous bien des rapports, enveloppait le *Péquod,* il y eut plus d'un marin pour jurer que chaque fois et en chaque lieu où le jet avait été aperçu, pour si anciennement que ce soit, dans les latitudes et longitudes les plus opposées, cela révélait la présence de toujours le même cachalot et que c'était Moby Dick. Pendant quelque temps, régna aussi un sentiment de terreur particulière à l'égard de cette apparition fugitive, comme si elle nous faisait traîtreusement signe de la suivre, afin que le monstre puisse se retourner sur nous et nous mettre en pièces, en des mers plus lointaines et plus sauvages.

Ces appréhensions momentanées si vagues mais si effrayantes gâchèrent la puissance merveilleuse de la sérénité du temps, sous la douceur bleue de laquelle se cachait un charme diabolique, au cours des jours et des jours où nous croisâmes dans ces eaux si péniblement et si solitairement douces ; au point que le flot du temps qui nous séparait de notre vengeance semblait se vider de vie devant notre proue, comme d'une urne.

Quand, après avoir cinglé vers l'est, nous entendîmes hurler autour de nous les vents du Cap, et que nous fûmes soulevés et abaissés tour à tour sur de longues mers troubles ; quand le *Péquod* aux défenses d'ivoire s'inclina sous la rafale et se rua au cœur de sa fureur ; que tels des copeaux d'argent, l'écume vola par-dessus le pavois ; alors enfin le vide lugubre de notre vie cessa, mais pour faire place à des spectacles encore plus sinistres.

D'étranges formes s'élançaient de l'eau devant nous, çà et là près de notre avant, tandis qu'à l'arrière, en masses compactes, volaient les énigmatiques corbeaux de mer. Chaque matin, on voyait des rangées entières de ces oiseaux perchés sur nos vergues et, malgré nos cris, ils s'y maintenaient obstinément comme s'ils avaient considéré que notre navire était une épave à la dérive, une chose destinée à la désolation et, par conséquent, un perchoir idéal pour eux, êtres sans gîte. De halètement en halètement, la noire mer haleta sans repos comme si ses marées étaient vivantes et comme si la grande âme du monde était remplie d'angoisse et de remords pour toute la souffrance et tous les péchés auxquels elle avait donné naissance.

Cap de Bonne-Espérance, dit-on ? Plutôt cap des Tempêtes comme on l'appelait jadis ; longtemps séduits par les silences perfides qui nous avaient accompagnés auparavant, nous nous trouvions projetés dans ces mers tourmentées où des êtres coupables transformés en oiseaux et en poissons semblaient condamnés à nager éternellement sans l'espoir d'aucun havre, ou à battre des ailes dans un air noir sans horizon. Cependant, paisible et invariable dans sa blancheur de neige, dirigeant toujours vers les cieux sa fontaine de plumes, le jet solitaire continuait à apparaître par moments, nous faisant toujours signe de le suivre.

Pendant toute cette noirceur des éléments, Achab commanda presque continuellement sur le pont trempé et dangereux, montrant la plus sombre réserve et ne s'adressant plus que rarement à ses seconds. Après des mauvais temps de tempête comme ceux-là, quand tout sur le pont et dans les gréements était paré, il n'y avait rien d'autre à faire que d'attendre passivement leur fin. Le capitaine et l'équipage devinrent alors des fatalistes pratiques. Avec sa jambe d'ivoire plantée dans son trou habituel, se tenant d'une main ferme aux galhaubans, Achab resta debout pendant des heures et des heures, regardant droit au vent, tandis que de temps à autre une rafale de grésil ou de neige congelait presque ses cils. L'équipage, chassé de l'avant par les paquets de mer qui venaient y éclater, se tenait rangé le long du bastingage de la coursive et, pour mieux se protéger contre les vagues bondissantes, chaque homme s'était amarré à la rambarde avec une sorte de bouline qui formait comme une ceinture lâche dans laquelle il se balançait. On ne parlait presque pas et le navire silencieux, comme s'il était monté par un équipage de cire peinte, allait hâtivement à travers la joie démoniaque des vagues. Le même silence humain régnait la nuit devant le tintamarre de l'Océan ; dans leurs boulines ; Achab tenait tête à la rafale. Même lorsque la nature lassée sembla demander du répit, il ne chercha pas le repos dans son hamac. Jamais Starbuck ne put oublier l'aspect du vieillard lorsque, descendant une nuit à la cabine pour regarder le baromètre, il le vit, les yeux fermés, assis tout raide dans sa chaise rivée au plancher ; la pluie et le grésil gouttant encore lentement du chapeau et du manteau qu'il n'avait pas quittés. Sur la table, à ses côtés, se trouvait, non déroulée, une de ces cartes des marées et courants dont nous avons déjà parlé. Sa lanterne se balançait dans sa main fortement serrée. Bien qu'ayant le corps droit, sa tête était rejetée en arrière, de sorte que les yeux fermés étaient orientés vers l'aiguille de « la rapporteuse »[1] pendue à une poutre du plafond.

– Terrible vieillard, pensa Starbuck en frissonnant, même endormi dans la bourrasque, il regarde encore vers son but avec détermination.

1. L'axiomètre ou boussole de cabine est appelé la rapporteuse parce que, sans avoir besoin d'aller à l'habitacle, le capitaine, d'en bas, peut savoir par elle la direction prise par le navire.

LII

L' « ALBATROS »[1]

Au sud-est du Cap, au large des lointaines Crozet, dans de bons parages de croisière pour les chasseurs de la Vraie-Baleine, un voilier apparut devant nous. Son nom était *Le Goney*. Comme il approchait lentement, je pus, du haut du nid-de-pie où j'étais juché, au haut de l'artimon, avoir une vue parfaite de ce spectacle, si curieux pour un novice de la pêche sur les océans lointains : un navire baleinier en pleine mer et absent du pays depuis longtemps. Comme si les vagues avaient été des foulons, ce navire avait blanchi comme le squelette d'un morse échoué. Tout le long de ses flancs, l'apparition spectrale était sillonnée de longues traînées de rouille roussâtres, tandis que ses espars et son gréement ressemblaient aux branches d'arbres épaissies de givre. Seules ses voiles basses étaient établies et ses matelots vigies, au haut de ses trois mâts, formaient un bien étrange spectacle avec leurs longues barbes. Ils semblaient vêtus de peaux de bêtes — leurs vêtements déchirés et rapiécés avaient survécu à trois ans de croisière. Debout dans des cercles de fer cloués aux mâts, ils étaient balancés au-dessus d'une mer insondable. Quand le voilier défila lentement sous notre arrière, nous, les six hommes haut perchés, nous nous trouvâmes si près que nous aurions presque pu sauter des mâts d'un navire sur ceux de l'autre ; néanmoins, ces pêcheurs d'aspect misérable se contentèrent de nous regarder vaguement pendant que nous les croisions, sans même dire un mot à nos vigies, tandis que nous entendions un appel monter de notre gaillard d'arrière :

1. *Goney*, en jargon de matelot. *(N. du T.)*

– Ohé, du vaisseau ! Avez-vous vu la Baleine Blanche ?

Mais au moment où le capitaine étranger, se penchant sur le pavois blanchâtre, allait porter son porte-voix à sa bouche, l'instrument tomba de ses mains dans la mer, et, comme maintenant le vent soufflait avec force, ce fut en vain qu'il essaya de se faire entendre sans porte-voix. Pendant ce temps son bateau s'éloignait de nous. Tandis que, de diverses manières silencieuses, les matelots du *Péquod* montraient qu'ils interprétaient cet incident comme un mauvais présage, et qui venait de se produire à la première et simple mention du nom de la Baleine Blanche à un autre navire, Achab hésita un instant ; il semblait avoir l'air de vouloir mettre un canot à la mer pour communiquer avec l'étranger, si le vent menaçant ne l'en eût empêché. Mais, profitant de l'avantage que lui donnait sa position du côté au vent, il saisit son porte-voix et reconnaissant à l'aspect du bâtiment qu'il était de Nantucket et sur le chemin du retour, il le héla bruyamment :

– Ohé ! là-bas ! Ici le *Péquod* en route pour le tour du monde ! Dites-leur de nous adresser toutes les lettres futures dans l'océan Pacifique ! Si je ne suis pas de retour dans trois ans à partir de ce jour, dites-leur de les adresser à...

A ce moment, les deux sillages se croisèrent et, d'une manière singulière, des bancs de petits poissons inoffensifs qui pendant les jours d'avant avaient glissé placidement contre nos flancs, filèrent soudain loin de nous et se massèrent à l'avant et à l'arrière de l'étranger. Bien qu'ayant dû voir fréquemment pareille chose se produire au cours de ses voyages antérieurs, Achab en parut affecté ; car pour un maniaque, la plus petite chose peut avoir une signification.

– Vous vous éloignez de moi, hein ? murmura-t-il, en regardant vers l'eau.

Ces mots semblaient simples, mais leur ton décelait une profonde tristesse, inconsolable, qu'auparavant le vieillard fou n'avait jamais manifestée. Se tournant alors vers le timonier qui, jusque-là, avait tenu la barre au vent pour diminuer la vitesse, il ordonna de son ancienne voix de lion :

– En avant dans le vent, timonier. Tenez-vous sur le chemin du tour du monde !

Le tour du monde ! Il y avait dans ces mots de quoi inspirer de fiers sentiments ; mais où cette navigation circulaire nous menait-elle ? Au point même d'où nous étions partis, probablement et après d'innombrables périls, avec, devant nous et aussi derrière, ceux que nous avions laissés en sûreté.

Ce monde fût-il une plaine infinie, si, en voguant vers l'est, on pouvait découvrir et atteindre des spectacles plus doux et plus étranges que n'en donnent la vue des Cyclades ou des îles Salomon, alors oui, il y aurait de la promesse dans l'air. Mais qu'attendre de la poursuite de ces lointains mystères, et de la chasse tourmentée de ce fantôme démoniaque qui, une fois ou l'autre, nage devant tous les cœurs humains ? Tandis que nous chassons ces choses autour du globe rond, elles nous mènent dans des labyrinthes stériles quand elles ne nous naufragent pas à mi-chemin.

LIII

LE GAM

La raison plausible pour laquelle Achab n'avait pas accosté le baleinier était celle-ci : le vent et la mer signalaient orage. Mais, après tout, même dans un autre cas, il ne l'aurait peut-être pas accosté si on en doit juger par sa conduite ultérieure, lorsqu'en des circonstances semblables, après avoir hélé, il obtenait une réponse négative à sa question. On pouvait comprendre qu'il n'aimait s'accointer, même pour cinq minutes, avec aucun capitaine étranger si celui-ci, par ses informations, ne pouvait contribuer à son ardente recherche. Mais tout cela pourrait paraître peu clair si nous ne disions ici quelque chose des usages spéciaux des baleiniers lorsqu'ils se rencontrent en mers étrangères et surtout sur des sites de croisières communs.

Quand deux étrangers se croisent sous les Pins Barrens, dans l'Etat de New York ou dans la plaine de Salisbury, en Angleterre ; quand, dis-je, ils se rencontrent dans des endroits aussi inhospitaliers et perdus, ils ne peuvent, même si leur vie en dépend, éviter de se saluer réciproquement et s'arrêtent un instant pour échanger des nouvelles. Peut-être même s'assoient-ils côte à côte pour un moment ; à plus forte raison, dans les bleds illimités de la mer, deux baleiniers arrivant chacun d'une extrémité de la terre au large des îles Fanning ou dans les lointains King's Mills ; à plus forte raison, dis-je, en de telles circonstances, ces deux vaisseaux, non seulement échangent des appels, mais encore prennent un contact plus tangible, aimable et sociable, et encore plus, bien entendu, dans le cas où ces navires appartiennent au même port et que leurs capitaines, leurs officiers, et beaucoup des hommes des équipages se connaissent personnellement et qu'ils ont, par conséquent, maints sujets de conversations domestiques et chers.

Le bateau qui commence sa croisière a peut-être à bord des lettres pour celui qui, depuis longtemps, est absent ; à tout le moins, il peut lui passer des journaux d'un ou deux ans plus actuels que les espèces de torchons usés que sont les journaux qu'il possède. Par un retour de courtoisie, le bateau en route pour l'étranger reçoit les tout derniers renseignements baleiniers sur le terrain de chasse qui sera peut-être le sien ;

chose de la plus grande importance pour lui. Tout cela est également valable pour les baleiniers qui se croisent sur le terrain de chasse même, bien qu'ils soient absents de chez eux depuis un même laps de temps. Car l'un d'eux a pu recevoir en dépôt des lettres d'un troisième bâtiment, maintenant très distant ; et ces lettres peuvent être adressées aux gens du vaisseau qu'il rencontre maintenant ; de plus, ils échangent des nouvelles de la baleinerie en général et font un agréable bout de causette. Car, non seulement, il y a échange de sympathie entre marins, mais il y a aussi les affinités particulières qui proviennent des occupations, des privations et périls communs.

La différence de pays n'y change pas grand'chose, surtout quand les deux bords parlent une même langue, comme c'est le cas entre Américains et Anglais, quoique de telles rencontres soient rares, étant donné le petit nombre de baleiniers anglais. Lorsqu'elles se produisent ils éprouvent une sorte de gêne vis-à-vis les uns des autres, car les Anglais sont assez réservés et le Yankee n'apprécie guère ça ailleurs que chez lui. Et aussi les baleiniers anglais affectent une sorte de supériorité métropolitaine sur les baleiniers américains ; ils considèrent le long et maigre Nantuckais, avec ses provincialismes impossibles à rendre, comme une sorte de paysan de mer. Il serait difficile de dire en quoi réside cette supériorité dont se targue le baleinier anglais, vu que les Yankees tuent collectivement plus de baleines en un seul jour que tous les Anglais réunis en dix ans. Mais c'est là une innocente petite faiblesse des baleiniers anglais, que ceux de Nantucket ne prennent pas très à cœur, sachant qu'ils ont quelques petites faiblesses eux aussi.

Nous voyons donc que, de tous les navires voguant sur la mer, les baleiniers ont le plus de raisons de se montrer sociables – et ils le sont. Tandis que certains navires marchands se croiseront en plein Atlantique sans même échanger un seul signe de reconnaissance ; s'ignorant mutuellement au grand large comme s'ignore un couple de dandies dans Broadway ; se permettant peut-être quelque précieuse critique sur le gréement de l'autre. Quant aux vaisseaux de guerre, si par hasard ils se rencontrent en mer, ils se donnent une telle comédie d'inclinations ridicules, de courbettes, de salutations du pavillon qu'on peut douter qu'il y ait beaucoup de franche bienveillance, d'amitié et de fraternité derrière ces simagrées. Pour ce qui est de la rencontre de deux vaisseaux négriers, eh bien, ils n'ont qu'une hâte, celle de s'éloigner au plus vite l'un de l'autre. Quant aux pirates, lorsque leurs « os-croisés » se croisent, leur première question est : – Combien de crânes ? – tout comme le baleinier demande : – Combien de barils ? – et la réponse une fois parvenue, ils se séparent aussitôt car, de part et d'autre, ce sont de vilains damnés qui n'aiment pas voir de trop près leurs semblables. Mais considérez l'honnête, le juste, le simple, l'hospitalier, le sociable et bon garçon d'un bâtiment baleinier. Que fait-il quand il rencontre un autre baleinier par un temps à peu près possible ? Il fait une chose si complètement ignorée des autres navires qu'ils n'en ont jamais entendu le nom : « Un Gam ». Si par hasard ils en entendent parler, ça leur est un prétexte à rires et à blagues où il est question de « lanceurs de jets », de « bouilleurs de graisse », et autres jolies images. On se demande pourquoi ceux de la marine marchande, et aussi les pirates et ceux des vaisseaux de guerre, sans oublier les négriers, nourrissent tant de mépris pour les baleiniers. Pour ce qui est des pirates, j'aimerais assez savoir si leur profession comporte une gloire spéciale. A vrai dire, ils finissent parfois dans une situation élevée ; seulement c'est sur une potence, et quand un homme se trouve élevé de cette façon-là, il n'est guère autorisé à prendre une attitude supérieure. J'en conclus donc qu'en se flattant d'être élevé haut au-dessus du baleinier, le pirate ne s'appuie sur rien de solide.

Qu'est-ce qu'un « Gam », me demandez-vous ? Vous pourriez user votre index à monter et à descendre les colonnes des dictionnaires sans jamais trouver le mot. Le Dr Johnson n'est jamais parvenu à cette érudition ; l'arche de Noé « Webster » ne le contient pas. Néanmoins, ce mot expressif est depuis bien des années d'un usage courant parmi quelque quinze milliers d'authentiques Yankees. Il a certainement besoin d'une définition et mérite d'être incorporé au lexique. Dans ce but, laissez-moi le définir savamment.

GAM — Substantif — Réunion de deux (ou de plusieurs) baleiniers, généralement sur un terrain de croisière, lorsque, après s'être mutuellement salués, ils échangent des visites d'équipages, en canot ; les deux capitaines restant pendant ce temps à bord de l'un des navires ; et les deux seconds sur l'autre.

Un autre petit détail concernant le « gammage » ne doit pas être oublié ici. Toutes les professions ont leurs petites particularités ; la pêcherie a donc celle-ci : quand on mène quelque part dans son canot le capitaine d'un pirate, d'un navire de guerre ou d'un négrier, il s'assied toujours à l'arrière sur un siège confortable, quelquefois même capitonné ; et souvent, il barre lui-même avec un joli petit gouvernail de modiste, décoré de cordons et de rubans. Mais le canot du baleinier n'a aucun siège à l'arrière, ni aucun sofa et point du tout de gouvernail. Ce serait du joli vraiment si les capitaines baleiniers se faisaient pousser comme de vieux officiers de police goutteux, dans des fauteuils à roulettes. Quant à la barre, le canot baleinier n'a jamais rien admis d'aussi efféminé ; et puisque dans le « gammage », un équipage complet de canot quitte le bâtiment avec son harponneur, c'est ce dernier qui est promu guide, et le capitaine, n'ayant rien où s'asseoir, fait sa visite roide comme un pin. On remarque souvent, conscient d'être la cible des regards des deux navires, le capitaine qui est debout, tout préoccupé de garder entière sa dignité en se tenant sur ses jambes. Et ce n'est pas chose très facile, car de temps à autre, il reçoit au bas des reins un coup de l'immense rame du guide, tandis que le rameur de devant cogne ses genoux. Il se trouve donc ainsi complètement calé devant et derrière et n'a de jeu que par côté quand il veut se raffermir sur ses pieds ; mais il arrive souvent alors qu'une violente secousse du canot menace de le renverser, parce que la longueur fondamentale n'est rien sans la largeur correspondante. Vous ne pouvez faire tenir debout deux bâtons formant angle. Et encore il ne serait pas sérieux, à la vue de tant de regards qui vous suivent, il ne serait pas du tout sérieux, je le répète, que ce capitaine soit vu en train d'étayer la plus petite partie de sa personne en attrapant quelque chose avec ses mains ; même, en signe d'entière et élastique possession de soi, il met généralement les mains dans les poches de son pantalon ; comme souvent celles-ci sont larges et lourdes, elles semblent être là pour servir de lest. Néanmoins, il y eut des cas, et bien authentiques, où un capitaine a été vu, disons au cours d'une subite rafale ou dans quelque moment critique, empoignant aux cheveux le rameur le plus proche de lui et s'y cramponnant, ferme comme la mort.

LIV

HISTOIRE DU *TOWN-HO*

(Telle qu'elle fut racontée à l'Auberge Dorée)

Le cap de Bonne-Espérance, avec toutes les étendues marines d'autour, ressemble beaucoup à quelque carrefour de grand'route où l'on rencontre plus de voyageurs que partout ailleurs.

Peu après avoir parlé avec *Le Goney,* nous rencontrâmes un autre baleinier sur le retour : le *Town-Ho*[1]. Son équipage était presque tout entier composé de Polynésiens ; dans le court « gammage » qui suivit, il nous donna d'importantes nouvelles de Moby Dick. Désormais, pour certains, l'intérêt au sujet de la Baleine Blanche fut décuplé par un épisode de l'histoire du *Town-Ho* dans lequel, merveilleusement, elle apparaissait comme l'instrument même de cette Justice Divine qui se manifeste parfois à certains hommes. Cet épisode et tout ce qui l'accompagne forment ce qu'on peut appeler la partie secrète de la tragédie que nous allons raconter ; elle ne parvint jamais jusqu'aux oreilles du capitaine Achab ni à celles de ses seconds. Le capitaine du *Town-Ho* lui-même l'a ignorée. C'était la propriété privée de trois matelots blancs, trois compères de ce vaisseau. A ce qu'il semble, l'un d'entre eux dut en faire part à Tashtego en lui faisant jurer le secret ; mais Tashtego, la nuit suivante, rêva tout haut et dans son sommeil en révéla tant qu'au réveil il lui fut difficile de garder le reste. Cette chose eut une influence si manifeste sur ceux du *Péquod* qui parvenaient à connaître l'histoire entière que, pris d'une étrange délicatesse (pour dire le mot), ils la gardaient pour eux, ce qui explique que le secret ne dépassa jamais le mât central du *Péquod.* Je mentionnerai ici toute cette étrange affaire tissant ce fil plus sombre dans la trame de l'histoire telle qu'elle était couramment racontée à bord.

Par goût de l'humour, je conserverai le ton avec lequel je la narrai un jour à Lima devant un auditoire d'oisifs Espagnols, mes amis, la veille d'une fête, tout

1. Ancien cri de baleinier lorsqu'on apercevait une baleine de la pomme du mât ; encore en usage parmi les baleiniers qui chassent le fameux Gallipagos terrapin.

en fumant sur le carrelage doré de la plaza de l'Auberge Dorée. Parmi ces splendides cavaliers, les jeunes don Pedro et don Sébastian étaient mes intimes ; d'où les questions avec lesquelles ils m'interrompaient de temps à autre, et auxquelles je répondais illico.

« Environ deux ans avant que j'apprenne les événements que je vais vous conter, Messieurs, le *Town-Ho,* chasseur de cachalots de Nantucket, croisait ici, dans votre Pacifique, à peu de jours à l'ouest du toit de cette bonne Auberge Dorée. Il se trouvait quelque part au nord de la Ligne. Un matin, comme il maniait ses pompes, selon l'habitude journalière, on constata qu'il faisait plus d'eau que d'ordinaire dans sa cale. On supposa qu'elle avait été percée par un espadon. Il faut vous dire, Messieurs, que le capitaine avait quelque extraordinaire raison de croire que la veine l'attendait dans ces latitudes et il était donc très peu disposé à les quitter ; du reste, cette voie d'eau n'était pas alors considérée comme inquiétante, quoique, à la vérité, on n'avait pu la trouver, même après avoir fait des recherches aussi bas qu'il était possible d'aller par un si mauvais temps ; le bateau continua donc sa croisière, les marins travaillant à tour de rôle aux pompes, à intervalles pratiques et espacés. Mais la chance ne vint pas ; des jours passèrent, et non seulement on ne trouvait toujours pas la fuite, mais celle-ci augmentait sensiblement. Un peu alarmé désormais, le capitaine mit en route toutes voiles dehors, pour le havre des îles les plus proches, afin de se mettre en cale sèche et de réparer sa coque.

« Le trajet n'était pas des plus courts ; néanmoins, avec un tout petit peu de chance, il ne craignait nullement de sombrer en cours de route ; ses pompes étaient des meilleures et, régulièrement relevés, ses trente-six hommes d'équipage pouvaient facilement tenir son bateau en état, même si la fuite redoublait. En vérité presque toute cette traversée fut accompagnée de brises très propices, et le *Town-Ho* serait certainement parvenu en toute sûreté à son port si, par fatalité, il n'y avait eu l'arrogance brutale de Radney, le second, un de Vineyard, et l'amère vengeance qu'elle provoqua chez Steelkilt, qui était lui, un des Lacs, un énergumène de Buffalo.

– Un des Lacs ?... Buffalo ? Je vous en prie, qu'est-ce qu'un Homme-des-Lacs, et où se trouve Buffalo ? interrompit don Sébastian, se soulevant sur son hamac qui se balançait.

– Sur la rive est de notre lac Erié, Señor, mais que votre courtoisie patiente, je l'en prie, nous allons bientôt avoir à parler de tout ça. Or, Messieurs, sur les bricks à voiles carrées et sur les trois-mâts les plus solides et les plus grands qui aient jamais navigué de votre vieux Callao aux lointaines Manilles, il n'existait pas d'homme plus nourri de flibuste et de ces impressions rustiques qui se rattachent populairement à cet océan ouvert, que cet Homme-des-Lacs du cœur de notre Amérique, au plein des terres. Car, avec la masse de leurs flots doux qui coulent les uns dans les autres, l'Erié, l'Ontario, le Huron, le Supérieur, le Michigan sont de nature expansive, tout comme l'Océan, dont ils ont plus d'un noble aspect, avec beaucoup de races et de climats divers dans leurs cercles. Ils contiennent des archipels ronds d'îles romantiques tout comme en ont les mers polynésiennes, ils sont en grande partie bordés par deux grandes nations contrastantes comme l'est l'Atlantique ; ils fournissent de longues courses maritimes à nos nombreuses colonies essaimées autour de leurs rives ; des batteries, çà et là, les regardent d'un air menaçant, ainsi que des canons-chèvres grimpés au haut du rocailleux Mackinaw ; ils ont entendu les rapides grondements des victoires navales ; par périodes, ils cèdent leurs plages à des sauvages barbares dont les visages peints en rouge surgissent de leurs wigwams de pelleterie ; sur des lieues et des lieues ils sont flanqués d'anciennes forêts vierges, où les pins décharnés se tiennent en rangs serrés comme les noms des rois dans les généalogies gothiques ; ces mêmes forêts donnent asile à des bêtes de proie sauvages et à des créatures soyeuses dont les fourrures, exportées, font des robes aux empereurs tartares ; ils reflètent dans leurs eaux les capitales pavées de Buffalo et de Cleveland, ainsi que des villages Winepagos ; ils portent le navire marchand parfaitement gréé, le croiseur armé de l'Etat, le bateau à vapeur et le canoë de plage ; ils sont balayés par des rafales de vent qui démâtent aussi terriblement que n'importe lesquelles qui fouettent les vagues salées ; ils savent ce que c'est qu'une épave, car, loin de la vue des terres, à l'intérieur même du pays, ils ont, au cours de la nuit, coulé bien des vaisseaux avec tout leur équipage hurlant. Ceci pour vous dire, Messieurs, que Steelkilt, quoique étant un homme de l'intérieur, était un de l'Océan sauvage, aussi audacieux marin que n'importe lequel. Quant à Radney, bien que dans son enfance il ait pu s'allonger sur la plage déserte de Nantucket pour s'y faire allaiter par sa mer maternelle, et bien qu'ensuite il eût longuement sillonné notre austère Atlantique et votre Pacifique contemplatif, il était néanmoins aussi vindicatif et querelleur qu'un de ceux-là, tout frais émoulus des latitudes où fleurissent les couteaux catalans à manches en corne de cerf. Il faut dire pourtant que ce Nantuckais ne manquait pas d'une certaine bonté ; quant au matelot, à l'Homme-des-Lacs (une sorte de diable, pour dire vrai), sa rudesse inflexible pouvait être adoucie seulement par ce sentiment décent et commun de reconnaissance humaine, auquel a droit le plus vil esclave ; ainsi traité, ce Steelkilt avait été longtemps inoffensif et docile. Il l'avait été jusque-là, en tout cas ; mais Radney fut pris de folie, et Steelkilt... Mais, Messieurs, j'en viens au fait.

« Pas plus d'un jour ou deux jours après qu'il eut dirigé sa proue vers le port de l'île, la voie d'eau du

Town-Ho parut s'accroître, mais seulement au point de demander une ou deux heures de pompage chaque jour. Vous devez savoir que, dans un océan calme et civilisé comme l'est notre Atlantique par exemple, certains capitaines ne songent pas à pomper deux fois au cours de toute la traversée ; quoique si, par une nuit paisible et endormante, il arrivait que l'officier de quart oublie son devoir à ce sujet, il est probable que ni lui ni ses compagnons ne s'en souviendraient jamais plus parce qu'ils auraient tous glissé doucement par le fond. Et également aussi, Messieurs, il n'est pas habituel que, dans les mers sauvages et solitaires qui sont loin de vous vers l'ouest, des bateaux fassent retentir en chœur les manches de leurs pompes pendant un voyage aussi long, c'est-à-dire si ce voyage suit une côte accessible ou si toute autre retraite raisonnable s'offre à eux. C'est seulement quand un navire fait eau dans quelque partie très peu fréquentée des mers, sous quelque latitude sans terre, que son capitaine commence à se sentir un peu inquiet.

« Il en avait été à peu près comme ça avec le *Town-Ho* quand on constata que la voie d'eau gagnait encore et, à la vérité, plusieurs hommes de l'équipage manifestèrent un peu d'inquiétude ; surtout Radney le second. Il donna l'ordre de hisser de nouveau les voiles hautes et que, de toute manière, elles soient bien tendues à la brise. Or, je suppose que ce Radney était peu froussard, et aussi exempt d'appréhension nerveuse, en ce qui concernait sa propre personne, que n'importe laquelle des créatures sans peur et sans reproche, de terre ou de mer, qu'il vous plaira, Messieurs, d'imaginer. Quand donc il manifesta cette sollicitude pour la sécurité du bâtiment, plusieurs matelots insinuèrent que c'était parce qu'il en était en partie propriétaire. De sorte que, ce soir-là, tout en travaillant aux pompes, ils blaguaient là-dessus entre eux, avec les pieds dans l'eau claire, oui, Messieurs, claire comme une source de montagne, et cette eau murmurante coulant à travers le pont se déversait à jets réguliers par les dallots, sous le vent.

« Or, comme vous savez, il n'est pas rare, dans notre monde conventionnel – celui de l'eau et l'autre – que lorsqu'un être commande à ses semblables et découvre que l'un d'eux lui est supérieur en fierté, il éprouve immédiatement une répulsion instinctive et de l'amertume pour celui-ci ; et, s'il en a l'occasion, il cherchera à abattre le donjon de ce subalterne, à en faire un petit tas de poussière. De toute façon, à mon avis, Messieurs, Steelkilt était un grand et noble animal avec une tête romaine ; sa barbe dorée flottait comme les housses ornées de glands du coursier piaffant de votre dernier vice-roi. Il avait un cerveau et un cœur et une âme en lui, Messieurs. Qu'aurait fait Steelkilt Charlemagne, si le père de Charlemagne l'avait fait naître ? Mais Radney, lui, était laid comme une mule et aussi dur et aussi buté et aussi malicieux. Il n'aimait pas Steelkilt et Steelkilt le savait.

« Apercevant le second qui s'approchait des pompes où il travaillait avec les autres, l'Homme-des-Lacs affecta de ne pas le voir et continua sans crainte ses plaisanteries.

«– Oui, oui, mes joyeux poteaux, une drôle de fuite que celle-ci ; si quelqu'un en prenait dans une cruche et qu'on y goûte. Pardi ! ça vaut d'être mis en bouteille ! Moi je vais vous dire, les gars, les actions du vieux Rad' devraient y aller ! Y f'rait mieux de couper sa part de coque et de la remorquer chez lui... Le fait est, garçons, que l'espadon n'a fait que commencer le boulot, et ensuite il est revenu avec une bande de charpentiers, de poissons-scies, de poissons-limes, tout le tremblement... Ils sont des masses maintenant, attelés au travail de découpage et de défonçage du fond. Si le vieux Rad' était ici, je lui dirais bien de sauter pardessus bord et de les disperser... Ils font le diable avec son bien, ça aussi je pourrais lui dire. Mais, Rad' c'est une vieille âme simple, et une belle aussi. On dit, les gars, qu'il a placé le reste de son avoir dans les miroirs. Savoir s'il donnerait à un pauvre diable comme moi l'modèle de son nez ?

« – Vos yeux soient damnés ! pourquoi ces pompes s'arrêtent-elles ? hurla Radney, comme s'il n'avait pas entendu le bavardage des marins. Allez-y et comme des tonnerres !

« – Oui, oui, Sir ! répondit Steelkilt gai comme un grillon ; en vitesse, les gars, en vitesse. Là-dessus les pompes cliquetèrent comme cinquante pompes d'incendie ; les hommes repoussèrent leurs chapeaux et bientôt on entendit le *hahan* spécial des poumons haletants qui dénote la plus extrême tension de l'énergie vitale.

« Quittant enfin la pompe avec le reste de sa bande, l'Homme-des-Lacs s'en fut tout pantelant à l'avant où il s'assit sur le cabestan. Son visage était d'un rouge ardent, ses yeux injectés de sang. Il essuya l'abondante sueur de son front. Alors, Messieurs, quel insidieux démon poussa Radney à provoquer cet homme qui était déjà dans un tel état d'excitation physique ? Je l'ignore, mais il en fut ainsi. Arpentant le pont à grands pas et d'une manière agressive, le second ordonna à Steelkilt de prendre un balai et de balayer le plancher ; et aussi de prendre une pelle pour enlever les immondices d'un cochon qu'on avait laissé se promener en liberté.

« Or, Messieurs, balayer les ponts d'un navire en mer est une besogne de ménage qui, en tous temps, sauf par grandes tempêtes, est faite régulièrement chaque soir. On a connu des circonstances où ce fut fait au moment même où le navire sombrait. Telle est, Messieurs, la rigueur des usages maritimes et de l'amour instinctif de l'ordre chez les matelots, que certains ne se noieraient pas volontiers sans, au préalable, s'être débarbouillés. Mais, dans tous les vaisseaux, cette histoire de balayage est l'affaire des garçons, s'il y a des garçons à bord. De plus, on avait choisi et divisé par équipes les hommes les plus forts du *Town-Ho* pour travailler à tour de rôle aux pompes ; et Steelkilt, étant le plus athlétique de tous, avait été naturellement désigné comme le chef d'une de ces équipes ; par conséquent, il aurait dû être exempt de toute besogne triviale, de tout travail n'ayant pas de rapport direct avec les véritables devoirs nautiques, comme c'était le cas pour ses camarades. Si je mentionne tous ces détails, c'est afin que vous puissiez comprendre exactement où en étaient les choses entre ces deux hommes.

« Mais, qui plus est, l'ordre au sujet de la pelle tendait aussi nettement à exciter et à humilier Steelkilt que si Radney lui avait craché à la figure. Tout homme ayant été marin sur un baleinier le comprendra ; tout cela et beaucoup plus sans doute, l'Homme-des-Lacs le sentait parfaitement quand le second lui donna cet ordre. Mais il demeura assis un instant, regardant calmement l'œil méchant du second ; il y aperçut, entassés au fond, des barils de poudre ainsi que la mèche silencieuse qui brûlait lentement vers eux ; en même temps qu'il voyait instinctivement tout ça, une étrange indulgence le saisissait, une sorte de répugnance à remuer plus profondément la passion chez cet être déjà irrité ; répugnance qu'éprouvent surtout les hommes vraiment courageux, même quand ils sont lésés ; ce sentiment subtil, impalpable et sans nom, Messieurs, s'empara donc de Steelkilt.

« De sa voix ordinaire, un peu brisée seulement par la fatigue, il répondit, disant que balayer le pont n'était pas son affaire et qu'il ne le ferait pas. Puis, sans faire aucune allusion à la pelle, il nomma trois garçons comme étant les balayeurs coutumiers ; n'ayant pas été désignés pour les pompes, ils n'avaient rien fait ou presque de toute la journée. Radney répliqua en jurant, répétant sans le modifier son ordre d'une manière impérieuse et outrageante ; et il s'avança sur l'Homme-des-Lacs demeuré assis, en brandissant un marteau de tonnelier qu'il avait saisi sur un baril se trouvant tout près.

« Echauffé et irrité comme il l'était par son travail haletant de la pompe, malgré toute sa patience, ruisselant de sueur, Steelkilt ne pouvait que mal prendre cette attitude du second, mais étouffant de son mieux sa colère, avec entêtement, il resta sans parler sur son siège, tant qu'à la fin, Radney, exaspéré, secoua le marteau à deux doigts de sa figure, en lui ordonnant furieusement d'obéir.

« Steelkilt se leva ; il se retira lentement derrière le cabestan, suivi de près par le second avec son marteau menaçant ; délibérément, il répétait son intention de ne point obéir. Voyant pourtant que sa patience restait sans effet, par un geste éloquent de la main, il avertit le possédé de se retirer ; mais en vain. Ainsi, ils firent une fois le tour du cabestan ; quand, enfin résolu de ne plus reculer, en se disant qu'il avait patienté autant que son humeur le lui permettait, l'Homme-des-Lacs s'arrêta sur les écoutilles et il parla ainsi à l'officier :

« — Je ne veux pas vous obéir, monsieur Radney. Enlevez ce marteau de là ou gare à vous.

« Le second s'approcha encore plus près de l'Homme-des-Lacs, immobile maintenant, et il agita le lourd marteau à un pouce de ses dents en débitant à la file d'insupportables malédictions. Sans reculer d'un millième de pouce, son œil perçant plongeant comme un poignard dans le regard de l'autre, Steelkilt serra son poing droit et, le ramenant doucement en arrière, il dit à son persécuteur que si seulement le marteau effleurait sa joue, lui, Steelkilt, le tuerait. Mais le fou, Messieurs, était marqué par les dieux pour la tuerie. Immédiatement, le marteau toucha la joue ; l'instant d'après, la mâchoire inférieure brisée, le second tombait sur l'écoutille, perdant du sang comme une baleine.

« Avant que l'alarme pût être donnée à l'arrière, Steelkilt secoua un des galhaubans qui remontait jusqu'aux têtes de mâts, où deux de ses camarades étaient de vigie. Tous deux étaient des « Canallers ».

— « Canallers », s'écria don Pedro ; nous avons vu dans nos ports pas mal de baleiniers, mais nous n'avons jamais entendu parler de vos « Canallers ». Pardon ! qu'est-ce au juste ?

— Les « Canallers », Señor, sont les bateliers qui viennent de notre grand canal Erié. Vous devez en avoir entendu parler ?

— Non, Señor, ici, sur cette terre ennuyeuse, chaude, paresseuse et héréditaire, nous ne connaissons que bien mal votre Nord vigoureux.

— Oui ? alors, Señor, remplissez mon verre, votre « chicha » est très bonne ; et avant toutes choses, je vous dirai ce que sont nos « Canallers », car cela peut éclairer mon histoire.

« Durant trois cent soixante milles, Messieurs, traversant l'Etat de New York dans toute sa largeur ; traversant d'innombrables cités populeuses et des villages très prospères ; traversant de longs et mornes marécages inhabités et de riches champs cultivés d'une incomparable fertilité ; négligeant les salles de billard et les brasseries ; traversant les lieux saints des forêts, des arches romaines au-dessus de rivières indiennes ; traversant le soleil, l'ombre ; laissant de côté des cœurs heureux ou brisés ; traversant tout le vaste paysage plein de contrastes des nobles comtés de Mohawk ; et surtout laissant de côté des lignées de chapelles blanches comme la neige dont les clochers se tiennent presque comme des bornes kilométriques ; traversant tout ça, un flot de vie corrompue à la vénitienne et souvent sans loi coule sans discontinuer. C'est là qu'on trouve tous les apaches, Messieurs, c'est là que hurle toute la voyoucratie, c'est là que vous la trouvez près de votre porte ou à l'ombre protectrice des églises. Car par une curieuse rencontre, de même qu'on remarque souvent que les canailles se tiennent toujours autour des palais de justice, de même, Messieurs, les pécheurs abondent dans le voisinage des lieux sanctifiés.

– Méfions-nous, est-ce qu'il n'y a pas de frère qui passe ? demanda don Pedro en regardant en bas vers la plaza pleine de peuple avec une inquiétude pleine d'humour.

– Heureusement pour notre ami nordique que l'Inquisition de Dame Isabelle décroît à Lima, s'esclaffa don Sébastian. Continuez, Señor.

– Un moment, je vous prie ! intervint un autre membre de la compagnie. Au nom de nous tous, gens de Lima, je voudrais seulement vous dire, monsieur le marin, que nous avons apprécié votre délicatesse à ne point confondre l'actuelle Lima avec la lointaine Venise, dans la comparaison de corruption que vous venez de faire. Oh ! ne vous inclinez pas en prenant cet air étonné. Vous connaissez le proverbe qui court tout le long de cette côte : « Corrompu comme à Lima. » Il ne fait que confirmer ce que vous dites au sujet des églises aussi nombreuses que des salles de billard et toujours ouvertes et « corrompues comme à Lima ». Allez, ça vaut Venise. J'y ai été. La sainte cité de l'évangéliste béni, saint Marc, ah que saint Dominique la purge ! Votre verre !... Merci. Le voici plein ; à vous de le vider maintenant.

– Librement dépeint dans son milieu, le « Canaller », Messieurs, ferait un superbe héros de drame, tant il est abondamment et pittoresquement voyou. Comme Marc-Antoine, il flotte pendant des jours et des jours avec indolence le long du canal comme sur un Nil verdoyant et fleuri ; lutinant ouvertement sa Cléopâtre aux joues rouges, et faisant mûrir ses cuisses abricot sur le pont ensoleillé de son chaland. Mais à terre, toute cette mollesse cesse. Le déguisement de bandit que le « Canaller » arbore si fièrement, son chapeau aux joyeux rubans posé de travers accusent ses traits magnifiques. Il est une terreur pour l'innocence souriante des villages qu'il traverse en flottant ; son visage et ses fanfaronnades ne sont pas peu redoutés dans les villes. Vagabond moi-même sur leur propre canal, j'ai reçu une fois de bons services d'un de ces « Canallers » ; je le remercie de tout mon cœur ; je ne voudrais pas être ingrat ; mais c'est souvent que cet homme de violence a le bras aussi apte à soutenir un étranger pauvre, qu'à piller un riche. Somme toute, Messieurs, la sauvagerie de cette vie sur le canal vous est emphatiquement démontrée par ceci que notre pêcherie de baleine accueille un bon nombre de ces personnages les plus typiques et que nos capitaines baleiniers ne se méfient d'aucune race humaine autant que de celle-là, les natifs de Sidney mis à part. Et le curieux de cette affaire n'est pas diminué du fait, que pour des milliers de jeunes gars nés sur ses bords, la vie d'épreuves du Canal est le seul moyen de transition entre faucher placidement un champ de blé chrétien et hardiment sillonner les eaux des mers les plus barbares.

– Je vois, je vois, s'exclama impétueusement don Pedro, en renversant sa chicha sur ses manchettes ; voyager ne sert de rien ! Le monde entier n'est qu'une Lima. J'avais pensé que dans votre Nord tempéré, les populations étaient saintes et froides comme les collines... enfin, votre histoire... ?

– Je m'étais arrêté, Messieurs, quand l'Homme-des-Lacs secouait les galhaubans. A peine l'eut-il fait qu'il se trouva cerné par les trois autres seconds et les quatre harponneurs qui le bousculèrent jusqu'au pont, mais dégringolant des haubans comme des comètes, les deux « Canallers » de vigie se précipitèrent dans la bagarre et cherchèrent à ramener leur copain vers le gaillard d'avant. D'autres matelots se joignirent à eux dans cette tentative et une mêlée générale s'ensuivit. Tout en se tenant hors de danger, le vaillant capitaine, armé d'une pique à baleine, dansait de long en large, ordonnant à ses officiers de mener durement cet atroce vaurien et de le haler au gaillard d'arrière. Par intervalles, il courait jusqu'à tout près du bord tournoyant de la mêlée et il piquait de sa lance l'objet de son ressentiment, pour essayer de l'en faire sortir. Mais Steelkilt et ses camarades étaient trop nombreux ; ils parvinrent à gagner le pont avant et là, rapidement, ils placèrent trois tonneaux en ligne avec le cabestan ; et ces Parisiens de la mer[1] se retranchèrent derrière cette barricade.

« — Sortez de là, pirates ! hurla le capitaine, les menaçant maintenant avec un pistolet dans chaque main, pistolets que venait de lui apporter le steward... sortez de là, coupeurs de gorges !

« Steelkilt sauta sur la barricade et s'y promena de long en large, défiant les pistolets et faisant clairement comprendre au capitaine que sa mort à lui Steelkilt serait le signal d'une mutinerie meurtrière de tous les marins. Craignant en son for intérieur que ça ne soit que trop vrai, le capitaine mollit un peu, mais, néanmoins, il ordonna aux révoltés de retourner instantanément à leur travail.

« — Promettez-vous de ne pas nous toucher si nous y allons ? demanda le meneur.

« — Aux pompes ! aux pompes !... Je ne fais pas de promesses... A votre devoir ! Vous voulez faire sombrer le navire en cessant le travail dans un moment comme celui-là ?... Aux pompes !

« Et, une fois encore, il leva un pistolet.

« — Faire sombrer le navire ? cria Steelkilt. Eh ! qu'il sombre ! Pas un n'y mettra la main, si vous ne jurez pas qu'aucune corde ne sera levée contre nous. Qu'en dites-vous les gars ?

1. Allusion aux journées révolutionnaires de Paris. *(N.d.T.)*

« Un farouche vivat fut la réponse.

« Maintenant, l'Homme-des-Lacs patrouillait sur la barricade, sans perdre de l'œil le capitaine et émettant par saccades des phrases de ce genre :

« – C'est pas notre faute... Nous ne l'avons pas cherché... Je lui ai dit de lâcher son marteau... c'était le travail des garçons... il aurait dû mieux me connaître avant ce moment-là... Je lui ai dit de ne pas piquer le buffle... Je crois que je me suis cassé un doigt contre sa maudite mâchoire... Est-ce que les couteaux à hacher ne sont pas dans le gaillard d'avant, les gars ? Gare à ces anspects, mes gros. Par Dieu, capitaine, gare à vous ; dites le mot ; ne faites pas la bête ; oubliez tout ça ; nous sommes tous prêts à retourner au travail ; traitez-nous comme il faut, et nous sommes vos hommes ; mais nous refusons d'être fouettés.

« – Aux pompes... Je ne fais pas de promesses ; aux pompes, je dis !

« – Ecoutez-moi donc, répondit l'Homme-des-Lacs, étendant son bras vers lui. Il y a ici quelques-uns de nous (dont je suis) qui se sont embarqués pour la croisière ; or, vous savez bien, Sir, que nous pouvons demander notre renvoi dès que l'ancre sera jetée ; de sorte que nous ne voulons pas une querelle ; ça n'est pas notre intérêt ; nous voulons la paix ; nous sommes prêts à travailler, mais nous ne voulons pas être fouettés.

« – Aux pompes ! hurla le capitaine.

« Un instant Steelkilt regarda autour de lui, puis il répliqua :

« – Je vous dis ce qu'il en est ; maintenant, capitaine, plutôt que de vous tuer et d'être ensuite pendus, nous ne lèverons pas une seule main contre vous, à moins que vous ne nous attaquiez ; mais tant que vous n'aurez pas promis de ne pas nous fouetter, nous ne donnerons pas un seul coup de main.

« – Alors, en bas, en bas, au gaillard d'avant, je vous

y garderai jusqu'à ce que vous en ayez assez... en bas !

« – Est-ce qu'on y va ? demanda le chef à ses hommes.

« La plupart d'entre eux étaient contre, mais finalement, pour obéir à Steelkilt, ils le précédèrent dans l'antre noir, disparaissant avec des grognements, comme des ours dans un caveau.

« Quand la tête de l'Homme-des-Lacs fut juste au niveau du plancher, le capitaine et les siens sautèrent la barricade et fermèrent rapidement la porte à glissière de l'écoutille, plaquant leurs mains dessus tout en criant au steward d'apporter le lourd cadenas de cuivre qui appartenait à l'échelle de dunette. Puis, ouvrant un peu l'écoutille, le capitaine chuchota quelque chose dans la fente et il referma, tournant la clef sur eux. Ils étaient dix laissant sur le pont quelque vingt hommes ou un peu plus qui, jusqu'alors, étaient restés neutres.

« Toute la nuit, une garde vigilante fut montée par tous les officiers, à l'avant et à l'arrière, surtout autour de l'écoutille du gaillard d'avant ; on craignait que les insurgés émergent de ce dernier endroit après s'être frayé passage à travers la cloison du bas. Mais les heures noires de la nuit passèrent en paix, les hommes demeurés fidèles à leur devoir travaillant dur aux pompes dont, par intervalles, le cliquetis résonnait tristement à travers le navire, dans la nuit morne.

« Au lever du soleil, le capitaine s'en fut à l'avant, et, frappant sur le pont, il ordonna aux prisonniers de se rendre au travail. Un hurlement de refus lui répondit. On leur descendit de l'eau, et deux poignées de biscuits leur furent jetées ensuite ; puis, tournant de nouveau la clef sur eux et la mettant dans sa poche, le capitaine retourna au gaillard d'arrière. Deux fois par jour, pendant trois jours, il en fut ainsi ; mais le quatrième au matin, un bruit confus de dispute, puis de lutte, fut entendu quand l'ordre coutumier fut donné, et subitement quatre hommes firent irruption du gaillard d'avant, disant qu'ils étaient prêts à travailler. L'air fétide et la diète et peut-être aussi la peur d'un châtiment final les avaient contraints de se rendre à discrétion. Enhardi par ce fait, le capitaine répéta son ordre aux autres, mais Steelkilt lui hurla d'une façon abominable d'arrêter son bavardage et de retourner d'où il était venu. Le cinquième matin, trois autres mutins parvenaient à s'échapper des bras désespérés qui cherchaient à les retenir. Il n'en restait plus que trois.

« – Vous feriez mieux de retourner au travail, leur cria le capitaine en se moquant cruellement.

« – Bouclez-nous vite, voulez-vous ? cria Steelkilt.

« – Oh certainement, répondit le capitaine ; et la clef tourna.

« Alors, Messieurs, enragé par la défection de sept de ses anciens complices, piqué au vif par la voix moqueuse qui venait de lui répondre, et rendu fou par sa longue réclusion dans un endroit noir comme les entrailles du désespoir ; alors, dis-je, Steelkilt proposa aux deux « Canallers » qui, selon toute apparence, pensaient comme lui jusque-là, de sortir de leur trou au prochain appel de la garnison et, armés de leur hachoir bien affilé (un long et lourd instrument, en forme de croissant, avec une poignée à chaque extrémité) de courir comme des fous du beaupré à la poupe pour tâcher, dans leur diabolique fureur, de se rendre maîtres du vaisseau. Que les autres se joignent à lui ou non, il le ferait, lui, disait-il. C'était la dernière nuit qu'il passerait dans ce trou ! Mais le projet ne rencontrait aucune opposition de la part des deux autres ; ils jurèrent qu'ils étaient prêts à tout, sauf à se rendre ; de plus, chacun voulait être le premier à monter sur le pont quand le moment serait venu ; mais leur chef s'y opposa farouchement ; il se réservait cette priorité, d'autant que chacun de ses deux compagnons ne voulait céder à l'autre et tous les deux ne pouvaient être les premiers car l'échelle ne permettait que le passage d'un homme... Et nous voici parvenus, Messieurs, à la trahison de ces mécréants.

« Lorsqu'ils ouïrent le projet désespéré de leur chef, chacun d'eux, en son for intérieur, avait eu aussitôt la même idée traîtresse, qui était d'être le premier à sortir afin d'être le premier des trois, quoique le dernier des dix, à se rendre, et ainsi de s'approprier le peu de chance de pardon qu'une telle conduite pouvait mériter. Mais quand Steelkilt fit connaître sa détermination de continuer jusqu'au bout, eux, de quelque façon, par quelque subtile chimie scélérate, fondirent ensemble leur traîtrise jusqu'alors secrète et séparée ; et quand le chef se fut endormi, ils s'ouvrirent leur âme l'un à l'autre en trois phrases ; ils ligotèrent le dormeur avec des cordages et le bâillonnèrent, puis, à minuit, se mirent à hurler afin d'attirer le capitaine.

« Pensant qu'il y avait un meurtre et reniflant l'odeur du sang dans l'obscurité, le capitaine et tous les seconds avec les harponneurs armés se précipitèrent au gaillard d'avant. En un instant, l'écoutille fut ouverte et pieds et mains liés, le meneur qui se débattait encore fut poussé sur le pont par ses perfides alliés qui réclamèrent aussitôt l'honneur de s'être rendus maîtres d'un homme mûr pour le meurtre. Mais ils furent saisis eux aussi et traînés le long du pont comme des bestiaux morts ; puis, côte à côte, ils furent attachés dans le gréement d'artimon comme trois quartiers de viande, et demeurèrent pendus là jusqu'au matin.

« – Dieu vous damne, leur cria le capitaine, passant et repassant devant eux, les vautours ne vous toucheront pas, misérables !

« Au lever du soleil il fit réunir tout l'équipage et, séparant ceux qui s'étaient révoltés de ceux qui n'avaient pris aucune part à la mutinerie, il dit aux premiers qu'il était bien d'avis de les fouetter tous... qu'il pensait, somme toute, qu'il allait le faire... qu'il devait le faire. que la justice le commandait... mais que pour l'instant, vu leur reddition opportune, il ne leur ferait qu'une réprimande, qu'il se mit en devoir de leur administrer en leur langue maternelle.

« – ... Mais quant à vous, charognes de vauriens, s'exclama-t-il en se tournant vers les trois hommes attachés dans les gréements ; quant à vous, mon intention est de vous hacher et de vous jeter dans les chaudrons.

« Ce disant, il avait attrapé une corde et, de toutes ses forces il l'appliqua sur le dos des deux traîtres jusqu'à ce que ceux-ci, cessant de hurler, restent suspendus, inanimés, la tête pendante, comme sont peints les deux larrons crucifiés.

« – Je m'en suis foulé le poignet, dit-il enfin ; mais il reste encore assez de corde pour vous, mon beau coq de Battam qui ne vouliez pas céder ; enlever ce bâillon de sa bouche et écoutons ce qu'il a à dire pour sa défense.

« Les mâchoires engourdies du mutin tremblèrent ; douloureusement il tourna la tête puis il dit avec une sorte de sifflotement :

« – Je dis ceci... et faites-y bien attention... si vous me fouettez, je vous tue.

« – Ah, oui ! Alors, voyez comment vous me faites peur.

« Et il s'écarta pour frapper.

« – Vaut mieux pas, sifflota l'Homme-des-Lacs.

« – J'en ai trop envie, répliqua le capitaine, et il se remit en position.

« Ici Steelkilt marmonna quelque chose qui ne put être entendu que du capitaine ; au grand étonnement de tous, celui-ci sursauta en arrière, se mit à arpenter le pont à deux ou trois reprises puis, jetant subitement la corde, il dit :

« – Je ne le ferai pas... relâchez-le... coupez ses liens, vous m'entendez !

« Comme les seconds obéissant s'élançaient pour exécuter l'ordre, un homme très pâle à la tête bandée les arrêta. C'était Radney. Depuis qu'il avait été blessé il était resté dans son hamac ; mais ce matin-là, entendant du tumulte sur le pont, il était sorti en chancelant et avait assisté à toute la scène. Sa bouche était dans un tel état qu'il pouvait à peine parler ; mais il marmonnait quelque chose comme quoi *lui* voulait et pouvait faire ce que le capitaine n'osait entreprendre. Il ramassa la corde et s'avança sur son ennemi garrotté.

« – Vous êtes un lâche ! siffla l'Homme-des-Lacs.

« – Eh oui, mais prends ça en attendant.

« Le second brandissait la corde juste sur le point de frapper lorsqu'un nouveau sifflement arrêta son bras levé ; il demeura ainsi une seconde, puis il acheva son geste, tenant parole, quelle qu'ait pu être la menace de Steelkilt. Les trois hommes furent alors relâchés : tout l'équipage retourna au travail, et, manœuvrés à contrecœur, les pompes retentirent comme auparavant.

« Ce jour-là, sitôt que la nuit fut tombée, quand le quart fut descendu en bas, des clameurs se firent entendre dans le gaillard d'avant et, tremblants, les deux traîtres accoururent assiéger la porte de la cabine, disant qu'ils n'osaient pas demeurer avec l'équipage. Paroles, coups de pied et coups de poings ne purent les en chasser: sur leur propre demande ils furent mis à fond de cale pour leur salut. Aucun signe de mutinerie néanmoins ne réapparut chez les autres. Au contraire, il semblait qu'à l'instigation de Steelkilt, ils étaient résolus d'observer la paix la plus stricte et d'obéir jusqu'à la fin, pour déserter en bloc lorsque le vaisseau mouillerait au port. Mais pour hâter la fin du voyage, ils avaient convenu tous d'une autre chose ; à savoir : de ne point signaler les baleines au cas où on en découvrirait. Car, malgré son avarie, et en dépit de tous autres périls, le *Town-Ho* avait encore ses vigies au haut des mâts et son capitaine était toujours prêt à mettre les embarcations à la mer pour une baleine, tout comme le jour où il était arrivé sur le terrain de chasse ; quant à

Radney il était prêt lui aussi à échanger son hamac pour une baleinière, et, avec sa bouche bandée, de chercher à bâillonner à mort la mâchoire vivante de la baleine.

« Mais, bien que l'Homme-des-Lacs eût persuadé aux matelots d'adopter cette conduite passive, lui-même gardait secrètes ses propres intentions de vengeance sur l'homme qui l'avait piqué jusqu'au fond du cœur. Il était du quart de Radney et, comme si l'homme aveuglé cherchait à faire plus de la moitié du chemin pour rencontrer son destin, après la scène du fouet, il insista, malgré le désir contraire du capitaine, pour reprendre son quart de nuit. Sachant ça et aussi une ou deux autres circonstances, Steelkilt organisa mystérieusement le plan de sa vengeance.

« Au cours de la nuit, Radney avait l'habitude, propre aux marins, de s'asseoir sur le bastingage du gaillard d'arrière et d'appuyer son bras sur le plat-bord du canot qui était pendu là, un peu au-delà des flancs du vaisseau. Dans cette attitude, c'était connu, il somnolait parfois. Il y avait un vide considérable entre le canot et le vaisseau et, en bas, c'était la mer. Calculant son temps, Steelkilt découvrit que son prochain tour au timon arriverait vers deux heures, le matin du troisième jour suivant celui au cours duquel il avait été trahi. Entre-temps, il occupait ses loisirs dans les quarts d'en bas à tresser quelque chose très soigneusement.

« – Qu'est-ce que vous faites là ? lui demanda un camarade.

« – Qu'est-ce que vous pensez que ce soit ? De quoi est-ce que ça a l'air ?

« – Ça pourrait avoir l'air d'une aiguillette pour votre sac. Mais si c'est ça, elle est drôle qu'il me semble.

« – Oui, assez drôle, répondit l'Homme-des-Lacs, tenant l'objet à bout de bras devant lui ; mais je crois que ça pourra faire. Seulement je n'ai pas assez de ficelle ; en avez-vous, camarade ?

« – Y en a point au gaillard d'avant.

« – Alors, faut que j'en demande au vieux Rad' ; et il se leva pour aller à l'arrière.

« – Vous n'avez pas l'intention d'aller lui mendier, à *lui ?* dit un matelot.

« – Pourquoi pas ? Pensez-vous qu'il ne me rendra pas un service, puisque en fin de compte, c'est pour l'aider.

« Il se dirigea vers le second, le regarda tranquillement et lui demanda de la ficelle pour raccommoder son hamac. Elle lui fut donnée. Ni ficelle ni aiguillette ne furent plus revues, mais la nuit suivante, une boule de fer, enrobée de ficelle tressée serré, sortit un peu de la jaquette de singe de l'Homme-des-Lacs au moment où il était en train de bourrer son manteau, en guise d'oreiller, dans son hamac. Vingt-quatre heures après arriva son tour au timon silencieux tout près de l'homme à qui il arrivait de dormir au-dessus du tombeau toujours prêt à recevoir le marin. L'heure fatidique approchait et, dans l'âme de Steelkilt, le second était déjà raide comme un cadavre, avec le crâne défoncé.

« Mais alors, Messieurs, un idiot sauva celui qui se voulait meurtrier et empêcha l'acte sanglant qu'il avait projeté. Il eut néanmoins une vengeance complète, mais sans être le vengeur. Car par une mystérieuse fatalité, le ciel lui-même sembla intervenir et prit à son compte l'acte damnable que Steelkilt était sur le point de commettre.

« C'était juste entre l'aube et le lever du soleil, le matin du deuxième jour, alors qu'il lavait les ponts, qu'un homme stupide de Ténériffe qui tirait de l'eau à la noria s'écria soudain :

« – Là elle roule ! Là elle roule !... Jésus ! quelle baleine !...

« C'était Moby Dick.

– Moby Dick ! s'écria don Sebastian ; par saint Dominique ! Monsieur le marin, est-ce que les baleines ont des noms de baptême ? Qui appelez-vous Moby Dick ?

– Une qui était très blanche, très fameuse ; un monstre éternellement mortel. Don... Mais ce serait une trop longue histoire.

– Quoi ? Quoi ? s'écrièrent tous les jeunes Espagnols, se pressant en foule.

– Non, Messieurs, non, non ! Je ne puis raconter tout ça maintenant... Laissez-moi de l'air, Messieurs !

– La chicha ! La chicha ! cria don Pedro, notre vigoureux ami semble vouloir se trouver mal... Remplissez son verre vide !

– Pas nécessaire, Messieurs,... un moment et je continue... Je disais donc, Messieurs, qu'apercevant soudain la neigeuse baleine à une cinquantaine de mètres du vaisseau, l'homme de Ténériffe, oubliant la convention de l'équipage, avait, dans l'excitation du moment, instinctivement et involontairement élevé la voix pour signaler le monstre, bien qu'il eût été aperçu depuis un bon moment par les vigies moroses des trois-mâts. Son exclamation déclencha toute une frénésie.

« – La Baleine Blanche ! La Baleine Blanche ! hurlaient capitaine, seconds et harponneurs, qui, sans être autrement effrayés des bruits qui couraient sur elle, brûlaient tous d'attraper une bête si fameuse et si précieuse. L'équipage, lui, regardait d'un sale œil et en jurant copieusement l'effroyable beauté de la vaste masse laiteuse et qui, éclairée par les rayons horizontaux du soleil, luisait et scintillait comme une vivante opale dans le bleu matinal de la mer. L'étrange fatalité, Messieurs, traça toute la marche de ces événements, comme si, en vérité, ils avaient été dessinés sur la carte avant le monde lui-même. Le mutin était l'homme d'avant de la baleinière du second ; dans la chasse, son devoir était de s'asseoir à ses côtés, et de tirer ou de lâcher la ligne au mot d'ordre, tandis que Radney se tenait droit à la proue avec sa lance. Quand les quatre baleinières furent mises à la mer, celle de Radney se trouva être la première ; aucun matelot alors ne hurla de joie plus férocement que ne le fit Steelkilt tandis que, muscles bandés, il tirait sur l'aviron. Après qu'ils eurent ramé durement, le harponneur piqua ferme et, lance en main, Radney sauta à la proue. Dans une baleinière, il était toujours furieux, semble-t-il. L'ordre qu'il donna alors de sa bouche bâillonnée fut celui d'aborder en plein sur le dos de la baleine. De bon cœur, celle-ci le traînait de plus en plus vite, dans une écume aveuglante qui mélangeait deux blancheurs ensemble. Subitement la baleinière heurta le monstre comme un récif submergé, et, en chavirant, elle renversa le second debout. A l'instant même où il tombait sur le dos glissant de la baleine, la baleinière se redressait et la houle la jetait de côté tandis que Radney était entraîné sur l'autre flanc du monstre. Il se mit à nager à travers l'écume ; pendant un instant, à travers ce voile, on le vit, affolé, cherchant à se dérober à la vue de Moby Dick. Mais la baleine vira subitement comme un soudain maelström ; elle saisit le nageur entre ses mâchoires et, se dressant haut dans l'air avec lui, elle piqua droit de nouveau et disparut.

« Cependant, au premier choc de la baleinière, l'Homme-des-Lacs avait lâché la ligne afin de se tenir hors des remous et il contemplait le spectacle avec calme en ruminant ses propres pensées. Mais subitement de terribles secousses tirèrent le bateau en bas et, vite, il approcha son couteau de la ligne. Il la trancha et la baleine fut libre. Mais, à quelque distance, Moby Dick réapparut de nouveau à la surface, quelques lambeaux de la chemise rouge de Radney accrochés dans les dents qui l'avaient détruit. Les quatre baleinières donnèrent la chasse de nouveau, mais la baleine les évita et finalement elle disparut tout à fait.

« En bon temps le *Town-Ho* atteignit son port – un endroit solitaire et sauvage où ne résidait aucune créature civilisée. – Là, entraîné par l'Homme-des-Lacs, tout l'équipage, sauf cinq ou six hommes du gaillard d'avant, désertèrent délibérément parmi les palmiers. Sitôt là, ils se saisirent d'un grand canoë-double de guerre des sauvages et mirent voile pour quelque autre havre.

« L'équipage du vaisseau étant réduit à une simple poignée d'hommes, le capitaine fit appel aux gens de l'île pour l'aider dans le laborieux travail de réfection du vaisseau. Mais la petite bande de Blancs fut contrainte de surveiller jour et nuit ses dangereux alliés et le travail fut d'une si extrême dureté que, lorsque le vaisseau fut de nouveau prêt à prendre la mer, les hommes étaient tellement affaiblis que le capitaine n'osa s'embarquer avec eux dans un vaisseau si lourd. Après avoir consulté ses officiers, il ancra le navire aussi loin que possible de la côte, chargea et plaça ses deux canons à l'avant, entassa ses mousquets à la poupe et il avertit les gens de l'île qu'ils n'approcheraient qu'à leurs risques et périls. Il prit alors un homme avec lui dans sa meilleure baleinière et se dirigea droit au vent sur Tahiti, éloignée de cinq cents milles, afin de se procurer un équipage de renfort.

« Le quatrième jour ils aperçurent un grand canoë qui semblait s'être détaché d'une île basse de corail. Ils s'en éloignèrent, mais le bateau sauvage fonça sur eux et bientôt la voix de Steelkilt leur cria de stopper, menaçant (s'ils n'obéissaient pas) de les couler. Le capitaine sortit un pistolet. Un pied posé sur chacune des proues des canoës jumelés, l'Homme-des-Lacs se moqua de lui, lui assurant que si le pistolet foirait, il l'enterrerait, lui, dans des bulles d'eau et d'écume.

« – Que voulez-vous de moi ? cria le capitaine.

« – Où allez-vous ? et pourquoi y allez-vous ? répondit Steelkilt. Ne mentez pas !

« – Je vais à Tahiti chercher des hommes de plus.

« – Très bien. Laissez-moi vous aborder un moment. Je viens en paix.

« En disant cela il sauta du canoë, nagea à la baleinière et, grimpant au plat-bord, se tint face à face avec le capitaine.

« – Croisez vos bras, Sir, et redressez la tête. Maintenant répétez après moi : « Dès que Steelkilt m'aura quitté, je jure de mouiller mon bateau à l'île là-bas, et d'y rester six jours. Si je ne le fais pas que la foudre me frappe ! »

« – Un bon écoulier ! gouailla l'Homme-des-Lacs... Adios, Señor !

« Et, sautant à la mer, il rejoignit ses camarades.

« Il épia la baleinière jusqu'à ce qu'elle soit bien ancrée tout contre les racines de cocotiers. Puis Steelkilt fit voile de nouveau et arriva enfin à Tahiti qui était aussi sa propre destination. Là, la chance lui sourit ; deux vaisseaux étaient prêts à mettre voile pour la France et, providentiellement, eurent précisément besoin du nombre d'hommes que conduisait notre marin. Ils s'embarquèrent et eurent ainsi une belle avance sur leur ancien capitaine, celui-ci eût-il été enclin à les poursuivre pour un châtiment légal.

« Quelque dix jours après le départ du bateau français, la baleinière arriva à son tour, et le capitaine fut contraint d'embarquer des Tahitiens qui avaient quelque habitude de la mer. Louant un petit schooner indigène, il retourna avec eux à son vaisseau ; et, y trouvant tout en ordre, reprit de nouveau sa croisière.

« Personne ne sait où est Steelkilt, maintenant, Messieurs ; mais à Nantucket la veuve de Radney regarde encore vers la mer qui refuse de lâcher ses morts ; et, dans ses rêves, elle voit encore l'effroyable Baleine Blanche qui l'a détruit...

– Avez-vous fini ? demanda doucement don Sebastian.

– Oui, Señor.

– Alors, je vous en supplie, dites-moi si vous êtes convaincu que votre histoire est vraie. Elle est tellement merveilleuse ! La tenez-vous d'une source certaine ? Excusez-moi si j'ai l'air d'insister.

– Et excusez-nous, nous tous, également, Monsieur le marin, car nous nous associons à la question de don Sebastian, reprit en chœur la compagnie avec un énorme intérêt.

– Y a-t-il un exemplaire des Saints Evangiles dans l'Auberge Dorée, Messieurs ?

– Non, répondit don Sebastian ; mais je connais, tout près d'ici, un bon prêtre qui m'en procurera vite un. Je vais le chercher ; mais êtes-vous bien décidé ; ceci peut devenir trop sérieux !

– Ayez la bonté de ramener aussi le prêtre, Señor !

– Quoiqu'il n'y ait plus d'autodafé à Lima, maintenant, dit quelqu'un de la compagnie à son voisin, je crains que notre ami n'encoure les foudres archiépiscopales. Retirons-nous hors du clair de lune. Non, je ne vois point la nécessité de tout ça.

– Excusez-moi de courir après vous, don Sebastian, mais puis-je vous prier de vous procurer le plus grand évangéliaire que vous puissiez trouver.

– Voici le prêtre, il vous apporte les Evangiles, dit gravement don Sebastian, réapparaissant avec un grand et solennel personnage.

– Que j'enlève mon chapeau. Avancez davantage dans la lumière, vénérable prêtre, et tenez le Livre Saint devant moi, que je puisse le toucher.

« Que le Ciel m'aide ! Sur mon honneur, l'histoire que je vous ai racontée, Messieurs, est en substance et dans ses grandes lignes, véridique. Je la tiens pour vraie. Elle est arrivée sur ce globe ; mes pieds se sont posés sur ce vaisseau. Je connaissais son équipage. J'ai vu Steelkilt et je lui ai parlé depuis la mort de Radney. »

LV
DES MONSTRUEUSES PEINTURES DE BALEINES

Je vais peindre pour vous, aussi bien qu'on le puisse sans toile, quelque chose comme la vraie forme de la baleine telle qu'elle apparaît à l'œil du baleinier, lorsqu'elle se trouve amarrée le long du vaisseau de telle sorte qu'on peut planter fermement les pieds dessus. Auparavant, il est peut-être utile de faire allusion aux curieux portraits imaginaires d'elle qu'ont faits jusqu'à ces jours les terriens. L'instant est venu de corriger les idées que le monde s'en est fait, en prouvant que de tels portraits de la baleine sont absolument faux.

Il se peut que l'origine de toutes ces illusions picturales se trouve parmi les plus antiques sculptures hindoues, égyptiennes et grecques. Car depuis ces époques pleines d'invention, mais sans scrupule, lorsque, sur les panneaux de marbre des temples, les piédestaux des statues, boucliers, médaillons, coupes, pièces de monnaie, etc., le dauphin fut représenté, ce fut avec des écailles d'armure pareille à celle de Saladin, et avec une tête casquée comme celle de saint Georges. Depuis lors, quelque chose de cette licence est demeuré et continue encore, non seulement dans les portraits les plus populaires de la baleine, mais dans beaucoup de ses représentations scientifiques.

Or, de beaucoup, l'image la plus ancienne qui existe ayant la prétention d'être celle de la baleine se trouve dans la fameuse caverne-pagode d'Elephanta, aux Indes. Les Brahmines prétendent que dans les sculptures innombrables de cette pagode vénérable, tous les commerces et métiers, toutes les vocations concevables de l'homme, furent préfigurés des siècles avant qu'aucun d'eux existât réellement. Il n'est pas surprenant alors que notre noble profession de chasseurs de baleines y ait son ombre projetée. La baleine hindoue en question est dans un compartiment séparé du mur qui dépeint l'incarnation de Vishnou sous la forme du léviathan, doctement connu comme le *Matse-Avatar*. Mais bien que cette sculpture soit moitié homme et moitié baleine (de celle-ci n'ayant que la queue), cette partie d'elle est néanmoins figurée toute de travers. Plutôt qu'à la queue majestueusement palmée des vraies baleines, elle ressemble à la queue d'un anaconda.

Visitons maintenant les vieilles galeries et regardons le portrait de ce poisson par un grand peintre chrétien ; il n'a pas mieux réussi que l'Hindou antédiluvien. C'est par le Guide, le tableau représentant Persée sauvant Andromède du monstre marin ; autrement dit, de la baleine. Où le Guide a-t-il pu trouver le modèle d'une créature aussi étrange ? Hogarth ne fit pas mieux en peignant sa propre *Descente de Persée*. L'énorme masse du monstre hogarthien ondule à la surface, tirant à peine un pouce d'eau. Sur son dos est une sorte d'écubier ; sa bouche distendue, munie de défenses entre lesquelles roulent les vagues, pourrait être prise pour le Portail des Traîtres qui mène de la Tamise à la Tour. Il y a aussi les baleines de Sibbald, le vieil Ecossais ; et la baleine de Jonas telle qu'elle est figurée dans les gravures des anciennes bibles et dans les vieux livres d'école. Mais que peut-on en dire ? Quant à la baleine du relieur telle qu'elle est imprimée en or sur le dos et les pages de titre de beaucoup de livres vieux et nouveaux, c'est une pittoresque mais purement fabuleuse créature, imitée je suppose, de ce même genre de figures des vases antiques. Quoique universellement dénommé dauphin, j'appelle néanmoins ce poisson des relieurs un essai de baleine ; car telle fut l'intention première. Cela fut innové par un vieil éditeur italien du XVe siècle, pendant la Renaissance ; en ces jours, et même jusqu'à une période relativement tardive, les dauphins furent populairement supposés être une des espèces du léviathan.

Dans les vignettes et autres embellissements de certains livres anciens, vous rencontrerez de temps en temps quelques baleines ayant de très curieuses touches avec toutes sortes de jets, sources chaudes et froides : Saratoga et Baden-Baden, surgissant, fumantes, de leur cerveau jamais las. Dans la page de titre de l'édition originale de *L'Avancement du Savoir,* vous trouverez aussi quelques curieuses baleines.

Laissons tous ces essais d'amateurs pour regarder les images du léviathan qui prétendent être des dessins sobres et scientifiques, réalisés par ceux qui savent. Dans la collection de voyages du vieil Harris, il y a quelques planches de baleines extraites d'un livre de voyages hollandais, A. D. 1671, intitulé : *Un Voyage à la Chasse aux Baleines au Spitzberg dans le Vaisseau « Jonas dans la Baleine », Peter Peterson de Friesland, capitaine.* Dans une de ces planches, les baleines sont représentées comme de grands radeaux de troncs d'arbres, couchées parmi les îles de glace, avec des ours blancs qui leur courent sur le dos. Dans une autre planche, on constate cette erreur prodigieuse d'une baleine représentée avec une queue perpendiculaire.

Et encore, il y a l'in-quarto imposant, écrit par un capitaine Colnette, capitaine dans la flotte anglaise, intitulé : *Un Voyage autour du cap Horn et dans les mers du Sud, ayant pour but d'étendre les Pêcheries de la Baleine.* Dans ce livre, il y a un dessin qui prétend être le « Portrait du Physetère ou Baleine à Spermaceti, dessiné d'après un qui fut tué sur la côte du Mexique, en août 1793, et halé à bord ». Je ne doute pas que le capitaine ait fait faire ce tableau véridique au bénéfice de ses marins. Pour ne parler que d'une chose, laissez-moi dire qu'elle a un œil qui, mesuré à l'échelle qui l'accompagne, ferait à un cachalot adulte une baie de quelque cinq pieds de large. Ah ! mon beau capitaine, que ne nous avez-vous montré Jonas regardant à travers cet œil !

Mais les compilations les plus consciencieuses d'histoire naturelle à l'usage de la tendre jeunesse ne sont pas exemptes des mêmes énormes erreurs. Voyez cet ouvrage populaire : *La Nature animée,* de Goldsmith. Dans l'édition londonienne de 1807, il y a des planches d'une soi-disant « baleine » et d'un « narval ». Je ne veux pas paraître grossier, mais cette déplaisante baleine a bien l'air d'une truie amputée ; quant au narval, un seul regard suffit pour qu'on s'émerveille de ce que, dans notre XIXe siècle, un tel hippogriffe ait pu passer pour vrai auprès de n'importe quel public d'écoliers intelligents.

En 1825, Bernard Germain, comte de Lacépède, un grand naturaliste, a publié un livre spécial et scientifique sur les baleines, dans lequel on trouve plusieurs gravures représentant différentes espèces de léviathans. Non seulement toutes sont incorrectes, mais, à voir ces images du *Mysticetus* ou Baleine du Groenland, un homme nommé Scoresby, ayant une grande expérience de ces espèces, a déclaré qu'elles n'avaient point leurs pareilles dans la nature.

Le comble de la maladresse est réservé au scientifique Frédéric Cuvier, frère du fameux baron. En 1836, il publia une « Histoire Naturelle des Baleines » dans laquelle il donne ce qu'il appelle un portrait du cachalot. Avant de montrer ce portrait à n'importe quel Nantuckais, vous ferez bien de tout préparer pour un prompt départ de Nantucket. En un mot, le cachalot de Frédéric Cuvier n'est pas un cachalot, mais une gourde. Assurément, l'auteur n'a jamais eu l'avantage d'un voyage de chasse à la baleine (de tels hommes l'ont rarement), mais qui dira d'où il a tiré ce tableau ? Peut-être du même champ d'où Desmarets, son scientifique prédécesseur, tira un de ses avortons ; c'est-à-dire d'un dessin chinois — et nombre de tasses et soucoupes étranges nous disent quelle sorte de fantaisistes sont ces Chinois quand ils manient le pinceau.

Quant aux baleines des peintres d'enseignes qu'on voit dans les rues au-dessus des boutiques des marchands d'huile, qu'en dirons-nous ? Généralement ce sont des baleines Richard-III, bossues comme des dromadaires et d'aspect très sauvage, déjeunant de trois ou quatre matelots en tarte ; des baleines-bateaux couvertes de mariniers ; toutes ces difformités flottant dans des mers de sang et de peinture bleue.

Mais ces nombreuses erreurs ne sont pas si surprenantes, après tout ! Songez donc ! La plupart des dessins scientifiques ont été exécutés d'après la bête échouée ; comment, avec son dos rompu, représenteraient-ils mieux le noble animal dans toute son indomptable fierté (mâture et coque comprise) que ne le pourrait faire pour un bateau le dessin d'un naufrage. Si des éléphants ont posé pour leur portrait en pied, le léviathan ne s'est jamais encore laissé paraître hors de l'eau afin qu'on puisse fixer ses traits. La baleine vivante, dans toute sa pleine et significative majesté, ne peut être vue qu'en mer, dans des eaux insondables, et, lorsqu'elle flotte, sa vaste masse est cachée comme celle d'un vaisseau de guerre ; c'est donc une chose qui sera à jamais impossible pour un homme mortel de la tirer hors de son élément, de telle sorte qu'elle conserve ses sinuosités et ses puissants gonflements. Et ne parlons pas de la très probable différence de contour qui existe entre la jeune baleine à la mamelle et un très grand et très sage léviathan ; même dans le cas d'une de ces jeunes baleines à la mamelle hissée sur le pont du vaisseau. Sa forme est tellement bizarre, anguillesque, flexible, que le diable lui-même s'y perdrait.

Mais on pourrait supposer que par le squelette nu de

la baleine échouée, on arrive à déceler quelque chose de sa vraie forme. Nullement ! Car une des choses les plus curieuses dans ce léviathan est que son squelette donne une fausse idée de sa forme générale. Bien que le squelette de Jérémie Bentham qui est suspendu en guise de candélabre dans la bibliothèque d'un de ses exécuteurs rende correctement l'idée qu'on se fait d'un vieux monsieur utilitaire au front solide, ainsi que de toutes les autres particularités caractéristiques de Jérémie, rien de pareil ne peut être déduit des ossements articulés d'aucun léviathan. Au fait, comme le dit le grand Hunter, il y a autant de différence entre la baleine vivante et son squelette, qu'entre l'insecte et sa chrysalide si rondement étoffée. Cette particularité est démontrée d'une façon frappante par la tête, comme on va le voir incidemment en plusieurs endroits de ce livre. Ce qui aussi est très curieux, c'est la disposition des os dans les nageoires latérales ; ils correspondent presque exactement aux os de la main humaine ; le pouce en moins. Cette nageoire a quatre doigts osseux : l'index, celui du milieu, l'annulaire et le petit doigt. Mais ces os sont cachés dans leur vêtement de chair, comme les doigts humains le seraient dans une moufle.

– Quelle que soit l'insouciance avec laquelle la baleine peut parfois nous traiter, disait un jour l'humoriste Stubb, vraiment on ne peut pas dire qu'elle n'y met pas des gants.

Pour toutes ces raisons et sous n'importe quel angle que vous le considériez, vous êtes obligé de conclure que le grand léviathan est l'unique créature au monde qu'on ne puisse jamais portraiturer. Certains portraits peuvent être plus ressemblants que d'autres, mais aucun ne peut prétendre à une réelle exactitude. Il n'y a donc alors aucune possibilité de savoir précisément de quoi la baleine a l'air. La seule façon d'avoir une simple petite idée de son contour vivant, c'est d'aller en personne faire la chasse aux baleines. Seulement, vous risquez de vous faire irrémédiablement amocher par elle, et de couler par le fond à tout jamais. D'où je conclus que vous ferez mieux de ne pas être trop curieux du léviathan.

LVI

DES PORTRAITS LES MOINS ERRONÉS DE LA BALEINE ET DES TABLEAUX VÉRIDIQUES DE CHASSES BALEINIÈRES

A propos des peintures monstrueuses des baleines, je suis étrangement tenté ici de dénoncer d'encore plus monstrueuses histoires sur elles qu'on trouve en certains livres, aussi bien anciens que modernes, surtout dans Pline, Purchas, Hackluyt, Harris, Cuvier, etc. Mais je passe outre.

Je ne connais que quatre esquisses publiées sur le grand cachalot : celles de Colnette, de Huggins, de Frédéric Cuvier et celle de Beale. Colnette et Cuvier ont été mentionnés dans un précédent paragraphe. Celle de Huggins est de loin meilleure que les leurs. Mais celle de Beale est de beaucoup supérieure. Tous les dessins de baleines de Beale sont bons, excepté la figure centrale des trois baleines en diverses attitudes, en tête de son second chapitre. Son frontispice (baleinière attaquant des cachalots), bien que visant sans doute à déclencher le scepticisme poli chez certains hommes de salon, est correct et aimablement vivant. Quelques-uns des dessins de cachalots, dans J. Ross Browne, sont assez exacts de contour ; seulement ils sont misérablement gravés. Mais ce n'est pas sa faute.

Les meilleures esquisses de la vraie baleine sont dans Scoresby ; toutefois, elles sont exécutées à une échelle trop petite pour procurer une impression satisfaisante. Il ne donne qu'un tableau de scène de chasse à la baleine, et c'est là une regrettable insuffisance, car c'est seulement par de tels tableaux, à peu près bien faits, que vous pouvez avoir quelque idée de la baleine vivante telle que la voient ses chasseurs vivants.

A tout prendre et malgré quelques détails qui ne sont pas des plus justes, de beaucoup la meilleure représentation de baleines et de scènes de chasse à la baleine est celle donnée par deux grandes gravures françaises, bien exécutées et reproduites d'après des tableaux, par un nommé Garneray. Elles représentent respectivement des attaques du cachalot et de la Vraie-Baleine. Dans la première, un noble cachalot est dépeint dans la pleine majesté de la puissance ; il vient de remonter des profondeurs de l'Océan, juste dessous une baleinière, et porte sur son dos, haut dans l'air, l'affreuse épave démantelée. La proue de l'embarcation est en partie intacte et elle est représentée en train de se balancer sur l'épine dorsale du monstre ; debout sur cette proue, pour cet insaisissable éclair de temps, on voit un rameur mi-voilé par le jet furieux de la baleine et s'apprêtant à sauter comme dans un précipice. La scène est merveilleusement juste et vraie. Le baquet-à-ligne à demi vide flotte sur la mer blanche. Les hampes des harpons posés dedans sautillent en oblique ; les têtes des hommes de l'équipage nageant sont dispersées autour de la baleine avec des expressions variées d'effroi, pendant que, dans le noir et orageux lointain, le vaisseau s'avance. On peut sérieusement trouver à redire sur les détails anatomiques de cette baleine, mais passons sur ça puisque, quant à moi, de ma vie je n'arriverai à en dessiner une aussi bien.

Dans la deuxième gravure, le canot est en train d'accoster le flanc d'une grande Vraie-Baleine en mouvement et qui roule sa masse noire pleine de mauvaises herbes marines, comme quelque éboulement de rocher couvert de mousse des falaises patagoniennes. Ses jets sont droits, pleins et noirs comme de la suie ; de sorte qu'à voir une telle fumée dans la cheminée, vous vous demandez quel brave souper est en train de cuire en bas, dans les grandes entrailles. Des oiseaux de mer picorent de petits crabes, des mollusques et quatre bonbons de mer et macaronis que la Vraie-Baleine porte parfois sur son dos empesté. De ce temps, le léviathan aux lèvres épaisses sillonne la mer, laissant des tonnes de lait caillé dans son sillage tumultueux, ce qui fait rouler la légère embarcation dans les lames comme un esquif surpris près des roues à aubes d'un vaisseau à vapeur de l'Océan. Ainsi, au premier plan, tout est rage et mouvement. Mais à l'arrière-plan, par un contraste artistique admirable, est représenté le niveau vitreux d'une mer encalminée ; du vaisseau impuissant, les voiles dégonflées sont affaissées et la masse inerte d'une baleine morte, forteresse conquise, a le drapeau de capture qui tombe paresseusement du bâton fixé dans le trou de son jet.

Qui est ou était Garneray le peintre ? je ne sais. Mais je gagerais ma vie qu'il avait pratiqué son sujet, ou alors qu'il avait été merveilleusement formé par quelque baleinier expérimenté. Les Français sont des gars faits pour peindre l'action. Regardez toutes les peintures de l'Europe ; où trouvez-vous une telle suite d'actions vivantes et comme respirantes sur la toile ailleurs que dans cette triomphale galerie de Versailles, où le spectateur poursuit son chemin à travers les grandes batailles de la France ; chaque épée y semble être une lueur de l'aurore boréale et, successivement, les divers rois armés et empereurs s'élancent comme une charge de centaures couronnés. Ces pièces de batailles de mer de Garneray ne seraient pas déplacées dans cette galerie.

L'aptitude naturelle des Français à saisir le pittoresque semble particulièrement démontrée dans celles de leurs peintures ou gravures qui ont pour sujet la chasse aux baleines. Sans avoir une dixième partie de l'expérience des Anglais dans la pêcherie et pas une millième partie de celle des Américains, ils ont néanmoins fourni à ces deux nations les seules images achevées susceptibles de communiquer un peu du véritable esprit de la chasse à la baleine. Les dessinateurs anglais et américains de la baleine semblent pour la plupart satisfaits quand ils ont exécuté un dessin mécanique des choses ; par exemple, le contour vide de la baleine, ce qui, en tant que pittoresque, revient à peu près au même que de dessiner le profil d'une pyramide. Renommé à bon droit comme chasseur de la Vraie-Baleine, Scoresby lui-même, après nous avoir donné une image rigide de la baleine du Groenland et trois ou quatre miniatures délicates de narvals et de marsouins, nous offre une série de gravures classiques de gaffes, couteaux à hacher et grappins ; et, avec la fidélité microscopique d'un Leuwenhoeck, soumet à la vue d'un monde frissonnant quatre-vingt-seize fac-similés de magnifiques cristaux de neige arctique grossis comme à la loupe. Je ne voudrais pas dénigrer l'excellent voyageur (je l'honore en tant que vétéran), mais, dans une affaire si importante, ce fut certainement de sa part une négligence que de ne s'être pas procuré pour chaque cristal une attestation jurée devant un juge de paix groenlandais.

En plus de ces bonnes gravures de Garneray, il existe deux autres gravures françaises dignes d'attention, par quelqu'un nommé : « H. Durand ». L'une d'elles, sans avoir rapport précisément avec notre présent sujet, mérite néanmoins pour d'autres raisons d'être mentionnée. C'est la représentation d'une tranquille scène de midi, dans les îles du Pacifique : un baleinier français, ancré près du rivage pendant une accalmie, est en train de refaire paresseusement sa provision d'eau. Les voiles du vaisseau relâchées et les longues palmes de l'arrière-plan pendent les unes et les autres dans l'air immobile. L'effet en est très beau si on le considère comme une représentation des pêcheurs endurcis sous un de leurs rares aspects de repos oriental. L'autre gravure montre tout autre chose : le vaisseau est arrêté en pleine mer au cœur même de la vie léviathanique, avec une Vraie-Baleine sur un des côtés ; il a accosté le monstre comme il l'eût fait d'un quai ; quittant cette scène en hâte, un canot s'apprête à donner la chasse aux baleines dans le lointain. Les harpons et les lances sont couchés, prêts à servir ; trois rameurs sont en train de placer le mât dans son trou, tandis que par l'effet d'un subit coup de roulis, le canot se tient à demi debout dans l'eau, comme un cheval qui se cabre. Près du vaisseau, les tourbillons de la baleine bouillonnante s'élèvent comme ceux de la fumée d'un village de forgerons, et, du côté du vent, un nuage noir surgissant, prometteur de grains, semble activer les marins excités.

LVII

DES BALEINES EN PEINTURE, EN IVOIRE, EN BOIS, EN PIERRE, EN MONTAGNES, EN ÉTOILES

A Tower-Hill, quand vous descendez aux docks de Londres, vous avez pu voir un mendiant estropié (ou *kedger,* comme disent les marins), qui tient devant lui une enseigne peinte, représentant la scène tragique au cours de laquelle il perdit sa jambe. On y voit trois baleines et trois baleinières ; une de ces dernières (qu'on supppose contenir dans son intégrité originelle la jambe manquante) est en train d'être broyée par la baleine du premier plan. Depuis dix ans, me dit-on, cet homme montre ce tableau et exhibe son moignon à la foule incrédule. Mais l'instant de sa justification est maintenant venu. En tout cas, ses trois baleines sont d'aussi bonnes baleines que celles publiées par Wapping, et son moignon aussi réel que n'importe quel moignon que l'on peut voir sur les terres défrichées de l'Ouest. Bien qu'à jamais planté sur ce moignon, ce pauvre baleinier ne fait pas de palabre publique ; mais, les yeux baissés, debout, il contemple tristement sa jambe amputée.

Dans le Pacifique et aussi à Nantucket, à New-Bedford et à Sag Harbor, vous tomberez sur de vivantes esquisses de baleines et de scènes de chasse aux baleines, gravées par les pêcheurs eux-mêmes sur des dents de cachalot, ou sur des baleines de corset travaillées dans l'os de la Vraie-Baleine ; ainsi que d'autres « skrimshanders » comme les baleiniers nomment les innombrables et ingénieuses petites inventions qu'ils sculptent laborieusement dans la matière brute, à leurs heures de loisir sur l'Océan. Quelques-uns possèdent des petites boîtes d'outils qui ressemblent un peu à celles des dentistes, faites spécialement à l'usage du commerce « skrimshandérien » ; mais le plus grand nombre se servent de leur seul couteau de poche et, avec ce maître-outil du marin, ils peuvent vous fabriquer tout ce que vous voudrez dans l'ordre des choses qui peuvent retenir l'imagination marine.

Un long exil du monde chrétien et de la civilisation fait inévitablement revenir un homme à cette condition dans laquelle Dieu l'a placé, c'est-à-dire à ce qu'on appelle l'état de barbarie. Tout vrai chasseur de baleines est aussi sauvage qu'un Iroquois. Je suis moi-même un sauvage, ne devant obéissance qu'au roi des Cannibales et prêt à tout moment à me révolter contre lui.

Or, une des caractéristiques du sauvage dans ses heures domestiques est sa merveilleuse patience d'industrie. Une ancienne massue de guerre, une pagaielance hawaïenne avec la multiplicité et la complication de leurs sculptures, sont d'aussi grands trophées de l'humaine persévérance qu'un lexique latin. Car cette miraculeuse complication d'entrelacs n'a été exécutée qu'avec un morceau de coquille brisée ou avec une dent de requin, et elle a coûté des années de constante application.

Il en va de même avec le blanc sauvage-marin qu'avec le Haïtien. Avec la même merveilleuse patience et avec la même simple dent de requin et aussi avec son pauvre couteau, il vous sculptera dans l'os un morceau peut-être pas aussi habilement ouvragé, mais tout aussi compliqué que le bouclier d'Achille, ce Grec sauvage, et aussi plein de suggestions et d'esprit barbare que les estampes de ce merveilleux vieux sauvage germain d'Albert Dürer.

Des baleines de bois ou des baleines taillées en profil dans les petites planches sombres du noble bois-de-guerre des mers du Sud se trouvent souvent dans les gaillards d'avant des baleiniers américains. Quelques-unes sont exécutées très correctement.

Aux portes d'entrée de certaines vieilles maisons de campagne, aux toits à pignons, vous verrez des baleines de cuivre suspendues par la queue en guise de marteau. La baleine à tête d'enclume est ce qu'il y a de mieux pour éveiller le concierge si celui-ci s'est endormi. Mais ces baleines-heurtoirs sont rarement remarquables en tant qu'essais fidèles. Sur les clochers de quelques églises à l'ancienne mode on voit aussi des baleines en tôle mises en guise de girouettes, mais elles sont si haut perchées et tellement entourées de « Défense de toucher » qu'il est impossible de les examiner d'assez près pour juger de leurs mérites.

Dans les contrées osseuses, squelettiques de la terre où, au pied de hautes falaises brisées, des masses de rochers érodés sont éparpillées en fantastiques groupements sur la plaine, souvent on rencontre comme l'image des formes du léviathan, à demi submergée par les herbes qui, les jours de vent, viennent s'y briser comme de vertes lames.

Toujours dans ces régions montagneuses, là où le voyageur est perpétuellement cerné de hauts amphithéâtres, on peut choper, ci et là au passage, quelques heureux aspects de profils de baleines au long des crêtes ondulantes. Mais il faut être un sérieux baleinier pour voir ces choses et, de plus, quand on désire y retourner pour les revoir, il faut avoir pris bien exactement la latitude et la longitude de l'endroit où vous étiez placé, faute de quoi vous pouvez chercher longtemps, comme on a longtemps recherché les îles Salomon, bien que jadis Mendana à la haute fraise les ait parcourues et que le vieux Figuera les ait décrites.

Enfin, lorsque vous êtes intensément soulevé par ce sujet, vous ne pouvez manquer de tracer de grandes baleines dans les cieux étoilés, avec des baleiniers qui les pourchassent ; de même que lorsqu'elles étaient toutes remplies de pensées de guerre, les nations de l'Est virent des armées en bataille dans les nuages. Ainsi, ai-je cherché le léviathan dans le ciel du Nord, autour du Pôle, dans les mille révolutions des étoiles brillantes qui me l'avaient d'abord montré. Et, sous les cieux resplendissants antarctiques, j'ai abordé la nef Argo et me suis joint à la chasse de l'étoile « Cétus », loin au-delà de l'extrême déploiement de l'Hydre et du Poisson Volant.

Avec les ancres d'une frégate pour mors et des faisceaux de harpons en guise d'éperons, je voudrais pouvoir monter cette baleine et sauter par-dessus les cieux les plus hauts afin de voir si les mondes fabuleux, avec leurs tentes innombrables, sont réellement campés au-delà du champ de ma vue de mortel.

PRÉFACE, *par Jean Giono.* 7

MOBY DICK

DU MÊME AUTEUR

dans la même collection

MOBY DICK, tome II.

COLLECTION FOLIO

Dernières parutions

2331.	Pierre Moinot	*Armes et bagages.*
2332.	J.-B. Pontalis	*Loin.*
2333.	John Steinbeck	*La coupe d'or.*
2334.	Gisèle Halimi	*La cause des femmes.*
2335.	Khalil Gibran	*Le Prophète.*
2336.	Boileau-Narcejac	*Le bonsaï.*
2337.	Frédéric H. Fajardie	*Un homme en harmonie.*
2338.	Michel Mohrt	*Le télésiège.*
2339.	Vladimir Nabokov	*Pnine.*
2340.	Vladimir Nabokov	*Le don.*
2341.	Carlos Onetti	*Les bas-fonds du rêve.*
2342.	Daniel Pennac	*La petite marchande de prose.*
2343.	Guy Rachet	*Le soleil de la Perse.*
2344.	George Steiner	*Anno Domini.*
2345.	Mario Vargas Llosa	*L'homme qui parle.*
2347.	Voltaire	*Zadig et autres contes.*
2348.	Régis Debray	*Les masques.*
2349.	Diane Johnson	*Dashiell Hammett : une vie.*
2350.	Yachar Kemal	*Tourterelle, ma tourterelle.*
2351.	Julia Kristeva	*Les Samouraïs.*
2352.	Pierre Magnan	*Le mystère de Séraphin Monge.*
2353.	Mouloud Mammeri	*La colline oubliée.*
2354.	Francis Ryck	*Mourir avec moi.*
2355.	John Saul	*L'ennemi du bien.*
2356.	Jean-Loup Trassard	*Campagnes de Russie.*
2357.	Francis Walder	*Saint-Germain ou la négociation.*
2358.	Voltaire	*Candide et autres contes.*

2359.	Robert Mallet	*Région inhabitée.*
2360.	Oscar Wilde	*Le Portrait de Dorian Gray.*
2361.	René Frégni	*Les chemins noirs.*
2362.	Patrick Besson	*Les petits maux d'amour.*
2363.	Henri Bosco	*Antonin.*
2364.	Paule Constant	*White spirit.*
2365.	Pierre Gamarra	*Cantilène occitane.*
2367.	Tony Hillerman	*Le peuple de l'ombre.*
2368.	Yukio Mishima	*Le temple de l'aube.*
2369.	François Salvaing	*De purs désastres.*
2370.	Sempé	*Par avion.*
2371.	Jim Thompson	*Éliminatoires.*
2372.	John Updike	*Rabbit rattrapé.*
2373.	Michel Déon	*Un souvenir.*
2374.	Jean Diwo	*Les violons du roi.*
2375.	David Goodis	*Tirez sur le pianiste !*
2376.	Alexandre Jardin	*Fanfan.*
2377.	Joseph Kessel	*Les captifs.*
2378.	Gabriel Matzneff	*Mes amours décomposés (Journal 1983-1984).*
2379.	Pa Kin	*La pagode de la longévité.*
2380.	Robert Walser	*Les enfants Tanner.*
2381.	Maurice Zolotow	*Marilyn Monroe.*
2382.	Adolfo Bioy Casares	*Dormir au soleil.*
2383.	Jeanne Bourin	*Les Pérégrines.*
2384.	Jean-Denis Bredin	*Un enfant sage.*
2385.	Jerome Charyn	*Kermesse à Manhattan.*
2386.	Jean-François Deniau	*La mer est ronde.*
2387.	Ernest Hemingway	*L'été dangereux (Chroniques).*
2388.	Claude Roy	*La fleur du temps (1983-1987).*
2389.	Philippe Labro	*Le petit garçon.*
2390.	Iris Murdoch	*La mer, la mer.*
2391.	Jacques Brenner	*Daniel ou la double rupture.*
2392.	T.E. Lawrence	*Les sept piliers de la sagesse.*
2393.	Pierre Loti	*Le Roman d'un spahi.*
2394.	Pierre Louÿs	*Aphrodite.*
2395.	Karen Blixen	*Lettres d'Afrique, 1914-1931.*
2396.	Daniel Boulanger	*Jules Bouc.*
2397.	Didier Decoin	*Meurtre à l'anglaise.*
2398.	Florence Delay	*Etxemendi.*
2399.	Richard Jorif	*Les persistants lilas.*
2400.	Naguib Mahfouz	*La chanson des gueux.*

2401.	Norman Mailer	*Morceaux de bravoure.*
2402.	Marie Nimier	*Anatomie d'un chœur.*
2403.	Reiser/Coluche	*Y'en aura pour tout le monde.*
2404.	Ovide	*Les Métamorphoses.*
2405.	Mario Vargas Llosa	*Éloge de la marâtre.*
2406.	Zoé Oldenbourg	*Déguisements.*
2407.	Joseph Conrad	*Nostromo.*
2408.	Guy de Maupassant	*Sur l'eau.*
2409.	Ingmar Begman	*Scènes de la vie conjugale.*
2410.	Italo Calvino	*Leçons américaines. Aide-mémoire pour le prochain millénaire.*
2411.	Maryse Condé	*Traversée de la Mangrove.*
2412.	Réjean Ducharme	*Dévadé.*
2413.	Pierrette Fleutiaux	*Nous sommes éternels.*
2414.	Auguste le Breton	*Du rififi chez les hommes.*
2415.	Herbert Lottman	*Colette.*
2416.	Louis Oury	*Rouget le braconnier.*
2417.	Angelo Rinaldi	*La confession dans les collines.*
2418.	Marguerite Duras	*L'amour.*
2419.	Jean-Jacques Rousseau	*La nouvelle Héloïse, I.*
2420.	Jean-Jacques Rousseau	*La nouvelle Héloïse, II.*
2421.	Claude Brami	*Parfums des étés perdus.*
2422.	Marie Didier	*Contre-visite.*
2423.	Louis Guilloux	*Salido suivi d'OK Joe.*
2424.	Hervé Jaouen	*Hopital souterrain.*

Impression Bussière à Saint-Amand (Cher),
le 30 octobre 1992.
Dépôt légal : octobre 1992.
1er dépôt légal dans la collection : août 1980.
Numéro d'imprimeur : 2968.
ISBN 2-07-037216-2./Imprimé en France.

57786